Arena-Taschenbuch
Band 51235

D1867268

Weitere Bücher von Mirjam Mous im Arena Verlag:

Boy 7 – Vertraue niemandem. Nicht einmal dir selbst
Room 27 – Zur falschen Zeit am falschen Ort
Password – Zugriff für immer verweigert
Crazy Games – Der perfekte Tag, der in der Hölle endet
Virus – Wer aufgibt, hat verloren
Last Exit – Das Spiel fängt gerade erst an
Paradise Project – Der Schein lügt

Mirjam Mous,
geboren 1963 in Made in den Niederlanden, arbeitete als Sonderschullehrerin, bevor sie hauptberuflich Schriftstellerin wurde. Sie schreibt Bücher für Kinder und Jugendliche und ist besonders bekannt für ihre mitreißenden Thriller. Ihr erster Jugendroman »Boy 7« wurde verfilmt und lief 2015 in den deutschen Kinos.

Arena

Mirjam Mous

Data Leaks

Wer macht die Wahrheit?

Aus dem Niederländischen
von Verena Kiefer

Ein Verlag in der westermann GRUPPE

Die Originalausgabe erschien 2019 unter dem Titel »H@ck Het instituut #1« bei Van Goor, ein Imprint von Uitgeverij Unieboek | Het Spectrum, Amsterdam, Niederlande.

Text copyright © 2019 by Mirjam Mous

Zu diesem Titel stehen Unterrichtserarbeitungen zum kostenlosen Download zur Verfügung.

www.blauer-engel.de/uz195
- ressourcenschonend und umweltfreundlich hergestellt
- emissionsarm gedruckt
- überwiegend aus Altpapier

MI6

Dieses Druckprodukt ist mit dem Blauen Engel ausgezeichnet

MIX
Papier aus verantwortungsvollen Quellen
FSC® C110508
FSC www.fsc.org

1. Auflage als Arena-Taschenbuch 2021
Für die deutschsprachige Ausgabe:
© 2020 Arena Verlag GmbH
Rottendorfer Straße 16, 97074 Würzburg
Alle Rechte vorbehalten
Aus dem Niederländischen von Verena Kiefer
Die Übersetzung dieses Buches wurde von der niederländischen Stiftung für Literatur gefördert.
Umschlaggestaltung: ZERO Werbeagentur
unter Verwendung von Motiven von Shutterstock
(© Photo Win1, Vesnin_Sergey und gbdesign)
Umschlagtypografie: Sibylle Bader
Gesamtherstellung: Westermann Druck Zwickau GmbH
ISSN 0518-4002
ISBN 978-3-401-51235-8

Besuche den Arena Verlag im Netz:
www.arena-verlag.de

Teil 1

Happy Day

Sie wollte die Welt sehen. Er installierte Google Earth.

– *Leukespreuken.nl*

Holden

Den Tracker auf meinem Camphone habe ich zu Hause schon ausgeschaltet und nirgends sind Kameras oder mögliche Denunzianten zu sehen, die mich erwischen können. Nur ein schlichtes Schild mit strengen Buchstaben:

ZUTRITT VERBOTEN. NATURSCHUTZGEBIET.

Zum Spaß mache ich ein Camfie.

Die Eisenstäbe unter meinen Füßen schwingen mit. Drei Schritte, dann habe ich den Wildrost überquert. Das Gelände ist rau, genau wie erhofft. Hohes Gras, dichtes Gestrüpp und hier und da eine Baumgruppe. Alles surrt und summt von Insekten.

Wenn das ein stumpfsinniges Game wäre, würde jetzt ein Hubschrauber am Himmel auftauchen. Paramilitäreinheiten würden sich abseilen und ihre Waffen auf mich richten.

Aber das ist kein Game. Das ist echt. Das Rascheln der Blätter, der aufsteigende würzige Duft, der ...

Zwischen den Stämmen bewegt sich etwas!

Mit klopfendem Herzen zwänge ich mich durchs Unterholz. Zweige piksen durch meine Hose und ein widerspenstiger Dornenzweig hinterlässt einen Kratzer auf meiner Hand. Ich merke es kaum und schlage mich weiter durch, bis ich zu einer Lichtung gelange.

Achtung! Still jetzt.

Ich verstecke mich hinter einem riesigen Ahorn und spähe am Stamm vorbei.

Na bitte, ich habe mich nicht geirrt. Dahinten äst ein Hirsch!

Mein Camphone auf das imposante Tier gerichtet, schleiche ich mich an. Die Umstände sind perfekt. Die Morgensonne legt eine sanfte Glut über das braune Fell und der Wind weht aus der richtigen Richtung. Solange ich den im Gesicht spüre, wird mich Herr Wapiti nicht riechen. Meine Arme zittern leicht vor Aufregung. Ich bin mir sicher: Das wird das beste Camfie, das ich je gemacht habe!

Noch einen Schritt …

Ein leises Knacken unter meinen Füßen.

Ich erstarre – nein! –, aber es ist schon zu spät. Der Kopf mit dem gigantischen Geweih hebt sich und zwei Augen starren mich an.

Husch!

Noch bevor ich die Aufnahmetaste berühren kann, ergreift der Hirsch die Flucht.

»Blödmann«, murmele ich. So eine Chance bekommst du nie wieder.

Und da passiert's.

Vor lauter Frust stampfe ich mit dem Absatz auf. Offenbar trete ich etwas kaputt, denn plötzlich ist der feste Boden unter meinen Füßen verschwunden! Ich schreie und meine Hand sucht nach einem Strauch oder Zweig, doch da ist nichts, an dem ich mich festklammern kann, also rutsche ich pfeilschnell weiter, geradewegs nach unten in die Tiefe.

Die Landung erfolgt früher als gedacht. Meine Fußgelenke sind dem Aufprall nicht gewachsen und knicken um, und obwohl ich noch einen ungeschickten Versuch starte, mich mit den Armen zu halten, donnere ich mit der Hüfte auf den Boden.

Es tut weh. So gemein weh, dass ich einen Moment liegen bleiben muss, bis die schlimmsten Schmerzwellen verebbt sind. Unterdessen versuche ich, mich selbst zu beruhigen. Eigentlich habe ich noch Glück gehabt. Wenn mir das weiche Ding auf dem Boden nicht Kopf und Schultern gerettet hätte ...

Ich schicke meine Finger auf Erkundungstour.

Eine Matratze, schätze ich, mit einem schmutzigen Schlafsack darauf.

Als Pa Feuer fing, gab es nichts, das ihn schützte.

Ich will mich aufrappeln, aber meine Muskeln zittern noch zu sehr vom Schreck des Aufpralls. Es fällt mir schon schwer, mich auf die Matratze zu ziehen und hinzusetzen. Ich fröstele und meine Zähne klappern unaufhörlich. Hier ist es kalt und dunkel wie in einem Keller – bloß liegen dort eher selten Matratzen.

Ich lege mir den Schlafsack um. Staubteilchen kitzeln in meiner Nase und ich muss niesen.

Ob das eine alte, illegale Deponie ist? Vielleicht hat jemand einfach einen Haufen Müll in eine unterirdische Höhle gekippt und dann Bretter über den Eingang gelegt, damit sie nicht auffällt? Dieselben Bretter, auf die ich vorhin in meiner Wut gestampft habe, sodass ...

Ich lege den Kopf in den Nacken und schaue nach oben zu dem Loch, durch das ich gefallen bin. Ein quadratisches Stück blauer Himmel, an das ich im Leben nicht heranreiche.

Jetzt erst wird mir der Ernst der Situation so richtig bewusst.

In verbotene Naturschutzgebiete kommt fast nie jemand.

Und kein Mensch ahnt, dass ich hier bin.

Prissy

»Richtig schwimmen?«, fragt Flow. »Mit Wasser und allem, meinst du?« Sie macht ein Gesicht, als hätte ich etwas ganz Schreckliches vorgeschlagen. Nackt ins Kino gehen oder so.

Ich nicke meinen Freundinnen auf dem Camphone-Display zu. »Park Pool ist anders. Wenn man erst einmal dort gewesen ist ...«

»Chlor ist schlecht für die Haut«, sagt Anna mit ihrer tiefen, heiseren Stimme.

Brooklyn rümpft ihre sommersprossige Stupsnase. »Und man stinkt den ganzen Tag nach Schwimmbad.«

Seufz.

Ich lege den Kopf schief, als würde ich lauschen.

»Mama ruft mich«, lüge ich und tippe mit meinem blau lackierten Fingernagel auf den Bildschirm.

Camchat beendet.

Das alte Schwimmbad hatte glanzlose Fliesen und die Duschräume waren voller Schimmel. Wirklich supereklig. Aber nach einer Weile werden sogar die übelsten Dinge selbstverständlich. Ich schaute einfach nicht mehr hin und dann sah ich es nicht mehr.

Park Pool ist erst seit zwei Monaten eröffnet und längst noch nicht selbstverständlich für mich. Alles an und in diesem Gebäude blinkt und sprudelt. Die Fassade sieht aus wie ein lebensechtes Meeresaquarium mit schwimmenden Fischen und Anemonen, die sich in der Strömung wiegen. Der aufgesperrte Rachen eines Riesenhais bildet den Eingang.

Kaum bin ich drin, leuchtet das ID-Bändchen an meinem Handgelenk kurz auf.

Prissy Winters, fünfzehn Jahre und Abonnentin.

Ich wurde identifiziert. Ein Piepston gibt den Weg frei.

Ein langer Gang führt mich und die anderen Besucher automatisch zum Poolplatz. Aus den kleinen Lautsprechern an der Wand kommen Walgesänge. Total Zen, würde Mama sagen. Ich hätte lieber den neuen Song von Janx gehört als dieses einsame Gejammere und gehe schnell weiter.

Der Poolplatz besteht aus einem Kreis blauer Mosaiksteinchen, in deren Mitte eine Säule nonstop Videos zeigt. Flirrende Pfeile weisen den Weg zum Schwimmbad, den Umkleiden und Schließfächern und zu *Finding Nemo* – ein Restaurant mit unendlich leckeren Algenshakes und Yummys mit Sushigeschmack. Ich schaue mir den neusten Werbespot auf dem Monitor an. In einer Sprechblase wie in einem Comic sagt ein Mädchen mit Muscheln im Haar: *Heute ist Thunfisch im Angebot!*

Ich habe meinen Badeanzug zu Hause schon angezogen und gehe gleich weiter zu den Schließfächern.

Sandalen aus. Reißverschluss auf.

Gerade will ich aus der Hose steigen, als mein Camphone pingt.

Hat Flow es sich überlegt? Das kann ich mir nicht vorstellen.

Neugierig schaue ich auf das Display.

Prissy Winters, oder?

Ich runzele die Augenbrauen. Die Nachricht stammt von jemandem, der sich Mo nennt. Das Profilfoto zeigt kein erkennbares Portrait, sondern einen gruseligen Totenkopf mit unschuldigen Manga-Augen.

Wie kommst du an meine Nummer? Ich kenne keinen Mo. Ich schicke es ab.

Er antwortet sofort: Eigentlich heiße ich Mateo, aber keiner nennt mich so.

In der Schule gibt es einen Matt und ich habe einen Großneffen, der Morrison heißt. Aber einen Mateo ...

Das ist bestimmt irgend so ein fieser alter Kerl, der meine Camfies auf Supershoot gesehen hat. Neulich hielt eine junge Frau an unserer Schule einen Vortrag, in dem sie uns vor solchen Typen warnte. Männer, die so tun, als wären sie Jugendliche, die Gleichaltrige kontaktieren wollen. Sie selbst war auch von so einem Ekel missbraucht worden, nachdem sie auf seine Nachrichten eingegangen war.

Ich kenne auch keinen Mateo und ich clicke nicht mit Fremden.

Ich verschicke die Nachricht, werfe mein Camphone in eine meiner Sandalen, stelle sie ins Schließfach und lege meine Hose und Bluse obenauf.

Ping.

Nicht gucken! Ich schlinge mir mein Handtuch um die Taille, knalle die Schließfachtür zu und halte mein ID-Bändchen vor den Scanner.

Ein Brummton. Verschlossen.

Wie dumm. Meine Schwimmbrille steckt noch in meiner Hosentasche.

Ich öffne das Fach wieder und dann gucke ich natürlich doch.

Aber ich kenne dich, steht auf dem Display.

Holden

Ich fasse an mein ID-Bändchen. Vor ein paar Monaten schien es mir noch eine geniale Idee, den Tracker ausbauen zu lassen. Eine kniffelige Feinarbeit laut Willy, der schamlos dreihundert Dash dafür verlangte. Das war es mir wert, denn ohne Tracker kann ich überall unbemerkt rumstromern. Willy hatte mich noch gewarnt und gesagt, die Notfalltaste an meinem Bändchen würde dann auch nicht mehr funktionieren, aber das war mir völlig egal. Kein Tracker bedeutete Freiheit.

Und dadurch bist du jetzt hier gefangen, Trottel. Vielleicht für immer.

Ich versuche, die aufsteigende Panik zu unterdrücken. Nicht in Problemen denken, sondern in Lösungen, wie es Pa immer tat. Der hätte bestimmt gewusst, wie man hier heraus...

Mein Camphone! Wenn das Gerät den Sturz überlebt hat, kann ich dort den Tracker einschalten und jemanden benachrichtigen.

Ich schaue mich um, aber es ist, als wäre ich nachtblind. Das hat was mit Stäbchen und Zäpfchen zu tun, erinnere ich mich vage. Wahrscheinlich habe ich zu lange durch dieses dämliche Loch nach oben gestarrt und meine Augen müssen sich jetzt erst wieder an die Dunkelheit gewöhnen.

Geduld ist nicht meine Stärke. Ich werfe den Schlafsack von mir, knie mich hin und taste die Umgebung ab. Matratze, Matratze, Boden ...

Da liegt was!

Sobald ich die Konturen meines Camphones erkenne, stoße ich einen Freudenschrei aus. Meine Stimme hallt im Raum wider. Ich tippe mit dem Daumen und plötzlich habe ich Licht!

Gebrochenes Licht, denn über das Display zieht sich ein gewaltiger Sprung. Ich reibe darüber, bis das Glas warm genug ist und sich selbst reparieren kann. Der Sprung schrumpft zu einem Haarriss und verschwindet dann komplett. Ich kann das Display wieder ablesen.

Die Balken oben links prophezeien nichts Gutes. Oder eigentlich müsste ich sagen, die *fehlenden* Balken. Ich strecke den Arm, aber es hilft nichts. Auch Aufstehen macht keinen Unterschied. Als ich mich genau unter die Deckenöffnung stelle und mich so lang mache, wie es geht, sehe ich immer noch dasselbe.

Null Balken.

Diese Höhle ist wahrscheinlich der letzte Ort auf dieser Erde ohne Empfang.

Die unebene Matratze bringt mich ins Wanken. Meine Gelenke haben sich noch immer nicht ganz von dem Schlag erholt und ich stöhne vor Schmerz. Vielleicht liegt hier ja noch mehr herum, fällt mir ein. Nicht nur Matratzen, sondern auch anderer Kram. Sachen, mit denen ich ein Gerüst bis oben zum Loch in der Decke bauen kann.

Die Taschenlampenfunktion braucht keinen Empfang. Ich schalte sie in den hellsten Modus und leuchte mit dem Camphone um mich. Das ist nicht die illegale Deponie, die ich erwartet habe. Am ehesten ähnelt es noch einem unterirdischen Geschäft. Überall stehen voll beladene Regale. Ich sehe Hunderte Literflaschen Wasser, je sechs in einem Karton. Stapelweise Decken und Handtücher, Klopapierrollen –

genug für ein ganzes Jahr – Seife, weiße Dosen mit roten Kreuzen darauf, ein paar Trillerpfeifen, Stifte und Papier, tütenweise Teelichter und Kerzen, Streichholzschachteln und Feuerzeuge.

Im nächsten Schrank liegen ein Hammer, eine Säge, allerlei Zangen, ein primitiv aussehender Bohrer und Werkzeuge, von denen ich nicht einmal wüsste, was man damit anfangen könnte. Aber auch Seile in verschiedenen Dicken und Klebeband.

Danach kommen Bögen und Köcher voller Pfeile, ein Netz und dann einige Gewehre mit Dutzenden von Patronenschachteln daneben. Ich erkenne sie aus alten Kriegsfilmen und Ballerspielen. Trotzdem ist es seltsam, sie hier in echt zu sehen. Ziemlich beängstigend sogar. Ich dachte, alle Waffen seien vernichtet – bis auf die Gummiknüppel und die Taser der Ordnungskräfte.

Daneben finde ich eine durchsichtige Tüte voller Papierstapel, bedruckt mit schwarzer und grüner Tinte. Als ich den Lichtstrahl flach halte, kann ich erkennen, was draufsteht. Buchstaben – immer dasselbe S mit einem vertikalen Strich – und Porträts verschiedener Leute. Ich erkenne einen Präsidenten von vor langer Zeit und mich beschleicht allmählich das Gefühl, in einer Art Zeitloch gelandet zu sein. Das sind Zahlungsmittel aus der Zeit der Banken und Geldkarten!

Aber am beeindruckendsten sind die endlos scheinenden Dosenreihen. Sortiert nach Größe und Form. Farbe, denke ich erst noch, aber als ich genauer hinschaue, merke ich, dass es sich um eine andere Art von Dosen handelt. Diese hier haben keinen Deckel, den man mit einem Schraubenzieher hochdrücken kann, sondern Ringe zum Aufziehen.

Auf der verschmutzten Außenseite sind verblasste Bilder und Buchstaben, die etwas über den Inhalt verraten: Erbsen, Sardinen, Kidneybohnen, Knackwurst, Pfirsich, Sardellenfilets, Ananas, Leberpastete und Tomatensuppe ...

Das sind Lebensmittel. Keine Yummys, Shakes oder Vita, sondern nicht manipulierte Nahrungsmittel, wie sie die Leute früher gegessen haben.

Das Adrenalin schießt durch meinen Körper und ich vergesse, dass ich ganz schön in der Tinte sitze. Ich stehe in einem Schutzkeller aus der alten Zeit! Kein virtueller Schutzkeller, sondern ein echter! Einst hat jemand diese Sachen hier gesammelt und gelagert, um im Notfall überleben zu können. Alles, was hier steht, stammt aus den Jahren vor der Großen Umkehr, als die Menschen noch befürchteten, der Dritte Weltkrieg könnte ausbrechen. Unsere neuen Führenden berichten jedes Jahr an Happy Day davon.

Happy Day.

Mein Magen fühlt sich plötzlich hohl an. Dieses blöde Fest ist schon morgen. Und wahrscheinlich bin ich zum ersten Mal nicht dabei.

Prissy

Aber ich kenne dich.

Was denkt der sich denn? Wenn er nur lange genug durchhält, wird sie schon reagieren?

Von wegen.

Ich stecke mein Camphone weg, verschließe das Fach zum zweiten Mal und gehe zum Poolplatz. Die Mosaiksteinchen unter meinen nackten Füßen sind angenehm warm. Ich ziehe das Gummi meiner Schwimmbrille über den Kopf, lege mein Handtuch in den wasserdichten Behälter auf dem Laufband und betrete den Duschtunnel. Lauwarme Strahlen plätschern aus der Decke auf mich nieder. Sie riechen nach Eukalyptus.

Tropfnass und bakterienrein erreiche ich die riesige Halle, in der die Menschen wie Kobolde wirken. Die Glaswände haben schwenkbare Flügel und geben den Blick auf die sanft gewellten Hügel des Parks frei. Sobald das Wetter es zulässt, stehen sie offen – wie heute.

Ich nehme mein Handtuch mit und lege es auf eines der Bänkchen neben dem Schwimmerbecken. Dann mache ich einen Kopfsprung vom nächstgelegenen Startblock und ziehe meine erste Bahn.

Die hallenden Stimmen der anderen Besucher verschwinden im Hintergrund. Ich vergesse Mo und seine Nachrichten und genieße die Geschmeidigkeit meiner Muskeln und das Gefühl der Schwerelosigkeit.

Das schwarze T auf dem Boden kündigt den Wendepunkt an. Ich mache eine Kopfrolle und bewege die Füße zur

Wand. Noch im Abstoßen drehe ich mich, treibe wieder auf dem Bauch und kraule weiter. Mühelos, wie immer.

Coach Guppy fragt mich regelmäßig, ob ich in seinem Team mittrainieren will. Er sagt, damit steigen meine Chancen auf ein Sportstipendium. Aber ich will nicht, dass Schwimmen zu einer Verpflichtung wird, wie alles in der Schule. Und wer sagt, dass ich später studiere? Das dauert noch mindestens hundert Jahre.

Ich drücke mich erneut von der Wand ab und schwimme zum dritten Mal durch das Becken. Der Rhythmus meiner Schläge versetzt mich in Trance. Der Rest der Welt existiert nicht mehr. Es gibt nur noch die Stille des Wassers und die einzigen Geräusche sind meine Atmung und mein Herzschlag.

Bis jemand fast auf mich springt.

»Geht's noch?«, rufe ich.

Ein feixendes Jungengesicht starrt mich an. Dunkle Augen mit einem spöttischen Funkeln. Am Hals ein Fußball aus Tinte.

Ich erwarte eine Entschuldigung, aber die kommt nicht. Stattdessen schluckt er Wasser, spitzt die Lippen und spritzt wie ein Wal.

Der harte Strahl trifft mich voll im Gesicht. Zum Glück trage ich eine Schwimmbrille ...

»Nicht witzig«, sage ich.

Eine ältere Frau mit rosa Gummiblümchen-Bademütze schaut zu uns hinüber. Als ihr der Junge freundlich zuwinkt, wendet sie schnell den Blick ab.

»Mädchen.« Er seufzt übertrieben. »Ihr habt einfach keinen Sinn für Humor.«

»Und du hast dich verirrt.« Ich weise mit dem Kopf zur

anderen Seite der Schwimmhalle. »Das Becken für die Kleinkinder ist dahinten.«

»Danke für den Tipp.« Er salutiert, verschwindet unter Wasser und schwimmt davon.

Ich schaue ihm kopfschüttelnd hinterher und ziehe weiter meine Bahnen.

Eine halbe Stunde später leere ich mein Schließfach und verschwinde in einer der Umkleiden. Kaum habe ich die Tür verschlossen, überprüfe ich mein Camphone.

Die üblichen Clicks und Camfies meiner Freundinnen.

Und ja, auch wieder eine Nachricht von Mo.

Was für ein Trottel, Mann, springt der einfach auf dich.

Das ist *creepy*. Woher weiß er das? Hat er mir vorhin im Schwimmbad nachspioniert?

Mit einem unbehaglichen Gefühl lege ich mein Camphone zur Seite, streife den Badeanzug runter und trockne mich hastig ab. Unterdessen versuche ich, mich an die Gesichter der anderen Besucher zu erinnern. Das einzige Bild, das aufsteigt, ist von der Frau mit der Bademütze. Sie scheint mir nicht wie jemand, der unter falschem Namen geheimnisvolle Nachrichten schickt. Aber wer dann? Jemand, der vom Rand aus zuschaute? Oder ... Natürlich!

Ich habe dich durchschaut, clicke ich. Der Trottel bist du selbst!

Während ich mich anziehe, behalte ich das Display im Auge. Mos Antwort kommt in dem Moment rein, in dem ich das Magnetband meiner Sandale schließe.

Wie kannst du nur so etwas denken? Ich bin schwer beleidigt.

Gut so. Ich stopfe die nassen Badesachen in meine Tasche, hänge sie mir über die Schulter und schlendere zum Ausgang. Kurz hinter dem Poolplatz erscheint eine neue Nachricht auf meinem Display.

Er geht übrigens direkt hinter dir.

Ich kann es nicht lassen und drehe mich kurz um.

Er ist es! Der Junge mit dem Fußball-Tattoo!

Schnell schaue ich wieder vor mich. Und dann auf mein Camphone, denn Mo clickt mich wieder an.

Pass nur auf, dass er nicht noch mal auf dich springt.

Droht er mir jetzt?

Der Walgesang bekommt auch etwas Bedrohliches. Ich beschleunige meinen Schritt.

Wovor habe ich eigentlich Angst? In einem Gang voller Menschen wird er mir bestimmt nichts antun.

Mit einem Ruck drehe ich mich um und versperre ihm den Weg.

»Du schon wieder?«, fragt er gespielt erstaunt.

»Glaubst du wirklich, dass ich noch einmal darauf reinfalle?«, frage ich.

»Wie meinst du das?«

»Das weißt du genau, Mateo.« Ich spreche seinen Namen betont aus. »Oder soll ich dich Mo nennen?«

»Du darfst mich nennen, wie du willst«, sagt er. »Aber meiner Ansicht nach hast du den Falschen. Ich bin Xavi.«

»Ja, klar.«

»Du glaubst mir nicht?« Er zeigt mir sein ID-Bändchen. »Xavi Williams, sechzehn Jahre.«

Als könnte ich nicht selbst lesen.

Ein paar Mädchen starren uns an und fangen an zu flüstern. Ich spüre, dass meine Wangen wahnsinnig brennen, aber Mo scheint das vor allem witzig zu finden und schaut ungeniert hin.

»Noch schlimmer«, sage ich, »Dann hast du diese dämlichen Nachrichten also unter einem falschen Namen und falschem Profil geschickt.«

Er vergisst sein Publikum. »Welche Nachrichten?«

Ich halte ihm mein Camphone unter die Nase. »Die.«

»Die sind nicht von mir«, sagt er.

Ich schnaube.

»Guck selbst nach!« Er reicht mir sein Camphone.

Ich checke alle versendeten Nachrichten. Keine einzige ist an mich gerichtet.

»Hast du sie gelöscht?«, frage ich, nicht mehr ganz so sicher.

Er stöhnt. »Bist du paranoid, oder was? Du siehst doch, dass ich eine ganz andere Nummer habe.«

Ich kapiere gar nichts mehr. Wenn er nicht Mo ist, wer dann?

»Sorry«, murmele ich und gebe ihm sein Camphone zurück. »Hab ich mich wohl getäuscht.«

»Kein Problem«, sagt Xavi.

Idiotin, kann ich ihn denken sehen.

Während er sich von mir entfernt, pingt mein Gerät.

Wieder eine Nachricht von Mo: Sagte ich doch.

Holden

Ich habe mein Camphone auf eine Packung Klopapierrollen gelegt, gestützt von einer Streichholzschachtel, damit der Lichtstrahl schräg nach oben weist und ein Regal beleuchtet.

Zum ersten Mal steigt ein Fünkchen Hoffnung in mir auf. Der Boden ist leer. Die Matratze lehnt jetzt an der Wand. Ich muss nur noch das Regal unter die Öffnung in der Decke schieben und auf das oberste Brett klettern. Dort oben, so viel näher an der Außenwelt, habe ich bestimmt wieder Empfang. Vielleicht erreiche ich sogar den Rand des Lochs, kann mich hochziehen und hinausklettern.

Das glaubst du wohl selbst nicht, höre ich Papa sagen.

Ja, ich weiß, dass er tot ist. Und nein, ich bin nicht verrückt – auf jeden Fall nicht verrückter als die meisten Leute, auch wenn sie das in der Klinik von mir denken. Trotzdem höre ich Pa noch manchmal in meinem Kopf und dann rede ich in Gedanken mit ihm – wie manche Leute mit Gott oder Allah sprechen. Nur dass die nie zu einem Psychiater geschickt werden ...

Ich hole tief Luft. Dann schraube ich meine Hände fest um die Regalstützen und zerre mit aller Kraft daran.

Mistding! Es bewegt sich keinen Millimeter.

Ich fege die Konservendosen runter, damit es leichter wird. Mit viel Getöse fallen sie zu Boden – bis auf eine blöde Büchse, die unbedingt auf meinem rechten Schuh landen muss.

Del Monte, 415 Gramm halbe Birnen im eigenen Saft.

Es fühlt sich so an, als hätte ein Hammer meinen großen Zeh geplättet. Ich denke an Doktor Wendy. An einem Nachmittag hat sie mich hundert Stressflaschen zerschlagen lassen, während ich auf alles und jeden fluchen durfte wie ein Kutscher.

»Scheißbirnen in *fucking* schwerem Saft!« Ich raffe die Dose auf und schmettere sie gegen die Wand.

Es hilft nicht die Bohne. Ich komme mir höchstens lächerlich vor.

Während ich mir große Mühe gebe, meinen pochenden großen Zeh zu ignorieren, umarme ich das Regal von der Seite. Ich schlinge die Arme um die beiden Stützen und verflechte meine Finger.

Ziehen.

Keine Bewegung.

Ich beuge mich mit vollem Gewicht hintenüber, aber das Ding ist wie festgeklebt. Um besser sehen zu können, nehme ich mein Camphone dazu.

Es ist noch schlimmer. Die Regalfüße stehen in einer Art Betonbett.

Meine Hoffnung schrumpft wie brennendes Papier. Welcher Idiot hat sich das ausgedacht? Jemand mit einer Phobie vor umfallenden Regalen? Derjenige braucht eine Therapie viel dringender als ich.

Der Schmerz in meiner Hüfte und in den Fußgelenken lodert wieder auf und plötzlich bin ich todmüde. Mit der Schuhkante schubse ich vorsichtig ein paar Dosen zur Seite, damit ich die Matratze wieder auf den Boden fallen lassen kann. Noch immer keuchend, setze ich mich hin, den Schlafsack als Kissen im Rücken.

Was soll ich denn jetzt machen?

Eine riesige Welle Selbstmitleid steigt in mir auf.

Stell dich nicht so an, sagt Pa. Das willst du doch? Abenteuer erleben?

Ich rolle die nächstliegende Konserve zu mir und betrachte das Etikett. Ananasscheiben. Echtes Essen. Wenn ich sowieso nicht mehr wegkann ...

Mein Finger hat sich schon unter den Ring gezwängt. Ich ziehe den Deckel hoch.

Gelbliche Früchte in trübem Wasser mit einem überwältigend süßen Duft. Ich fange vorsichtig an und schlecke daran wie eine Katze. Die Flüssigkeit reizt meine Zunge und schreit meinem Hirn augenblicklich zu: Mehr! Gierig schöpfe ich die Scheiben aus der Dose und stopfe sie mir in den Mund. Die Ananas ist schlaff und weich und zerfällt. Meine Hände werden klebrig und der Saft tropft mir übers Kinn. Es ist mir egal. Ich esse und trinke, bis die Dose komplett leer ist.

Schon nach wenigen Minuten bereue ich es. Mein Bauch fühlt sich ekelhaft geschwollen an und ich sterbe vor Durst. Hoffentlich habe ich mich nicht vergiftet! Diese Konserven sind steinalt. Nervös checke ich mein ID-Bändchen, aber das gibt glücklicherweise weder einen Alarm von sich noch ungebetenen medizinischen Rat.

Ich drücke mich hoch und nehme eine Flasche Wasser, um den Kleb von Gesicht und Fingern zu spülen. Dann lasse ich mich wieder auf die Matratze fallen und trockne mir die Hände an der Hose ab. Wie lange kann man Wasser wohl aufbewahren?

In einem verlassenen Schutzkeller todkrank werden ist echt ein furchtbar schlechter Plan, mischt Pa sich ein.

Bei lebendigem Leib verbrennen auch.

Ich mache mir nicht die Mühe, das Haltbarkeitsdatum zu

checken. Das hat dieses Wasser sowieso längst überschritten, genau wie alle anderen Sachen in diesem Keller. Ich trinke einen kräftigen Schluck. Es schmeckt normal, höchstens ein wenig muffig. Bevor es mir bewusst ist, trinke ich die halbe Flasche leer und rülpse – das können Eichhörnchen übrigens nicht!

So, das erleichtert. Jetzt noch den drückenden Hosenbund …

Während ich den obersten Knopf öffne, schlägt mein ID-Bändchen doch noch Alarm.

Rote Buchstaben leuchten auf. Therapie in fünf Minuten.

Ist das alles? Einen kurzen Moment hatte ich Angst, ich müsste wie Pa den Löffel abgeben.

Was nicht ist, kann noch werden, sagt seine Stimme in meinem Kopf.

Die grenzenlose Müdigkeit von eben überfällt mich wieder. Wer weiß, vielleicht kann ich nie wieder zu Doktor Wendy. Nie mehr zu wem auch immer. Und wie soll es dann mit Ma weitergehen?

Ich lege mich hin, ziehe den Schlafsack über mich und stelle mir vor, dass ich nicht in irgendeiner Scheißhöhle liege, sondern zu Hause in meinem eigenen Bett.

Als Prissy heute Morgen an die Badezimmertür bollerte, rief ich ihr zu, sie sollte sich verpissen.

Die epischen letzten Worte eines Dummkopfes.

Offenbar bin ich kurz eingenickt.

Nicht kurz, sondern länger als eine Stunde, wenn ich meinem ID-Bändchen glauben darf.

Mein Bauch tut nicht mehr weh. Ich schlage den Schlafsack zur Seite und starre zur Decke hinauf.

Die Wände rundum sind glatt und hoch, selbst mit Steigeisen und Seilen wäre das Hochklettern ein schweres Stück Arbeit.

Vielleicht hing dort früher mal eine Strickleiter? Oder da hat eine Leiter gestanden, die nach all den Jahren verrottet ist? Aber wo sind dann deren Überreste? Das einzige Holz, das hier liegt, sind die verrotteten Bretter, durch die ich gebrochen bin und ...

Ich federe auf. Vielleicht ist das ja gar nicht der Ausgang!

Im Licht meines Camphones zwänge ich mich hastig durch die hohen Regale. Habe ich etwas übersehen? Eine in die Felsen gehauene Treppe mit einer Geheimluke oder Stangen in der Wand, über die man hochklettern kann?

Dort! Ich muss schon dreimal daran vorbeigelaufen sein, aber erst jetzt fällt es mir auf. Da hängt eine Art Plane. Sie hat die Farbe der Felswand, wodurch sie kaum auffällt.

Ich wünsche mir eine Treppe, eine Tür, einen Ausgang – ich schiebe die Plane zur Seite ...

Ein Tunnel!

Dann erlischt plötzlich die Taschenlampe an meinem Camphone und es wird pechschwarz.

Prissy

Sobald ich zu Hause bin, clicke ich meinen Freundinnen: Camchat. Jetzt!

Aber auch sie kennen niemanden namens Mo oder Mateo.

»Ein seltener Fall von Cyberstalking«, sagt Anna.

»Vielleicht ist es ja ein Pädophiler«, sagt Flow. »Die gibt es wirklich immer noch! Ich würde ihn anzeigen.«

»Und wenn die Ordnungskräfte dann mein Camphone untersuchen wollen?«, protestiere ich. »Dann bin ich tagelang ohne.«

»Meinst du echt?« Flow ist fast im Schockzustand. »Eher würde ich mir den kleinen Finger amputieren lassen!«

»Mach es lieber, Pris«, sagt die vernünftige Anna. Sie nestelt an einem ihrer hundert Ohrringe. »Deine Nummer hat er schon. Wer weiß, vielleicht entdeckt er ja auch noch, wo du wohnst, und dann wirst du ihn nie wieder los.«

Brooklyn hat ihr Telefon aufs Waschbecken gelegt, damit sie ihren Lidschatten nacharbeiten kann; ich sehe sie nur noch von unten. Sie vermittelt mir das Gefühl, vollkommen unwichtig zu sein, und das kann ich nicht ausstehen.

»Was meinst du?«, frage ich.

Ihre Hand mit dem Applikator bleibt einen Augenblick in der Luft hängen.

»Sofort blockieren, diesen Widerling.«

»Was für eine gute Idee!«, ruft Flow, als hätte Brooklyn gerade eine neue Modelinie erfunden.

»Das schon, aber …« Ich verschlucke den Rest meiner Worte. Sie würden es sowieso nicht kapieren.

»Aber was?«, fragt Flow.

»Nichts«, sage ich mit einem Kopfschütteln zum Display. »Danke, Mädels.«

Ich beende den Chat und setze mich mit meinem Camphone aufs Bett. Wenn ich Mo blockiere, gibt es keinen Weg mehr zurück. Dann wird er für immer und ewig ein Mysterium bleiben.

Ich hasse ungeklärte Mysterien.

Mein Gerät verschwindet irgendwo in den Kissenstapeln hinter meinem Rücken. Die Bezüge haben Fransen, was jeder bei mir zu Hause lächerlich findet, aber Vloggerin Reese sagt, Kissenbezüge mit Fransen sind absolut hot, und sie weiß, wovon sie spricht. Also.

Auf der Ablage unter meinem Spiegel lugt die Schachtel mit den Surprise-Yummys hervor, die ich gestern bekommen habe. »Mit Supergrüßen von Supershoot«, hatte der Kurier gesagt. Offenbar bin ich schon fünf Jahre dabei oder so. Oder sie finden meine Camfies einfach klasse.

Ich nehme ein Yummy und kuschele mich wieder in die Kissen, während ich den 3-D-Projektor einschalte. Ein leises Summen füllt den Raum und dann spaziert Reese aus meiner Zimmerwand.

»Hi!« Sie winkt mit beiden Händen und lächelt. »Schön, dass du mir wieder zuschaust. Heute reden wir über Happy Day.«

Ich habe das Gefühl, ihr Lächeln ist nur für mich bestimmt.

»Schwarze Kleider sind nichts für ein Fest«, sagt sie. »Hebt die mal lieber für die Beerdigung eurer Tante auf.«

Düstere Musik ertönt.

Ich denke an mein funkelnagelneues Eisköniginnenkleid.

Ein weißes, zum Glück! Mit einer silbernen Tiara voller künstlicher Diamanten. Mama hatte es auf der Schnäppchenseite gefunden und laut Anprobe-App stand es mir fantastisch. Also haben wir es sofort bestellt.

»Das Eisköniginnenkleid, das im letzten Jahr *der* große Hit war?« Reese bewegt ihren Zeigefinger hin und her. »Schön im Schrank lassen. Das geht gar nicht mehr.«

Das gerade noch so großartig schmeckende Yummy wird plötzlich sauer.

»Weiße Kleidung ist sowieso out.« Reese beugt sich vor und vertraut mir flüsternd an: »Und sehr empfindlich. Dabei kann doch gerade an Happy Day so viel schiefgehen. Jemand drückt dich aus Versehen gegen eine dreckige Wand oder du verschmierst dein Make-up. Auf einem weißen Outfit ist jedes Fleckchen wie ein Ausrufezeichen. Und dann sind alle Camfies mit dir für die Tonne!«

Bei der Vorstellung allein wird mir schon übel.

»Ich entscheide mich daher für ...« Sobald Reese mit den Fingern schnipst, entrollt sich ein Banner von Colourcompany. »... die farbenfrohe Kollektion von ...«

Ein leises Klopfen. Meine Tür wird aufgeschoben und Mamas Kopf erscheint in der Öffnung. »Hast du eine Ahnung, wo Holden steckt?«

»Woher soll ich das denn wissen?« Mit einem Auge schaue ich zu Mama, mit dem anderen zu Reese.

»Jetzt bestellen und dein Kostüm kommt noch heute.«

Ich muss Mama unbedingt rumkriegen!

»Die Klinik hat angerufen, er ist dort nicht aufgetaucht.«

Mama kommt ins Zimmer und hebt eine meiner herumliegenden Sandalen auf. »Es wird ihm doch nichts passiert sein?«

Da haben wir es wieder. Auf einer Skala von eins bis zehn für Besorgtheit würde Mama eine Elf schaffen. Für unglaublich nerviges Verhalten übrigens auch. Sie wischt durch die Luft und Reese verschwindet abrupt.

»Ja, hallo!«, rufe ich wütend.

»Sonst hörst du mir nicht zu.«

»Tu ich doch. Aber du übertreibst auch immer sofort.«

Mama wirft mir einen verletzten Blick zu und ich fühle mich doch ein wenig schuldig.

»Vielleicht hatte er einfach Lust zu schwänzen«, sage ich.

»Das erklärt noch nicht, weshalb ich ihn nicht erreichen kann.«

Ich verdrehe die Augen. »Vielleicht, weil er sein Camphone ausgeschaltet hat?«

»Wer macht denn so was?«

»Holden offensichtlich.«

Mein Bruder ist nicht normal, das weiß doch jeder.

»Und wenn jetzt doch was Schlimmes passiert ist?«, fängt Mama wieder an. Sie scheint gar nicht zu merken, dass sie meine Lieblingssandale fast erwürgt. Gleich bricht noch die Sohle!

»Es ist überhaupt nichts passiert«, sage ich. »Er hat keine Lust auf dein Gejammere, also geht er nicht ran.«

»Glaubst du?«

»Ganz sicher.« Ich richte mich auf, nehme ihr die Sandale aus der Hand und stelle sie neben ihr Gegenstück unters Bett.

Mama starrt etwas verloren auf ihre leeren Hände.

»Kannst du ihn nicht anrufen?«, fragt sie dann. »Mit deinem Gerät. Vielleicht reagiert Holden ja, wenn er sieht, dass du es bist.«

Ich weiß jetzt schon, dass er mich für eine Verräterin halten wird. Aber wenn ich Mama helfe, erhöhe ich meine Chancen auf ein Kostüm von Colourcompany, also taste ich unter meinen Kissen, bis ich mein Camphone finde.

Anrufen. Ich laufe hin und her.

»Und?«, fragt Mama gespannt.

Ich schüttele den Kopf. »Aber das heißt nicht, dass er nicht da ist. Wenn sein Gerät ausgeschaltet ist …«

Mit hängenden Schultern setzt sie sich auf mein Bett.

Ich muss an die hauchdünnen Vasen im City-Museum denken. Sobald man ihnen zu nahe kommt, leuchten Buchstaben auf dem Boden auf: NICHT BERÜHREN, SEHR ZERBRECHLICH.

Ich traue mich auch nicht, Mama anzufassen. Als Papa noch lebte, war sie tapfer und stark. Ich kann es mir kaum noch vorstellen.

Holden

Shit! Der Akku ist leer!

Was dachtest du denn?, sagt Pa. Dein Camphone nonstop leuchten lassen und dann auch noch im hellsten Modus …

Ja-ha. Ich verstaue mein Gerät.

Und jetzt? Auf gut Glück im Dunkeln weiterstolpern und hoffen, dass mich der Tunnel zu einem Ausgang bringt?

Aber was, wenn er stattdessen tiefer hinunterführt und ich in irgendeinem komplizierten Höhlensystem lande?

Kategorie schlimmere Todesarten: erst wochenlang allein herumirren und dann doch noch vor Hunger und Durst sterben.

Dann esse ich mich lieber an Dosenfutter zu Tode.

Ja, Labyrinthe aus Glas, die fand ich als Kind ziemlich witzig. Und das große Labyrinth in Funworld mit seinen meterhohen Buchenhecken und dem Aussichtsturm in der Mitte. Pa hat mir mal erzählt, die Gärtner hätten sich früher ein Seil um die Taille gebunden, wenn sie die Hecken schnitten. Ein Ende banden sie dann an der Hecke am Eingang fest, damit sie den Weg zurück schnell fanden, weil sonst nichts von ihren Pausen übrig geblieben wäre.

Heute brauchen sie nur ihr GPS einzuschalten. Meins ist fast bis auf den Millimeter genau. Leider hat man davon nichts, wenn man mit einem leeren Camphone in einem Keller ohne Empfang sitzt, während so ein Seil …

Vielleicht ist ja unter den Werkzeugen was Passendes, das ich verwenden kann!

Ich lasse die Plane los und taste mich zwischen den Regalen durch, während ich versuche, meine Augen an die Dunkelheit zu gewöhnen. Rechts erkenne ich die vagen Umrisse der Konserven. Links: noch mehr Dosen …

Das muss der Schrank mit dem Werkzeug sein. Ungeduldig lasse ich meine Finger über die Gerätschaften wandern und dann habe ich plötzlich eine Kerze in der Hand. Die Feuerzeuge und Streichhölzer liegen daneben, daran erinnere ich mich noch.

Fast zünde ich meinen Daumen an, aber endlich brennt der Docht. Die Handinnenfläche schützend um die Flamme gelegt, gehe ich aufgeregt zum nächsten Regal.

Ja, da liegt eine Rolle Schnur!

Als ich sie in meine Tasche stecke, entdecke ich noch etwas Interessantes. Einen flachen Gegenstand mit einer Lampe und einer Art Griff. Eine Taschenlampe aus dem Jahr null?

Eine großartige Taschenlampe! Als ich ein paarmal auf den Griff drücke, leuchtet sie auf.

Ich blase die Kerze aus, behalte sie aber bei mir. Angenommen, meine neue Dynamolampe gibt wie mein Camphone den Geist auf? Diesmal will ich auf alles vorbereitet sein.

Da ich keine Schnecke bin, die notfalls drei Jahre schlafend ohne Nahrung verbringen kann, scheint es mir klug, was zu essen und Wasser mitzunehmen. Mir war zwar ein bisschen übel von der Ananas, aber ich bin nicht daran gestorben. Wahrscheinlich muss mein Magen nach siebzehn Jahren Vita und Shakes einfach erst einmal umschalten.

Ich entscheide mich für eine Dose Bohnen, eine Büchse Sardellen und Tomatensuppe. Bloß – wo tue ich das alles hin, wenn ich auch noch diese Lampe festhalten will?

Ich leuchte die Umgebung ab, auf der Suche nach etwas, in dem ich meine Sachen transportieren kann, und Wunder über Wunder, in der Ecke an der Wand lehnt ein Stoffbeutel. Ein Stück Felsen, denke ich erst noch, aber Felsen haben oben keinen Saum mit einer Kordel zum Zuschnüren.

Ich ziehe die Öffnung auf und schaue hinein.

Fackeln? Die sind ja noch viel praktischer als Kerzen!

Als ich sie ein wenig zur Seite schiebe, passen die Konserven bequem in den Beutel und auch die Wasserflasche findet noch Platz. Die Kerze. Dann hänge ich mir die improvisierte Tasche über die Schulter. Das Feuerzeug stecke ich in die Hosentasche, nachdem ich die Rolle mit der Schnur wieder hervorgeholt habe. Ein Ende knüpfe ich an das Regal, das dem Tunneleingang am nächsten steht, und wickele schon mal ein Stück ab. Noch ein paarmal drücken, damit ich genügend Licht habe ...

Ich schiebe die Plane zur Seite und betrete den unterirdischen Gang.

Es scheint wärmer hier drinnen als in der Höhle, aber das kann auch an meinen Nerven liegen. Mein Rücken ist klamm vor Schweiß und die Schnurrolle klebt an meinen Fingern. Vorläufig brauche ich mich nicht zu entscheiden, in welche Richtung ich gehe. Wo ich eine Abzweigung vermutete, macht der Gang nur eine Biegung nach rechts. Sobald ich um die Kurve gebogen bin, habe ich das Gefühl, dass es langsam, aber stetig nach oben geht und ...

Mir stockt der Atem. Sehe ich das richtig?

Ich gehe schneller, lasse die Schnurrolle fallen und gönne mir nicht die Zeit, sie aufzuheben. Der Lichtstrahl bewegt sich zuckend auf und nieder und dann ...

Ja, es sind Stufen! Sechs Stück, um genau zu sein, und sie

führen zu einer Luke in der Decke! Ich platze fast vor Hoffnung und Freude, klemme den Stoffbeutel zwischen meine Füße, lege die Lampe auf die oberste Stufe und strecke die Arme aus.

Fuck! Das Scheißding ist verschlossen.

Ich versuche, die Luke mit der Schulter hochzudrücken. Das Holz stöhnt und knarrt, gibt aber nicht nach. Ich brauche einen Stock, um die Luke aufzubrechen, oder noch besser: ein Beil, damit ich das ganze Ding zertrümmern kann. Aber das habe ich leider nicht mit.

Widerwillig gehe ich in den Tunnel zurück. Den Beutel lasse ich stehen. Ich nehme nur die Lampe mit und folge dem ausgerollten Faden auf dem Boden. Mein Schatten begleitet mich wie ein dunkles Gespenst und meine Fußgelenke fühlen sich an wie zerbrechliche Zweige. Trotz der Wärme überläuft es mich kalt.

Stell dich nicht so an, sagt Pa. Du weißt den Weg und du kennst die Höhle.

Trotzdem empfinde ich eine gewisse Erleichterung, als ich die Plane hängen sehe. Ich schiebe sie beiseite und stolpere in den Schutzkeller. Erneut laufe ich die langen Konservenreihen ab und komme am Regal mit den Waffen vorbei. Als wäre ich zurück auf Los.

Beim Werkzeugregal bleibe ich stehen. Auf die Schnelle kann ich kein Beil entdecken. Übrigens auch keinen Stock. Aber Moment …

Da liegt tatsächlich ein Brecheisen!

Mit neuem Mut gehe ich in den Tunnel zurück. Wenn ich das Brecheisen schwenke, ist mein Schatten noch beängstigender als vorhin. Nur kann ich jetzt darüber kichern.

Die Abenteuer von Holden, dem bewaffneten Gespenst.

Entschlossen gehe ich erneut die Stufen hinauf und klemme den Fuß des Brecheisens in den Spalt neben der Luke.

Und jetzt mit Kraft.

Ein Krachen und dann –*yeah!* – breche ich plötzlich durch die Luke. Das Loch ist groß genug, um die Hand durchzustrecken. Ich ertaste ein unverwüstliches Hängeschloss, aber – *Shit, Shit, Shit* – keinen Schlüssel.

Erneut rücke ich dem Holz mit dem Brecheisen zu Leibe. Drücken. Rütteln. Manchmal muss ich kurz innehalten, um mir den Staub und die Splitter aus dem Gesicht zu wischen, aber ich bleibe hartnäckig und zerbrösele die gesamte Luke Stück für Stück und dann endlich, endlich – da ist sie wieder, die Außenwelt!

Ich lasse das Brecheisen fallen. Den Beutel im Arm, die Augen vor dem grellen Licht zugekniffen, trete ich ins Freie. Oder eigentlich bin ich auch noch ein bisschen drinnen, denn ich stehe zwischen den Resten eines Hauses! Das Dach ist komplett verschwunden und die Mauern sind von Efeu überwuchert. Der verrottete Fensterrahmen hat keine Scheibe mehr und die Tür ist aus den Angeln gebrochen. Ich spähe durch die Öffnung in die Ferne, die Hand zum Schutz vor der Sonne über den Augen.

Ja, dahinten ist das Verbotsschild, an dem ich vorbeikam, als ich das Gelände betreten habe!

Obwohl mein großer Zeh pocht, als hätte er ein Herz, und meine Hüfte und die Knöchel ziemlich heftig stechen, fühle ich mich fantastisch. Schwungvoll werfe ich mir den Stoffbeutel über die Schulter, benutze die Tür als Laufsteg und humpele durch das Gras in Richtung Wildrost.

In Gedanken fliege ich. Ich lebe noch und ich habe eine Schatzkammer entdeckt.

Prissy

Das ist kein guter Moment für ein Gespräch über ein Kostüm von Colourcompany.

Mama sitzt mit einem Beruhigungsshake und ihrem Camphone am großen Tisch im Wohnzimmer. Die halbe Stadt hat sie abtelefoniert, in der Hoffnung, jemand könnte Holden getroffen haben. Mitschüler, Nachbarn, Familie.

»Vielleicht hat er ja eine Freundin?«, überlegt sie. »Dann ist er vielleicht bei ihr.«

»Klar, Mama«, sage ich matt.

Ich meine: Trägt sie Scheuklappen, oder was? Holden bringt nie jemanden mit nach Hause, weil er keine Freunde hat. Geschweige denn ein Date mit einem Mädchen.

Mein Camphone pingt.

»Holden?«, fragt Mama angespannt.

Ich starre auf die Nachricht auf meinem Display: Toll, dass du mich doch nicht blockiert hast.

»Jemand von der Schule«, lüge ich sie an, während ich merke, wie mir die Gänsehaut über den Hinterkopf kriecht.

Hat Mo das Gespräch mit meinen Freundinnen belauscht? Aber das kann nicht sein. Ich war allein in meinem Zimmer. Der Totenkopf mit den Mangaaugen sieht mich durchdringend an. Und dann kapiere ich es plötzlich. Dieser Mistkerl hat mein Camphone gehackt, damit er mich ausspionieren kann!

In einem Reflex schalte ich mein Gerät aus. Für drei Sekunden fühle ich mich sicher, bis ich an den Jungen im Schwimmbad denke. Als Xavi fast auf mich sprang, lag mein Camphone in meinem Schließfach – und trotzdem hat Mo es gesehen. Offenbar beobachtet er mich unablässig – egal, ob offline oder online.

Die Gänsehaut breitet sich über meinen ganzen Körper aus. Vielleicht beobachtet Mo mich in diesem Augenblick auch heimlich. Durch das Fenster suche ich die Straße ab und …

Da kommt Holden! Er trägt einen unförmigen Beutel über der Schulter. Ich vermute, da ist etwas Megaschweres drin, denn er bewegt sich noch langsamer als ich auf meinen Wolkenkratzer-Schuhen – einem Fehlkauf mit Zehn-Zentimeter-Absätzen und nur für Partys geeignet, bei denen man den ganzen Abend auf seinem Stuhl sitzen bleiben kann.

Ich wummere gegen die Scheibe.

Holden scheint kurz zu erschrecken und hebt dann die Hand.

»Du kannst wieder ruhig durchatmen«, sage ich zu Mama. »Er ist da.«

Sie eilt zur Haustür, aber Holden geht hintenrum.

»Er nimmt den Weg über die Küche!«, rufe ich.

Holden kommt ohne Beutel rein.

»Wo warst du?« Mama lacht und weint und drückt seine Schultern und Arme, als wäre er nur ein Traum. »Ich habe mir furchtbare Sorgen gemacht.«

»Tut mir leid«, sagt Holden. »Ich bin gestürzt.«

Und stundenlang bewusstlos gewesen, was?

»Sag doch einfach, dass du nicht zur Therapie wolltest.« Hinter mir summt der Kühlschrank. Als ich einen kurzen Blick zur Seite werfe, drängt sich das blinkende Display in mein Gesichtsfeld – laut der orangefarbenen Buchstaben sind die Jelly-Yummys fast alle und müssen dringendst nachbestellt werden.

»Glaubst du mir nicht?« Holden zieht sein T-Shirt hoch, den Hosenbund ein Stück runter und zeigt uns seine blaugrün verfärbte Hüfte.

»Schatz!«, ruft Mama erschrocken. »Wir gehen sofort zur Ambulanz!«

»War ich schon.« Holden lässt sein T-Shirt wieder fallen. »Darum bin ich ja so spät.«

»Warum hast du dann nicht einfach angerufen?«, fragt Mama.

»Nicht erlaubt. Da hingen überall Warnhinweise, man müsste das Camphone ausschalten.«

Zum Glück lehne ich am Kühlschrank, sonst wäre ich vor Verblüffung nach hinten getaumelt. In so einem Fall würde der echte Holden sein Gerät erst recht einschalten. Das ist nicht mein Bruder, sondern ein Klon.

»Na ja, jedenfalls bist du sicher zu Hause angekommen und das ist das Wichtigste.« Mama streicht ihm liebevoll über die strähnigen Haare. »Ich geb der Klinik Bescheid, dass du wieder aufgetaucht bist, und dann will ich alles genau wissen.«

Sie verschwindet im Wohnzimmer, wo ihr Camphone liegt.

»Was ist wirklich passiert?«, flüstere ich Holden zu.

»Ich bin gefallen, sagte ich doch.«

»Und was ist mit dem Beutel?«

»Was für ein Beutel?«

Haha. »Der grüne, der über deiner Schulter hing.«

Holden spreizt die Arme und dreht sich einmal um die eigene Achse. »Ich sehe keinen grünen Beutel, du?«

»Jetzt nicht mehr, nein.« Ich schubse ihn mit dem Ellenbogen. »Hast du ihn im Garten versteckt?«

»Warum sollte ich ihn ...«

»Siehst du!«, rufe ich. »Jetzt gibst du es selbst zu!«

Holdens Blick huscht zur Wohnzimmertür.

»Schrei nicht so.«

»Darf Mama es nicht wissen?«, frage ich noch immer brüllend laut.

»Klappe, Pris!« Er sieht aus, als wollte er mich bei lebendigem Leib fressen.

»Wenn du mir erzählst, was drin ist.«

Er nickt! Sichtlich widerwillig, aber er nickt!

»Pass du auf Mama auf«, sagt er. »Und sorg dafür, dass sie im Wohnzimmer bleibt.«

Ich warte an der Tür. Solange Mama telefoniert, muss ich nichts tun. Holden kann den Beutel aus dem Garten holen, ohne dass sie es merkt.

»Gib mir fünf Minuten«, flüstert er, bevor er mit dem ausgebeulten Ding in sein Zimmer schleicht.

Kaum habe ich mich auf die Treppe gesetzt, kommt Mama mit ihrem Camphone in die Diele.

»Prissy, Liebes?« Sie hält das kleine Mikrofon zu. »Dein Camphone ist anscheinend nicht eingeschaltet. Da will dich jemand sprechen.«

Flow, wahrscheinlich. Würde man sie auf einer einsamen Insel ohne WLAN aussetzen – sie würde es nicht überleben. Ein Camphone-Time-out von einer halben Stunde und sie bekommt schon Entzugserscheinungen! Zitternde Hände, einen leeren Blick und ...

»Es ist ein Junge.« Mama reicht mir ihr Gerät. »Ein gewisser Mo.«

Meine Knie zittern. Das kann nicht wahr sein! Wie um Himmels willen kommt er an Mamas Nummer? Über mein gehacktes Gerät?

Ich schlucke den Kloß in meiner Kehle runter. »Ja?«

»Mo hier.« Er klingt träge und so relaxed, als käme er gerade aus der Badewanne.

Auflegen!, sagt mein Hirn.

»Was?«, schnauze ich.

Mama wirft mir einen fragenden Blick zu. Als ich eine beschwichtigende Handbewegung mache, geht sie an mir vorbei die Treppe hinauf. Ich müsste Holden warnen, dass sie unterwegs ist, aber Mo atmet mir ins Ohr und verlangt alle Aufmerksamkeit.

»Du brauchst keine Angst vor mir zu haben«, sagt er.

»Habe ich auch nicht.« Meine Stimme ist weniger fest, als ich möchte.

»Dann traust du dich doch bestimmt auch, mich zu treffen.«

Meint er ein Date? Mein Herz schlägt aus wie ein Geigerzähler. »Warum sollte ich das wollen?«

»Warum nicht?«, kontert er.

Stalker dürften einfach keine sexy Stimmen haben!

»Weil du höchstwahrscheinlich ein totaler Vollpfosten bist«, sage ich.

Er lacht entspannt. »Es gibt nur eine Art, das herauszufinden. Sehe ich dich morgen am Happy Day?«

»Du hast sie wohl nicht alle. Ich verabrede mich echt nicht mit einem Wildfremden.«

»Um vier Uhr hinter dem Power Partyzelt.« Er beendet seinen Satz nicht mit einem Fragezeichen, sondern mit einem Punkt.

Was für eine Arroganz! Als hätte ich nichts zu sagen.

»Bist du taub, oder was?«, brülle ich in Mamas Camphone. »Ich komme nicht!«

Aber der Idiot hat bereits aufgelegt.

Holden

Ich lege den Stoffbeutel auf mein Bett und öffne ihn. Die Kerze verstecke ich in der Schublade zwischen meinen Socken. Die Wasserflasche darf in meinem Kleiderschrank bleiben, bis ich sie ungesehen loswerden kann, und die Konserven …

»Schatz?«

Shit, da ist Ma schon!

Der Beutel verwandelt sich in eine Art gigantische Leuchtqualle, die ich innerhalb einer Sekunde verschwinden lassen muss. In einem panischen Reflex werfe ich die Bettdecke darüber.

Nein! Jetzt sieht es so aus, als läge ein Baby-Dromedar in meinem Bett. Ma klopft kurz. Und dann schiebt sich die Tür auf.

Mach was!, schreit mein Hirn.

Aus purer Verzweiflung krieche ich zu dem Beutel und den Dosen unter die Decke.

»Hast du geschlafen?«, fragt Ma.

»Fast.« Während ich meinen Kopf ein klein wenig anhebe, überprüfe ich heimlich die Bettdecke. Das Baby-Dromedar ist zum Glück verschwunden. Es gibt nur noch logisch erklärbare Hubbel von Füßen, Beinen und Bauch.

»Doktor Wendy lässt dich grüßen«, sagt Ma. »Ich soll dir ausrichten, dass es reicht, wenn du nächste Woche wiederkommst. Du brauchst die verpasste Sitzung nicht nachzuholen.«

»Okay.« Ich gähne demonstrativ in der Hoffnung, dass sie geht.

Ma setzt sich auf die Bettkante. »Wie konntest du nur so heftig stürzen, mein Schatz?«

Die Wahrheit zu erzählen, ist keine Option. Ma würde Prissy und mich ja sowieso schon jetzt am liebsten in einen Käfig stecken. Wenn sie hört, dass ich im verbotenen Naturschutzgebiet gewesen bin … Ma wäre imstande, die Konserven sicherstellen zu lassen und dafür zu sorgen, dass der Keller zugeschüttet wird.

»Ich bin über meine offenen Schnürsenkel gestolpert«, sage ich. »Das ist alles.«

Sie kauft es mir ab. Ihr Stirnrunzeln verschwindet. Und kommt zurück.

»Lass mich trotzdem mal kurz deine Verletzungen anschauen«, sagt sie.

Der Beutel drückt auf meine schmerzende Hüfte. Die Konserven werden zu Landminen.

»Wieso?«, frage ich so locker wie möglich. »Vertraust du den Ärzten in der Notfallambulanz etwa nicht?«

»Klar doch, aber …«

»Na denn.« Ich schließe die Augen und gähne noch einmal.

»Möchtest du Schmerztabletten? Dann kannst du besser schlafen.«

»Schlafen?« Ich versuche, es wie einen Scherz klingen zu lassen. »Während du mich hier zutextest?«

Sie kichert nachsichtig. »Rufst du mich, wenn du etwas brauchst?«

»Ja-ha.«

Sobald sich die Tür hinter ihr zugeschoben hat, streife ich die Decke ab. Mit der Motorik eines steifen alten Mannes hebe ich die Beine aus dem Bett.

Wo soll ich die Dosen verstecken?

Ich stelle sie vor mir auf den Boden – alle drei nebeneinander – und bleibe vorgebeugt auf der Bettkante sitzen, während ich meinen Zeigefinger über die Deckel gleiten lasse. Bohnen, Tomatensuppe und Sardellen. Ob sie wohl auch ein solches Geschmackserlebnis bringen wie die Ananasscheiben?

»Hey«, sagt Prissy.

Ich habe nicht gehört, dass die Tür aufging, und erschrecke fast zu Tode.

»Kannst du nicht anklopfen?«, schnauze ich sie an und schiebe die Dosen blitzschnell unters Bett.

»Was hast du da?«, fragt sie.

Ich versuche, die Konserven mit den Füßen und Unterschenkeln abzuschirmen. »Nichts.« Aus den Augenwinkeln überprüfe ich meine Bettdecke. Der Beutel ist noch immer so gut wie verborgen.

»Und ob da was ist.«

»Musst du keine Camfies liken?«, sage ich. »Oder mit deinen Freundinnen chatten?«

»Komm schon, Holden.« Prissy plumpst vor mir auf den Boden und wackelt mit den Zehen.

Die sehen aus, als wäre ein ganzes Regal voller Birnenkonserven draufgefallen, aber das liegt am blauen Nagellack.

»Du wolltest mir erzählen, was in dem Beutel ist«, sagt sie. »Versprochen ist versprochen.«

»Weil du mich erpresst hast. Das zählt nicht.«

Sie schnalzt verärgert mit der Zunge, beugt sich plötzlich zur Seite und langt mit einem Arm unter mein Bett. Ich fasse sie am Kragen ihrer Bluse und will sie daran hindern, aber sie hat schon eine Dose erwischt und hält sie triumphierend in die Höhe.

»Wow.« Sie studiert das Etikett. »Ist das, was ich glaube, das es ist?«

»Untersteh dich, es auszuposaunen«, sage ich eindringlich. »Ich habe keine Lust auf Genöle.«

»Natürlich nicht. Ich bin keine Petze.« Prissy stellt die Dose wieder ab. »Wie bist du da drangekommen?«

»Gefunden.«

»Ja, klar.« Sie platzt fast vor Neugierde. »Aber wo?«

»Sag ich nicht.«

Sie äfft meine Worte mit Kleinkinderstimme nach und legt sich rücklings auf den Boden – mit einem tiefen Seufzer, der sich auf halber Strecke in einen Jauchzer verwandelt, als sie die beiden anderen Konserven unter meinem Bett entdeckt.

»Du hast ja noch mehr davon!« Sie rollt sie zu sich hin. »Himmel, Holden, wenn du die verkaufst ... Wie viel sind sie wohl wert?«

»Ich behalte sie«, sage ich.

Ihre blauen Augen weiten sich. »Du hast doch wohl nicht vor, das Zeug zu essen? Willst du dich umbringen, oder was?«

»Sehe ich vielleicht aus wie eine Leiche?«

Sie schnappt nach Luft. »Du hast es schon getan? Du hast echte Lebensmittel probiert?«

Wie sie mich anschaut! Als wäre ich vollkommen irre, aber auch irgendwie ein Held – und dann kann ich die Geschichte plötzlich nicht mehr für mich behalten. Ich erzähle Prissy alles über den Hirsch und das Camfie, den Schutzkeller in der Höhle, den Tunnel, den ich gefunden habe, und wie ich über eine Luke in einer Hausruine wieder rauskam.

»Und wo war das?«, fragt sie ein bisschen zu gierig.

Horrorvorstellung: Prissy mit ihren grässlichen Freundinnen auf Raubzug in meinem Keller.

Obwohl ich nicht wirklich glaube, dass sie sich das trauen würden, ist mein schwacher Moment augenblicklich vorbei.

»Irgendwo in diesem gigantischen Naturschutzgebiet außerhalb der Stadt«, lautet meine vage Antwort. »Ich habe nicht so genau darauf geachtet. Ich war nur damit beschäftigt, am Leben zu bleiben.«

»Warum hast du nicht die Notfalltaste an deinem ID-Bändchen gedrückt?«

»Einfach so.«

»Du hast den Tracker rausnehmen lassen? Ist nicht dein Ernst!«

»Halt die Klappe, Pris!«, zische ich.

»Dann mach auch nicht so blöde Sachen.« Sie gibt mir einen Klaps aufs Knie und steht auf. »Und jetzt werde ich Mama überreden. Solange sie noch in Jubellaune ist wegen deiner Rückkehr ...«

Mir tut es schon längst leid, dass ich den Mund nicht habe halten können. »Du sagst nichts, ja?«

»Nei-hein.«

Ich warte, bis sich die Tür hinter ihr schließt. Hastig wickele ich die Konserven in einen Pullover und lege ihn hinter einen Stapel anderer Pullis in meinen Schrank. Dann ziehe ich den Beutel unter der Bettdecke hervor, in dem nur noch die Fackeln stecken.

Sobald ich mir die Verpackung genauer anschaue, macht mein Herz einen Satz. Das sind überhaupt keine Fackeln.

Das hier ist unendlich viel besser, um nicht zu sagen: geradezu episch!

Ich tanze mit meinem Fund durchs Zimmer. Ein paar Schritte nur, dann protestieren meine Knöchel.

Morgen, denke ich. Morgen werde ich sie testen. Auf dem großen Platz, denn da ist immer richtig was los. Und alle werden ihre aufgepimpten Augen voller Kunstwimpern, Farblinsen und Schminke vor lauter Schreck weit aufreißen!

Prissy

Ein flammend rotes Minikleid mit einem goldfarbenen Herzen auf der Vorderseite. Gestreifte Strümpfe bis über die Knie und ein niedliches herzförmiges Krönchen.

Ich bin sofort verliebt.

»Schau mal, wie unglaublich schön, Mam.« Ich lege mein Homepad vor sie.

Das Showmodel auf dem Monitor dreht sich, damit man sie von allen Seiten bewundern kann.

»Hm.« Mama will sich wieder in ihr Sudoku vertiefen.

»Wenn wir es jetzt bestellen, bekomme ich es noch rechtzeitig«, sage ich schnell.

»Aber, Liebes ...« Sie sieht mich mit hochgezogenen Augenbrauen an. »... du hast schon ein Kostüm.«

»Das kann ich aber nicht anziehen. Laut Reese sind weiße Eisköniginnenkleider völlig out.«

»Sie hat leicht reden«, sagt Mama. »Aber wer darf das wieder bezahlen?«

Ich habe große Lust, gegen das Sofa zu treten. »Warum bist du bloß immer so knauserig?«

»Warte nur, bis du später selbst ...« Mama hört auf zu reden. »Hat das vielleicht was mit diesem Jungen zu tun?«

»Welchem Jungen?« Ich spüre förmlich, dass sich meine Blutgefäße weiten. So nervig.

»Den ich am Camphone hatte.« Sie lacht gutmütig. »Er soll dich als Mensch mögen, Liebes. Nicht wegen der Sachen, die du trägst.«

Er ist ein unheimlicher Stalker, würde ich ihr am liebsten

ins Gesicht brüllen. Ich traue mich nicht. Nachher will sie noch, dass ich an Happy Day zu Hause bleibe.

»Du kapierst es echt nicht«, sage ich.

Mama seufzt. »Es ist ja nicht so, dass ich dir das Kleid nicht gönnen würde, das verstehst du doch, oder?«

Das Showmodel auf meinem Homepad dreht immer noch seine Runden. Ich muss an die Ballerina in meinem Schmuckkästchen denken – mein letztes Geburtstagsgeschenk von damals, als Papa noch da war. Die Tränen schießen mir wie von selbst in die Augen.

»Von Papa würde ich es bestimmt bekommen«, sage ich. »Er würde nicht zulassen, dass ich mich so blamiere.«

»Du stellst dich an, Pris.« Mamas Stimme wird schärfer. »Das weiße Kleid steht dir ganz wunderbar!«

Ich kann Brooklyns sengende Blicke schon spüren. Sie wird schweigend auf mich herabschauen.

»Was bist du nur für eine Mutter!«, kreische ich.

Ich schnappe mir mein Homepad, stampfe zur Tür und drücke auf den Knopf. Geräuschlos öffnet sie sich. Ein völlig unspektakulärer Abgang. Später will ich wie Oma in einem alten Haus wohnen, wo man die Türen noch von Hand mit der Klinke öffnen muss, damit man sie anschließend mit einem lauten Knall hinter sich zuschlagen kann.

Sobald ich in meinem Zimmer bin, schalte ich mein Camphone ein.

Fuck Mo. Ich brauche meine Freundinnen.

Hundert verpasste Nachrichten, Camfies und Filmchen. Und ein Notschrei von Flow: Ist dein Akku leer, oder was?

Ich clicke ihr sofort zurück. Bin wieder da.

Endlich, antwortet sie. Camchat!

»Ich wollte mir gerade die Haare waschen«, sagt Anna,

sobald sie auf dem Monitor erscheint. »Würdest du es mir morgen hochstecken, Pris? Keine kann das so gut wie du.«

Komplimente sind fast so schön wie neue Schuhe. Meine Laune wird sprunghaft besser.

»Na klar«, sage ich und parke das Gezänk mit Mama vorerst in einer Ecke meines Kopfes. »Was für ein Kostüm hast du? Dann kann ich schon mal brainstormen.«

»Nicht sagen!«, ruft Flow. »Das bringt Unglück.«

Eine Vlogweisheit von Reese.

»Ein paar Hinweise sind doch wohl drin?« Heimlich hoffe ich, dass Anna auch in Weiß geht. Sich gemeinsam zum Gespött machen ist weniger schlimm.

»Ein Kleid«, verrät sie. »Und dazu gehört eine Tiara.«

»OMG!«, ruft Brooklyn gespielt schockiert. »Du gehst als Eiskönigin!«

Alle drei brüllen vor Lachen, als hätten sie gerade den Witz des Jahrhunderts gehört. Ich lache treudoof mit, während es in meinem Kopf dröhnt: Sie haben Reeses Vlog also auch gesehen, war ja klar!

»Ich passe schon auf«, sagt Anna. »Und es ist natürlich auch kein Schmetterlingskleid.« Sie seufzt. »Erinnert ihr euch noch, dass Karen letztes Jahr so einen idiotischen Anzug trug, den ihre Mutter genäht hatte? Als jemand ein Camfie von ihr auf Supershoot stellte, wurde sie ganz schön niedergemacht.«

Flow nickt. »Echt megabedauernswert.«

Ich räuspere mich. Das ist der Moment, es zu erzählen ...

»Tut mir leid«, sagt Brooklyn. »Aber wenn man so etwas anzieht, ist das ja wohl auch vorprogrammiert, oder?«

Die Wörter zerbröseln in meinem Mund.

»Na ja«, sagt Flow. »Unsere Kostüme sind bestimmt

klasse. Morgen um halb elf bei mir. Umziehen, schminken.«

Als meine Freundinnen nicken, bewegt sich mein Kopf automatisch mit – als hinge ich mit einer unsichtbaren Kette an ihnen fest.

Mama findet Schmuck lästig. Sobald sie zu Hause ist, legt sie sogar ihr ID-Bändchen in der Diele auf das Schränkchen neben Papa. Von seinem Filmrahmen aus schaut er alle an, die in die Wohnung kommen. Ein leichtes Lächeln. Augen, die zwinkern, als würde er noch leben ...

Ich drehe den Rahmen um, bevor ich das Bändchen nehme.

Ich melde mich bei Colourcompany an, ziehe das rote Kleid in den Warenkorb und klicke auf Bezahlen. Als ich Mamas Bändchen unter den Leser halte, leuchtet es auf.

Es ist nur geliehen, beruhige ich mich selbst. Ich lasse das Label dran, dann kann ich das Kleid nach Happy Day zurückschicken. Mama braucht gar nichts zu merken. Solange ihr Saldo am Monatsende zu stimmen scheint, lässt sie das mit dem Kontroll-Update meistens sein.

SIE HABEN BEZAHLT, steht da.

Ich fühle mich wie eine Diebin.

Holden

Nach seinem Tod wurde Pas Arbeitszimmer zur Rumpelkammer degradiert. Der Schreibtisch mit dem eingebauten Ladegerät steht noch da. Der Computer und das Elektronenmikroskop haben Kartons Platz gemacht. Ma hat jeden einzelnen mit einem Etikett versehen: SPORTARTIKEL, KLEIDUNG PRISSY, HAPPY DAY …

Den habe ich gesucht. Ich schütte den Inhalt der Kiste auf den Boden und setze mich daneben. Prissys kilometerlange Halsketten dürfen wieder in den Karton zurück, ebenso ein Papierfächer, eine rote Clownsnase und eine gepunktete Wollstrumpfhose.

Bei den Schminkpaletten zögere ich kurz. Ich hasse Make-up, aber mit einem bemalten Gesicht bin ich nicht so leicht erkennbar.

Obwohl …

Angenommen, ich werde von einem Ordnungshüter verfolgt und muss in der Menschenmasse verschwinden. Eine Perücke kann man abnehmen oder schnell eine Kapuze überziehen. Mein schwarzer Hoodie ist im Handumdrehen rot, wenn ich ihn auf links drehe und wieder anziehe. Aber mich im Wegrennen abschminken …

Die Schminke wandert auch zurück in den Karton.

Der falsche Schnurrbart wäre vielleicht was. Oder noch besser: die Guy-Fawkes-Maske!

Als ich sie hochhebe, fällt ein Ring daraus hervor. Pas dicker Klunker – auffällig glitzernd mit einem Fake-Edelstein in Tischtennisballgröße! Elstern fänden ihn sicher supergut.

Zum Spaß schiebe ich ihn mir auf einen Finger und strecke den Arm, damit ich ihn von etwas weiter weg anschauen kann – und plötzlich habe ich einen dicken Kloß im Hals.

Unser letzter Happy Day mit der ganzen Familie – und wir hatten keine Ahnung.

Feixend kam Pa die Treppe herunter. In seinem weißen Gangster-Anzug, einen ganzen Laden voller Falschgold-Ketten um den Hals und das Hemd offen bis zum Bauchnabel. Seine drei Brusthaare hatten sich auf wundersame Weise vervielfältigt. Ein Trick von Ma, die ihm mit einem Augenbrauenstift Locken auf die Brust gezeichnet hatte, was bis auf Prissy alle witzig fanden. Sie meinte, Pa sollte sich lieber als Prinz oder Popstar verkleiden.

Im Nachhinein wäre eine Verkleidung als Leiche besser gewesen. Oder als wandelndes Skelett.

Ich kann Pa fast lachen hören. Genau wie ich liebte er derbe Scherze. Das machte unsere Beziehung so besonders – dieser grobe Humor, den Prissy und Ma überhaupt nicht nachvollziehen konnten, wir beide aber schon.

Bis er mich im Stich ließ.

Mein Fuß holt aus und donnert gegen den Karton, der wie ein Puck beim Eishockey durch das Zimmer schießt und an der Wand zum Stillstand kommt. Wütend reiße ich mir den Ring vom Finger und schmeiße ihn hinterher.

Es ist so verdammt unfair!

»Holden?«, ruft Ma.

Manchmal glaube ich, sie hat eine eingebaute Sicherheitskamera, die alle Geräusche und Bewegungen in diesem Haus aufnimmt.

»Alles in Ordnung!«, brülle ich zurück.

Ich setze die Guy-Fawkes-Maske auf. Aus irgendeinem

Grund wirkt sie beruhigend – als säße ich in einem sicheren Zelt.

Test.

Ich spähe durch die schmalen Augenschlitze. Geradeausschauen geht prima. Um mitzukriegen, was neben mir passiert, muss ich den Kopf zur Seite drehen, aber das ist kein Problem. Ich beuge mich vor, um ein paar Sachen vom Boden aufzuheben. Die Maske bleibt perfekt an ihrem Platz und ...

Shit, ich habe den Ring zerlegt. Er liegt neben der Fußleiste, nur noch verziert mit einem runden Gewinde. Der Stein muss sich gelöst haben.

Da! Unter dem Schreibtisch glitzert ein nicht zu verfehlender blauer Klunker.

Ich gehe auf die Knie und angle nach dem Stein. Zu meinem großen Erstaunen ist er hohl und ... Das Blut pocht in meinen Ohren. Da steckt was drin!

Ich setze die Maske ab und schaue es mir aus der Nähe an. Es sieht aus wie ein altmodisches winziges Papierröllchen. Nur in chinesischen Glücksyummys stecken heute noch Papierbotschaften. *Jetzt ist der Moment, deinen Träumen zu folgen. Zwischen Hoffnung und Erinnerung blüht Ihr Glück.* Prissy und ihre Freundinnen sind immer ganz berauscht.

Ich pule mit der Nadel einer Brosche in der Öffnung und ziehe das Zettelchen heraus. Unbeholfene, von Hand geschriebene Buchstaben. Ich glaube, da steht SWIS, aber wenn ich das Papier umdrehe, könnte es genauso gut SIMS sein. Wie auch immer – beides sagt mir absolut nichts.

Aber Google hoffentlich schon.

Ich fange mit dem Wort SWIS an und finde tatsächlich ein paar kleine Unternehmen, die so heißen, darunter ein

Beratungsbüro, ein Bekleidungsgeschäft und irgendwas mit Gewichtheben. Früher gab es auch noch eine Technoband mit diesem Namen und ... mein Blick bleibt an einem Camfie von Miral Swis hängen. Offenbar war sie eine der ersten unserer neuen Führenden! Aufgeregt lese ich weiter, aber dann stellt sich heraus, dass sie schon zig Jahre in Pension und überhaupt nicht mehr wichtig ist. Und damit auch nicht interessant. Das wird nichts. Vielleicht bringt SIMS mir mehr Glück.

Sobald ich das Wort eingebe, bekomme ich eine Serie antiker Videogames vorgesetzt. Außerdem gibt es noch einen Link zu einem amerikanischen Admiral namens William Sims, aber der hat die Bangen Jahre nicht einmal mehr erlebt. Bleibt nur noch der Ort Sims übrig. Irgendwo in Illinois, laut Google Maps. Auch das kann ich abhaken. Ich glaube nicht, dass sie dort so auffällige Klunker anfertigen, und ich weiß ohne Zweifel, dass Pa nie dort gewesen ist.

»Ma!« Ich nehme Zettel und Ring und humpele mit meinen geschundenen Knöcheln die Treppe hinunter. »Ich hab da was gefunden!«

Prissy

»Wow.« Anna steht in ihrem Flamingokleid vor dem großen Spiegel und fasst vorsichtig an ihre knallrosa gefärbten Haare.

Ich habe sie in drei spitze Türmchen gedreht wie im Beispielvideo beim Hair-&-Make-up-Artist in der Southstreet. Dass man eine Tiara auch falsch rum tragen kann, ist meine eigene Idee. Das durchbrochene Silber mit den rosa Strasssteinchen schmückt Annas Stirn, als wäre es genau dafür gedacht.

»Hübsch«, muss Brooklyn zugeben. Sie ist als Lightgirl verkleidet – ihre Lieblings-Gamefigur – und hat fix und fertige Haare gekauft: eine schwarze Afro-Perücke mit LED-Lämpchen.

»Jetzt ich noch.« Ich setze mich auf den Schemel vor dem Frisiertisch und schiebe meine Haare mit zwei Händen nach oben. »Was meint ihr? Hochstecken oder ...«

»Warte mal kurz«, sagt Flow. »Nicht bewegen, Pris.«

Das klingt so eindringlich, dass ich wie ein lebendes Bild sitzen bleibe.

Anna kommt näher und studiert meinen Hals.

»Was?«, frage ich.

Läuft da vielleicht irgendein ekliges Tier? Aber ich spüre kein Kribbeln.

»Keine Sorge.« Flow holt etwas Glänzendes aus ihrem Kulturbeutel. »Ich löse das Problem.«

Mit einer Pinzette? Dann ist es bestimmt eine Zecke!

Ich kneife die Augen fest zusammen. »Bist du auch vorsichtig? Und beeil dich ein bisschen, meine Arme werden lahm.«

Etwas Kaltes, Metallisches berührt kurz meinen Nacken und dann höre ich ein Schnippen.

Ein Schnippen!

Ich reiße die Augen auf und springe vom Schemel. »Was machst du da? Bist du verrückt?«

»Dafür sorgen, dass du dich gleich nicht bis auf die Knochen blamierst.« In der rechten Hand hält Flow eine kleine Schere und in ihrer linken ...

Mir kommen fast die Tränen, als ich das elektronische Label sehe, das sie aus meinem Kleid geschnitten hat.

»Was guckst du komisch?«, sagt Anna.

»Prissy guckt immer komisch.« Brooklyn kichert. »So ist ihr Gesicht.«

Verzweifelt sinke ich auf den Schemel und suche mit meinem Kopf auf den Armen Trost beim Frisiertisch.

»He.« Flows Stimme ist samtweich. »Brooklyn macht doch nur einen Scherz.«

»Ich bin nicht in der Stimmung für Scherze«, murmele ich.

Jetzt will sie mit mir auf dem Schemel sitzen. Ihre harte Hüfte zwingt mich, ein Stück zu rücken. »Du hast ein wunderschönes Gesicht.« Sie legt die Arme um mich. »Das weißt du ganz genau.«

Ich hebe meinen Kopf ein wenig an. »Darum geht es gar ...«

Ich schlucke. Flow hat die Schere und das E-Label auf den Frisiertisch gelegt. Es ist wie in Filmen mit Verliebten, in denen einer der beiden stirbt. Ich gucke auf das Label und muss weinen.

»Was hast du denn bloß?«, fragt Brooklyn. »Sonst stellst du dich nie so an.«

Bestohlen werden von der eigenen Tochter ...

Mama wird auch megatraurig sein. Und enttäuscht.

Anna kauert sich neben den Schemel. »Liegt es vielleicht an dem Stalker? Bist du deswegen so durcheinander?«

»Mo?« Nach unserem Gespräch habe ich kaum noch an ihn gedacht. Er ging mir nicht länger auf die Nerven und ich war zu viel mit anderen Sachen beschäftigt. Zum Beispiel damit, auf der Lauer zu liegen und die Haustür zu öffnen, bevor der Kurier klingelt, damit Mama es nicht mitbekommt.

Ich wische die Tränen ab und setze mich aufrecht hin. »Mo hat nichts damit zu tun.«

»Was ist denn dann los?«, fragt Anna.

»Ja, Pris.« Flow zupft ein Kosmetiktuch aus der Box und reicht es mir.

Ich schnäuze mir die Nase, um Zeit zu schinden. Könnte ich es ihnen bloß clicken, dann bräuchte ich sie nicht anzuschauen.

»Wir sind deine Freundinnen«, drängt Flow. »Uns kannst du doch alles sagen.«

»Das E-Label«, rutscht mir raus. »Du hast es einfach so abgeschnitten.«

»Natürlich«, sagt sie. »Das Ding ragte direkt aus deinem Kleid. Modepanne Nummer zwei, laut Reese.«

»Drei«, korrigiert Brooklyn.

»Hättest du es doch nur einfach in meinen Kragen zurückgesteckt.« Das Kosmetiktuch ist eine kleine feuchte Kugel in meiner Hand. »Jetzt kann ich mein Kostüm nicht mehr zurückschicken.«

»Warum solltest du das wollen?«, fragt Flow einfältig. »Es steht dir supergut.«

»Mama weiß nicht, dass ich es gekauft habe. Ich hatte schon ein Kleid …«

Den Blick auf den Boden gerichtet, fange ich an zu erzählen.

Meine Freundinnen waren noch nie so lange am Stück still. Irgendwann bekomme ich das Gefühl, sie hätten sich vielleicht heimlich davongeschlichen, und schaue vorsichtig auf.

Natürlich sind sie noch da – ganz schockiert, auch wenn sie versuchen, das hinter nervösen kleinen Lachern zu verstecken.

»Und jetzt habe ich also ein riesiges Geldproblem«, beende ich meine Geschichte.

Flow ist als Erste wieder in der Lage zu reden. »Ich würde dir furchtbar gern helfen, aber …«

»Dein Kleidergeld ist alle.« Ich nicke verstehend.

»Meins auch«, sagt Anna.

Brooklyn kaut auf der Innenseite ihrer Wange. »Kann Holden dir nichts leihen?«

»Für ein Kleid?« Fast muss ich laut lachen. »Da bin ich bei ihm bestimmt an der richtigen Adresse. Kleidung interessiert ihn echt nicht die Bohne.«

»Ach«, sagt Brooklyn. »Das ist mir bisher noch nie aufgefallen.«

Ich bin immer noch nicht zu Scherzen aufgelegt.

»Ein Versuch kann doch nichts schaden.« Flow reicht mir mein Camphone. »Na los. Appelier an sein Gefühl. Du bist die kleine Schwester, die ihren großen Bruder um Hilfe bittet.«

Würg!

Aber weil mir auch nichts Besseres einfällt, fange ich doch an zu clicken.

Wer bin ich denn, bitte schön?, schreibt Holden zurück. Der Weihnachtsmann? Ich will auch Geld, für ein Fernglas.

Plötzlich habe ich eine geniale Idee. Dann verkauf doch die Dosen mit dem Essen.

Spinnst du?, clickt er zurück. Erzähl es Ma lieber. Besser, sie hört es von dir, als dass sie selbst dahinterkommt.

Aber dann bin ich dem Untergang geweiht!

In meinem Kopf läuft ein tränenreicher Film mit mir in der Hauptrolle: Prissy Winters darf zur Strafe nie mehr zu Happy Day. Kleidergeld kann sie für den Rest ihres Lebens vergessen. Die Shoppingnachmittage mit Freundinnen sind Vergangenheit und mit ihren Loser-Klamotten verdirbt sie jedes Camfie. Sie wird zur Witzfigur auf Supershoot und nach einer Weile wird keiner mehr fragen, ob sie mitkommt. Im verblassenden Abspann sitzt sie in ihrem Zimmer; nur ihr Camphone leistet ihr Gesellschaft. Traurig schaut sie auf das Display. Sie bekommt nur noch Nachrichten von ihrer Mutter und wird nie mehr gelikt.

The End.

Mein Daumen zögert keine Sekunde mehr und clickt wie besessen.

Wenn du mir nicht hilfst, erzähle ich Mama tatsächlich alles.

Versenden.

Herzlichen Glückwunsch, clickt er zurück. Du bist jetzt offiziell eine Bitch.

»Und?«, fragt Flow.

»Holden ist auch pleite«, sage ich.

Holden

Ich gehe raus. Die Straße ist mit Blumengirlanden aus Papier geschmückt und überall hängen Fahnen mit Smileys. Auf dem Bürgersteig vor unserem Haus tanzt eine Katze mit Lackstiefeln. »Happy Happy Day!«

Ich vergesse Prissy und denke nur noch an den Inhalt meines Rucksacks.

Das wird ein großartiger Tag!

Die Haustür schließt sich automatisch hinter mir. Ich zurre die Rucksackgurte fest und nehme die kürzeste Strecke zum großen Platz. Die ganze Stadt blitzt und blinkt, als wäre sie gerade durch die Waschstraße gefahren. Alle Dächer mit Sonnenpanelen glänzen und aus jeder Fensterscheibe grinst mich mein Spiegelbild an. Ein langsamer schwarzer Schatten mit Guy-Fawkes-Maske.

Eine Gräfin mit einer turmhohen kanariengelben Perücke überholt mich. Sie ist nicht die Einzige, die schneller geht als ich. Meine Beine fühlen sich an wie zu straff gespannte Gitarrensaiten und auch mein restlicher Körper schmerzt. Abstürzen ist Spitzensport. Ich spüre Muskeln, von deren Existenz ich bis gestern Nachmittag nichts wusste.

Dicht vor mir bleibt ein mürrischer Engel mit Flügeln aus Kunstfedern plötzlich stehen. Sie streckt den Arm aus, hält ihr Camphone bereit und beginnt, aus dem Nichts heraus zu lächeln – noch breiter als die Smileys auf den Fahnen –, als gäbe es einen Preis dafür.

Am größten Fake-Tag des Jahres sind alle glücklich. *Klick.*

Sobald sich ihr Arm wieder senkt, biegen sich ihre Mundwinkel mit nach unten.

Ein perfektes Bild für Fail Nail.

Schnell mache ich ein Camfie von ihr und gehe dann Richtung Obamaroad.

Es ist lächerlich voll dort. Ich zwänge mich zwischen Bäuchen und Rücken durch und erreiche mit Müh und Not den Virtual Travelshop. Ab dort gibt es wirklich kein Vorwärtskommen mehr. Ich bin eingeklemmt zwischen einem Pierrot und einem kleinen venezianischen Arzt, der eine Maske trägt. Sie bedeckt sein ganzes Gesicht und hat eine lange, scharfe Nase.

Doktor Vogel, denke ich.

Trompetengeschmetter. Die Eröffnungsrede beginnt. Alle schauen hoch zu den Dutzenden Werbe- und Informationsprojektionen, die gleichzeitig schwarz werden. Unmittelbar danach leuchten die Bildschirme wieder auf und einer nach dem anderen zeigt dasselbe Bild: ein Podium mit fünf Mikrofonen vor den breiten Treppen des Denkmals für den Frieden.

Es ist, als würde eine Decke über die Welt fallen und alle Geräusche dämpfen. Ich bin jedes Jahr aufs Neue verblüfft, dass so viele Menschen so unglaublich still sein können.

Zwei Männer und drei Frauen betreten das Podium und stellen sich hinter ihre Mikrofone. Unsere neuen Führenden …

In ihren Glitzeranzügen ähneln sie einer Popgruppe.

»Willkommen«, bricht die Erste Führende das Schweigen. Sie hat ihr rötliches Haar so straff nach hinten gebunden, dass es wie ein Helm wirkt. »Heute erinnern wir uns wieder an die Bangen Jahre, in denen es noch Terroranschläge mit Messern, Bomben und Fahrzeugen gab. Die Zeit, in der ein asiatischer Diktator Raketen abfeuerte, als handele es sich um Spielzeug, und jeder Angst davor hatte, wie unser unberechenbarer Präsident darauf reagieren würde.«

Als unser Zweiter Führender nickt, bewegen sich seine langen Dreadlocks mit. »Unterdessen drohte unsere wunderbare Erde auch noch vor Verschmutzung und Erschöpfung zusammenzubrechen. Das Klima veränderte sich, verheerende Brände und Orkane waren an der Tagesordnung, der Meeresspiegel stieg und die Meere verwandelten sich in Plastiksuppe.«

Damals durfte man wenigstens noch in der freien Natur schwimmen, denke ich trotzig. Jetzt schicken sie einen für eine sogenannte *Ocean Experience* in ein Wellenbad.

Unsere Dritte Führende hat das Wort. Eine große dunkelhäutige Frau mit einer Tribal-Tätowierung, die die Hälfte ihres Gesichts bedeckt.

»Ökonomisches Wachstum«, sagt sie. »Nur das zählte. Es war nicht genug, plus minus null herauszukommen. Es musste Gewinn gemacht werden, auf Kosten alles anderen. Mensch, Tier, Umwelt ...«

»Aber!«, ruft unser Vierter Führender – ein blasser Mann um die fünfzig mit mädchenhafter Stimme. »Zum Glück entstand eine Gegenbewegung. Immer mehr Menschen begannen aus eigener Initiative heraus, nachhaltige Produkte zu entwickeln, und machten sich stark für eine bessere Welt. Im Gegensatz zu den führenden Politikern handelten sie vorausschauend. Sie wollten, dass auch ihre Kinder und Enkel noch eine Zukunft haben würden.«

Unsere Fünfte Führende hebt die geballte Faust. »Und wir sind auf dem richtigen Weg!«

Vermutlich, indem wir jeden Tag dasselbe langweilige Vita essen?

»Die Große Umkehr hat alles besser gemacht«, sagt sie, während sie uns eindringlich anschaut. »Unsere Energie stammt jetzt nur noch aus grünen Quellen. Unsere Elektroautos sind so programmiert, dass sie keinem Menschen mehr Schaden zufügen können. Unser Ernährungsmuster wurde verändert, sodass kein Mensch mehr Hunger leiden muss. Unsere Kleidung wird nachhaltig produziert und unser weniger Abfall kann restlos recycelt werden. Krankheiten sind zum größten Teil ausgerottet. Die Luftqualität hat große Fortschritte gemacht, seit wir den touristischen Flugverkehr abgeschafft haben. Fernreisen sind überflüssig geworden. Virtual Reality ist mittlerweile so weit entwickelt, dass man jedes Land auch zu Hause erleben kann.«

Die Polarforscher von damals würden sich kaputtlachen. Ich betaste meinen Rucksack. Wie meine Kleidung ist er pechschwarz, wodurch er so wenig auffällt wie ein Eisbär im Schnee – der übrigens unter seinem weißen Fell eine dunkle Haut hat und in den Bangen Jahren fast ausgestorben wäre.

»Lasst uns Mutter Erde feiern«, sagt die Rednerin. »Auf dass wir alle gesund und in Frieden alt werden dürfen.«

Unsere Führenden schauen sich strahlend an. »Happy Happy Day!«

Und dann beginnt die ganze Stadt, zu den Monitoren hinaufzurufen, als ob diese sie hören können. Ein ohrenbetäubendes »Happy Happy Day« hallt zwischen den Häusern wider.

»Gänsehaut«, murmelt der Pierrot neben mir.

Ich denke an den Inhalt meines Rucksacks. Der wird ihnen echte Schauer über den Rücken jagen.

Prissy

Ich spüre das Dröhnen der Trommeln in meiner Brust, während die Parade an uns vorbeizieht. Die trommelnden Männer tragen gestreifte Anzüge und Federhüte. Hinter ihnen fährt ein Blumenwagen mit Kindern auf Schaukeln. Anna winkt ihren kleinen Schwestern, die als Elfen verkleidet sind. Kleine Elfen ohne Probleme …

»Nicht die Stirn runzeln!«, brüllt Flow mir ins Ohr. »Sonst bekommst du noch Falten.« Sie legt ihren Arm um meinen Hals und lehnt ihren Kopf an meinen, damit wir gleichzeitig auf das Display von ihrem Camphone schauen können. »Guck mal, schon siebzehn Likes auf Supershoot!«

Was interessiert mich dieses dämliche Camfie?

»Ganz toll«, erwidere ich mit der Begeisterung eines Zombies.

Flow seufzt. »Jetzt versuche mal, es von dir zu schieben.«

»Als wäre das so einfach.«

»Das sage ich ja auch nicht, aber …« Sie zieht ihren Arm zurück. »So verdirbst du jedenfalls die Stimmung. Nicht nur deine, sondern auch unsere.«

Nur zu. Erst eine Bitch und jetzt auch noch die große Spaßverderberin … Mit wässrigen Augen starre ich auf den nächsten Prunkwagen – ein meeresblaues Luftkissen auf Rädern. Bunte Kinderfische umspringen Meerjungfrauen mit kilometerlangem Haar. Auf einer aufblasbaren Insel in der Mitte spielt ein Meeresgott unter einer Palme das Lied »Aquadream« auf seiner elektrischen Gitarre.

Keiner kann mehr die Füße still halten. Brooklyn schwingt

die Flatterbeine ihres Leuchtanzugs. Anna verliert ein paar rosa Federn und Flows Satinhütchen mit Blume wippt auf und nieder. Dann halten sie sich plötzlich an den Händen und ihre Arme vollführen einen Schlängeltanz.

Ich gehöre nicht dazu.

»Mach doch mal ein Camfie!«, ruft Flow mir zu.

Manchmal hat sie so viel Einfühlungsvermögen wie eine Gehwegplatte.

Widerwillig nehme ich mein Camphone in die Hand. Ich habe eine neue Nachricht bekommen.

Mo: Ich kann dir helfen.

Er muss das Gespräch zwischen mir und Holden gelesen haben. Dieser *Creep* spioniert mir also immer noch nach!

»Camfie!«, rufen jetzt meine Freundinnen alle zusammen.

Ich mache ein paar und lasse mein Gerät wieder sinken.

Aber angenommen, Mo meint es ernst und ich kann mir wirklich Geld von ihm leihen …

Spinn nicht rum, sagt mein Verstand. Unbekannte Jungs geben Mädchen nicht einfach so Dash. Die wollen etwas dafür haben.

Okay, clicke ich zurück.

Wir stehen im knallheißen Power Partyzelt zwischen Hunderten schwitziger Körper. Es ist drei Minuten vor vier.

»Wer will noch einen Shake?«, fragt Brooklyn.

Ich schüttele den Kopf. »Ich gehe kurz pinkeln.«

Als ich rauskomme, ist mir übel. Normale Jungs hacken keine Camphones und spionieren keinen Mädchen nach. Wer weiß, wozu Mo sonst noch in der Lage ist.

Das Toilettengebäude ist links. Ich gehe in die andere Richtung, damit ich um das rechteckige Zelt laufen kann.

An der Seite ist weniger los. Ein paar Kinder, die Fangen spielen, zwei küssende Jungs und ein Mädchen, das ein Camfie macht.

Noch kannst du zurück, höre ich meine Freundinnen sagen.

Ich will nicht zurück. Vielleicht ist das meine letzte Chance, herauszufinden, wer Mateo ist. Und warum sollte ich Angst haben? Mo klang wie ein junger Typ und nicht wie ein fieser alter Mann. Außerdem kann ich immer noch jemanden rufen. Leute gibt es genug in der Nähe.

Ich habe die Rückseite des Zelts erreicht, wische meine feuchten Hände an meinem Kleid ab und spähe um die Ecke.

Niemand.

Ach, du liebe Zeit, jetzt bin ich auch noch enttäuscht.

Mit einem Ruck drehe ich mich um und dann starre ich in das weiß geschminkte Gesicht eines Voodoopiraten. Nur seine Augen – Pandaaugen, würde Holden sagen – seine Haare und seine Lippen sind schwarz.

»Sorry«, sagt er. »Ich wollte dich nicht erschrecken.«

Diese Stimme ...

Obwohl keine Trommel in der Nähe ist, spüre ich doch wieder ein unglaubliches Wummern in meiner Brust.

»Mo?«, frage ich hoffnungsvoll.

»Beim ersten Mal richtig.« Er hat sich Reeses Tipps nicht zu Herzen genommen und trägt ein schwarzes Kostüm mit robusten Stiefeln. Nur die Manschetten seiner Jacke und die Biese rund um seine Weste sind silberfarben.

Mein Stalker sieht aus wie ein Profimodel. Am liebsten würde ich heimlich ein Camfie von ihm machen, damit ich ihn meinen Freundinnen zeigen kann.

»Es steht dir großartig«, sagt er.

»Was?«

»Das Kostüm.« Er lächelt. »Wegen dem du jetzt so ein Problem hast.«

Ich glaube, ich schmelze.

Moment mal. Er kann so gut aussehen, wie er will – er ist immer noch derselbe Vollpfosten.

»Warum hast du mein Camphone gehackt?«, frage ich.

»Ich wollte Kontakt mit dir.«

»Und dann clickst du nicht einfach oder rufst mal an?«

»Habe ich getan.«

»Und hast dabei gleich mein ganzes Gerät übernommen.«

»Sei froh. Sonst hätte ich nie erfahren, dass du meine Hilfe brauchst.« Er zeigt auf die Straße. »Sollen wir gehen?«

Es ist wie in einer Mathestunde von Stevens. Obwohl unser Lehrer und ich dieselbe Sprache sprechen und ich die Bedeutung der einzelnen Wörter kenne, verstehe ich nie, was er meint.

»Gehen?«, frage ich, während ich Mos Handgelenk checke.

»Zu unserem Wormhole.«

Das klingt wie etwas Dunkles unter der Erde.

»Ich würde es lieber hier erledigen«, sage ich. »Du hast dein ID-Bändchen bei dir, also ...« Ich halte meins schon bereit für den Match. »Hundertfünfzig Dash.«

Er feixt. »Du glaubst, dass ich dir Geld leihe?«

Ich lasse meinen Arm fallen und fühle mich unendlich dumm. Natürlich wollte er mich nur zu sich locken. Und jetzt will er, dass ich ihn in dieses Wurmloch begleite, damit er sonst was mit mir anstellen kann.

»Ich hätte nicht kommen sollen«, sage ich. »Wenn du mir sowieso nicht helfen willst.«

»Habe ich das denn gesagt?«

Gegen meinen Willen bleibe ich stehen.

»Ich helfe dir wirklich gern«, sagt er. »Aber dazu brauchen wir meinen Freund Laşer. Er wartet im Wormhole auf uns.«

Mos schöne Augen bohren sich in meine und dann fange ich doch wieder an zu zweifeln.

»Das musst du selbst wissen«, sagt er. »Du hast die Wahl.«

In Gedanken sehe ich ihn, wie er einen Zauberstab schwenkt, der meine Sorgen – *puff!* – verschwinden lässt. Nichts lieber als das, aber ...

»Woher weiß ich, dass du wirklich der bist, der du sagst?«, frage ich.

Er zeigt mir sein Bändchen mit seinem Namen, seinem Alter und seiner Identitätsnummer.

Mateo Rojes, siebzehn Jahre. Blitzschnell mache ich ein Camfie.

»He!«, ruft er empört.

Aber das Camfie ist schon auf dem Weg zu Flows Camphone.

»Ich lösche es nachher«, sage ich. »Wenn ich wieder sicher bei meinen Freundinnen bin.«

»Bist du immer so misstrauisch?«

»Vorsichtig, meinst du.« Ich gehe mit ihm. »Normale Jungs hacken kein ...«

Eine Nachricht von Flow: Du bist bei deinem Stalker? Spinnst du??

»Muss kurz jemanden beruhigen«, sage ich.

Mo wird mir helfen, clicke ich zurück. Er weiß, dass du seine Daten hast und er mir deswegen nichts tun kann.

»Deine Freundin?«, fragt er.

Während ich nicke, pingt mein Camphone noch einmal.

Flow: Verrückt! In einer halben Stunde höre ich wieder von dir. Sonst hole ich Hilfe.

»Okay«, sage ich zu Mo.

Wir biegen in eine Seitenstraße ein und gehen zum Park hinüber. In den Bäumen entlang der Straße hängen Äpfel mit Smiley-Gesichtern. Alle Bänke sind besetzt und auch im Gras liegen verkleidete Leute. Beim Teich spielt ein weißes Alice-im-Wunderland-Kaninchen Querflöte.

»Du hast gesagt, du kennst mich«, sage ich, während wir einem vloggenden Showgirl ausweichen. »Aber woher?«

»Aus dem City-Museum«, antwortet Mo. »Ich habe dich dort mit deiner Mutter gesehen. Wärst du allein gewesen, hätte ich dich auch angesprochen, aber ...« Er macht eine hilflose Geste mit dem Arm.

»Ich habe heimlich ein Camfie von dir gemacht und es durch eine Gesichtserkennungs-App geschickt. Damit fand ich dein Profil im Internet und konnte deine Nummer herauskriegen.«

»Okay.« Ich bin mir nicht sicher, ob ich mich geschmeichelt fühlen oder mir Sorgen machen soll.

»Aber woher wusstest du, was im Schwimmbad passiert ist? Mein Camphone lag in meinem Schließfach.«

»Die meisten Überwachungskameras lassen sich leicht hacken.« Er sagt es achtlos, als wäre es die normalste Sache der Welt.

Für ihn wahrscheinlich schon.

Wir verlassen den Park und landen in einer Straße mit beidseitigen Aufladestreifen und Dutzenden parkenden Autos. Mo hält sein ID-Bändchen an einen blauen Zweisitzer und öffnet die Tür.

In einem Auto kann man nicht weglaufen.

»Die Fahrt dauert nur fünf Minuten«, sagt Mo, der offenbar mein Zögern spürt. »Zu Fuß brauchen wir eine halbe Stunde. Entscheide du.«

Flow weiß Bescheid. Das Camfie ist meine Lebensversicherung und der Tracker an meinem Camphone ist eingeschaltet.

Mit wackligen Beinen steige ich ein.

Holden

Eine lächelnde Frau mit Lippenstift auf den Zähnen. Ein Mädchen, das aus Versehen den Mantel schief zugeknöpft hat. Ein schlafender Mann, der nicht merkt, dass sich eine Fliege auf seinen geöffneten Mund zubewegt.

Pa und ich veranstalteten jedes Jahr einen kleinen Wettkampf. Wer stellt das beste Lachnummer-Camfie auf Fail Nail? Seine »ersoffene Katze« steht bislang auf dem ersten Platz: eine als Katze verkleidete Frau, die in den Parkteich gefallen ist und triefend ans Ufer klettert.

Dieses Jahr schlage ich dich, Alter!

Auf der Suche nach geeignetem Material lasse ich meinen Blick schweifen. An einer Fassade lehnt ein großer Mann im Gangster-Outfit. Sofort denke ich wieder an den geheimnisvollen Zettel.

Als ich ihn Ma gestern zeigte, hatte sie nur mit den Schultern gezuckt.

»Sagt mir nichts«, meinte sie. »Es könnte der Name für diesen Typ Ring sein oder vielleicht von seinem Designer. So was wie die Unterschrift auf echten Kunstwerken oder so.«

Ich glaubte ihr kein Wort. Solche Ringe werden nicht von Hand gemacht, sondern mit Tausenden anderen gleichzeitig gedruckt. Das ist vollautomatische Serienarbeit – was bedeutet, dass in allen Kunststeinen dieselben Zettelchen stecken würden. Jeder einzelne mit demselben geheimnisvollen Wort darauf, in einer Fake-Handschrift, geschrieben von einem Tintenroboter. Ich kann mir nicht vorstellen, dass sich jemand so viel Mühe für eine Ladung Zettelchen macht, die kein Mensch zu Gesicht bekommt.

Das heißt … außer mir und Pa.

»Wie kam Pa eigentlich an diesen Ring?«, fragte ich.

Mas Schultern hoben sich wieder. »Der wird wohl zum Kostüm gehört haben.«

»Aber nein«, mischte sich Kleidungsfreak Prissy ein. »Zu diesem Kostüm gab es keine Ringe. Nur Ketten.«

»Dann weiß ich es auch nicht«, sagte Ma.

Zu meinem Erstaunen zerknüllte sie den Zettel und warf ihn in den Schredder, der ihn mit einem nagenden Geräusch auffraß.

»Was machst du denn?«, rief ich.

»Vermeiden, dass du ihn in deine Hosentasche steckst.« Sie öffnete eine Büchse Algenpulver und schöpfte ein paar Löffel in den Shaker. »Ich möchte nicht, dass er aus Versehen in der Wäsche landet.«

Bullshit!

»Das geht gar nicht«, sagte ich. »Diese dämliche Waschmaschine fängt ja schon an zu piepsen, wenn ein Sandkorn in meiner Socke steckt.«

»Und wer darf es dann rausfischen?« Ma lächelte zufrieden, als hätte sie gerade eine unwiderlegbare Erklärung abgegeben. Verdächtig zufrieden.

»Verbirgst du vielleicht etwas?«, fragte ich.

Prissy war diejenige, die rot wurde. In dem Moment hatte ich noch keine Ahnung, weshalb.

Ma lachte wie eine Hyäne. »Was für seltsame Fragen!«

Meiner Ansicht nach war ich der Einzige hier, der sich normal verhielt. Aber als ich das sagen wollte, schaltete Ma den Shaker an und dieses Ding macht so viel Lärm, dass ich in mein Zimmer flüchtete. Dort habe ich alle Happy-Day-Camfies aus der Familiencloud durchgeblättert. Das, auf dem Pa in seinem Gangsteranzug die Treppe hinunterkommt, war auch dabei. Offenes Hemd, gemalte Brusthaare, eine Unmenge von Ketten und ein breites Grinsen – alles genau so, wie ich mich erinnerte. Bis auf eine Sache. Der Ring mit dem dicken Klunker fehlte.

Ich checkte die Uhrzeit. Das Camfie war um elf Uhr morgens entstanden.

Hatte er den Ring erst später an diesem Tag bekommen? Aber von wem? Und noch wichtiger: warum?

Prissy

Von außen wirkt das Gebäude wie eine langweilige graue Schachtel.

»Das ist sie«, sagt Mo zur Kamera über dem Eingang.

»Laşer?«, frage ich.

Mo nickt und öffnet die schwere Tür mit seinem ID-Bändchen.

Kaum sind wir drinnen, springen über unseren Köpfen Dutzende von Lampen an. Sie beleuchten eine ausgestorbene Skatehalle mit großen Rampen und Miniramps, einer Halfpipe und ein paar Funboxen.

Alle Wände sind mit grellbunten Fabelwesen bemalt, die auch im Citymuseum nicht fehl am Platze wären. Sie sind niedlich und beängstigend zugleich. Ich bewundere eine Gruppe schlanker, schuppiger Gestalten mit herzförmigen Köpfen und Straußenwimpern. Ein flauschiges Hündchen mit einem blutigen Arm in der Schnauze. Eine Krähe mit einem Totenkopf und Manga-Augen ...

»Dein Profilbild«, sage ich. »Ist das Bild auch von dir?«

»Nur das Camfie.« Mo geht zu einem Nebenraum auf der anderen Saalseite. »Ich bin kein Künstler wie Laşer.«

Mittlerweile erwarte ich einen Superjungen, der alles kann. Im Nebenraum ist die Decke viel niedriger und das Licht gedimmt. In der Mitte gruppieren sich einige alte Sofas und dort hängt auch ein antiker Beamer. In der Ecke stehen ein paar BMX-Räder, Skateboards und ein paar mit Gaze abgedeckte Kartons.

»Das Wormhole?«, frage ich.

»Nein, die Cafeteria.«

»Okay.« Ich grinse. »Gemütlich.«

»Hier müssen wir hin«, sagt Mo und öffnet mit einem Zahlencode eine Tür neben dem Käfig.

Ich betrachte die funzelige Lampe über der Steintreppe, die nach unten führt, und dann lache ich nicht mehr.

Dunkel und unterirdisch. Also doch.

»Geh du vor«, sage ich schnell.

Wir steigen hinab in die Höhlen des Gebäudes – Mo voran und ich steif vor Nervosität hinter ihm, meine Finger fest um mein Camphone geklammert. Flow ist nur *eine* Berührung von mir entfernt. *Ein* Tippen auf mein Display …

Wir sind unten. Sobald ich mich umsehe, entspannen sich meine Muskeln. Das ist kein Keller mit Folterwerkzeugen, Matratzen und Ketten – wie im unheimlichen *Cellargame*. Die Einrichtung besteht aus drei völlig normalen Tischen. Sie stehen im Halbkreis, vollgestellt mit altmodisch wirkenden Geräten, Tastaturen und Monitoren, die von einem großen dünnen Jungen bedient werden. Er trägt eine Trainingshose und Flaffy-Sneaker, die mindestens drei Jahre aus der Mode sind. Und als wäre das noch nicht schlimm genug, hat er auch noch eine beigefarbene Beanie auf dem Kopf – grobe Modepanne Nummer fünf, laut Reeves.

Ist das ein witzig gedachtes Kostüm für Happy Day? Oder läuft er immer so rum?

Ich würde mich jedenfalls in Grund und Boden schämen, aber der Junge ist anscheinend vollkommen in seinem Element. Er ruft Kommandos und seine Finger fliegen nur so über die Tasten. Manchmal wischt er kurz über einen Bildschirm und verändert etwas in der fenstergroßen Projektion an der Wand.

Ein Kapitän auf der Brücke seines Raumschiffs, denke ich.

»Mein Freund Laşer«, sagt Mo.

»Hallo«, sage ich zu dem hohen, schmalen Rücken.

Laşer dreht sich um und sieht mich an. »Hast du das E-Label dabei?«

»Wieso?«

»Damit wir einbrechen können.«

Ich hätte es wissen müssen. Mo hat mein Camphone gehackt, die Überwachungskameras vom Pool übernommen und jetzt ist Colourcompany dran.

Mit einem unbehaglichen Gefühl im Bauch schaue ich zu den übervollen Tischen hinüber. »Und das macht ihr mit den alten Kästen?«

»Nicht so respektlos«, sagt Mo. »Die funktionieren noch prima und man kann damit hacken, ohne eine Spur zu hinterlassen, was mit heutigen Geräten nahezu unmöglich ist.«

»Also?« Laşer hebt eine Hand und zappelt ungeduldig mit den Fingern.

Bin ich mitschuldig, wenn ich mitarbeite? Mein Kleid fühlt sich plötzlich zu eng an.

»Bitte, und sonst eben nicht.« Er wirft mir einen verächtlichen Blick zu und wendet sich dann an Mo. »Sie wird uns wirklich nicht helfen.«

»Nur die Ruhe, Laşer«, sagt Mo. »Gönn ihr ein wenig Zeit.«

Laşer setzt sich auf die Treppe und schmollt.

»Achte nicht auf ihn.« Mo legt den Arm um mich.

Ich habe immer gedacht, es gäbe nichts Aufregenderes als den jährlichen Schlussverkauf bei Goucies – Spezialist für Designerklamotten –, aber das hier ist aufregender.

Und dann fängt er auch noch an, mit seiner sexy Stimme

sanft auf mich einzureden. »Ich verstehe, dass du dir Sorgen machst, aber dafür gibt es keinen Grund. Nicht du bist die Übeltäterin. Wenn sich hier jemand schuldig fühlen müsste, dann die Leute von Colourcompany. Sie versuchen, allen klarzumachen, dass man ohne ihre Klamotten nicht glücklich ist. Online, auf der Straße, im Kino. Überall. Du bekommst so lange eine Gehirnwäsche, bis du es selbst glaubst.«

Das klingt vollkommen logisch aus seinem wunderbaren Mund. Aber es sind vor allem seine durchdringenden Augen, die mich überzeugen. Er sieht mich, und zwar richtig. Ich vergesse Laşer und das Wormhole. Es ist, als gäbe es sonst niemanden auf dieser Welt, nur Mo und mich.

»Und deswegen werden wir dafür sorgen, dass du dein Geld zurückbekommst«, beendet er seine Geschichte.

»Wie denn?«, frage ich. »Flow hat das E-Label abge...«

»Kein Problem. Solange wir den Code noch lesen können.«

»Aber ...«

»Schhhh. Vertraust du mir?«

Ich vertraue nicht mal mir selbst. Wenn er noch lange so stehen bleibt, lehne ich gleich meinen Kopf an seine Schulter.

»Wir tun niemandem etwas Böses«, sagt Mo. »Colourcompany ist ein gigantisches Unternehmen. Die können durchaus ein Kleid verschmerzen, wahrscheinlich merken sie es nicht einmal. Deine Mutter bekommt ihr Geld zurück und deine Probleme haben sich erledigt.« Er drückt mich kurz. »Das ist doch gut?«

Ich finde es gar nicht gut, dass er mich loslässt.

»Also, was jetzt?«, tönt es hinter uns.

Laşer. Der ist leider auch noch da.

Der Bann ist gebrochen und ich zögere doch wieder. »Was machen wir, wenn das einer rauskriegt?«

»Unmöglich«, sagt Laşer empört. »Ich bin noch nie erwischt worden.«

»Da hörst du es.« Mo lächelt. »Also?«

»Okay dann.« Ich wühle in meinem herzförmigen Täschchen, bis ich das E-Label finde.

Während die Jungs mit meiner Rettungsaktion zugange sind, telefoniere ich in der Cafeteria mit Flow.

»Endlich«, sagt sie. »Ich wollte schon jemanden benachrichtigen.«

»Ist nicht nötig. Mo ist nicht unheimlich, sondern wahnsinnig nett.«

»Dein Stalker?«

»Nenn ihn nicht so.«

»Das ist er aber doch.«

Manchmal könnte ich Flow erwürgen. Vor allem, wenn sie recht hat.

»Bis gleich«, sage ich.

Ich habe jedes gemalte Wesen in der Skatehalle betrachtet, als Mo und Laşer endlich aus ihrem Wormhole kriechen.

»Und?«, frage ich.

Sie machen einen Faustgruß und grinsen breit.

»Komm, setz dich!«, ruft Mo. »Dann feiern wir.«

Und was ist mit Happy Day?, will ich fragen.

Aber Laşer hat schon eine Schachtel aus der Cafeteria geholt.

BLUFFY'S – DAS YUMMY MIT DEM BESTEN BISS, lese ich auf der Seite.

»Werden die immer noch verkauft?«, frage ich erstaunt.

»Keine Ahnung«, sagt Mo. »Wir haben sie gewonnen, Laşer und ich. Mit einer Hack-Challenge im Internet.«

»Schöner Preis.« Mich fröstelt es. »Neulich ist doch jemand erstickt, weil er ein Bluffy in die Luftröhre bekam.«

»Fake News«, sagt Laşer. »Wahrscheinlich von der Konkurrenz verbreitet.«

»Wirklich?« Ich lasse mich auf die Couch fallen.

Mo nickt. »Die sozialen Medien sind voller Lügen.«

»Nicht nur die sozialen Medien.« Laşer lässt die Schachtel herumgehen. »Sogar unsere Führenden verbreiten Fake-Nachrichten. Es gab überhaupt keine Bangen Jahre. Den Begriff haben sie nur erfunden, um uns glauben zu lassen, es ginge uns jetzt unglaublich gut.«

»Das ist doch auch so?« Mein Yummy sieht aus wie eine Badeperle. Ich beiße es kaputt und genieße den salzigen Geschmack auf der Zunge. Dann pingt mein Gerät zum zigsten Mal.

»Ist das schon wieder deine Freundin?«, fragt Mo.

Als ich nicke, zieht er mir mein Camphone aus den Händen und fängt an zu clicken. Hast du nichts Besseres zu tun? Get a life!

»Nicht versenden!«, rufe ich.

Feixend gibt er mir mein Gerät zurück. »Zu spät.«

Sorry!, clicke ich schnell. Das war ich nicht. Das war ein Scherz von Mo.

Auf Flows Seite bleibt es entsetzlich still.

Als Mo und ich zum Zentrum zurückfahren, wird es schon dunkel. Er schweigt die ganze Zeit und das verunsichert mich. Findet er mich doch nicht so nett, wie er dachte?

Das Auto parkt sich selbst neben dem Bürgersteig. »Ziel erreicht.«

»He.« Mo legt seine Hand auf mein Bein.

»He«, antworte ich.

Was für ein toller Text. Ich wünschte, wir könnten solche Situationen im Sozialunterricht üben. Das wäre so viel nützlicher, als zu lernen, wie man Gesichtsausdrücke interpretiert oder dass man jemanden anschauen soll, wenn man mit ihm spricht.

»Können wir uns noch einmal verabreden?«, fragt Mo.

Mein Herz hüpft wie ein Flummi. »Okay. Wenn du versprichst, mich nicht mehr auszuspionieren.«

»Okay ist dein Lieblingswort, was?«

Ab jetzt nicht mehr. Ich nehme mir vor, es nie wieder zu verwenden.

»Vielen Dank für …« Ich öffne die Autotür. »Du weißt schon.«

Es passiert, bevor ich ausgestiegen bin. Über meinem Kopf ertönt ein lauter Knall wie in einem Baller-Game. Ich ducke mich, dicht am Auto, die Hände gegen die Ohren. Mo ist plötzlich bei mir, fängt mich in seinen Armen auf und schaut nach oben.

»Keine Angst«, flüstert er.

Aber die habe ich.

Holden

Alle schauen zu den zerplatzenden Lichtblumen auf den Monitoren. Die jährliche Feuerwerksshow, entworfen von einem Computerprogramm. Ohne Gestank und das Knallen von Schießpulver, denn unseren Führenden zufolge geht Sicherheit über alles.

Gähn.

Kategorie schlimmere Todesarten: vor Langeweile sterben. Aber nicht heute.

Ich ziehe das Kunststoffröhrchen heraus, das ich zu Hause gedruckt habe.

Die virtuellen Lichtblumen verwandeln sich in sprühende Fontänen. Sie wechseln immer wieder die Farbe, worauf das Publikum mit einem lang gezogenen »Aaah« reagiert.

Ich finde ihre Begeisterung schwer übertrieben. Als würde ein Luftgitarrist denselben Applaus verdienen wie ein echter Musiker. Wartet nur, denke ich.

Ich brauche es nicht einmal heimlich zu tun. Alle Augen sind auf das künstliche Feuerwerk gerichtet.

Mein Herz schaltet einen Gang höher, als ich die erste Leuchtrakete aus dem Rucksack ziehe. Ich entferne den Schutz von der Lunte und stecke den Stock der Rakete in das Kunststoffröhrchen, während ich bete, dass das Schießpulver nach der langen Zeit noch funktioniert.

Die Feuerfontänen auf dem Bildschirm werden zu Sternen. Sternschnuppen ...

Jetzt darfst du dir was wünschen, würde Prissy sagen,

denn sie glaubt hoch und heilig an solchen Unsinn. Na, dann lass Pa mal vom Tode auferstehen, haha.

Ich drehe am Zündrädchen und halte das Feuerzeug an die Lunte. Funken kriechen hoch. Dann schießt die Rakete mit einem Zischen dem Himmel entgegen und zerplatzt mit einem Knall.

Yes! Ein Regen roter Schlieren funkelt über den Häusern. Irgendwo ertönt ein Schrei und eine Menge Köpfe bewegen sich. Die Menschen schauen von den Monitoren zum Himmel und dann wieder auf die Monitore. Sie glauben wahrscheinlich, dass es eine 3-D-Projektion ist, kein echtes Feuerwerk, sondern ein Spezialeffekt mit den passenden Pulverdämpfen.

Hastig stecke ich eine zweite Feuerwerksrakete in das Ausstoßröhrchen und entzünde sie. Ein paar Jungs, die in der Nähe stehen, haben es kapiert und machen ein erschrockenes Gesicht. Ich grinse hinter meiner Maske.

Noch während die blauen Funken der zweiten Rakete verglühen, schieße ich die dritte ab. Sie steigt dreißig Meter hoch. Mindestens. Der Knall und der Rauch sind wie Adrenalin. Ich fühle mich wie ein Held, aber nicht wie so ein Trottel mit Flugcape oder einem magischen Schwert, sondern ein echter. Es ist mir egal, dass die Leute mich anstarren. Fuck die Führenden mit ihren idiotischen Regeln! Lang lebe die Freiheit!

Rakete Nummer vier.

Ein Kind weint und jemand applaudiert. Ein Pärchen, verkleidet als die Schöne und das Biest, rennt davon, die Hände auf die Ohren gepresst.

Köstlich!

In dem Moment, als die fünfte Rakete aus dem Röhrchen

schießt, wird die Feuerwerksshow auf den Monitoren abgebrochen. Das strenge Gesicht eines Ordnungshüters erscheint im Bild.

»Keine Panik«, sagt er. »Das Knallen, das Sie hören, stammt von echten Feuerwerksraketen. Solange Sie ausreichend Abstand halten, sind Sie nicht in Gefahr. Versuchen Sie, die Dämpfe nicht einzuatmen. Wir werden alles tun, um den Täter so schnell wie möglich aufzuspüren.«

Den Täter. Als wäre ich ein Krimineller.

»Sie können ihn an seiner Guy-Fawkes-Maske erkennen. Nähern Sie sich ihm nicht selbst, sondern wählen Sie den Notruf.« Der Ordnungshüter verschwindet. Der Monitor zeigt eine in schwarz gekleidete Gestalt. Sie trägt eine Kapuze und eine weiße Maske mit schwarzen Akzenten. Shit, das bin ich!

Ich mache mich klein und bahne mir einen Weg durch eine Gruppe von Märchenfiguren.

Maske runter! Ich stopfe sie in meine Tasche und laufe weiter, während ich hoffe, dass mich keiner verfolgt. Rotkäppchen starrt mich an. Ich wende den Kopf ab und verlasse die Menschenmenge, biege in die erste Seitenstraße nach links ein.

Erst in der sicheren Dunkelheit eines Hauseingangs wage ich es, mich umzuschauen. Kein Ordnungshüter. Niemand, der mich verfolgt. Ich kriege mich nicht mehr ein vor Lachen. Was für eine großartige Knallerei! Das war mit Abstand der coolste Happy Day, den es je gab!

Prissy

Als ich nach Hause komme, schaue ich sofort zum Schränkchen in der Diele. Kein ID-Bändchen.

Gut so. Dann muss ich auch nicht leise sein.

Ich meide den Filmrahmen mit Papas liebem Gesicht und gehe gleich nach oben. Die automatische Beleuchtung ist mir immer ein paar Schritte voraus. Früher habe ich hin und wieder versucht, die Lampen einzuholen, indem ich plötzlich losrannte. Das behaupten jedenfalls Mama und Holden – ich selbst weiß das nicht mehr.

Es ist angenehm warm in meinem Zimmer. Ich tausche mein Kostüm gegen einen bequemen Jogginganzug, schlüpfe in meine Slipper und nehme mein Kleid, die Strümpfe und das herzförmige Krönchen mit in die Rumpelkammer, in der Mama alten Kram in Kartons aufbewahrt. Mein Blick huscht über die Etiketten. SPORTARTIKEL, HAPPY DAY, JACKS KLEIDUNG ...

Tragen wird Papa sie nicht mehr. So sind sie doch noch für etwas gut.

Ich verberge mein Happy-Day-Outfit unter einem Stapel seiner Hemden ganz unten im Karton. Könnte man Schuldgefühle doch auch nur einfach ausziehen und wegstecken wie ein Kleid. Holden meint immer, es sei lächerlich, dass ich mich so schnell schlecht und verantwortlich fühle. Als ob ich das absichtlich täte!

Ich nehme mein Camphone mit nach unten und mache es mir auf dem Sofa bequem.

»Da bist du ja endlich«, nörgelt Flow, sobald ich mich

ihrem Chat anschließe. »Du hast ewig nichts von dir hören lassen.«

Bestimmt ist sie noch sauer wegen der Nachricht von Mo.

»Wenn ich mich nicht irre, kam die letzte Nachricht von mir«, sage ich vorsichtig.

»Und ich stehe mir die Beine in den Bauch beim Power Partyzelt«, rattert sie einfach weiter. »Du hättest wenigstens clicken können, dass du nicht mehr zurückkommst.«

Noch mehr Schuldgefühl ertrage ich einfach nicht.

»Es tut mir leid«, sage ich. »Ich wollte, aber durch dieses Feuerwerk ...«

»Ich hasse diesen Typen.« Brooklyn macht ein Gesicht, als hätte sie auf ein falsches Yummy gebissen.

»Und ich erst«, stimmt Flow ihr zu. »Der Idiot hat Happy Day völlig versaut.«

»Entschuldigt ...« Ich denke an Mo mit seinen wahnsinnig starken Armen und seiner Zauberstimme. »Aber übertreibt ihr nicht ein wenig?«

»Nein, aber du benimmst dich völlig normal, was?« Flow seufzt bis in ihre angeklebten Kunstwimpern. »Gehst mit deinem Stalker ...«

»Sie suchen ihn«, sagt Anna.

»Prissys Stalker?«, fragt Flow dümmlich.

»Nein, Quatsch. Denjenigen, der das Feuerwerk gezündet hat.«

Anna schickt den Alert weiter.

ERKENNEN SIE DIESE PERSON, RUFEN SIE SOFORT FOLGENDE NUMMER AN ...

Ich betrachte die Gestalt auf dem Camfie. Dunkle Haare. Schwarze Kleidung. Das Gesicht verborgen hinter einer weißen Maske mit schwarzen Augenbrauen, rosa Wangen, einem schwarzen Schnurrbart und einem vertikalen schwarzen Streifen auf dem Kinn. Es kommt mir vage bekannt vor.

Brooklyn grinst. »Ich ahne es schon. Unser Nachbar ist der Täter.« Flow und Anna brüllen vor Lachen. Als Brooklyn der Maske auch noch ein paar Kaninchenohren verpasst, ersticken sie fast.

»Prissy?«, ist von der Diele aus zu hören.

»Ich bin hier!«

»Zum Glück, du bist schon zu Hause.« Mama kommt mit zerzausten Haaren ins Zimmer. Ohne Kostüm, weil sie am Morgen arbeiten musste. Das einzig Festliche ist der Glitzer auf ihren Wangen und die gepunktete Schleife unter ihrem Kinn. »Was für ein Aufstand«, murrt sie. »Frau Adams wurde ins Krisenzentrum gerufen, um sich mit den neuen Führenden zu beraten. Manche Festteilnehmer sind wegen dieser Knallerei völlig durchgedreht.«

»Du auch«, sage ich. »Du hast tausend Nachrichten geschickt.«

Sie schaut mich mit gespielter Empörung an. »Höchstens fünf. Und da wusste ich noch nicht, dass es Feuerwerk war.«

Holden taucht hinter ihr auf. »Fantastisches Feuerwerk.«

Er trägt dieselbe schwarze Kleidung wie der Typ auf dem Alert.

»Wo ist dein Kostüm?«, frage ich.

Er schmeißt seinen Rucksack auf den Boden. »Und deins?«

»Ja, Pris …«, sagt Brooklyn.

Mein Kopf glüht, als hätte ich vierzig Grad Fieber.

Ende Camchat!

Mama hat nichts mitgekriegt und schaltet den Projektor ein. »Mal kurz schauen, ob es schon Neuigkeiten gibt.«

Wir landen mitten in einer Live-Sendung.

»... Happy Day gestört hat«, sagt Jesser von Hotnews.com. »Wir zeigen Ihnen die Filmaufnahmen.«

Auf unserer Wand erscheinen Dutzende verkleideter Menschen. Einer von ihnen ist mit einem Kreis gekennzeichnet. Der Täter. Deutlich sichtbar zündet er eine Rakete an. Auf dem Alert war sein Rucksack nicht gut zu erkennen, aber jetzt ...

Holden?

Wie kannst du nur so etwas denken?, flüstert eine Stimme in meinem Kopf. Dein eigener Bruder.

Andererseits hat er kein Problem damit, Regeln zu übertreten, sagt eine andere Stimme. Und dann hat er auch noch diesen Schutzkeller entdeckt. Was, wenn die Leute früher dort nicht nur Lebensmittel in Konserven, sondern auch Leuchtraketen aufbewahrt haben, um sie im Notfall abzufeuern?

Ich würde mir am liebsten die Hände vor die Ohren halten, aber dann sagt Mama heiser: »Papa hat vor Jahren auch eine solche Maske zu Happy Day getragen.«

Als hätten wir uns abgesprochen, schauen wir beide gleichzeitig zu Holden.

»Was?«, fragt er pikiert.

Mama bringt den Projektor zum Schweigen. »Schatz ...«

Holdens Blick wandert zu seinem Rucksack. »Du glaubst doch nicht ...«

Ich muss wissen, ob es wahr ist.

Sobald Holden wieder wegschaut, schnappe ich mir die Tasche.

»Bitch!«, ruft er.

Mama scheint es nicht einmal zu hören. Sie sieht zu, wie ich den Rucksack öffne. Wie ich mit zitternden Händen eine Maske herausziehe.

Dann schreit sie Holden an. »Was hast du getan, um Himmels willen?«

Sie reißt mir die Sachen aus den Händen und rennt in die Küche. Ihre Panik ist wie ein Virus, der sich auf mich überträgt, und ich laufe hinter ihr her.

Holden folgt uns, übertrieben stöhnend. »Jetzt tu doch nicht so hysterisch, Mama.«

»Du hast ja keine Ahnung!«, schreit sie.

Holden und ich schauen uns an. Sie kriegt sich nicht mehr ein.

»Beruhige dich doch«, beschwichtige ich.

Holden nickt. »Keiner hat mich erkannt.«

»Das wäre zu hoffen.« Mama stopft die Maske in den Schredder, der sie im Nullkommanichts zermalmt. Danach ist der Rucksack an der Reihe. »Deine Kleidung muss auch noch da rein.«

Ich sehe Holden an, dass er protestieren will, aber dann hören wir, dass vor dem Haus ein Wagen anhält, und genau in diesem Moment verhakt sich der Schredder. Mama muss den Rucksack herausziehen und von vorn anfangen. Sie flucht.

Draußen werden Autotüren zugeschlagen.

»Schau nach, wer es ist«, flüstert Mama.

Holden will schon zum Fenster laufen.

Mama gibt der Tasche noch einen Schubs. »Du nicht. Prissy.«

Ich falle fast in Ohnmacht vor Angst, als ich am Vorhang

vorbeispähe und ich im Licht der Laterne den Wagen entdecke. »Ordnungskräfte.«

In diesem Moment klingelt es.

Wir zucken alle zusammen, als bekämen wir einen Stromschlag.

Holden

Der Shredder beißt sich noch immer die Zähne an meinem Rucksack aus.

»Nicht öffnen«, sagt Mama. »Holden, geh nach oben und zieh dir was anderes an.«

Das Herz einer Maus schlägt über 600-mal in der Minute. Meins ist mindestens so schnell, als ich in mein Zimmer flüchte. Ich trete mir die Schuhe von den Füßen, streife die Hose über die Beine und pfeffere sie irgendwo weit nach hinten in meinen Schrank.

Die Konserven! Wenn sie die finden, bin ich erledigt.

Wild schaue ich mich um. Ginge dieses dämliche Fenster nur auf, dann könnte ich sie zwischen die Sträucher in den Garten werfen. Energieneutrale Häuser sind verdammte Bunker!

Shit. Diese nervige Klingel schon wieder. Minutenlang.

Ich kümmere mich nicht weiter um die Dosen, tausche meinen schwarzen Hoodie gegen einen grünen Pulli und ziehe eine Jeans an. Fuck, da liegt das Feuerzeug. Das muss gerade aus meiner schwarzen Hose gefallen sein.

Jetzt klingeln sie nicht nur, sondern bollern auch noch an die Tür. Ich kann nicht mehr logisch denken, stecke das Feuerzeug in die Hosentasche und gehe auf Socken die Treppe hinunter.

»Machen Sie auf oder wir sind gezwungen, die Tür gewaltsam zu öffnen!«, erklingt es von außen.

Der Shredder ist still.

Ma kommt in die Diele. »Fertig?«

Als ich nicke, öffnet sie.

Sie sind zu zweit. Ein Mann mit traurigen Hundeaugen und eine durchtrainierte Frau mit starrem Gesichtsausdruck und einem kleinen Koffer.

»Ordnungshüter Chapman«, stellt sich der Mann vor.

»Miller.« Die Frau hat eine unangenehm näselnde Stimme. »Sie haben uns ziemlich lang warten lassen.«

»Das tut mir leid«, sagt Ma. »Ich war auf der Toilette und meine Tochter ...«

Prissy versucht sich an einem unschuldigen Lächeln, wodurch sie besonders schuldig aussieht. »I-ich hatte einen Kopfhörer auf«, stammelt sie.

Chapman schaut zu mir.

»Ich war ... äh ... oben«, sage ich und weise mit einer etwas unbestimmten Geste zur Treppe.

»Können wir kurz drinnen reden?« Miller wartet Mas Antwort gar nicht erst ab und betritt die Diele.

Wir sitzen wie eine Gruppe Angeklagter nebeneinander auf dem Sofa. Ma, Prissy und ich.

Chapman hat sich gegenüber von uns in den Sessel gesetzt. Ein grauer Lehnstuhl, in dem Pa gerne saß, weil man sowohl die Härte als auch die Temperatur der Kissen anpassen kann.

Nur Miller bleibt stehen. »Heute Morgen hat jemand mit einer Guy-Fawkes-Maske dieses Haus verlassen«, sagt sie. »Ich möchte wissen, wer.«

»Dieses Haus?« Ma verzieht verärgert den Mund. »Das würde mich wundern.«

»Wir haben einen Zeugen«, sagt Miller, ohne zu blinzeln.

Die Katze mit den Lackstiefeln erscheint auf meiner Netzhaut. Diese blöde Mistkatze, die auf unserem Bürgersteig herumtanzte.

»Und das heißt?« Mama pult Glitzer von ihrer Wange. »Zehntausende besitzen eine Guy-Fawkes-Maske.«

»Wir konzentrieren uns auf die Einwohner unserer Stadt, Frau Winters«, erläutert Chapman. »Bislang haben wir siebenundfünfzig Besitzer finden können. Sie alle beteiligen sich an einer großen Spurensicherung.«

Spurensicherung ...

Vögel haben keine Schweißdrüsen. Ich habe Millionen davon und sie nehmen akut den Dienst auf, eine nach der anderen.

»Der Täter hat den Dochtschutz der Lunte liegen lassen«, sagt Miller und öffnet ihr Köfferchen. »Und es wurden Reste des gezündeten Feuerwerks sichergestellt. An beiden fanden wir sowohl Fingerabdrücke als auch Körperflüssigkeit.«

Meine klatschnassen Fingerspitzen kleben wie Saugnäpfe an der Armlehne des Sofas und verbreiten ein ganzes Meer von DNA. Was für eine gigantische Dummheit, die Raketen zum Abschuss mit bloßen Händen im Röhrchen zu platzieren.

Miller stellt einen elektronischen Fingerabdruckleser auf den Wohnzimmertisch, legt drei Röhrchen mit Wattestäbchen daneben und streift Handschuhe über.

Wäre ich bloß auch so vernünftig gewesen, welche anzuziehen!

»Wir nehmen von jedem eine DNA-Probe«, sagt sie. »Ich schabe ein wenig Schleim von der Wangeninnenseite und ...«

»Ist das nicht übertrieben wegen ein paar Feuerwerksraketen?«, fällt Ma ihr ins Wort. »Noch keine fünfzig Jahre ist es her, da gab es gewaltige Feuerwerksshows und alle fanden sie großartig.«

Prissy nickt verzweifelt.

»Es hätte ein Feuer ausbrechen können«, sagt Miller.

Ich denke sofort an Pa; auch Ma erstarrt für einen kurzen Moment.

»Wir haben keine Wahl, Frau Winters«, sagt Chapman. »Es geschah vor den Augen Tausender Zuschauer. Wenn wir das nicht ernst nehmen, könnten andere dies für einen Freibrief halten. Um die Stadt sicher und sauber zu halten, muss dieser Mann oder diese Frau als abschreckendes Beispiel dienen.«

Mit jedem Wort, das er sagt, fühlt es sich an, als würde meine Kehle enger zugeschraubt.

Miller nickt zu Prissy hinüber. »Soll ich bei dir anfangen? Dann hast du es am schnellsten hinter dir.«

»Okay«, flüstert meine Schwester mit knallrotem Kopf.

Am liebsten würde ich sie schütteln. Sie anbrüllen, dass es keinen Grund gibt, sich zu schämen. Als wäre es ihre Schuld, dass man sie verdächtigt!

Nein, das ist deine Schuld, meckert Pa in meinem Kopf.

Miller schraubt den Deckel vom Röhrchen – den Deckel, der zugleich auch Griff ist für das Wattestäbchen. »Den Mund bitte öffnen.«

Prissy zittert wie eine ängstliche Maus, während Miller zugange ist. Und dann rollt auch noch eine Träne über ihre Wange.

Scheißordnungskräfte!

»Lasst sie in Ruhe!«, rufe ich. »Ich bin der, den ihr sucht.«

Prissy

Als ich zu meinem Bruder schaue, spüre ich, wie sich mein Herz zusammenkrampft. Er lächelt mir zu. So nach dem Motto: Sie hätten es ja doch rausgekriegt.

Miller packt ihre Sachen zusammen und schließt den Koffer. »Dann darfst du uns begleiten«, sagt sie zu Holden, als ginge es um einen netten Besuch im Park Pool.

»Wohin?«, fragt Mama.

»Erst einmal auf die Wache. Ihr Sohn hat eine Menge zu erklären.«

Mama nickt gelassen. »Zieh deine Schuhe an«, sagt sie zu Holden. »Dann hole ich unsere Jacken.«

»Vergessen Sie auch Ihr ID-Bändchen nicht«, bittet Miller. »Wenn ich Ihnen einen Tipp geben darf: Behalten Sie es in Zukunft lieber um. Das Ding hat schon Tausende von Leben gerettet. Es ist unvernünftig, es auf ein Schränkchen bei der Haustür zu legen. Sie möchten doch nicht, dass es in die falschen Hände gerät? Identitätsdiebstahl ist wahrlich kein Vergnügen.«

»Zum Glück wird ja selten eingebrochen«, sagt Chapman beschwichtigend.

Manchmal braucht man nicht einzubrechen, um Dinge zu stehlen, denke ich – und mein Schuldgefühl lodert wieder auf.

Millers Blick zwingt Chapman aus seinem Sessel. »Begleite sie.«

Ich sehe zu, wie er gemeinsam mit Mama und Holden durch die Tür in die Diele verschwindet. Dann bin ich allein mit Miller.

Shit. Sie hat mein Camphone vom Wohnzimmertisch genommen!

»Gehört das deinem Bruder?«, fragt sie.

Ich schüttele den Kopf, aber ihr Daumen fährt schon über das Display. Gleich liest sie die Nachrichten zu meinem Kostüm und dann kommt doch noch alles raus!

»Das ist mein Camphone!«, rufe ich ziemlich weinerlich.

»Keine Panik.« Sie reicht mir mein Gerät. »Und das von Holden?«

In seinem Zimmer wahrscheinlich. Oder in seiner Hosentasche.

»Keine Ahnung«, flüstere ich.

»Ach ja«, sagt Miller. »Es ist eigentlich auch nicht wichtig. Wir können den Gesprächsverlauf trotzdem aufrufen.«

»Echt?« Ich werde fast ohnmächtig vor lauter Elend.

Mama kommt mit meiner Jacke herein. »Prissy, was ist los?«

»Nichts.« Mo, denke ich. Er kann alles löschen. »Ich muss nur noch schnell pinkeln.« Meine Hand umklammert mein Camphone, als ich aufstehe.

»Musst du noch mehr als pinkeln?«, fragt Miller.

Ich kann ihr nicht folgen. »Wieso?«

»Weil du dein Camphone mitnimmst«, sagt sie. »Du kannst jetzt wirklich nicht gemütlich gamen oder chatten, hörst du? Das darfst du nachher auf der Wache.«

Sie hat mich durchschaut! Mein Kopf wird so warm, dass ich Angst habe, er könnte Alarm geben.

»Oder nimmt sie ihr Camphone immer mit?« Miller schaut Ma gespielt besorgt an. »Die Mädels heutzutage können keine Sekunde mehr ohne. Ich empfehle Ihnen, sie möglichst bald in einen Kurs zu schicken, bevor sie komplett abhängig wird. Die Teilnahme ist kostenlos und ... Warten Sie, ich glaube, ich habe einen Prospekt mit.« Sie beugt sich wieder über ihren Koffer.

»Das ist nicht nötig«, bringe ich heraus. »Ich habe einfach nicht darüber nachgedacht.«

Mit einem Knall lege ich mein Gerät auf den Tisch zurück und gehe schwer enttäuscht zum WC in der Diele. Chapman steht mit verschränkten Armen an der Haustür. Holden hat seine Schuhe und die Jacke schon an und wartet an der Treppe. Er zwinkert mir zu, wie Papa früher, wenn er mich beruhigen wollte.

Ich denke an den Dilemma-Vlog von Reese neulich. »Stell dir vor, es kommt zu einer schrecklichen Katastrophe. Alle werden sterben und du darfst nur eine einzige Person retten. Für wen entscheidest du dich? Deine beste Freundin oder ein Familienmitglied?«

»Meine Mutter«, hatte Anna ehrlich geantwortet.

Ich hätte Pa auch gern aus dem brennenden Gebäude holen wollen.

»Und wenn deine Eltern nicht mitzählen?«, fragte Brooklyn.

»Prissy natürlich«, sagte Flow. »Und sie mich.«

Ich hatte zustimmend gebrummt, aber plötzlich weiß ich ganz genau, dass ich lieber Holden retten würde.

Als ich die WC-Tür zugesperrt habe, drehe ich den Wasserhahn auf. Ein plätschernder Strahl, um Chapman in die Irre zu führen.

Es gelingt mir immer besser – Menschen betrügen –, nur auf das grottige Schuldgefühl danach könnte ich verzichten.

Ich drücke die Spülung und komme wieder in die Diele.

Mist. Mama und Miller sind auch schon da. Aber mein Camphone liegt noch im Wohnzimmer.

»Ich will noch kurz …«, starte ich noch einen Versuch.

»Jugendliche«, sagt Miller kopfschüttelnd zu Mama. »Wir müssen jetzt wirklich gehen.«

Holden

Chapman hält seine Hand schützend über meinen Kopf, als ich auf die Rückbank des weißen Wagens mit den blauen Streifen der Ordnungskräfte rutsche.

»Deine Mutter und Prissy fahren mit eurem eigenen Auto hinter uns her«, sagt Miller, die schon vorn sitzt.

Damit sie mich nachher nicht wieder nach Hause bringen müssen?

Ich entspanne mich etwas. Bis ich höre, wie sich die Türen neben mir verschließen, als bestünde Fluchtgefahr. »Ich mache mich wirklich nicht aus dem Staub«, versuche ich zu scherzen.

Ordnungskräfte haben keinen Sinn für Humor. Chapman setzt sich mit bierernstem Gesicht neben Miller und hält sein ID-Bändchen an das Armaturenbrett. »Downtown-Wache.«

Der Wagen fährt geräuschlos aus der Parkbucht.

»Gut«, sagt Miller. »Wir haben zehn Minuten.«

Die Worte klingen bedrohlich. Zehn Minuten für was? Werden sie mich misshandeln, um mir ein Geständnis zu entlocken? Aber ich habe doch schon gestanden.

Trotzdem erschrecke ich ein wenig, als sie beide ihren Sitz zu mir umdrehen. Die Beleuchtung an der Decke wirft beängstigende Schatten über ihre Gesichter.

»Was wir dir jetzt erzählen, muss unter uns bleiben«, sagt Miller. »Wenn du nur eine einzige Person ins Vertrauen ziehst, bringst du dich selbst, deine Mutter und deine Schwester in Gefahr.«

Ich werde zum Piranha, der jeden Moment zuschnappen kann. »Wagt es nicht …«

»Entspann dich«, sagt Chapman. »Keiner tut dir was an. Wir brauchen nur deine Hilfe.«

Prissy hat mal versucht, mir zu erklären, was surrealistische Kunst ist. Das hier, aber ohne Bild.

»Kennst du das Cliffton Institut?«, fragt Miller.

Der Ort, an dem sie Gestörte und Kriminelle verwahren. Angespannt setze ich mich aufrechter hin.

»Eine leider notwendige Initiative unserer neuen Führenden«, sagt Chapman. »Menschen, die sich nicht an die Regeln halten, werden dort aufgenommen und behandelt, um Frieden und Ordnung in unserer Stadt zu bewahren.«

Wollen sie mich wegen einem bisschen Feuerwerk nach Cliffton schicken? Das kann doch nicht sein.

»Es tut mir leid«, sage ich schnell. »Das war doch nur ein Scherz. Wirklich, ich werde nie wieder so etwas Dummes tun.«

Trotz ihres starren Gesichtsausdrucks kriegt Miller doch noch ein gruselig-freundliches Lächeln hin. »Wir wissen, dass du das alles nicht so böse meinst. Darum haben wir dich ausgewählt.«

»Ausgewählt?«, stammele ich. »Wofür denn?«

»Im Institut kommt es regelmäßig zu Unfällen«, berichtet Chapman. »Das ist an sich nicht unlogisch angesichts der Problematik der Bewohner, aber wir fürchten, dass mehr an der Sache dran ist, als man zugeben will, und deswegen halten wir eine gründlichere Untersuchung für wünschenswert.«

Miller nickt. »Wir wollen, dass du zu unseren Augen und Ohren wirst.«

Und mich freiwillig aufnehmen lasse? Die ist verrückt!

»Das macht mal schön selbst!« Ich schiebe mich so weit wie möglich von ihnen weg, den Rücken an der linken Autotür.

»Das ist leider unmöglich«, sagt Miller. »Das Cliffton Institut ist eine geschlossene und geschützte Gemeinschaft. Man will lieber keine Ordnungskräfte im Gebäude haben, weil das die Ruhe und den Fortschritt der Behandlungen stört. Außerdem werden sich die Bewohner uns gegenüber nicht so schnell öffnen. Wir brauchen jemanden, der Schritt für Schritt ihr Vertrauen gewinnt. Jemand, der im Aufenthaltsraum herumhängen und nächtliche Flüstergespräche im Schlafsaal belauschen kann, ohne dass es auffällt.«

Das ist doch ein Scherz! Gleich stehe ich auf Fail Nail als peinlichste Panne der Woche.

Aber Chapman nickt ernst. »Du bist dort nicht allein, Holden. Eine Pflegekraft aus Unit 2 arbeitet auch für uns.«

»Perfekt«, sage ich. »Dann braucht ihr mich ja nicht mehr.«

»Doch.« Miller checkt die Uhr auf ihrem ID-Bändchen, vermutlich um zu überprüfen, ob die zehn Minuten schon um sind. »Im Gegensatz zu den Bewohnern können Pfleger nicht Tag und Nacht anwesend sein. Du wärst immer dort und auch dein Alter ist ein Plus. Von einem Siebzehnjährigen wird keiner erwarten, dass er für uns arbeitet.«

»Und wenn ich nicht will?«

»Ich flehe dich an.« Chapman beugt sich vor und umfasst mit beiden Händen meine Faust. »Mein Patenkind Lois war im Cliffton und, und …« Plötzlich hat er Tränen in den Augen und hört auf zu reden.

»Sie hat eine Überdosis Tabletten genommen«, beendet Miller seinen Satz.

Kategorie weniger schlimmer Todesarten: erst bewusstlos werden, damit man sterben kann, ohne es zu merken.

»Tut mir leid«, sage ich. »Aber was habe ich damit zu tun?«

»Jeden Tag frage ich mich aufs Neue, warum sie das getan hat. Ob ich es hätte verhindern können. Laut Direktorin war keine Fahrlässigkeit im Spiel, aber ...« Chapman hat meine Faust angehoben und schüttelt sie, um seinen Worten Nachdruck zu verleihen. »Ich habe keine Ruhe, bis ich weiß, was passiert ist. Du musst mir dabei helfen, es herauszufinden, Holden. Bitte.«

Als Pa starb, gab es auch niemanden, der meine Fragen beantworten wollte. Jeder laberte einen Kilometer drum herum. Denk jetzt nichts Falsches. Dein Vater war zur falschen Zeit am falschen Ort und hatte sonst nichts weiter damit zu tun. Dieser Brand war nicht seine Schuld.

Ich ziehe meine Faust aus Chapmans kalten Händen.

»Du bist unser Traumkandidat, Holden«, sagt Miller, als ginge es um eine Spielshow. »Jeder wird dir glauben, weil du wirklich etwas angestellt hast. Dieses Feuerwerk. Die Lebensmittelkonserven.«

Ihre Worte sind ein Schlag in mein Gesicht. »Woher wisst ihr das?«

»Wir folgen dir schon eine ganze Weile«, sagt Chapman.

»Wie denn? Ich habe den Tracker von meinem Camphone ausgeschaltet!«

Miller schaut mich mitleidig an. Diese verdammten Schnüffler! Und ich dachte, ich müsste in diesem Schutzkeller sterben, während sie die ganze Zeit wussten, wo ich war!

Sofort zweifle ich an allem. »Dieser Zeuge?«, frage ich. »Derjenige, der mich mit der Maske aus unserem Haus hat kommen sehen?«

Miller zeigt kurz auf. »Das war ich. Wie Chapman schon sagte: Wir beobachten dich schon eine Weile.«

»Und was ist mit der Spurenuntersuchung? Und all den anderen Verdächtigen?«

»Gibt es nicht«, sagt sie, ohne eine Miene zu verziehen. »Manchmal muss man eben ein wenig kreativ sein. Und es hat funktioniert, sonst wärst du jetzt nicht hier.«

Ich bin volle Kanne darauf reingefallen. Hätte ich doch nur nie gestanden!

»Also?« Ihre Blicke sind wie Nadelstiche.

No way!

»Wenn ihr mir so leicht folgen könnt«, sage ich, »dann könnt ihr die Bewohner des Instituts doch wohl auch im Auge behalten? Dort hängen bestimmt Kameras und …«

»Das haben wir selbstverständlich mit der Leitung besprochen«, fällt Chapman mir ins Wort. »Wir bekommen keine Zustimmung. Die Privatsphäre der Bewohner geht über alles.«

Und was ist mit meiner?, denke ich.

Chapman setzt seinen traurigen Hundeblick ein. »Du bist unsere letzte Hoffnung, Holden.«

Hoffnung? Ich fühle mich eher wie eine chancenlose, aufgespießte Motte, wie sie im Naturmuseum in Glaskästen ausgestellt werden.

»Wenn du dich nicht sicher fühlst, holen wir dich sofort raus«, verspricht Miller. »Ein kleines Zeichen an Boyd reicht.«

»Boyd?«

»Boyd Swis, der Pfleger von Unit 2«, sagt sie. »Ihm wirst du auch immer berichten.«

Swis. Der Name von dem Zettelchen in Pas Ring! Angenommen, das ist kein Zufall, sondern …

Bist du verrückt?, mischt Pa sich ein. Du lässt dich doch nicht freiwillig einsperren?

»Warum sollte ich mitarbeiten?«, frage ich. »Ich bin kein gefährlicher Täter oder Psychopath. Wenn ich den Unparteiischen davon überzeugen kann, dass es mir wirklich sehr leidtut, komme ich bestimmt mit Sozialstunden davon. Einen Siebzehnjährigen schicken sie nicht so leicht ins Cliffton.«

Meine Selbstsicherheit währt anderthalb Sekunden.

Die Ordnungshüter schauen sich kurz an und nicken kaum merklich.

»Willst du nicht wissen, was mit deinem Vater passiert ist?«, fragt Chapman dann.

»Wieso?«

Millers näselnde Stimme zwängt sich in mein Ohr. »Sie haben es dir nie erzählt, oder?«

Meine Hände suchen Halt am Sitz. »Was?«

»Dass er im Institut gestorben ist.«

»Stimmt nicht.«

»Doch«, sagt Chapman. »Dein Vater kam zu mir, als ich mein Patenkind besuchte, und …«

»Unsinn! Pa kannte niemand im Cliffton. Er hatte dort nichts verloren.«

»Es gab Probleme mit den Food-Printern«, sagt Miller.

Ihre sachliche Stimme wirkt beruhigend. Und obwohl sich das alles immer noch seltsam anhört, ist es auch wiederum nicht völlig unlogisch. Pa arbeitete bei Vita – nur war er Chemo-Informatiker und kein Wartungsmonteur.

»Dein Vater wusste, dass ich zu den Ordnungskräften gehöre«, sagt Chapman. »Er sagte, er müsste mich dringend sprechen.«

Mein Herz wummert in meiner Brust. »Weswegen?«

»Das habe ich leider nie mehr erfahren. Dein Vater hat sich umgeschaut und geflüstert: ›Nicht hier.‹ Hätte ich in dem Moment bloß weitergefragt. Kurz darauf war er tot.«

Prissy

»Ich habe noch etwas vergessen«, sage ich zu Mama.

»Es geht doch wohl nicht wieder um dein Camphone?«, murrt sie. »Vielleicht muss ich dich doch mal zu so einem Kurs schicken.«

Und dann lässt sie das Auto einfach losfahren! Laut Routenplaner im Armaturenbrett sind es fast zehn Minuten bis zur Wache. Zehn Minuten, in denen ich Mo clicken und ihn hätte bitten können, alle Nachrichten auf meinem Camphone zu löschen. Und auf dem von Holden. Ich schaue Mama mit einem schiefen Blick an. Soll ich es erzählen? Bevor gleich sowieso alles rauskommt?

Ich traue mich nicht. Sie sieht jetzt schon aus wie ein geknicktes Blümchen.

»Geht es einigermaßen?«, frage ich vorsichtig.

»Es ist meine Schuld.«

»Unsinn. Du hast kein Feuerwerk gezündet.«

»Das nicht, aber ...«

Unser Auto biegt links ab, hinter dem Wagen der Ordnungskräfte her.

Die Silhouette von Holdens Hinterkopf ist durch die Heckscheibe zu erkennen und ich klammere mich daran fest.

»Ich hätte es kommen sehen müssen«, sagt Mama, als sei sie eine gescheiterte Wahrsagerin.

»Meinst du, sie brummen ihm Sozialstunden auf?«, frage ich.

Wer weiß, vielleicht muss er dann alte Leute im Park spazieren führen oder Blumenbeete harken. Und das alles in so einer fluoreszierenden Staatsweste, damit jeder sieht, was für ein Loser mein Bruder ist.

»Ich hoffe es«, sagt Mama.

Wie kann sie so etwas sagen? Ich werde mich so furchtbar schämen, dass ich mich nie wieder traue, mein Zimmer zu verlassen!

Mama seufzt. »Ich finde alles prima, solange er nur wieder nach Hause darf.«

»Bestimmt«, sage ich.

Sie seufzt nur noch tiefer.

»Wovor hast du Angst?«, frage ich, den Bauch voller Juckpulver.

Mama schweigt eine Ewigkeit.

»Lass uns jetzt erst einmal abwarten«, sagt sie dann.

Neun Minuten und achtundfünfzig Sekunden später hält unser Auto bei der Wache. Holden betritt das Gebäude, die beiden Ordnungshüter gehen rechts und links neben ihm.

»Schnell«, sagt Mama.

Wir steigen aus und eilen zu den gläsernen Eingangstüren. Als sie sich öffnen, ist der Korridor vor uns schon leer.

»Mein Sohn«, sagt Mama zu einer breitschultrigen Frau hinter dem Schalter. »Holden Winters. Er kam gerade herein.«

Mir ist unbehaglich zumute.

Die Frau nickt. »Kommen Sie mit.«

Wir werden zu einem gesonderten Raum neben dem Vernehmungszimmer gebracht und dürfen durch ein kleines Fenster zuschauen. Ein atemberaubend hübsches Mädchen mit einem Nasenpiercing verkabelt Holdens ID-Armband mit dem Unparteiischen. Sein Kopf erscheint auf dem Monitor und dann springt auch das grüne Kontrolllämpchen an Holdens Armband an.

»Wie heißt du?«, fragt das Piercingmädchen.

»Holden Winters.«

»Wie alt bist du?«

»Siebzehn.«

»Deine Adresse?«

Im Sozialunterricht bekäme sie sofort ein Ungenügend, denn sie schaut die ganze Zeit auf den Monitor und kein einziges Mal zum echten Holden.

»Er funktioniert«, sagt sie schließlich mit einem Nicken zu Miller und Chapman.

Ich nehme an, sie meint den Unparteiischen und nicht meinen Bruder. Die Ordnungshüter sitzen ihm schräg gegenüber. Miller nennt das Datum, die Zeit und die Namen aller Anwesenden.

Das Piercingmädchen heißt Cora. Ich finde, sie sieht eher aus, als hieße sie Olive.

Chapman räuspert sich. »Warum hast du die Raketen gezündet?«

»Einfach so«, sagt Holden. »Zum Spaß.«

Sein Gesicht auf dem Monitor ist plötzlich voller Punkte, die blitzschnell durch hauchdünne Linien miteinander verbunden werden. Jedes Zucken irgendeines kleinen Muskels, Holdens Wimpernschlag und wie sein Mund steht – alles wird vom Unparteiischen registriert. Und beurteilt. Unten auf dem Monitor erscheint der erste rote Balken.

»Feuerwerk steckt voller Schwermetalle und ist sehr schädlich für die Umwelt«, sagt Miller.

Holden zuckt mit den Schultern und grinst. »Aber es sah wirklich fucking fantastisch aus.«

Zwei rote Balken.

Mama drückt meine Hand. »Jetzt sag schon, dass es dir leidtut«, flüstert sie, als könnte Holden sie auf der anderen Seite der Scheibe hören.

»Gefährlich ist es außerdem«, fährt Miller fort. »Menschen hätten zu Schaden kommen können. Augenverletzungen, Atemprobleme, Brandwunden ...«

Holdens Stimme überschlägt sich. »Ich habe niemanden verletzt.«

»Indirekt schon«, sagt Chapman. »Ein Mann, der flüchtete, ist hingefallen und hat sich das Knie aufgeschlagen.«

»Das ist nicht meine Schuld«, murmelt Holden. »Hätte er eben nicht wegrennen sollen.«

»Es tut dir also nicht leid?«

»Leid? Es war gigantisch!«

Auf dem Computerschirm sind drei rote Balken. Mittlerweile presst Mama meine Finger so fest, dass es wehtut.

»Wie kamst du an dieses Feuerwerk?«, fragt Miller.

»Gefunden.«

»Wo?«

»Keine Ahnung.«

Der Unparteiische schlägt gelb aus.

»Holden lügt«, verkündet Piercing-Cora.

Vier rote Balken hüpfen auf dem Schirm.

»Du hast im Übrigen noch mehr gefunden.« Chapman verlässt den Raum und kehrt nach höchstens drei Sekunden wieder zurück.

Ich vergesse kurz zu atmen. Er hat eine Konservendose in den Händen und stellt sie mit einem Knall auf den Tisch.

»Was ist das?«, fragt Mama nervös.

Ich verstehe es nicht. Hat Miller die Gesprächschronik

von Holdens Camphone jetzt schon aufgerufen? Wie geht das so schnell? Und dann muss ja auch noch jemand in unserem Haus gewesen sein, um die Dosen abzuholen. Das klingt fast so unmöglich wie über Wasser laufen.

Nein. Ich kann mir nur vorstellen, dass Miller doch lange genug auf mein Camphone hat schauen können, um meine Nachrichten an Holden zu lesen.

»Lebensmittel!«, brüllt Chapman. »Wir haben echte Lebensmittel in deinem Zimmer gefunden. Aus der Zeit, als die Gewächse noch mit Gift besprüht wurden und ihr Anbau so viel Wasser und Energie kostete, dass die Erde völlig ausgelaugt wurde.« Er beugt sich zu Holden hinüber und seine Stimme wird auf einmal ganz sanft. »Und – hat es denn geschmeckt?«

Nichts sagen, denke ich. Bitte, bitte, jetzt nichts mehr sagen.

»Es war köstlich«, sagt Holden. »Echte Ananas schmeckt hundert Mal besser als Vita oder Shakes. Wenn ich die Chance bekomme, mache ich es wieder.«

Ich will die Worte in Holdens Mund zurückschieben und die Lippen zunieten, aber der Unparteiische hat schon gesprochen: Der gesamte Bildschirm färbt sich rot. Mein Magen dreht sich, als ich mit anschaue, wie Mama zerbricht.

»Wir sind fertig.« Cora dreht den Computer zu meinem Bruder um. »Glückwunsch. Du hast soeben die Aufnahme ins Cliffton Institut gewonnen.«

Teil 2

Das Institut

Von der Zukunft hängt abs, wer nicht versteht, in der Gegenwart zu wirken

– Seneca, römischer Philosoph, Staatsmann und Theaterautor
5 v. Chr.–65 n. Chr.

Holden

Ich will Ma und Prissy erklären, warum ich vor dem Unparteiischen so ein Theaterstück aufgeführt habe.

Keine Chance. Ich darf sie nicht mehr sehen.

»Cliffton-Protokoll«, sagt Miller. »Wenn sich Menschen voneinander verabschieden, kommt es zu emotionalen Szenen. Kinder, die sich an ihre Eltern klammern. Geliebte, die nicht mehr aufhören können zu weinen. Die Folge: Der neue Bewohner kommt vollkommen durcheinander im Institut an. Darum haben sie es abgeschafft.«

Fünf Minuten später sitze ich im selben Wagen, der mich am Abend zur Wache gebracht hat. Mit Magenschmerzen und einem Kopf voller Fragen.

Warum hat mir nie jemand erzählt, dass Pa im Cliffton Institut gestorben ist? War Ma darüber informiert? Wahrscheinlich schon. Die Eile, mit der sie den Zettel aus Pas Ring in den Schredder steckte. Ihr Hyänenlachen, als ich weiterfragte. Und jetzt werde ich mit demselben Boyd Swis zusammenarbeiten, dessen Nachname auf dem Zettel steht. An Zufälle glaube ich schon lange nicht mehr. Und eins und eins macht zwei.

»Hörst du überhaupt zu?«, fragt Chapman.

Ich wiederhole, was er gerade gesagt hat. »Toilettenraum im Erdgeschoss, erste Tür, hinter dem Halter mit WC-Papier.«

Miller reicht mir ein Paar unauffällige Sneaker. »Dein Schreibzeug.«

»Bitte?«

»Nimm mal die Einlagen raus.«

Das mache ich, aber auch dann sehe ich noch immer nur die normale Innenseite von Schuhen. Als ich auf die Ziffern auf dem beigen Hintergrund starre, überläuft es mich kalt. Die Größe stimmt exakt. Sie wissen wirklich alles von mir.

»Weiter«, sagt Miller mit einem ermutigenden Nicken, also beginne ich, an der Innenseite des rechten Schuhs zu fummeln. Da ist noch eine Sohle, die sich herausnehmen lässt, und darunter, im Geheimversteck …

»Ein Gadget aus dem Mittelalter«, sage ich, als ich den Kugelschreiber entdecke.

»Im linken Schuh steckt Papier.« Miller schaut mich fragend an.

»Du kannst lesbar schreiben, hoffe ich?«

Ich habe keine Ahnung.

»Ist es nicht einfacher, diesem Swis heimlich zu clicken?«, sage ich. »Oder euch. Wenn ich sowieso zum Klo muss.«

Chapman schüttelt den Kopf. »Der Gebrauch von Camphones ist verboten.«

»Na und? Dann verstecke ich es eben einfach in meinen neuen Sneakern. Platz genug.«

»Die Units, in denen sich die Bewohner aufhalten, haben kein WLAN.«

Und das sagt er mir jetzt!

»Wie soll ich denn dann meine Mutter anrufen?«, frage ich. »Kein Abschied. Keine Erklärung. Sie wird sich unheimlich Sorgen machen, wenn sie nichts mehr von mir hört. Oder …« Mein Herz macht einen Satz. »Kommt sie zu Besuch?«

»Es tut mir leid«, sagt Miller in einem Ton, in dem kein

Funken Bedauern steckt. »Kontakt mit zu Hause ist im ersten Monat nicht gestattet. Es sei denn, es gibt einen Notfall.«

Ich habe große Lust, die Sneaker an ihren starren Kopf zu werfen. »Das könnt ihr meiner Mutter nicht antun. Seit mein Vater ...«

Miller dreht mir ihren Sitz jetzt ganz zu, sodass sie eine Hand auf mein Knie legen kann. »Wir werden sie darüber in Kenntnis setzen, okay?«

Ihre manikürten Nägel sind bestimmt schärfer als Katzenkrallen.

Ich ziehe mein Bein weg. »Wie denn?«

»Wenn du ihr etwas sagen willst, schreibst du das auf einen Zettel. Boyd gibt ihn uns und wir sorgen dafür, dass deine Mutter ihn bekommt.«

»Und jetzt zieh bitte diese Schuhe an«, sagt Chapman.

Ich stecke die Sohlen zurück und tausche meine geliebten Jeecker – Typ Outoor – widerwillig gegen die Sneaker, während Miller mir fortlaufend Anweisungen mitgibt: »Versuche, den Mitbewohnern möglichst viele Informationen zu entlocken, aber vermeide allzu direkte Fragen, sonst machen sie dicht.«

Wie Austern, denke ich.

»Alles, was auch nur irgendwie verdächtig scheint, sofort melden. Und vertraue niemandem – nur Boyd.«

Während Miller mit ihrer näselnden Stimme auf mich einredet, verändert sich die Umgebung rasant. Wir fahren durch Außenbezirke, in denen ich nie zuvor gewesen bin. Jede neue Straße wirkt verlassener als die vorige, mit weniger Häusern und mehr brachliegendem Gelände, und plötzlich gibt es auch keine anderen Autos mehr und der

Bordcomputer fällt Miller ins Wort: »Naturschutzgebiet. Lichtverschmutzung auf ein Minimum beschränken.«

Die Beleuchtung im Wagen erlischt automatisch.

»Sonst werden die Pflanzen und Tiere gestört«, erklärt Chapman. »Aber das weißt du natürlich alles.«

Miller fährt mit ihrer Litanei fort. »Benimm dich unauffällig …«

Wir tauchen in einen Tunnel ein. Die Dunkelheit ist wie eine Mauer. Ich suche Halt an den dünnen Lichtlinien der Scheinwerfer. Ein paar Minuten. Dann fahren wir wieder ins Helle und der Wagen hält vor einem meterhohen, geschlossenen Zaun. An der linken Seite steht ein Pfosten mit einem Lesegerät. Chapman braucht seinen Arm mit dem ID-Bändchen nur kurz anzuheben und der Zaun schiebt sich geräuschlos auf, sodass wir unseren Weg fortsetzen können.

Der Asphalt schlängelt sich und Millers Stimme verwandelt sich in ein Summen. Was sie sagt, dringt nicht mehr zu mir durch. Ich verstehe sowieso nicht, dass sie immer noch reden will, während die gesamte Umgebung ruft: »Schau mich an!« Wir passieren endlos viele Wäldchen mit witzigen Umrissen und wilden hohen Bäumen mit silbrigen Stämmen, die im Mondlicht glänzen. Jetzt fehlt nur noch die Silhouette eines Bären oder die von einem Hirsch.

»Kamerafreie Zone«, sagt Chapman plötzlich. Bevor ich protestieren kann, öffnet er das Fenster und wirft meine Jeecker raus.

»Was soll das denn?!«, rufe ich, aber das Gebüsch hat sie schon verschluckt.

Das Fenster surrt wieder zu.

»Idioten.«

»Stell dich nicht so an«, sagt Miller. »Schuhe sind ersetzbar.«

»Illegale Müllentsorgung!«, rufe ich wütend.

»Wir nehmen sie nachher natürlich wieder mit, aber das Institut scannt jeden Wagen, bevor er aufs Gelände darf, und zwei Paar Schuhe sind verdächtig.«

Chapman dreht seinen Sitz zu mir um. »Wenn alles vorbei ist, bekommst du sie zurück.«

»Bestimmt.« Ich glaube kein Wort davon. Erwachsene enttäuschen einen meistens. In den Monaten vor seinem Tod hatte Pa mir einen Tag im Forest Jump versprochen. Wir wollten zusammen den schwierigsten Parcours bewältigen, in fünfundzwanzig Meter Höhe – mit Brücken, Netzen, Lianen, Seilrutschen und einem freien Fall. Daraus wurde nie etwas. Seine Arbeit ging immer vor.

Der Wald macht niedrigerem Bewuchs Platz und die Landschaft wird immer felsiger. Die Straße klettert nach oben und macht eine Biegung. Ich kann einen Aufschrei nicht unterdrücken, als ich links von mir das schwarze Loch eines Abgrunds bemerke. Ein einziger Lenkfehler im Computer und wir stürzen in die Tiefe.

»Dort ist es«, sagt Miller. »Das Cliffton Institut.«

Das imposante Gebäude wirkt wie aus den Felsen gehauen und steht ein wenig vorgebeugt auf dem Rand einer Klippe, als könnte es jeden Moment herunterfallen.

Ich bin gespannt, wie es bei Tageslicht aussieht.

Prissy

Zwischen den beiden Ordnungshütern verlässt Holden das Vernehmungszimmer.

»Lächerlich!«, ruft Mama. »Das Cliffton ist kein Ort für Kinder. Ich werde Ministerin Adams anrufen!« Dreimal tippt sie die Nummer ein. »Verflixt. Besetzt.«

»Wir dürfen uns doch wohl noch von Holden verabschieden?«, frage ich die breitschultrige Frau am Schalter beklommen.

Sie zögert. »Ich erkundige mich«, sagt sie dann.

Mama wippt mit dem Fuß und schaut immer wieder zur Tür. Unterdessen wächst mein Schuldgefühl wie ein aufblasbares Kunstwerk. Warum habe ich mein Camphone auch unbedingt auf den Tisch legen müssen? Und warum habe ich nicht besser auf Miller geachtet? Hätte sie meine Nachricht nicht gelesen, wäre Holden vielleicht noch mit Sozialstunden davongekommen.

Die Frau kommt wieder herein.

»Es tut mir leid«, sagt sie. »Ihr Sohn hat angegeben, dass er Sie nicht mehr sehen möchte. Ich nehme an, er schämt sich. Das passiert schon mal öfter nach einem negativen Urteil des Unparteiischen.«

Ich kann es nicht leiden, wenn Leute alles mit eigenen Rückschlüssen ergänzen. Sie kennt Holden nicht mal!!

»Mein Bruder schämt sich nie«, sage ich.

»Im Cliffton ist in jedem Fall in guten Händen.« Die Frau streckt ihren Arm einladend in Richtung der Türen mit der Aufschrift EXIT aus. »Ich empfehle Ihnen, nach Hause zu fahren und alles Weitere abzuwarten. Das Institut wird Sie morgen kontaktieren.«

Mama geht mit beherrschten schnellen Schritten, als wollte sie dringend ans Ziel. Sobald sie im Auto sitzt, senkt sie den Kopf und weint. Mir kommen auch sofort die Tränen. Ich suche im Handschuhfach nach Papiertaschentüchern und reiche uns beiden eins. »Danke, mein Schatz.« Mama tupft ihre Tränen ab und schnäuzt sich die Nase. Dann sagt sie mit weinerlicher Stimme zum Bordcomputer: »Nach Hause.«

»Können Sie das wiederholen?«, fragt er. »Ich habe Sie nicht gut verstanden.«

»Nach Hause!«, ruft sie.

Das Auto fährt an, aber ich habe das Gefühl, dass die ganze Welt stillsteht. Mama schaut mit gequältem Blick auf die Lichter und Menschen draußen und ich schaue zu Mama.

Jetzt sind wir nur noch halb so viele, denke ich.

Sobald wir zu Hause sind, piepst Mamas ID-Bändchen und in roten Buchstaben ist darauf zu lesen: VITA-ERINNERUNG.

»Keinen Appetit«, sagt sie trotzig. Sie hält ihren Daumen auf den Verschluss, der aufspringt, sobald er ihren Abdruck erkennt.

Dann schmeißt sie das Band wie immer auf das Schränkchen in der Diele. »Willst du noch etwas?«

Ich bin noch satt von den Yummys und schüttele den Kopf.

Mama massiert ihren Nasenrücken. »Ich versuche, Frau Adams noch einmal zu erreichen, und wenn das nicht funktioniert, gehe ich ins Bett.«

»Okay«, sage ich. »Ich gehe auch gleich.«

Es ist seltsam still im Wohnzimmer. Mein Camphone liegt

auf dem Wohnzimmertisch, genauso, wie ich es hinterlassen habe. Ich tippe das Display an.

Hundert Nachrichten von Flow, Brooklyn und Anna.

Sie sagen, Holden hätte das Feuerwerk entzündet.

Das kann nicht wahr sein, oder?

Warum reagierst du nicht?

Hat er es wirklich getan?

Sie meinen es bestimmt gut, aber ich habe gerade keine Lust auf meine Freundinnen. Ich scrolle weiter und lande bei einem Bericht von Mo.

Alles gut gegangen zu Hause? Keine Probleme mit deiner Mutter?

Seine lieben Worte wärmen mich und dann clicke ich ihm Dinge, die ich gar nicht hatte clicken wollen. Nicht mit Mama, aber mit Holden. Mein Bruder wurde ins Cliffton Institut gebracht. Er hat dieses Feuerwerk abgeschossen.

Mo antwortet sofort, als hätte er darauf gewartet:

Lächerlich!

Ich hätte es wissen müssen. Er ist wirklich nicht besser als der Rest.

Und was ist mit dir?, tippe ich. Als wäre hacken weniger schlimm.

Mo: Dass sie ihn ins Cliffton geschickt haben, meine ich!!! Dieses Feuerwerk war absolut klasse. Konnte ich wenigstens den Helden raushängen lassen.

Clicken ist so unglaublich viel besser als chatten. Wenigstens sieht er dann meinen glühenden Kopf nicht.

Hallo. Bist du noch da?, fragt Mo.

Ich bin noch da.

Sollen wir uns für morgen verabreden?, clickt er. Ich kann dich an deiner Schule abholen.

Ich höre förmlich schon den Protest meiner Freundinnen. Flow wäre imstande, ihn eigenhändig zu verscheuchen.

Lieber im Rose Park. Um 16 Uhr am Teich?

Er schickt mir ein Smiley.

Mein Camphone an mich gedrückt, gehe ich wie auf Wolken nach oben. Hinter Mamas Tür brennt noch Licht – es sickert durch den Spalt am Boden – aber bei Holden ...

Wenn ich mir vorstelle, dass er irgendwo ganz allein eingesperrt ist, wird mir fast schlecht. Ich denke nicht mehr an Mo. Da ist nur noch die unsichtbare Hand, die mich in Holdens Zimmer schiebt. Das Licht springt an und beleuchtet das ungemachte Bett. Im Wechselrahmen an der Wand erscheinen abwechselnd ein knorriger Baum, ein Hirsch, ein Eichhörnchen und zwei Frösche, die sich paaren. Alles Camfies, die Holden selbst aufgenommen hat.

Wo ist sein Camphone eigentlich?

Vielleicht war er ja so schlau, es mit reinzuschmuggeln!

»Holden anrufen!«, sage ich zu meinem Gerät und versuche, mit intensivem Wünschen das Glück herbeizuzwingen.

Im Schrank ertönt der gedämpfte Klingelton eines singenden Vogels.

Shit, Shit, Shit. Enttäuscht reiße ich die Tür auf und suche zwischen Holdens Kleidung. Sein Camphone liegt ganz hinten, bei seinem schwarzen Outfit für Happy Day und ...

Meine Hand berührt einen Pullover. Er fühlt sich nicht weich an, sondern hart und höckerig, als würde etwas drinstecken. Neugierig ziehe ich ihn an einem der Ärmel zu mir hin. Drei Konserven rollen aus dem Pulli. Eine mit Sardellen, eine mit Bohnen und eine mit Tomatensuppe.

Das Blut hämmert in meinen Schläfen. Die Dosen, die Holden aus dem Schutzkeller mitgenommen hat, liegen noch an Ort und Stelle! Woher kam dann die andere Dose? Die Konserve, die Chapman vor dem Unparteiischen auf den Tisch stellte und von der er behauptete, man hätte sie in Holdens Zimmer gefunden?

Holden

Das Auto hält unter einem Carport. Unsere ID-Bändchen leuchten auf und eine roboterartige Frauenstimme sagt: »Willkommen im Cliffton Institut« – und nennt danach unsere Namen.

»Und jetzt?«, frage ich.

»Warten«, sagt Chapman. »Derselbe Scanner, der eben unsere Bändchen gelesen hat, führt erst noch einen Kontrollcheck durch.«

Ich bewege nervös meinen Fuß. Ob sie meine Sohlen durchleuchten können? Oder sind meine neuen Schuhe speziell präpariert, um Scanner in die Irre zu führen?

Ich traue mich nicht, laut danach zu fragen. Vielleicht belauscht uns das Gerät ja auch. Oder vielleicht der uniformierte Mann, der mit einer Metallbox zu uns kommt. Er beugt sich vor und klopft an die Scheibe. Die Enden seines schwarzen, glänzenden Schnurrbarts ringeln sich wie Schweineschwänze.

»Bild- oder Tonaufnahmen sind innerhalb des Instituts verboten«, sagt die Roboterstimme. »Sie können Ihr Camphone jetzt abgeben.«

»Kann der Schnurrbart nicht selbst sprechen?«, flüstere ich.

»Das darf er nicht.« Chapman öffnet das Fenster und legt sein Camphone und das von Miller in die Box. »Wärter müssen aufmerksam und neutral sein. Ein Gespräch wirkt ablenkend und regelmäßige Gespräche mit Besuchern können Beziehungen herstellen. Einmal hat ein verliebter Wärter die Tochter von jemandem entkommen lassen.«

Das klingt wie ein Filmszenario. Ich habe große Lust, dem Schnurrbart Grimassen zu schneiden, aber er tritt schon zurück. Ein Summer ertönt und der Carport färbt sich grün – zum Zeichen, dass wir über die Reihe fluoreszierender Streifen fahren dürfen, die uns zu einer unterirdischen Parkgarage führt. Für einen Moment bin ich wieder im Schutzkeller. War das tatsächlich erst gestern?

Der Boden quietscht ekelhaft unter unseren Reifen wie ein Tier in Todesangst. Die Decke ist so niedrig, dass ich sogar im Auto das Gefühl habe, mich bücken zu müssen, und die schwache Beleuchtung – ein unbestimmtes Orange – macht die Örtlichkeit auch nicht gerade fröhlicher. Es gibt Parkplätze für das Personal, für Lieferanten und Besucher, aber zurzeit stehen dort kaum Fahrzeuge. Wir tuckern durch die Garage bis zum Aufzug ganz hinten und halten in einer Spezialparkbucht für Fahrzeuge von Ordnungskräften. Offenbar bin ich nicht der Einzige, der ihre Taxidienste nutzt.

Die Autotüren entriegeln sich.

»Aussteigen«, sagt Miller.

Ich versuche, meine Nerven zu beruhigen. Es ist wirklich nicht so, als säße ich hier gefangen. Wenn ich wegwill, kann ich Boyd Swis benachrichtigen – das hat Miller mir versprochen.

Am Lift steht der nächste Wärter. Ohne Schnurrbart, aber in derselben Uniform wie der von vorhin – dunkelviolett mit silbernen Knöpfen.

»Hallo«, sage ich.

Der hier darf offensichtlich auch nicht reden.

Ich kann es nicht lassen und drücke auf einen der Silberknöpfe.

»Huch, falsche Taste.«

Lachen kann ich noch nicht, aber ich fühle mich etwas weniger angespannt.

»Entschuldigung«, sagt Miller zu ihm.

Jetzt erst bemerke ich, dass der Aufzug gar keine Tasten hat, nicht einmal ein Lesegerät. Braucht er auch nicht, denn die Türen öffnen sich selbsttätig. Wir steigen ein und lassen den Wärter mit seiner übellaunigen Visage zurück.

»Ich hoffe, du nimmst deinen Auftrag später ernst«, zischt mir Miller ins Ohr.

Sie klingt wie eine meiner Lehrkräfte.

Unterdessen suchen meine Augen vergeblich nach einem Display oder Tasten oder einem Mikrofon.

»Dieser Lift hat keine Bedienung«, sagt Chapman. »Er bringt dich automatisch zum Empfangsroboter im Erdgeschoss, sodass niemand unbemerkt ins oder aus dem Institut kann. Für den Rest des Gebäudes wird ein anderer Aufzug benutzt.«

Ping. Die Lifttüren gleiten auseinander.

Wir werden von einer Art fahrendem Pfosten mit zwei Kameraaugen, einem kleinen Lautsprechermund und einem Bildschirmbauch empfangen.

»Folgen Sie mir bitte.«

Wir gelangen in einen geräumigen, hell erleuchteten Gang. Auf beiden Seiten hängen Gemälde – grau oder verschwommen oder richtig aufdringlich mit feurigen Farben, die auf mich zuzuspringen scheinen, aber teilweise auch realistische Bilder wie das einer Frau mit Pfauenfedern und einem Mann, der vor einem Gebäude steht.

Prissy fände das hier einfach göttlich.

»Ah, da sind Sie ja.« Eine kleine Frau in Sandalen und mit einem Portable unter dem Arm kommt auf uns zu. Sie hat eine gewisse Ähnlichkeit mit dem unermüdlichen Kaninchen aus der Werbung für Solarbatterien, was ziemlich erschöpfend ist, wenn man selbst todmüde ist. Über ihrer Augenbraue glänzt ein Streifen Goldfarbe. Ein Überbleibsel von Happy Day, tippe ich.

»Herr Chapman und Frau Miller.« Sie schüttelt ihnen die Hand und wendet sich dann mir zu. »Und du musst Holden Winters sein. Mein Name ist Paine und ich bin hier die Direktorin.«

Sobald sie auf ihren Portable tippt, leuchtet der Monitor auf und dann bin ich doch für einen Moment wieder hellwach. Laut Chapman gibt es kein WLAN auf den Units der Bewohner, aber hier vielleicht doch.

Leider nein. Noch bevor ich das Symbol in der linken oberen Ecke erkennen kann, dreht Frau Paine den Portable für ihren Log-in um. Die Zahlen auf dem Monitor kann ich nicht sehen, aber ich kann die Bewegungen ihres Zeigefingers verfolgen. Er geht von links nach rechts, schräg nach unten und wieder nach rechts.

Das Z von Zorro.

Vor ein paar Jahren gab es die zwanzigste Verfilmung, kurz vor Happy Day. Sie kamen kaum nach mit der Lieferung von Zorro-Kostümen. Die halbe Stadt lief in schwarzen Capes herum, mit schwarzen Hüten und schwarzen Augenmasken. Aber ohne Degen. Sogar die Plastikversion hatten die neuen Führenden auf die Liste der verbotenen Artikel gesetzt.

»Okay«, sagt Paine zum Portable und wirbelt schon wieder vor uns her, während sie meinen Namen nennt, gefolgt vom Datum und dem Zeitpunkt, zu dem ich hereingebracht wurde. Wir müssen uns alle drei anstrengen, Schritt zu halten, und ich spüre meine stechenden Knöchel wieder. Der Roboter hat es inzwischen aufgegeben und fährt zum Aufzug zurück.

»Begleiter Chapman und Miller, Aufnahme durch Vera Paine.«

Erst als wir bei einer Tür mit dem Piktogramm von einem Bett ankommen, beendet Paine ihren E-Bericht. »Das ist dein Platz für heute Nacht«, sagt sie zu mir. »Morgen liegst du ganz normal im Schlafsaal, aber es ist schon spät und wir wollen die anderen Bewohner ja nicht wecken, oder?«

Sie hält ihr Armband an das Lesegerät und ich lasse mich einfach ins Zimmer schieben. Ein kleines Kackzimmer mit einem Bett, einer Dusche und einem WC. Und ein Lämpchen mit funzeligem Licht, damit ich nicht gegen die kahlen Wände donnere.

Bevor es mir so richtig bewusst wird, schließt sich schon die Tür hinter mir und ein elektrisches Schloss gibt ein brummendes Geräusch von sich.

Dieses Miststück hat mich eingesperrt!

Ich bin zu erschöpft zum Protestieren und lege mich aufs Bett. Nur der Zug in meinem Kopf donnert immer weiter – mit Miller darin, die sagt, dass wir nur zehn verfluchte Minuten haben, und Chapman, der mich die ganze Zeit pusht. Hätten sie mir doch nur etwas mehr Zeit gegönnt. Die Fahrt zur Wache, das Urteil des Unparteiischen – das war alles an mir vorbeigerauscht. Ich hatte nicht einmal Zeit, mich zu fragen, wie sie so schnell an diese Konservendose gekommen waren. In meinem Zimmer sind Chapman und Miller nie gewesen.

Wahrscheinlich haben sie die Dose schon früher aus dem Schutzkeller geholt und die Shitbohnen standen schon seit gestern parat, damit sie wie Reservespieler sofort eingesetzt werden konnten – falls der Unparteiische nach handfesten Beweisen fragen würde.

Ich drehe mich auf den Rücken und denke an Pa.

Sie sagen, dass du hier gestorben bist. Warum scheinst du dann weiter weg als je zuvor?

Er antwortet nicht.

Und dann fällt mir etwas ganz Schreckliches ein.

Angenommen, das ist alles nicht wahr und die Geschichte über Pa war nur eine Lüge der Ordnungskräfte, um mich hierherzubringen? Ihr letzter Trumpf, als ich nicht mitarbeiten wollte.

Die Decke verschwimmt durch meine Tränen.

Kein Wunder, dass ich nicht mehr mit Prissy und Ma reden durfte. Von wegen Cliffton-Protokoll! Chapman und Miller wollten einfach nicht, dass ich gerade noch rechtzeitig die Wahrheit erfahren würde. Und jetzt ist es zu spät und ich bin eingesperrt wie einst in den Bangen Jahren die wilden Tiere im Zoo.

Ich fürchte, hier komme ich nie wieder weg.

Prissy

Mama stellt mein frisch gedrucktes Frühstück auf die Theke.

Noch persönlicher geht es nicht.

Ein alter Werbeslogan für Vita. Und jeden Morgen Papas Standardsatz, wodurch er sich für immer und ewig in mein Gedächtnis eingeprägt hat.

Als ich ihn fragte, was er eigentlich bedeutet, nahm er mich mit in das Labor, in dem er arbeitete. Ich bekam so einen weißen Kittel an wie er, der bei mir bis zum Boden reichte. Wir spazierten zwischen durchsichtigen Kühlschränken hindurch, an langen Tischen voller geheimnisvoller Gläser und Schälchen vorbei, und überall standen Mikroskope, die mit hauchdünnen Monitoren verbunden waren.

»Jeder Mensch bekommt sein eigenes ausbalanciertes Vita«, erklärte Papa. »Mit exakt den Stoffen, die dieser Mensch braucht, denn die sind für jeden anders. Älteren geben wir beispielsweise Supercalcium für stärkere Knochen und jemand, der wenig an die frische Luft kommt, erhält zusätzliches Vitamin D. So vermeiden wir, dass die Leute krank werden.«

»Er ist also so was wie ein Doktor«, hatte ich nach dem Ausflug meinen Freundinnen geclickt. Ich war unglaublich stolz. Brooklyns Vater entwarf wunderschönen Schmuck, aber damit rettete er bestimmt keine Leben.

Der Food-Printer schweigt. Mama setzt sich mit ihrem Frühstück mir gegenüber.

»Hast du überhaupt geschlafen?«, frage ich, denn sie sieht todmüde aus.

»Kaum.« Lustlos stochert sie mit der Gabel in ihrem blumenförmigen Vita. »Ich habe schon ein paarmal im Institut angerufen, aber ich bekomme immer nur den Anrufbeantworter. Den sie ganz eindeutig nicht abhören, denn sie rufen nicht zurück.«

»Es ist noch früh«, sage ich. »Wahrscheinlich ist der Empfang nur tagsüber besetzt.«

Mama seufzt. »Verstehen sie denn nicht, wie beunruhigt ich bin? Wir haben uns nicht einmal ordentlich verabschieden können.«

Weil Holden das nicht wollte.

Ich esse einen Bissen von dem gelb-rosa Kunstwerk auf meinem Teller, als mir plötzlich ein schrecklicher Gedanke kommt. Was, wenn Holden sich gern verabschiedet hätte, es aber nicht durfte? Wenn es nur eine Ausrede war von Miller und Chapman, um uns voneinander fernzuhalten. Die Konservendose, die sie angeblich gefunden haben, war auch eine Lüge, also …

Die Worte kriechen auf meine Zungenspitze.

Aussprechen? Nicht aussprechen?

Und wenn sich dann herausstellt, dass es doch nicht wahr ist? Mama könnte einen Panikanfall bekommen oder Schlimmeres, und das nur, weil ich mir etwas eingebildet habe.

»Was ist?«, fragt Mama.

»Hast du schon mit Frau Adams gesprochen?«, sage ich.

»Das mache ich gleich. Wenn ich dort bin.«

Englisch und Geschichte kann ich von zu Hause online machen. Schade nur, dass das nicht für den Sportunterricht gilt. Ich habe einen Tsunami an Camphone-Nachrichten ignoriert, aber jetzt gibt es kein Entkommen mehr. Meine Freundinnen warten mittags am Eingang des Sportgeländes auf mich.

»Zum Glück, sie lebt noch!«, sagt Brooklyn.

Flow gibt ihr einen Schubs.

»Du Arme.« Anna streichelt meinen Rücken. »Du schämst dich bestimmt kaputt.«

»Na«, sagt Brooklyn. »Wenn ich so einen Bruder hätte ...«

Ich stelle meine Ohren auf Durchzug und gehe mit großen Schritten zu den Umkleiden. Holden ist ein Idiot, denke ich. Warum tut er mir das an? Und gleichzeitig könnte ich heulen vor Sorge.

»Pris!«, ruft Flow. Ihre Stimme überschlägt sich. »Jetzt warte doch mal!«

Widerwillig bleibe ich stehen, bis sie mich eingeholt hat.

»Wir nehmen dir wirklich nichts übel«, sagt sie und hängt sich bei mir ein. »Du bist ja schließlich nicht für die dummen Aktionen von deinem Bruder verantwortlich.«

Mich überkommt ein Anflug von Hass und ich muss mich anstrengen, meinen Arm nicht loszureißen. Sofort danach stellen sich Schrecken und Scham ein.

Jetzt hör aber auf! Flow ist deine beste Freundin und du hast sie lieb!

In inniger Umarmung betreten wir die lärmende Umkleide und suchen einen Platz auf einer der Bänke. Ich versuche, das Flüstern und die mitleidigen Blicke meiner Mitschüler zu ignorieren. Zum Glück hat Anna eine neue Bandana – eine grüne mit bunten Hockeyschlägern –, was nach einer ausgiebigen Camfie-Reportage verlangt. Als wir endlich die allerschönsten Camfies ausgesucht und auf Supershoot gestellt haben, holt Herr Grant uns ab.

Wir starten mit zehn Runden Joggen.

»Konzentration!«, ruft Grant, als jemand es wagt, zwischendurch zu schwatzen.

»Miesepeter«, murmelt Brooklyn.

Ich bin ihm jedoch dankbar.

Um halb vier ertönt das Pfeifsignal. Ende der Stunde.

»Wer geht mit zur Lounge?«, fragt Flow, während wir uns umziehen. »Bisschen Musik hören und das neue Yummy der Woche austesten? Der Geschmack soll was ganz Besonderes sein.«

»Ich kann nicht.« Mein Gesicht fühlt sich so rot an wie die Mohnblüten auf meinem Handtuch. »Mama ist ziemlich durcheinander nach gestern, also ...« Ich brauche mich nicht schuldig zu fühlen, denn ich lüge nicht. Mama *ist* durcheinander. Heute Morgen hat endlich jemand vom Cliffton angerufen, der sagte, vorläufig dürften wir Holden nicht besuchen oder auch nur am Camphone sprechen. Das würde seiner Behandlung im Wege stehen.

Tsss!

»Klar«, sagt Anna. »Das verstehen wir sehr gut.«

Flow versteht leider gar nichts. »Deine Mutter ist doch ganz normal zu ihrer Arbeit gegangen. Papa clickte, dass er ihr heute Morgen dort begegnet ist.«

Meine Wangen stehen jetzt in voller Blüte. Ich stammele etwas Undeutliches und verschwinde schnell im Duschraum.

Holden

»Guten Morgen, Holden.« Eine junge Frau in hellblauer Uniform und mit grün gefärbten Haaren legt etwas auf das Fußende meines Bettes. »Na los, duschen und anziehen. Die Sonne scheint schon.«

Stöhnend richte ich mich auf. »Bist du morgens immer so unerträglich wach?«

Auf ihrer rechten Wange prangt ein beeindruckendes Spinnennetz-Tattoo. Ich kann meine Augen kaum davon abwenden.

»Beeil dich jetzt«, sagt sie. »In zehn Minuten hole ich dich ab.«

Sobald Spider-Woman verschwunden ist, inspiziere ich die Sachen, die sie mir hingelegt hat. Ein Handtuch. Ein grauer Jogginganzug und ein schwarzes T-Shirt. Boxershorts und ein paar Socken. Aber – Punkte für Miller und Chapman, haben sie denn doch die Wahrheit gesagt? – Gott sei Dank keine Schuhe.

Ich bewundere meine blauen Flecken, betrete die kleine Duschkabine und drehe den Hahn auf. Die warmen Strahlen spülen meine düsteren Gedanken weg und meine steifen Muskeln entspannen sich. Ich könnte stundenlang hier stehen bleiben und …

Doch lieber nicht. Spider-Woman würde sich kaputtlachen über meine zwei Brusthaare.

»Du wurdest für Unit 3 eingeteilt«, sagt sie. »Wir nehmen den Aufzug.«

Der Toilettenraum im Erdgeschoss, hat Chapman gesagt!

»Kann ich erst noch aufs Klo?«, frage ich schnell.

»Hättest du dir das nicht vorher überlegen können?« Eine Hand auf die Hüfte gestützt, bleibt sie stehen. »Zum Beispiel, bevor ich zum Abholen kam?«

»Da musste ich noch nicht.«

»Dann kannst du es bestimmt noch kurz halten, bis wir oben sind.«

»Aber ich muss ganz dringend!«

Sie wirft einen verärgerten Blick zur Decke.

»Willst du vielleicht, dass ich eine Blasenentzündung kriege?«, frage ich.

Der Seufzer kommt aus ihrem tiefsten Inneren. »Dann schnell. Der WC-Raum ist dahinten.«

Bevor sie es sich anders überlegt, verschwinde ich hinter der Tür mit dem Strichmännchen.

Der Putzroboter war heute Morgen schon da. Die Fliesen sind noch nicht wieder trocken und es riecht nach Seife. Ich schlüpfe in die erste WC-Kabine, schiebe den Riegel vor und setze mich auf den Brillendeckel. Neben mir ist ein rechteckiger metallener Papierhalter der Marke Jumbo an der Wand befestigt. Das muss er sein: der tote Briefkasten.

Plötzlich fühle ich mich gehetzt. Vielleicht steckt da etwas drin? Möglicherweise hat Swis schon eine Nachricht für mich hinterlassen!

Ächzend vor Anstrengung versuche ich, den klobigen Apparat von der Wand zu heben.

Keine Chance. Offenbar hängt er nicht lose an einem Nagel wie ein Bild, sondern jemand hat eine gigantische Schraube quer durch den Rücken des Papierhalters gebohrt, direkt in die Fliesen.

Ich zerre und rüttele vorsichtig – und entdecke, dass Jumbo nur oben befestigt ist!

Zweiter Versuch. Ich schiebe den Halter unten ein wenig nach links, sodass er leicht schief hängt und …

Ja! Da fehlt ein Stück in der Fliese. Das muss die verborgene Öffnung sein.

Ich schiebe den Halter noch ein Stück weiter hoch. Das Metall schabt über die Wand. Nicht sehr laut, aber laut genug, dass sich meine Nackenhaare aufstellen.

»Holden?«, klingt es von draußen.

Mist. Ich wusste es.

»Gleich fertig!« Ich spähe in das Loch, aber ich kann nichts erkennen, also taste ich mit dem Finger. Da scheint was zu sein, doch es will nicht raus.

Fuck, die Tür geht auf! Ich höre Spider-Womans Absätze auf den Fliesen und dann ihre Stimme: »Alles in Ordnung bei dir?«

»Jaja.« Jedenfalls, wenn du mich in Ruhe lässt.

Ich spucke auf meine Fingerspitze, in der Hoffnung, dass der Zettel oder was es auch sein mag, daran kleben bleibt, und erkunde die Öffnung erneut.

»Warum dauert es dann so lange?«, fragt Spider-Woman.

Ich hab's! Ich ziehe den Zettel zu mir.

»Ach, jetzt verstehe ich. Hättest du auch gleich sagen können.«

»Was?« Ich stopfe den Zettel in meine Hosentasche.

»Dass du groß musst.«

Mensch! »Wie kommst du denn darauf?«

»Würdest du sonst sitzen?«

Shit! Sie starrt unter der Tür durch auf meine Füße!

»Das ist so, wenn man der einzige Mann im Haus ist«,

denke ich mir schnell aus. »Ich wohne mit meiner Mutter und meiner Schwester.«

»Gewöhn dir das schnell ab«, sagt Spider-Woman. »Das wäre jedenfalls mein Tipp. Es sei denn, du willst zum Prügelknaben von Cliffton werden.«

»Haha.« Ich starre auf den Halter.

Wie kriege ich das blöde Ding an seinen Platz zurück, ohne dass sie es hört?

Das Einzige, was mir einfällt, ist selbst noch mehr Lärm machen.

»Weißt du, dass in eine Elefantenblase achtzehn Liter passen?«, rufe ich so laut, dass meine Stimme durch den Raum hallt. »Sein Harnleiter ist mit einem ein Meter langen Regenrohr vergleichbar.« Yes! Der eiserne Jumbo hängt wieder waagerecht. »Trotzdem braucht er wie eine Katze oder ein Pferd nicht einmal zwanzig Sekunden zum Pinkeln. Scheint mit der Schwerkraft zusammenzuhängen.« Ich öffne die Kabinentür und das WC spült automatisch durch.

»Ein Bewohner mit einer Faszination für Urin«, sagt Spider-Woman kopfschüttelnd. »Den hatten wir bislang noch nicht.« Bevor sie auf dem Gang verschwindet, schaut sie sich noch kurz um. »Händewaschen nicht vergessen!«

Der Zettel brennt in meiner Hosentasche.

Damit forderst du die Götter heraus, würde Papa sagen. Wenn Spider-Woman noch einmal unverhofft reinkommt …

Ich kann es nicht lassen. Die Augen auf die Tür gerichtet, wische ich über den Sensor am Hahn. Sobald das Wasser zu laufen beginnt, nestele ich den Zettel auseinander.

Sei vorsichtig, Wren, steht da. *P. hat dich wahrscheinlich durchschaut.*

Prissy

Ich denke erst daran, als ich den Park betrete: Vielleicht erkenne ich Mo ohne Schminke ja gar nicht. Zum Glück weiß er wenigstens, wie ich aussehe.

Es ist nicht weit bis zum Teich. Auf den Bänken ringsum sitzen ein paar Senioren und ein Junge. Mein Herz flattert. Schwarze Haare und ein unglaublich schönes Profil. Das muss er sein.

Ich bin da, will ich clicken, aber er kommt schon zu mir.

»Telepathisch begabt?«, frage ich.

»Ach was.« Mo grinst und hält sein Camphone hoch.

Er hackt mich also immer noch! Plötzlich kann ich nicht mehr richtig durchatmen. »Du solltest mich nicht mehr ausspionieren.«

»Kleiner Scherz.« Mo macht eine Kopfbewegung zum Spazierweg hinüber. »Ich habe gesehen, dass du kommst. In real life.«

Ich kann nicht darüber lachen.

»Sorry, dumm von mir.« Er sieht mich forschend an.

»Du machst dir natürlich Sorgen um deinen Bruder. Wie geht es ihm?«

Seine Worte sind eine Erleichterung nach all den dämlichen Bemerkungen meiner Freundinnen.

»Wenn ich das nur wüsste«, bricht es aus mir heraus. »Heute Morgen hat jemand vom Institut angerufen. Mama und ich dürfen im ersten Monat keinen Kontakt zu ihm haben.«

»Und sein Camphone?«

»Das liegt zu Hause.« Ich starre auf Mos Schuhe. Ein paar

schwarze Doc Workers mit gelber Ziernaht. Reese würde sie wahrscheinlich ausmustern, aber OMG, was stehen sie ihm gut! »Ich habe sein Gerät gestern Abend hinten im Schrank bei seiner Kleidung gefunden und ...«

»Was ist?«

»Die Konservendosen lagen auch noch da«, platze ich heraus. »Alle drei.«

»Die Lebensmittelkonserven, über die du geclickt hast?« Mo runzelt die Stirn. »Und das ist seltsam?«

»Sehr seltsam.« Aus irgendeinem Grund fange ich an zu flüstern. »Während des Verhörs brachte einer der Ordnungshüter eine Dose. Er behauptete, die hätte man in Holdens Zimmer gefunden, aber das stimmt nicht. Und warum dürfen Mama und ich nicht mit Holden sprechen? Ich glaube, da ist was faul.«

Mo überlegt kurz. »Überall hängen Kameras«, sagt er dann. »Also auch im Cliffton Institut. Würde es dir gefallen, deinen Bruder zumindest aus der Entfernung zu sehen?«

Sein Vorschlag ist so beängstigend wie unwiderstehlich.

»Es ist deine Entscheidung.« Er sieht mich forschend an. »Wir können natürlich auch einfach ins Kino oder irgendwo Yummys essen gehen.«

Mein Bändchen piepst und rote Buchstaben leuchten auf. DU BRAUCHST DRINGEND ENTSPANNUNGSÜBUNGEN. UND ISST DU AUCH GENÜGEND VITA?

»Auf zum Hacken«, sage ich.

Und obwohl mein Verstand »Nein!« ruft, ist es mein Ernst.

Die Skatehalle ist heute nicht mehr verlassen, sondern überfüllt. Ein Junge mit einem Hahnenkamm in allen Farben des Regenbogens macht eine Wende um mich. Mädchen auf

Rollerskates mit Glitzerpullis und coole Chicks mit schwarzen Tattoos zeigen gefährliche Kunststücke auf der Halfpipe. Ein älterer Mann mit einem Hut voller Buttons steppt durch den Raum. Eine Gruppe Kinder bekommt Unterricht von einer Frau in einem Lycra-Anzug mit Schweißbändern. Und das alles umrahmt von hämmernder Musik.

Mos Finger verflechten sich mit meinen und er führt mich durch die Menschenmasse. Von mir aus könnte ich ewig so mit ihm verbunden bleiben.

Wunschdenken. Der Weg ins Wormhole dauert höchstens eine Minute.

Mo lässt mich los, um die Tür zu öffnen. Er tippt den Zugangscode ein und schirmt mit der anderen Hand das Display ab.

»Weiß der Besitzer, dass ihr seinen Keller benutzt?«, frage ich. »Oder habt ihr den Code heimlich geknackt?«

»Laşers Vater hat ihn uns gegeben. Er betreibt die Skatehalle und findet es in Ordnung, dass wir im Wormhole abhängen. Das heißt …« Mo schaut mich an und grinst. »… solange wir nicht allerlei fremde Gestalten mitnehmen.«

»Haha«, sage ich und steige vor ihm die Treppe hinunter.

Der blaue Lichtschein der Computer kommt mir entgegen und …

Wie angewurzelt bleibe ich auf der untersten Stufe stehen.

»Was ist?«, fragt Mo hinter mir.

Ich starre in die gewölbten Facettenaugen des gruseligsten Insekts, das mir je begegnet ist. Auf seine spindeldürren Beine, die glänzenden Flügel und den gigantischen Stachel.

»Da«, stammele ich. Und dann schlage ich wie wild mit den Armen um mich, denn das furchterregende Tier fliegt direkt auf mich zu.

Holden

Wren. Gibt es denn noch jemanden, der für Chapman und Miller spioniert?

Ich präge mir den Namen ein, bis ich mit Spider-Woman in einem gläsernen Lift nach oben katapultiert werde und mich die überwältigende Aussicht völlig einnimmt.

Gestern Abend habe ich nur ein gähnend schwarzes Loch gesehen, aber jetzt in der Morgensonne ...

Unter mir erstreckt sich eine gewaltige Tiefebene. Hier und da liegen Felshaufen, als wären sie auf gut Glück abgeworfen worden, in bestimmt hundert verschiedenen Farben von Braun über Rot bis Grün. Es gibt auch Solitäre mit genauso verrückten Formen wie die Wolken darüber. Ich mache einen Hundekopf aus, eine natürliche Brücke, einen Buckelwal und noch viel mehr.

Ich bedaure sehr, dass ich mein Camphone nicht bei mir habe. Am liebsten würde ich Hunderte von Camfies machen.

»Keine Höhenangst jedenfalls«, stört Spider-Woman meine Gedanken. »Die meisten Bewohner brauchen ein paar Tage, bevor sie entspannt rausschauen können. Manchen gelingt es sogar nie.«

»Gibt es auch eine Treppe?«, frage ich. »Falls hier mal Feuer ausbricht?«

»Das Treppenhaus befindet sich hinter den roten Türen und ist nur zugänglich, wenn wir den Aufzug nicht nutzen können. Zum Beispiel während der jährlichen Wartungsarbeiten oder bei einer Stromstörung.«

»Oder einem Brand.«

»Oder einem Brand«, gibt sie zu. »Aber davor brauchst du hier keine Angst zu haben. Überall hängen Rauchmelder und es gibt Sprinkleranlagen.«

Die Aufzugtüren öffnen sich.

»Ich bringe dich zum Speisesaal.« Spider-Woman fasst mich am Ellenbogen, als wäre der ein Joystick, mit dem sie mich lenken kann. »Halte dich ein wenig zurück, dann akzeptieren sie dich am schnellsten.«

In der Schule meiden sie mich meistens wie die Pest, also mache ich mir keine Illusionen.

Spider-Woman lenkt mich in Richtung eines fensterlosen Raums mit hellblauen Wänden und einem grauen Gussboden. In der Mitte stehen zwei lange Tische mit Bänken auf beiden Seiten, an denen Menschen in grauen Jogginganzügen sitzen. Ich zähle etwa zwanzig Erwachsene, sehe aber auch ein Mädchen und sieben Jungs, die nicht viel älter sein dürften als ich.

Manche Bewohner haben ihr Frühstück schon vor sich stehen und spielen ungeduldig mit ihrer Gabel. Die anderen schauen zu einem Monitor an der Wand, auf dem eine Reihe von Namen langsam nach unten rollt wie bei einem Filmabspann. Nur stehen dann *Kamera* oder *Set Dresser* dahinter oder die Namen der Schauspieler, die die jeweiligen Figuren verkörpert haben – und nicht, wie hier, eine Nummer.

JAZZ HUGHES 4.

Das einzige Mädchen im Saal klettert über die Bank und schlendert zu den Food-Printern hinten im Saal. Orangefarbener Igelkopf, eine blasse Haut und ein paar erstklassige Jeecker an den Füßen – sie hat wenigstens welche! Sie kaut an der Kordel ihres Hoodies, hat die Hände in die Taschen gesteckt und gönnt mir keinen Blick.

»Ein schrecklich lästiges Ding«, sagt Spider-Woman leise. »Du tust gut daran, dich von ihr fernzuhalten.«

Mein Interesse ist sofort geweckt.

Als Jazz bei einem Food-Printer mit der Ziffer 4 stehen bleibt, wird mir klar, wozu der Monitor dient. Wenn dein Name erscheint, ist dein Vita fertig. Die Nummer gibt an, bei welchem Drucker du es abholen kannst.

HOLDEN WINTERS 1.

Ob das wohl immer noch die Drucker sind, für die Pa ins Institut kam?

Spider-Woman schubst mich an. »Du bist dran.«

Ich fühle mich beobachtet, als ich zum ersten Drucker gehe. Hinter mir flüstert jemand. Ich versuche, es zu ignorieren, und konzentriere mich auf mein Vita. Das sieht farblich etwas anders aus als zu Hause, aber mein ID-Bändchen piepst und sagt, es ist okay. Ich nehme meinen Teller mit, angele mir eine Gabel aus dem Besteckkasten neben dem Drucker und ...

Shit. Spider-Woman ist verschwunden.

Mir bleibt nichts anderes übrig, als mir einen Platz an einem der Tische zu suchen. Dort, zwischen den beiden Männern, ist noch was frei.

»Darf ich?«

Einer der beiden sieht verstört auf. Er trägt einen Nasenring und auf jedem seiner Knöchel ist ein Kreuz eintätowiert.

»Lass nur.« Ich gehe schnell weiter. Neben Jazz ist eine Lücke.

Höflich bitten hat mich eben kein Stück weitergebracht.

»Rutsch mal«, sage ich.

Bevor sie protestieren kann, habe ich mich schon zwischen sie und ihre Nachbarin – eine ältere Frau um die sechzig mit einem mädchenhaften geflochtenen Zopf – gezwängt.

»Oh nein«, murrt Jazz. »Wieder so ein Trottel, der meint, er könnte Frauen rumkommandieren.«

»Ich meine überhaupt nichts«, sage ich. »Ich will nur in Ruhe frühstücken.«

Entschlossen bewege ich meine Gabel auf meinen Teller zu.

»Du musst warten, bis jeder etwas hat«, sagt ein Junge.

Außer einem athletischen Körper hat er auch einen nervösen Tick. Seit ich ihm gegenübersitze, hat er sich schon viermal die Oberlippe geleckt.

»Und das bestimmst du?«, frage ich.

»Ich nicht.« Der Junge blinzelt nervös und leckt sich schon wieder über die Lippe. »Die Leitung will das so.«

Der Typ flippt bestimmt aus, wenn ich einen Bissen nehme. Widerwillig lege ich meine Gabel wieder hin und suche Ablenkung beim Monitor. Der Name Wren taucht leider nicht auf. Aber wahrscheinlich hat sie ihr Vita schon abgeholt.

Es kommt mir vor wie eine Ewigkeit, aber dann schweigen die Food-Printer und eine Roboterstimme – dieselbe wie vom Carport – sagt: »Guten Appetit.«

Yes! Im Eiltempo schiebe ich mir mein Vita rein. Verglichen mit den Ananasscheiben aus dem Schutzkeller schmeckt es nach nichts, aber das ist mir egal. Das Einzige, was zählt, ist der Energieschub, der durch meinen Körper jagt.

Jazz starrt mich unterdessen an, als gehörte ich zu einer seltenen Reptilienart.

»Was?«, frage ich.

Sie zieht ihre gepiercte rechte Augenbraue hoch.

»Ich habe seit gestern Mittag nichts mehr gegessen«, sage ich. »Reicht das?«

Der Junge mir gegenüber hält den Finger an die Lippen und schüttelt den Kopf.

»Was denn jetzt schon wieder?« Der Tag hat gerade erst angefangen und ich bin bereits fix und fertig.

»Vita ist ein Geschenk der Erde«, antwortet die Frau mit dem Zopf feierlich, aber leise. »Wir essen schweigend, damit wir ihm die Aufmerksamkeit schenken können, die es verdient.«

Ich finde, das klingt völlig durchgeknallt. »Wie bitte?«

»Layla meint, es ist verboten, während der Mahlzeiten zu sprechen«, sagt Jazz.

»Was geht mich das an?« Ich schaue mich um. »Solange keine Wärter oder Pflegekräfte in der Nähe sind …«

Die Zopffrau beugt sich zu mir hinüber. Ich kann ihren Atem riechen.

»Die Wände hier haben Augen und Ohren«, flüstert sie drohend. »Nimm dich in Acht!«

Prissy

Ich schlage um mich. Das unheimliche Tier muss weg, weg, weg! Mo hat auch Angst. Zumindest glaube ich das, denn er ruft panisch: »Prissy! Nein!« Also hole ich erneut aus, um dieses Monsterinsekt, das uns anfällt, zu verjagen.

»Nicht, lass das, du Idiotin!«, klingt es wütend von unten.

Laşer. Ich hätte es mir denken können. Ich habe den Eindruck, der wohnt im Wormhole.

»Dann hilf mir doch!«, schreie ich.

»Dazu musst du mir erst mal die Chance geben.« Laşer leuchtet mir mit einer Taschenlampe ins Gesicht. »Nimm die Arme runter und hör auf mit diesem übertriebenen Getue.«

»Übertrieben ...« Ich ersticke fast an meinen Worten. »Dieser Stachel ...«

Mos Hand auf meiner Schulter ist wie ein Icepack auf einem verstauchten Knöchel. Ich bleibe geduckt stehen und halte meine Hand gegen das grelle Licht schützend vor die Augen.

»War das denn nun so schwierig?« Laşer richtet die Taschenlampe jetzt auf das Insekt, das in gerade Linie rückwärtsfliegt und auf dem Betonboden landet, als würde es gesteuert.

»Was ...«, stammele ich.

»Es ist kein lebender Organismus«, erklärt Laşer. »Das ist ein Roboter. Eine Art Minihubschrauber, wie man sie früher benutzte, um in Kriegssituationen feindliches Gebiet zu erkunden.«

In Panik wegen eines Roboterinsekts. Blamage! Was wird Mo von mir denken?

»Bestimmt irgendwo in einem alten Schutzkeller gefunden?«, frage ich, um doch noch ein bisschen intelligent zu wirken.

Laşer feixt, als hätte ich etwas Witziges von mir gegeben. »Boah«, sagt er zu Mo. »Sie hat sogar mal *History Channel* geguckt.«

Am liebsten würde ich ein Foto von ihm auf Fail Nail stellen. Laşer in Unterhosen. Oder auf dem Klo. Oder …

»Boah«, sage ich zu Mo. »Dein Freund ist sicher noch nie in einem echten Schutzkeller gewesen?«

Sofort tut mir meine Bemerkung leid und ich kauere mich neben das Roboterinsekt. Obwohl ich mittlerweile weiß, dass es kein lebendiges Wesen ist, finde ich es immer noch ziemlich gruselig.

»Aber du, was?«, meckert Laşer hämisch.

Nicht reagieren, denke ich. Vor allem nicht reagieren.

Aber kaum sehe ich aus dem Augenwinkel, wie Laşer Mo angrinst – so nach dem Motto: Wir verstehen uns und sie ist nicht ganz dicht –, reagiere ich doch noch: »Ich nicht. Aber mein Bruder Holden.«

Sie schweigen einen Moment. Schauen sich an. Schauen mich an, während ich mich aus der Hocke aufrichte.

»Die Konservendosen?«, fragt Mo dann. »Kamen die aus einem Schutzkeller?«

Gleich will er sicher eine haben!

»Könnte sein.« Ich habe das Gefühl, über einen Catwalk aus heißen Steinen laufen.

»Weißt du zufällig auch, wo dieser Keller ist?«, fragt Mo.

Na bitte!

»Nein. Zum Glück nicht. Und wenn, sollten wir uns von dort fernhalten«, sage ich schnell. »Sonst landen wir am Ende noch wie Holden im Cliffton.«

Laşer klappt die Kinnlade runter. »Dein Bruder sitzt in einem Institut für Irre und Kriminelle?«

Laut ausgesprochen klingt es noch abscheulicher, als es schon ist.

»Mein Bruder ist weder kriminell noch verrückt«, sage ich. »Nur ein bisschen ... besonders.«

»Okay.« Aber Laşer guckt ungläubig.

»Weißt du, wer echt gestört ist?«, sagt Mo. »Derjenige, der sich die Regeln von Cliffton ausgedacht hat. Prissy und ihre Mutter dürfen einen Monat lang nicht mit Holden reden.«

Laşer hebt sein Roboterinsekt hoch und streichelt ihm kurz über die Flügel. So zärtlich, dass ich trotz allen Elends leise kichern muss.

»Was?«, fragt er.

»Du behandelst das Ding, als wäre es ein liebes Kaninchen.«

»Das ist nicht einfach so ein Ding.« Er stellt den Roboter vorsichtig auf einen der Tische. »Sie heißt Dragonfly.«

Sie! Ich kann ein zweites Kichern kaum unterdrücken.

»Er hat sie selbst konstruiert«, sagt Mo. »Das schafft eine Beziehung.«

Ich denke an Holden und die Kameras und daran, dass wir Laşer wahrscheinlich dringend brauchen.

»Wirklich?« Ich schaue ihn bewundernd an. »Tolles Teil.«

»An deiner Stelle würde ich mich nicht an einer Filmakademie bewerben«, sagt er spöttisch, um seine Aufmerksamkeit anschließend wieder Mo zuzuwenden. »Ich dachte, du hättest ihr endlich ...«

Mo schüttelt schnell den Kopf.

»Dass er was endlich?«, frage ich.

»Lass Laşer nur schwatzen.« Mo legt den Arm um mich. »Sie will wissen, ob es ihrem Bruder gut geht. Deswegen sind wir hier. Ich habe ihr versprochen, dass wir die Kameras vom Cliffton hacken.«

Laşers Augenbrauen heben sich. »Ach so?«

»Please?«, flehe ich.

»Sie wird uns unendlich dankbar sein«, sagt Mo.

Ich nicke heftig. »Ganz bestimmt.«

»Dann mal los.« Laşer stellt sich wie so ein altmodischer VJ hinter seine Tische.

Mo zwinkert mir zu, bevor er sich umdreht und ihn die Computer völlig in Anspruch nehmen.

Ich fühle mich ein wenig verloren. Was soll ich machen? Wie gestern in der Cafeteria warten?

Aber gestern war die Skatehalle geschlossen und niemand konnte mich mit Fragen oder höflichem Small Talk belästigen.

Ich zögere nicht länger, werfe meine Sporttasche auf die Treppe und knuffe sie in Form. Okay, sie hat keine Fransen, aber sonst eignet sie sich durchaus als Kissen. Ich setze mich darauf und schaue Mo und Laşer fasziniert zu, bis mein Camphone ruft.

Es ist Anna. Sie hat ein Camfie von einem blutroten Yummy geschickt mit dem Untertitel: Miss you!

Wie lieb!

Ich euch auch, clicke ich zurück. Auf den Computermonitoren erscheinen allerlei seltsame Zeichen. Ich lege mein Camphone weg und schaue zu Mo, der seine Finger über die Tastatur rasen lässt wie ein wahnsinnig gewordener Pianist.

»Komm schon, komm schon.« Laşers Rücken wirkt noch länger als sonst und dann ...

»Shiiit!«, schreit Mo.

Wir starren alle drei auf die Projektion an der Wand. Und danach auf die Bildschirme. In alarmierend roten Buchstaben steht überall derselbe Text: SIE BEGEHEN EINEN SCHWEREN VERSTOSS – WENN SIE DIESEN ANGRIFF NICHT SOFORT STOPPEN, SCHICKEN WIR ORDNUNGSKRÄFTE AUS.

Holden

Ich lasse meinen Blick über die Wände und die Decke wandern, aber es ist keine Kamera oder Abhörvorrichtung zu erkennen. Die Zopffrau ist bekloppt, wie ich schon dachte.

Es sei denn ...

Vielleicht meint sie Verräter unter den Bewohnern! Ich spähe die Reihen auf beiden Seiten des Tisches ab. Der Mann mit den Kreuzen auf den Knöcheln sieht mich missmutig an.

»Ein gefährlicher Psychopath«, flüstert Jazz. »Er hat mal einen Mitbewohner zusammengeschlagen, nur weil der ihn einen Augenblick zu lange anschaute.«

Okay, jetzt bin ich beunruhigt.

Sicherheitshalber wende ich meinen Blick ab. Wie lange sitzt der Kerl wohl schon hier ein? Auch schon, als Pa ...

Ein lautes Summen schallt durch den Saal und augenblicklich haben es alle eilig. Das letzte Vita wird runtergeschlungen. Die leeren Teller werden weitergereicht und gestapelt, die Gabeln obenauf gelegt. Dann öffnen sich die Türen des Speisesaals und zwei Männer und zwei Frauen betreten den Raum. Institutsmitarbeiter, nehme ich an. Sie tragen jedenfalls keine Jogginganzüge, sondern normale Kleidung und haben allesamt einen Portable Pad bei sich.

»Und von uns verlangen sie, dass wir unsere Camphones abgeben«, sage ich empört zu Jazz.

»So eine Katastrophe ist das auch nicht.« Sie streichelt ihre Wange mit dem ausgefransten Ende ihrer Hoodiekordel. »Sobald du den Entzug geschafft hast, ist es eigentlich ganz entspannt. Keiner, der dich mit dämlichen Videos oder

Nachrichten belästigt. Keiner, der nervt, wenn du nicht sofort reagierst … Ich vermisse eigentlich nur die Spielchen.«

»Ich mag keine Spielchen«, sage ich. »Ich benutze mein Camphone für Camfies und die Landschaft hier schreit geradezu danach!«

Jazz nickt zu den Mitarbeitern hinüber. »Dann klau doch einen von ihnen.«

»Einen Portable?«

»Nein, ein Paar Socken! Natürlich einen Portable. Was denn sonst?«

»Du bist verrückt.«

»Du sitzt hier vermutlich auch nicht wegen deiner Schweißfüße«, sagt sie ungerührt.

»Nein, ich habe gestern ein Feuerwerk abgeschossen.«

Fuck, warum erzähle ich ihr das denn? Jetzt glaubt sie, ich bin so ein Macho, der Eindruck auf sie schinden will.

»An Happy Day.« Auf ihrem blassen Gesicht erscheint ein herausforderndes Lächeln. »Ja, klar.«

»Stimmt aber.«

»Zeig erst mal, ob du genügend Mumm hast.« Jazz richtet ihren Blick auf die kleinere der beiden Frauen. Oder besser gesagt: den Portable, den die Frau festhält. »Immerhin gibt es eine geringe Chance, dass ich dir dann glaube.«

»Menschen mit Mumm lassen sich von anderen nicht kommandieren.«

Sie guckt verblüfft, ein wenig beeindruckt sogar, aber gleich darauf kehrt ihr herausforderndes Lächeln zurück. »Sag einfach, dass du dich nicht traust.«

»Darum geht es nicht …«

»Ruhe bitte!« Die kleine Frau hebt ihre Hand mit dem Portable. »Die folgenden Bewohner gehen mit mir …«

Sie nennt einige Namen – leider nicht den von Wren – und verschwindet anschließend mit der Gruppe in Richtung Gang.

»Wo gehen sie hin?«, frage ich Jazz.

»Kreis«, sagt sie. »Das ist so üblich nach dem Frühstück.«

Inzwischen hat einer der Männer das Wort ergriffen. Seine Wangen glühen, als würde er ständig erröten, und sein Hals ist dürr und lang.

Die menschliche Variante der Rotwangen-Schmuckschildkröte, denke ich.

»Joshua Banks, Jazz Hughes ...« Nach jedem Namen schaut der Mann kurz auf seinen Portable. »Holden Winters, Peter Wilson ...«

P hat dich wahrscheinlich durchschaut, stand auf dem Zettel!

Der Junge mit dem nervösen Tick gesellt sich zu uns.

»Layla Haddon, Raiza Kapoor und Charles Mickelson ...« Rotwange nickt. »Schön, dann sind wir komplett.«

Keine Wren in unserer Gruppe.

Soll ich mich nach ihr erkundigen? Vielleicht kann Jazz mir zeigen, wer das ist. Nein, lieber nicht. Jazz wird wissen wollen, woher ich Wren kenne, und ich will mich nicht verraten.

»Kommt ihr mit?«, sagt Rotwange. »Uns steht heute das gelbe Zimmer zur Verfügung.«

Peter leckt sich zum zigsten Mal über seine dünne Oberlippe.

Das gelbe Zimmer ist nicht gelb, sondern weiß mit einem Fenster von drei auf sechs Meter. Sofort bin ich wieder überwältigt von der Landschaft, die hinter der sowieso schon unermesslichen Tiefebene noch endlos weiterzugehen scheint. Der Himmel hat mittlerweile seine Farbe geändert und ich erwarte, dass es jeden Moment kräftig zu schütten beginnt.

»Dein Mund steht offen«, sagt ein Mann mit einem haarigen Muttermal auf dem Kinn.

Ich suche nach einer schlagfertigen Antwort, aber dann klatscht Rotwange in die Hände und zeigt auf die gelben Plastikstühle, die im Kreis aufgestellt sind.

»Seid ihr bitte so freundlich und sucht euch einen Platz?«

Alle setzen sich. Nur Peter Wilson bleibt nagelkauend an der Tür stehen.

»Kommst du?«, fragt Rotwange.

»Ja, ja.« Für einen Moment sieht es so aus, als wollte Peter einen Schritt machen, aber er zieht seinen Fuß sofort wieder zurück – als würde man mit der Zehe am Wasser fühlen und es zu heiß oder zu kalt finden.

»Du kannst deinen Ängsten nicht entfliehen«, sagt Rotwange. »Doch du kannst dagegen ankämpfen.«

»Hörst du das, Peter?« Jazz klopft einladend auf den leeren Stuhl neben sich. »Deswegen haben wir dir extra einen Platz am Fenster reserviert. Da kannst du die Aussicht genießen.«

Jetzt erst verstehe ich. Peter Wilson hat Höhenangst, sogar hinter einer schützenden Glaswand.

»Jazz«, warnt Rotwange.

»Ja.« Sie schaut sich um, auf der Suche nach Applaus. »So heiße ich.«

Ich finde sie wahnsinnig nervig, aber gleichzeitig bewundere ich ihre Selbstsicherheit.

Unterdessen gibt sich Peter allergrößte Mühe, nicht hinaussehen zu müssen. Sein Blick hängt wie aufgespießt am geknüpften Wandbehang auf der gegenüberliegenden Seite des Fensters. Ich glaube, der soll eine Sonne darstellen, denn er ist rund und gelb.

»Na los, Peterchen«, sagt Jazz. »Sonst wird die Leitung böse.«

Rotwange wirft ihr einen matten Blick zu. »So hilfst du ihm nicht, Jazz.«

Peter zwinkert und leckt. Auf seinem Nasenrücken bilden sich Schweißtröpfchen.

Ist das auch mit Chapmans Patenkind passiert? Wurde Lois so schlimm gemobbt und unter Druck gesetzt, dass sie die Tabletten genommen hat?

Ich kann es nicht mehr mit ansehen und gehe zu Peter hinüber.

»Du darfst dich auf meinen Platz setzen«, flüstere ich. »Mit dem Rücken zum Fenster.«

Er nickt, bleibt aber stehen.

Ich fasse ihn am Unterarm. »Wenn du die Augen schließt, führe ich dich hin.«

Schrittchen für Schrittchen kommt er mit.

»Nanu«, sagt Jazz. »Peter hat ein neues Herrchen gefunden.«

Nicht reagieren!, denke ich. Aber mein Mund ist schneller als mein Gehirn. »Ich fände es supertoll, einen echten Hund zu haben. So einen Schafpudel, der sich kringelig freut, wenn ich nach Hause komme – und zwar nicht, weil er so programmiert wurde, sondern weil er wirklich froh ist, mich zu sehen.«

Den neuen Führenden zufolge verursachten lebende Haustiere zu viele Unannehmlichkeiten in der Stadt, deswegen gibt es nur noch Robotertiere. Die können weder beißen noch scheißen und man braucht sie auch nie auszuführen.

»Hörst du das, Peter?«, fragt Jazz. »Holden will, dass du für ihn mit dem Schwanz wedelst.«

Rotwange platzt endlich los. »Noch *eine* solche Bemerkung, Jazz, und du darfst zum IR.«

Ich habe keine Ahnung, ob er einen Raum oder eine Person meint. Nicht, dass das einen Unterschied machen würde. Ich bin fast sicher, dass Jazz jetzt weggeht oder zumindest etwas Höhnisches erwidert.

Zu meinem Erstaunen gibt sie sofort klein bei: »Sorry. Ich werde mich benehmen.«

»Noch ein Stück.« Ich lege meine Hand auf Peters muskulöse Schulter. »Okay, wir sind da. Dreh dich ruhig um.«

Peter setzt sich auf den Stuhl, steif wie ein Brett, seine Hände umklammern die Sitzfläche.

»Du kannst die Augen wieder aufmachen«, sage ich.

Er späht durch die Wimpern und entspannt sich erst, als er den Sonnenteppich erkennt. »Da-danke.«

»Geht schon klar, Mann«, sage ich, während ich mich auf den einzigen verbliebenen Stuhl fallen lasse. »Kein Problem.«

»Das dachte Wren auch«, flüstert mir Jazz ins Ohr.

Prissy

Enttäuscht hocken wir auf der Treppe im Wormhole – wie ein Schwimmteam, das gerade einen wichtigen Wettkampf verloren hat.

»Ihr seid sicher, dass sie uns nicht holen kommen?«, frage ich, während ich mein Camphone als Spiegel benutze, um die Kellertür hinter uns im Auge zu behalten.

»Hundert Prozent«, sagt Mo. »Erstens braucht man viel mehr Zeit, um einen Computer zurückverfolgen zu können. Und zweitens haben wir auch noch eine zusätzliche Sicherung eingebaut.«

Laşer nickt. »So etwas wie eine Umleitung, die sie in die falsche Richtung schickt.«

Coach Guppy hat recht: Sport wirkt verbindend, auch wenn man gemeinsam verliert – oder vielleicht gerade, wenn man gemeinsam verliert. Es stört mich nicht mehr, dass Laşer dabei ist.

»Ich hätte euch nicht in Schwierigkeiten bringen dürfen«, sage ich. »Ihr kennt Holden nicht einmal.«

»Fühl dich vor allem nicht schuldig«, sagt Mo. »Laşer steht auf solche Aufträge.«

»Und du nicht, was?« Laşer knufft ihn.

»Ihr seid echt zwei Nerds«, sage ich kopfschüttelnd. »Spielchen sind richtig klasse, aber was ausgerechnet am Hacken so viel Spaß macht ...«

»Um Spaß geht es dabei nicht.« Laşer springt auf und stellt sich vor seine Computer. Die Warnung ist von allen Schirmen verschwunden, als er die ganze Sache neu gestartet hat.

»Wir sind Hacktivisten«, sagt er feierlich. »Wir hacken für die Gerechtigkeit. Wenn Unternehmen oder Organisationen ihre Macht missbrauchen, knöpfen wir sie uns vor.«

»Ist das nicht die Aufgabe der Internet-Ordnungskräfte?«, frage ich.

Laşer lacht, als hätte ich etwas Megablödes gesagt. »Diese Amateure haben noch nie etwas wesentlich verändert.«

»Und ihr zu zweit schon?«

Ich meine es spöttisch, aber Laşer nickt begeistert. »Na ja, Mo und ich noch nicht, aber andere Hacktivisten schon. Sie haben zum Beispiel dem Bankwesen ein Ende bereitet.«

Für einen kurzen Moment sehe ich echte Wesen auf einer Bank vor mir. Aber Laşer meint natürlich Banken, bei denen die Leute früher ihre Geldgeschäfte regelten.

»Das ganze System war krank«, erzählt er. »Es wurde auf Teufel komm raus geschummelt mit Hypotheken und sie verkauften Produkte, die so kompliziert waren, dass keiner kapierte, worum es ging. Dass ihre Kunden nachher die Dummen waren, interessierte sie nicht. Diese Typen waren nur damit beschäftigt, ihre Umsatzziele zu erreichen und Boni zu verdienen.«

Ich muss mich sehr anstrengen, nicht zu gähnen. Geschichte ist nicht gerade mein Lieblingsfach.

»Aus Protest legte Anonymous, wie sich die Aktivisten nannten, die Websites der Banken regelmäßig lahm.« Laşers Hand liegt auf einem der Computer und tätschelt das Gerät. »Als es ihnen auch noch gelang, die Geldautomaten zu übernehmen, war das der Anfang vom Ende.«

»Geldautomaten?«, frage ich.

»Um Geld aus der Wand zu ziehen«, sagt Mo. »In den Bangen Jahren gab es noch Bargeld.«

Laşer sieht mich kopfschüttelnd an. »Du weißt auch nicht so richtig viel, was?«

Ich hätte nie gedacht, dass ich irgendwann einmal Brooklyn zitieren würde: »Du brauchst nicht alles zu wissen, solange du weißt, wo du es findest. Wofür gibt es sonst Suchmaschinen?«

Er lacht auf. »Gern noch mehr solcher Sprüche. Du bist einfach faul.«

»Gar nicht«, sage ich empört. »Ich habe halt Ahnung von anderen Sachen. Mode zum Beispiel.«

Laşer schnaubt. »Genau, damit werden wir die Welt retten.«

»Ein Make-over kann allerdings auch Wunder wirken.«

Er runzelt die Stirn.

»Verbessere die Welt, fang bei dir selbst an?!«, helfe ich ihm auf die Sprünge.

Mo lacht.

»Der ist nicht von dir, sondern von Reese«, sagt Laşer.

Das muss ich erst mal zu mir durchdringen lassen: Laşer schaut sich Reeses Vlogs an! Augenblicklich vergesse ich seine dumme Bemerkung. Reeses Freunde sind auch meine Freunde.

Aber Laşer verdirbt es sofort wieder.

»Die ist noch schlimmer als dieses unnütze Supershoot«, sagt er.

»Schlimmer? Wieso schlimmer?« Meine Stimme schießt in die Höhe. »Und was ist falsch an Supershoot?«

Mo legt seine Hand auf mein Knie, um mich zu beschwichtigen. »Laşer meint, dass sie alles manipulieren.«

Laşer spinnt!

»Weil sie mitkriegen, was ich online so alles treibe und

ihre Werbung darauf anpassen?« Ich gebe ein Tssss von mir. »Das ist mir auch schon klar!«

»Das geht viel weiter«, sagt Laşer. »Supershoot verdient Geld mit den Fotos, die du und deine Freundinnen posten.«

»Quatsch«, erwidere ich. »Die Teilnahme ist kostenlos.«

Er feixt. »Ich meine, dass fast alle großen Unternehmen Supershoot bezahlen, um bestimmten Camfies einen herausragenden Platz zu geben, wie beispielsweise Under Armour und Nike. Ein schönes Sportcamfie, auf dem ihre Marke gut sichtbar ist, hat mehr Effekt als ihre eigenen Werbefilme. Gerade weil die Leute denken, dass es keine Werbung ist und somit ein wirklich ehrliches Produkt.«

»Das machen sie auch mit Yummys, Games, Kinos, Schwimmbädern und so«, ergänzt Mo.

Ich denke an mein letztes Camfie im Park Pool. Habe ich gratis Werbung für sie gemacht, ohne das zu wissen?

»Aber bei Reese funktioniert es doch wirklich anders«, sage ich. »Die lässt sich nicht bestechen. Sie wirbt nur für Sachen, die sie selbst super findet.«

»Meinst du?« Laşer sucht auf dem Computer. »Dann erklär mir das mal.«

Reese füllt die Monitore und die Wand. »Hi!« Sie winkt mit beiden Händen und lächelt. »Schön, dass du mir wieder zuschaust. Heute reden wir über Happy Day.«

»Ich kenne diesen Vlog schon«, sage ich. »Ich habe all ihre Vlogs gesehen.«

Sanft drückt Mo mein Knie. »Guck ruhig mal kurz.«

»Das Schmetterlingskleid, das im letzten Jahr *der* große Hit war?« Reese bewegt ihren Zeigefinger hin und her. »Schön im Schrank lassen. Das geht wirklich nicht mehr.«

Schmetterlingskleid?, denke ich.

»Pastelltöne sind sowieso out.« Reese beugt sich kurz vor. »Und sehr empfindlich. Dabei kann doch gerade an Happy Day so viel schiefgehen. Jemand drückt dich aus Versehen gegen eine dreckige Wand oder du verschmierst dein Make-up. Auf einem pastellfarbenen Outfit ist jedes Fleckchen wie ein Ausrufezeichen. Und dann sind alle Camfies mit dir für die Tonne!«

Es ist, als wäre ich in einem seltsamen Traum gefangen. Ein Traum, in dem ich eine andere Prissy in einer parallelen Welt beobachte, die ihrerseits zusammen mit einem anderen Mo und einem anderen Laşer eine andere Reese anschaut.

»Was ist das?« Mos Hand auf meinem Bein fühlt sich plötzlich an wie ein Schraubstock. »Nehmt ihr mich auf den Arm, oder was?«

»Wir nicht«, sagt Mo. »Reese.«

Laşer startet einen zweiten Vlog.

»Der Catsuit, der im letzten Jahr *der* große Hit war?« Reese bewegt ihren Zeigefinger hin und her. »Schön im Schrank lassen. Das geht wirklich nicht mehr. Pantherdrucke sind sowieso out.«

Reese beugt sich kurz vor. »Ein bisschen ordinär, ehrlich gesagt. Wer weiß, bald will keiner mehr mit dir auf ein Camfie. Entscheide dich deswegen für ...« Sobald Reese mit den Fingern schnipst, entrollt sich ein Banner von Colourcompany. »... die neue Kollektion von ...«

Ich verstehe es nicht.

»Jetzt bestellen und dein Kostüm kommt noch heute«, sagt Reese.

Ich will es nicht verstehen.

Holden

»Welche Wren?«, frage ich.

Das einzige Geräusch stammt vom Regen, der ans Fenster trommelt. Keiner gibt eine Antwort. Auch Jazz presst die Kiefer fest zusammen.

Um mich zu ärgern, denke ich.

Aber dann sagt Rotwange: »Wir sprechen nie über Bewohner, wenn sie nicht selbst dabei sind, Holden. Das ist eine der Kreisregeln.«

Jazz hat angefangen!, will ich schon fast sagen. Zum Glück wird mir noch rechtzeitig klar, dass das ziemlich kindisch wäre.

»Leute.« Rotwange legt den Portable unter seinen Stuhl. Das Lämpchen leuchtet, also tippe ich darauf, dass alles, was wir sagen, aufgenommen wird. »Wie ihr seht, haben wir heute einen neuen Bewohner in unserer Mitte. Lasst uns daher mit einer Vorstellungsrunde anfangen.« Er lächelt mir ermutigend zu. »Willkommen, Holden. Ich bin Dave. Psychotherapeut, und ich arbeite schon seit fast fünf Jahren in diesem Institut.«

Dann hat er Pa bestimmt gekannt.

»In meiner Freizeit zeichne ich gern und auch Singen ist ein großes Hobby.« Dave schaut sich um. »Wem darf ich jetzt das Wort erteilen?«

Peter Wilson hebt zögernd die Hand.

»Mutig von dir«, sagt Dave mit einem wohlwollenden Nicken.

»Ich heiße also Peter.« Seine Zunge huscht über seine

Oberlippe. »Ich bin siebzehn Jahre alt und ich sitze hier, um an meinen Ängsten zu arbeiten.«

Jazz lässt Mittel- und Zeigefinger eine imaginäre Treppe hinaufsteigen und anschließend in die Tiefe stürzen. Peter schaut nicht sie an, sondern den Wandbehang und merkt nichts.

Aber Dave hat es gesehen. »Jazz, möchtest du etwas über dich erzählen?«

»Von mir aus.« Sie spricht in einem flachen Ton, als würde es sie nicht die Bohne interessieren. »Mein Vater und meine Mutter sind Jazzmusiker, weswegen sie es wohl witzig fanden, mich Jazz zu nennen. Tatsächlich: unglaublich komisch. Ich hasse Jazzmusik. Schon seit achtzehn Jahren.«

»Und der Grund, weshalb du hier bist?«, hilft Dave nach.

»Die sind wir los«, sagt sie zynisch. »Meine Eltern waren ziemlich erleichtert, als sie mich hier abladen konnten. Für sie ist das Cliffton ein kostenloses Internat, in dem man Wichtigtuer wie mich wieder in die richtige Spur bringt. Erwachsene sind noch schlimmer als Kinder. Sie versauen alles und geben anderen die Schuld.«

Ich habe es eine Zeit lang unterdrücken können, aber jetzt tauchen Ma und Prissy doch wieder in meinen Gedanken auf. Sie sind bestimmt wahnsinnig beunruhigt.

»Nicht alle Erwachsene, Jazz.« Dave schaut sich im Kreis um. »Wer als Nächstes?«

»Layla Haddon«, stellt sich die Zopffrau vor. »Puppengott hat mich ins Cliffton gerufen, damit ich den herumirrenden Seelen hier helfen kann.«

Puppengott? Dass sich ein kleines Kind so was ausdenkt, okay. Aber aus dem Mund einer alten Frau klingt das schon reichlich gestört.

Vielleicht ja gestört genug, um etwas mit dem Tod von Lois zu tun zu haben.

»Ansonsten lebe ich mich gern in der kreativen Therapie aus.« Layla lächelt mir stolz zu. »Wie findest du unseren Wandbehang?«

»Eine Sonne, oder?« Hoffentlich glauben sie nicht, ich würde mich hier hinsetzen und Handarbeiten machen.

»Du musst ›gut gemacht‹ sagen«, verlangt sie.

Ich unterdrücke die Neigung, der Zopffrau die Zunge herauszustrecken, und murmele etwas Undeutliches.

»Jetzt du, Charles«, sagt sie zu dem Mann neben ihr.

»Mickelson«, brummt der missmutig. »Fünfundvierzig Jahre.«

Seine tätowierte Hand sieht aus wie die eines Skeletts, durch dessen Knochen sich eine Schlange windet.

»Und sonst?«, fragt Dave.

»Und sonst feiere ich nächste Woche mein zweijähriges Clifftonjubiläum.«

»Und warum bist du hier?«, hakt Dave nach.

»Daran ist nur dieser Armleuchter schuld.« Mickelson ballt seine Hand zur Faust. »Hätte er sich eben nicht in den Weg stellen sollen.«

Die Zopffrau und Peter krümmen sich zusammen. Jazz grinst, aber ihre Augen machen nicht mit.

»Wir sind hier, um dir zu helfen, Charles.« Dave bleibt hartnäckig. »Du weißt, wie wichtig es ist, die Wahrheit zu akzeptieren und die Verantwortung zu tragen. Lasst uns kurz gemeinsam bis zehn zählen.«

Zu meiner großen Verwunderung machen alle mit. »Eins, zwei ...«

Das ist ja wie im Kindergarten!

»Fünf, sechs ...«

Und es funktioniert sogar! Mit jeder Zahl wirkt Mickelson weniger aufgebracht.

»Neun, zehn ...«

Die Faust ist verschwunden. Mickelsons Hand ruht mit gespreizten Fingern entspannt auf seinem Oberschenkel. Eine tintenschwarze Hand mit weißen Knöcheln wie ein Röntgenbild.

»Es sollte ein simpler Einbruch werden«, sagt Mickelson. »Ich hatte den Tipp bekommen, dass die Bewohner den ganzen Abend weg wären. Leider. Sie kamen nämlich früher als versprochen nach Hause und sahen mich mit einer Tasche voller Schmuck die Treppe hinunterkommen. Die Frau war so vernünftig, zu fliehen und die Ordnungskräfte zu rufen, aber ihr Mann musste ja unbedingt den Helden heraushängen lassen und wollte mich unter keinen Umständen gehen lassen. Er sagte, ich brächte der Stadt nur Verdammnis und Menschen wie ich müssten verbannt werden. Na ja, danach habe ich ihm in die Verdammnis geholfen.«

»Er hat ihn totgeschlagen«, flüstert Jazz.

So sieht also ein Mörder aus. Ein Schauder läuft mir über den Rücken und zugleich bin ich ein wenig sensationslüstern.

»Danke, dass du bereit warst, das mit uns zu teilen«, sagt Dave.

Ich weiß nicht, was ich schlimmer finde. Seine brechreizerzeugenden Worte oder die Tatsache, dass er sie offensichtlich auch noch ernst meint.

»Soll ich dann mal?«, fragt ein Mann, der die ganze Zeit schnieft, als wäre er erkältet.

Dave nickt.

»Raiza Kapoor. Achtundzwanzig Jahre alt.« Er schaut mich nicht an. »Meine Hobbys sind ...«

Vorläufig erfahre ich nichts über seine Hobbys, denn die Tür vom gelben Zimmer wird aufgeschoben und dort steht Spider-Woman mit einem Blick in den Augen, als hätte sie gerade einen Geist gesehen. »Dave, du musst sofort kommen.«

Verstört dreht er sich um. »Aber ich bin mitten in einem Kreisge...«

»Code zwei«, sagt sie.

Prissy

»An Happy Day wollen alle Mädchen ein neues Outfit«, sagt Mo. »Darum überhäuft Colourcompany sie mit Werbung für reduzierte Kostüme. Die Folge: Gerade diese Kostüme verkaufen sich wie verrückt. Und weil viele Mädchen Reeses Kanal abonniert haben ...«

Am liebsten würde ich mir die Finger in die Ohren stecken und dröhnend laut singen.

»... konnte Colourcompany noch einen Trick anwenden.«

»Reese hat zu jedem reduzierten Kostüm einen anderen Vlog gemacht.« Mit einer Kopfbewegung weist Laşer zum Film hinüber, dessen Ton er ausgeschaltet hat. »Colourcompany koppelte alle Inhalte und konnte so dafür sorgen, dass es für jede einen passenden Vlog gab. Der, in dem dein Königinnen...«

»Eisköniginnenkleid«, korrigiere ich ihn.

Klappe zu!, sehe ich ihn so überdeutlich denken, dass ich es sogar ohne Emoticon augenblicklich kapiere.

»Sie wollen, dass dein Glücksgefühl verschwindet«, fährt er fort. »Und dann kommt Reese mit der Lösung: Du musst einfach ein anderes Kostüm kaufen! Bei Colourcompany.«

So wie ich nach dem Camchat.

Und Anna wahrscheinlich auch, wird mir auf einmal klar. Wir sollten ja vor allem nicht auf die Idee kommen, sie hätte einen modischen Schnitzer begangen. Deswegen hat sie von dem Schmetterlingskleid angefangen, als Brooklyn diesen dämlichen *OMG, du gehst als Eiskönigin!*-Witz machte.

»Wir haben vor, die Vlogs unter allen Internetnutzern zu verbreiten«, sagt Mo. »Damit jeder das wahre Gesicht der Colourcompany erkennen kann.«

Und das von Reese. Sie hat mich zur Diebin gemacht. Ich spüre es bis tief unten im Magen – als wäre ich von meiner besten Freundin verraten worden – und kann keine Minute länger mehr in diesem Keller bleiben.

»Was machst du?«, ruft Mo mir nach.

»Ich brauche frische Luft.«

»Warte!« Laşer sprintet die Treppe hoch. »Mo muss dich noch was Wichtiges fragen.«

Ob ich mit ihm gehen will?

Ich bleibe abrupt stehen, nur mein Herz rennt noch weiter.

»Jetzt nicht, Mann«, murmelt Mo.

Er fragt mich natürlich lieber, wenn wir irgendwo allein sind. Und nicht im Wormhole, sondern an irgendeinem romantischen Ort.

»Jetzt nicht, gestern nicht.« Laşer hebt die Arme und lässt sie dann schlaff wieder fallen. »Wenn es nach dir geht, wird da nie was draus. Wir haben ihr schon zweimal geholfen. Jetzt ist sie mal an der Reihe.«

Mein Herz beruhigt sich enttäuscht. »An der Reihe für was?«

»Mann«, sagt Mo eindringlich.

Aber Laşer redet einfach weiter. »Mo hat nicht nur einfach so Kontakt mit dir gesucht.«

Nein, sondern weil er mich nett fand, oder?

»Das hat mit einer Art ...«, Laşer starrt zur Wand, als könnte er dort das Wort finden, das er sucht, »... Challenge zu tun.«

Es ist, als würde ich mitspielen bei *Entdecke den Code.*

Man wird in einem Haus eingesperrt. In allen Zimmern sind Hinweise versteckt, aber das kapiert man nicht sofort, denn alles sieht ganz normal aus. Bis man den Code entdeckt und alles versteht, wie jetzt.

Bluffy's – das Yummy mit dem besten Biss.

Ich war die Hack-Challenge, mit der Laşer und Mo diese Schachtel Yummys gewonnen haben. Deswegen sind sie in meinem Camphone eingebrochen.

Es ist, als würde mir die Treppe unter den Füßen weggerissen. Mo interessiert sich überhaupt nicht für mich. Er hat nur so getan wegen irgendeines blöden Wettbewerbs.

Mo steht auf. »Wir ...«

Ich lasse ihn nicht ausreden. »Bist du überhaupt irgendwann einmal im City-Museum gewesen?«

»Mo?« Laşer lacht laut heraus. »Der hat rein gar nichts mit Kunst am Hut. Ein Gemälde von einem Pferd ist für ihn erst gelungen, wenn es wie ein Camfie aussieht. Er versteht nichts von Malern, die in einem abstrakten Bild so was wie Schnelligkeit und Freiheit von einem Tier einfangen wollen.«

»Ihr seid noch schlimmer als Reese«, sage ich.

»Komm schon, Pris.« Mo schaut mich – flehend, glaube ich – an. »Ich kann das erklären.«

Alles in meinem Körper macht dicht. Ich lasse mich nicht noch mal von ihm einlullen. Halb tastend wegen meiner Tränen, greife ich nach der Klinke. Die Tür vom Wormhole knallt auf und ich glaube, Mo ruft noch meinen Namen, aber meine Beine beschleunigen schon automatisch und ich flüchte aus der Cafeteria. In meiner Hast stoße ich mich heftig an einem der Sofas, aber der Schmerz ist mir egal, alles ist mir egal, sogar die neugierigen Blicke der Skater interessieren mich einen feuchten Dreck, ich laufe einfach weiter, in die Skatehalle, zwänge mich durch die Besucher zum Ausgang, während ihre strahlenden Gesichter und die fröhliche Musik auf mich einhämmern.

Ich werde nie wieder glücklich sein, das weiß ich ganz genau!

Holden

Ich wusste nicht, dass Therapeuten auch hin und wieder fluchen. Dave steht auf, schnappt sich seinen Portable und läuft mit Spider-Woman auf den Gang. Sie flüstern – so ärgerlich leise, dass sie im Geräusch von Regen und Wind nicht zu verstehen sind.

»Es tut mir leid, aber wir müssen den Kreis vorzeitig abbrechen«, sagt Dave danach zu uns. »Ich bitte euch, zum Schlafsaal zu gehen und dort zu warten.«

»Was ist los?«, fragt Peter nervös.

»Ja«, sagt Knochenhand Charles Mickelson. »Das wüsste ich auch gern.«

»Später, Leute, später.« Dave hebt seinen Arm noch einmal kurz und rennt dann durch den Gang davon.

»Kommt ihr mit?«, fragt Spider-Woman.

Ich habe das gelbe Zimmer schon verlassen, als ich Peter Wilson jammern höre.

»Dein Welpe ruft«, sagt Jazz mit ihrem bekannten Grinsen.

»Weißt du, was Code zwei bedeutet?«, frage ich.

»Nicht genau, aber ...« Das Grinsen verwandelt sich in eine schmerzliche Grimasse. »Das letzte Mal, dass ich es jemanden sagen hörte, war, als sie Lois fanden.«

»Lois, die eine Überdosis Tabletten genommen hat?«

»Du kanntest sie?« Jazz ist einen Moment perplex. »Woher denn?«

Meine Gedanken rasen in alle Richtungen. Wie komme ich da bloß wieder raus?

»Holden?« Peters Stimme balanciert am Rande der Panik.

»Erst noch jemanden retten«, sage ich zu Jazz, um Zeit zu gewinnen.

Sie zuckt mit den Schultern. »Musst du selbst wissen. Hauptsache, du jammerst nachher nicht. Ich habe dich gewarnt.«

Peter schließt die Augen und ich führe ihn aus dem gelben Zimmer zum fensterlosen Gang, während ich über einer Antwort brüte, die Jazz zufriedenstellen wird. Vorläufig fällt mir nichts ein.

»Hierher!« Spider-Woman steht mit den restlichen Bewohnern ein Stück weiter den Gang hinunter und gestikuliert, dass wir uns anschließen sollen.

Peter sieht mich fragend an, als würde er erst auf meine Zustimmung warten. Er kommt mir wirklich vor wie ein Welpe, denn sobald ich spaßeshalber »Na, lauf« sage, rennt er los. Ich schlendere gemütlich hinter ihm her, während ich mir die Umgebung gründlich anschaue.

»Buh!« Aus einem Seitengang mit Garderoben und Toiletten taucht Jazz auf.

Ich erschrecke mich fast zu Tode. »Blöde Kuh.«

Sie feixt. »Und? Woher kennst du Lois?«

Spider-Woman geht schon mit unserer Gruppe weiter. Peter schaut sich um, ob wir auch nachkommen, und ich hebe zur Beruhigung kurz die Hand.

»Nun?«, fragt Jazz.

Mir fällt nichts Besseres ein als die Wahrheit. »Einer der beiden Ordnungshüter, die mich hierherbrachten, hat mir von ihr erzählt. Lois war seine Patentochter. Ich habe sie nie kennengelernt, aber du anscheinend schon?«

»Sie lag neben mir im Schlafsaal.«

»War sie depressiv oder so?«

»Das kannst du laut sagen. Sie war sowieso schon nicht besonders fröhlich, aber in jenen letzten Tagen ...« Jazz seufzt. »Sie redete nicht mehr und hing nur noch wie ein Geist auf ihrem Stuhl. Als hätte sie alle Hoffnung verloren, hier je noch mal wegzukommen.«

»Wie kam sie denn an diese Überdosis Tabletten? Ich meine, wenn sie so depri war ...«

Doktor Wendy hätte sie Tag und Nacht mit Argusaugen beobachtet.

Jazz wickelt die Kordel von ihrem Hoodie so fest um ihre Fingerspitze, dass die ganz weiß wird. »Der fahrende Doktor wird sie ihr wohl gegeben haben.«

»Der fahrende Doktor?« Klingt wie eine Internetserie. »Wie meinst du das?«

»So nennen wir den Roboter, der die Medikamente austeilt. Er kommt jeden Abend vorbei.«

»Kann man sich die Pillen dann einfach selbst nehmen?«, frage ich verblüfft.

»Natürlich nicht, du Trottel.« Jazz gibt mir einen Klaps auf den Hinterkopf. »Der fahrende Doktor ist so eine Art Schränkchen auf Rädern. Jedes Fach ist verschlossen und gesichert. Es geht erst auf, wenn der Scanner dein ID-Bändchen *und* dein Gesicht erkennt.«

Ich vermute, dann hat sie alle Antidepressiva aufbewahrt und sie an einem Tag alle gleichzeitig eingenommen.

»Holden!«, ruft Peter vom Ende des Gangs.

»Ja-ha! Wir kommen.«

»Er nervt dich jetzt schon, was?«, sagt Jazz nicht ohne Schadenfreude.

Sie hat recht, aber das werde ich bestimmt nicht zugeben.

Spider-Woman und die Bewohner sind jetzt außer Sicht.

»Ist das hier der Schlafsaal?«, frage ich.

Jazz antwortet nicht. Sie macht eine Kopfbewegung zu einer offen stehenden Tür hinüber, links von uns. Jemand hat einen Vorhang vor die Öffnung geschoben, aber nicht sehr sorgfältig. Der Spalt ist etwa fünf Zentimeter breit. Mehr als genug für Jazz und mich, um hineinspähen zu können.

Zunächst sehe ich dort nicht viel. Nur den Rücken von Dave und einer weiteren Person.

»Der vierte Zwischenfall in nicht einmal drei Monaten«, höre ich ihn sagen.

Dann macht er einen Schritt zur Seite und …

Da liegt jemand!

Ich will nicht hinschauen, aber ich kann nicht anders. Es ist, als würde der Blick aus ihren hervorgetretenen Augen mich gefangen halten. Vor ihrem halb geöffneten Mund steht ein Schaumbart, als wären gerade Tausende von Schaumzikaden herausgekrochen.

»Wren«, flüstert Jazz.

Die junge Frau, die meiner Ansicht nach für Chapman und Miller spionierte. Genau wie ich.

Die festen, schmalen Finger von Jazz suchen Halt an meinem Arm. »Ich fühle mich nicht so gut«, flüstert sie mit leichenblassem Gesicht. Sie dreht sich um und verschwindet in Richtung der Toiletten.

Ich sollte ihr nachgehen, aber meine Füße, Augen und Ohren sind wie festgenietet.

»Wir müssen die Ordnungskräfte einschalten, Vera«, sagt Dave. »Was ist, wenn das kein Zufall ist, sondern wir einen gemeingefährlichen Bewohner in unserer Mitte haben?«

Jetzt erst wird mir klar, wer die andere Person ist. Die unermüdliche Direktorin Paine, die mich gestern Abend in dieser Besenkammer eingeschlossen hat. Ich erkenne sie an ihren Sandalen.

»Die wurden schon nach dem ersten Zwischenfall sofort eingeschaltet«, sagt sie. »Wren war undercover hier. Sie gab sich als Bewohnerin aus, war aber in Wirklichkeit eine Ordnungshüterin. Niemand am Cliffton wusste davon. Nur ich.«

Und was ist mit Boyd Swis?, denke ich. Er hat den Zettel hinter dem Papierhalter versteckt.

Sei vorsichtig, Wren. P. hat dich wahrscheinlich durchschaut.

Dass mir das nicht früher eingefallen ist. Paine beginnt auch mit einem P!

Wurde Wren wie ich von Chapman und Miller eingesetzt, um alles und jeden heimlich zu beobachten? Ohne Wissen der Direktion, weil die Ordnungskräfte ihr nicht trauen? Was, wenn sie recht haben und Vera Paine für Lois' Tod verantwortlich ist? Dann hat sie einen ziemlich guten Grund, eine herumschnüffelnde Ordnungshüterin wie Wren aus dem Weg zu räumen …

Hinter mir ist ein Würgen zu hören. Jazz hat es offenbar nicht mehr bis zu den Toiletten geschafft. Als ich mich umdrehe, sehe ich sie im Gang, vorgebeugt, eine Hand an die Wand gestützt. Dann übergibt sie sich.

Prissy

Verdammte Lügner.

Meine Schuhe hallen auf dem Bürgersteig wider. Ich muss rennen, rennen, rennen. Das ist das Einzige, was mich jetzt noch aufrecht hält.

Vielleicht mag Flow mich ja auch nicht wirklich. Oder Anna.

Vielleicht gar keiner.

Ohne einen Blick überquere ich die Straße.

Mein ganzes Leben besteht aus Lügen. Ich vertraue niemandem mehr, nie m…

Eine laute Autohupe reißt mich aus meinen Gedanken und dann bleibe ich doch noch stehen. Abwesend starre ich auf die Stoßstange voller Sensoren, die mich fast berührt hätte.

Eine Frau mit violett bemalten Lippen und Fingernägeln in derselben Farbe steigt aus.

»Herrje, Mädchen. Alles in Ordnung?«

Und dann fange ich furchtbar an zu weinen.

»Bist du so erschrocken?« Die Frau legt ihre Hand auf meinen Rücken. »Soll ich dich nach Hause bringen?«

Ich kann nur noch nicken.

Wenig später sitze ich mit hochgezogenen Beinen auf unserem Sofa im Wohnzimmer und starre auf die Zebrafische, mit denen ich mein ID-Armband aufgepimpt habe.

VITA WIRKT UNGENÜGEND.

Ich habe keinen Appetit. Nicht mal auf Yummys.

»Nerv nicht«, murmele ich und schalte die Bändchen-Beleuchtung ab.

Die Stille und die Einsamkeit vermitteln mir ein Gefühl der Beklemmung. Normalerweise würde ich einen Vlog von Reese anschauen, um mich aufzumuntern, aber jetzt werde ich schon depressiv, wenn ich nur an sie denke.

Wäre Mama doch bloß zu Hause.

Ich checke die Zeit auf meinem Camphone. Noch eine Viertelstunde, dann ist sie mit ihrer Arbeit fertig und ...

Warte, da ist eine Nachricht von meinen Freundinnen.

Du ahnst nicht, was du verpasst!

Sie haben ein Camfie mitgeschickt, auf dem sie eine Szene aus unserer Lieblingsserie *Girlfriends* imitieren – mit Servietten auf dem Kopf und einer Haarlocke, die als Schnurrbart zwischen Oberlippe und Nase klemmt. Weil ihre eigenen Haare zu kurz sind, nutzt Brooklyn Annas Haare.

Kaum sehe ich ihre glücklichen Gesichter, fühle ich mich noch mehr allein.

Nein, ihr habt etwas verpasst!, clicke ich. Ich habe etwas entdeckt, über Reese.

Ihr Interesse ist sofort geweckt. Ich gehöre wieder ganz dazu. Camchat!, erscheint auf meinem Display.

Akzeptieren, drücke ich.

»Was weißt du von Reese?«, fragt Anna sofort.

»Warte, noch nichts sagen!«, ruft Brooklyn. »Sie hat einen festen Freund.«

»Janx.« Flow stottert vor Aufregung. »Liegen wir richtig?«

Sie können ihre Augen nicht mehr von mir abwenden.

»Es ist etwas Schlimmes«, sage ich, um Zeit zu schinden.

»OMG!« Brooklyn legt eine Hand aufs Herz. »Sie ist doch nicht etwa tot?«

Sogar auf dem kleinen Display sehe ich, wie blass Anna wird.

»Nein, und sie ist auch nicht krank«, sage ich schnell. »Aber sie hat etwas Schreckliches getan.«

»Reese?«, fragt Flow ungläubig.

Und dann packe ich aus. Wie Reese ihre Vlogs dazu benutzt hat, Anna und mich ein neues Kostüm kaufen zu lassen, und dass sie von Colourcompany bezahlt wurde, um so etwas Abscheuliches zu tun. Während ich erzähle, wird Anna rot, Brooklyn runzelt immer heftiger die Stirn und Flow schüttelt den Kopf. Sie finden es natürlich auch schrecklich, was Reese getan hat, denke ich erleichtert.

Offenbar habe ich doch nicht so ein Talent für Körpersprache, denn Booklyn fragt unterkühlt: »Und woher weißt du das alles?«

»Von Mo und seinem Freund Laşer«, gebe ich widerwillig zu. »Sie haben mir die Vlogs gezeigt.«

»Warum sagst du das jetzt erst?« Annas heisere Stimme hat etwas Vorwurfsvolles.

»Weil ich das auch gerade erst herausgefunden habe.«

»Ich wusste es«, sagt Flow. »Du wolltest nicht wegen deiner Mutter nach Hause. Du bist zu deinem Stalker gegangen, der offensichtlich interessanter ist als wir.«

»So viel zum Thema Lügnerin.« Brooklyn sieht mich arrogant durch ihre Mascarawimpern an.

Ich habe das Gefühl, mit jeder Minute kleiner zu werden. »So ist das alles gar nicht. Ich wollte ja sagen, dass ich zu Mo gehen würde, aber ich habe mich nicht getraut. Ich hatte Angst, ihr würdet versuchen, mich davon abzuhalten.«

»Logisch, oder?«, sagt Anna. »Stalker taugen nichts.«

Ich spüre, wie die Tränen wieder aufsteigen. »Das habe ich mittlerweile auch verstanden.«

»Meiner Ansicht nach sind das Fake Vlogs«, denkt Flow laut nach. »Und Mo und dieser Freund von ihm haben die Bilder von Reese manipuliert, damit es so aussieht, als würde sie all diese Dinge sagen.«

Zu meinem Erstaunen nicken sie alle drei heftig.

»Aber du hast doch dieses Schmetterlingskleid gekauft?«, frage ich Anna. »Und danach hast du doch den Vlog zu sehen bekommen, in dem es so runtergemacht wurde?«

»Das schon, aber ...« Sie schaut weg von ihrem Camphone.

»Selbst *wenn* es stimmen würde«, sagt Brooklyn. »Reese ist jedenfalls keine Diebin.«

Wie ich, meint sie.

»Ich habe es mir nur geliehen.« Ich werfe Flow einen flehenden Blick zu. Sie wird doch wohl meine Partei ergreifen?

Flow seufzt, als müsste sie ein kompliziertes Puzzle lösen. »Was ist denn bloß in letzter Zeit mit dir los, Pris? So kenne ich dich nicht. Und dann dieses Getue mit Holden ...«

Ist es das? Will sie mich loswerden, weil Holden im Cliffton sitzt? Ich dachte, nach all den Lügen von Reese und Mo könnte es nicht mehr schlimmer werden, aber weit gefehlt.

»Fantastische Freundinnen seid ihr«, bringe ich gerade noch heraus.

Camchat beenden! Ich werfe das Gerät von mir. In dem Moment geht die Tür auf und Mama kommt herein.

»Liebes«, sagt sie. »Du bist so blass.«

Ausnahmsweise ist Mamas Besorgnis wie ein warmes Bad. Ich stolpere zu ihr und falle ihr weinend in die Arme.

Holden

Ein Reinigungsroboter kommt vorbei, um das Erbrochene von Jazz aufzuwischen.

»Du hältst die Klappe«, sagt sie zu mir. »Sonst ist mein Ruf ruiniert.«

Wir schließen uns den anderen Bewohnern im Schlafsaal an. Das dritte Bett ist offensichtlich für mich – zumindest hat jemand meine Kleidung von zu Hause daraufgelegt. Ich lege sie in das Schränkchen am Kopfende und teste die Matratze. Jazz setzt sich ungefragt neben mich – was Peter offensichtlich auch am liebsten machen würde, denn er umkreist uns wie eine Motte das Licht.

»Schon mal was von Privatsphäre gehört?«, schnauzt Jazz.

Peter leckt sich die Oberlippe und sieht mich fragend an.

»Ich komme gleich wieder zu dir«, sage ich. »Okay?«

Mit hängenden Schultern zieht er ab zu seinem eigenen Bett. An der Tür steht Dave mit Spider-Woman. Sie flüstern. Ich gebe mir große Mühe, etwas aufzufangen, aber ich verstehe nur »so normal wie möglich« und »keine Unruhe«.

Dann veranlasst Dave seinen Portable zu einem Alarmton, damit wir alle aufhorchen.

»Wie ihr von Jazz und Holden mittlerweile gehört habt, ist unsere Mitbewohnerin Wren verstorben«, sagt er. »Als wir sie heute Morgen aus dem Individuellen Relaxraum geholt haben, schien es ihr etwas besser zu gehen, aber leider ... Wir hoffen, dass sie jetzt die Ruhe gefunden hat, die sie suchte.«

»Hat sie sich selbst ...« Charles macht eine Schnittbewegung über seinen Hals. Derselbe Charles, der schon mal jemanden ermordet hat.

Der vierte Zwischenfall in nicht einmal drei Monaten.

Steckt er vielleicht dahinter?

Aber er saß mit uns im Kreis, als es passierte.

»Ich glaube, sie wurde vergiftet«, sagt Jazz.

Die Direktorin saß nicht im Kreis. Sie kann herumlaufen, wo sie will, ohne jemandem Rechenschaft schuldig zu sein.

»Dazu können wir nichts sagen«, sagt Dave. »Das sind persönliche Informationen und daher der Familie vorbehalten. Selbstverständlich geben wir euch die Gelegenheit, euch von Wren zu verabschieden. Morgen findet unten in der Aula eine Veranstaltung für Personal und Bewohner statt.«

Unten! Wo der tote Briefkasten hängt.

Dave reicht Spider-Woman seinen Portable. »Übernimmst du jetzt?«

Wir durchlaufen das normale Tagesprogramm, als wäre niemand gestorben. Also sitze ich kurz darauf in der kreativen Therapie mit einem Klumpen Töpferton vor mir, während ich versuche, Wrens Bild aus meinem Kopf zu verbannen. Peter steht in der Mal-Ecke und muss zu seinem Ärger erst das Gemälde beenden, mit dem er gestern schon angefangen hat – eine Berglandschaft mit einem winzigen Püppchen auf einem der Gipfel.

»Seltsames Motiv für jemanden mit Höhenangst«, sage ich zu Jazz, die neben mir sitzt.

Sie modelliert einen Riesenpenis, der wie ein Pfahl aufrecht steht.

»Tipp von Crea Lea.« Sie zeigt mit dem Kinn auf die Begleiterin.

»Wenn wir unsere Ängste und Probleme in unsere Kunstwerke stecken, können wir sie besser verarbeiten, glaubt sie.«

»Also hast du deine sexuelle Frustration in diesen Pimmel gesteckt?« Ich mache eine Kopfbewegung zu ihren orangefarbenen Haaren. »Daher vermutlich auch dein Igelkopf? Du bist ein Junge in einem Mädchenkörper?«

»Falsche Diagnose, Herr Psychiater«, sagt sie. »Der symbolisiert meinen Vater.«

»Ein aufgeblasener Schlappschwanz?«

»Ein gewaltiger. Von mir aus kann er ...« Sie hebt den modellierten Penis hoch, hält ihn neben den Tisch und lässt ihn grinsend los. »... tot umfallen.«

Ihr grober Humor hat nicht nur Auswirkungen auf meine Lachmuskeln. Ich spüre auch, wie sich mein Herz kurz verkrampft, und drücke meine Nägel tief in den Töpferton.

Jazz hat Adleraugen. »Ach, ein Papakind.«

»Ich habe keinen Vater mehr«, sage ich leise. »Er ist nicht tot umgefallen, sondern verbrannt, irgendwo in diesem Gebäude.«

»Ja, klar.« Sie kauert neben ihrer kaputten Arbeit und legt die größten Stücke auf den Tisch.

»Es ist mein Ernst.«

»Natürlich.« Ohne mich anzusehen, schabt sie den restlichen Lehm vom Boden.

Obwohl Jazz mich maßlos fasziniert, ist und bleibt sie ein Quälgeist. Das allein sollte schon genug sein, um mir rein gar nichts aus ihrer Meinung zu machen, aber aus irgendeinem Grund ist es mir wichtig.

»Sie sagen, er hätte wegen seiner Arbeit ins Cliffton kommen sollen«, flüstere ich ihrem gebeugten Kopf zu. »Da war was mit den Food-Printern, soweit ich weiß.«

Vielleicht hört sie meiner Stimme an, dass es mir ernst ist, denn als sie sich aufrichtet, hat sich ihr Blick verändert. Ich sehe, dass sie mir glaubt.

»Was ist passiert?«, fragt sie.

»Ich weiß nur, dass er bei einem Brand umgekommen ist. Und dass jeder geheimnisvoll tut, sobald ich weiter nachfrage.«

»Dann hat er sein Leben vermutlich selbst beendet«, sagt Jazz eiskalt. »Wie Lois. Die Leute reden nicht gern über Selbstmord. Sie schämen sich oder fühlen sich verantwortlich.«

»Unsinn.« Ich knuffe in den Töpferton. »Mein Vater war nicht depressiv.«

Und er hätte uns auch nie einfach so zurückgelassen. Oder?

»Das merkt man von außen nicht.« Jazz pult mit dem Zeigefinger in den Resten ihrer Arbeit. »Die Leute können total fröhlich wirken, während sie innerlich verkümmern.«

»Klappt es denn bei euch?« Crea Lea steht plötzlich in ihrer geblümten Schürze neben uns.

»Ausgezeichnet«, sagt Jazz mit ungerührter Miene. »Wir überlegen gerade, wie wir gemeinsam ein Kunstwerk machen können.«

»Dann lasse ich euch in Ruhe.« Crea Lea sieht aus, als könnte sie vor Entzücken jeden Moment abheben. »Wenn ihr mich braucht, bin ich für euch da.«

Sobald sie in die Mal-Ecke verschwunden ist, beuge ich

mich zu Jazz rüber. »Weißt du, ob es hier einmal gebrannt hat?«

»Ich nicht, aber vielleicht unser Hauspyromane.« Sie nickt zu Raiza hinüber, der einen Tisch weiter an einem Mosaik aus roten und gelben Steinchen arbeitet. »Er ist wie besessen von Feuer und immer scharf darauf, über Brände zu reden.«

»Nur reden?«

»Er hat diverse Autos in Brand gesteckt, bevor sie ihn hierhergeschickt haben.« Jazz wirft ihm ein Lehmkügelchen an den Kopf. »He, pst, Raiza.«

Er schaut zur Seite. »Was ist?«

»Hat es im Cliffton mal gebrannt?«

»Oh ja.« In seinen Augen entzündet sich eine Art kleine Wachflamme. »Im Appartement Ihrer Majestät. Prächtiges Feuerchen war das.«

»Ihre Majestät?«, frage ich Jazz.

»Spitzname der Direktorin«, sagt sie. »Paine arbeitet hier nicht nur, sie wohnt hier auch.«

»Im obersten Stockwerk.« Raiza keucht fast vor Aufregung. »Die Flammen schlugen durch das Fenster nach draußen. Das ganze Institut wurde geräumt und sie nahmen uns mit zum kleinen Strand am Fluss, wo wir eine fantastische Aussicht auf das Feuer hatten.«

»Wie lange ist das her?«, frage ich.

»Fast zwei Jahre.«

Um die Zeit ist Pa tatsächlich gestorben. Aber was um Himmels willen machte er in Paines Appartement? Es ging doch um die Food-Printer?

Oder suchte er vielleicht einen Ort, an dem er in Ruhe mit Chapman reden konnte? Einen besseren, sichereren Ort als im Gang? Und ist Pa dann zu Vera Paine gegangen, um zu fragen, ob er ihr Appartement benutzen dürfte? Aber es wäre schon fast unglaublich, dass genau in dem Moment ein Feuer ausbrach. Und warum hat die Direktorin es unbeschadet überlebt, während Pa …

»Weißt du, wie es zu dem Brand kam?«, frage ich.

»Tja.« Raiza grinst glückselig, als hätte er das Feuer selbst gelegt.

Für einen Pyromanen ist das bestimmt ein Kinderspiel, aber mir fällt wenig dazu ein. Es sei denn, es gäbe ein kleines Fenster oder einen Briefkasten in Paines Haustür, sodass man einen Lappen reinstecken und entzünden könnte, der mit irgendeinem brennbaren Mittel getränkt ist.

»Lach nicht so blöd«, schnauzt Jazz Raiza an. »Bei der Sache ist schließlich jemand zu Tode gekommen.«

Ich sehe Wrens lebloses Gesicht wieder vor mir und ein abscheulicher Gedanke verhakt sich in meinem Gehirn. Wer weiß. Vielleicht hat das alles schon viel früher angefangen und Pa ist nicht verunglückt, sondern wurde ermordet. Dann hätte der Brand nur dazu gedient, die Spuren zu verwischen und es wie einen Unfall aussehen zu lassen. Dann wäre es auch gar nicht so verrückt, dass Vera Paine den Flammen mit heiler Haut entkommen ist. Vielleicht wusste Pa etwas über sie, was er Chapman nicht erzählen durfte, und deswegen hat sie ihn für immer und ewig zum Schweigen gebracht.

So wie jetzt Wren.

Prissy

Vonseiten meiner Freundinnen bleibt es schmerzhaft still, während Mo mir wie am Fließband Nachrichten schickt.

Es tut mir leid. Ich verstehe, dass du wütend bist.

Mein Fehler! Ich hätte es anders angehen sollen.

Können wir uns noch einmal verabreden? Ich möchte es dir gern erklären.

Ich lösche eine nach der anderen, ohne sie zu beantworten.

»Hier.« Mama stellt mir einen Shake hin. »Sofort trinken, dann fühlst du dich gleich wieder besser.«

Ich lege mein Camphone zur Seite und trinke einen Schluck.

»Der Überbringer einer Nachricht wird oft zum Schuldigen gemacht«, sagt Mama. »Deine Freundinnen müssen sich einfach erst einmal daran gewöhnen, dass Reese nicht so großartig ist, wie sie immer dachten. Ich bin sicher, Flow clickt morgen schon wieder.«

Brooklyns Stimme hallt in meinem Kopf wider. *So viel zum Thema Lügnerin …*

»Ich habe dir noch nicht alles erzählt«, rutscht es mir raus.

Mama setzt sich neben mich. »Wie meinst du das?«

Ich kann ihren mitleidigen Blick nicht ertragen und rede zum Sofa und zum Boden, zum Tisch und den Stühlen. Vielleicht bin ich auch einfach nur zu feige, sie anzuschauen.

»Also habe ich heimlich dein ID-Bändchen zum Bezahlen benutzt«, sage ich schließlich. »Es tut mir wirklich sehr leid.«

Mama legt einen Arm um mich und streichelt mir über die Haare. Eine Welle der Liebe durchströmt mich. Ich hatte Hausarrest erwartet, zehn Jahre kein Taschengeld oder zumindest eine Standpauke.

»Bist du nicht böse?« Meine Stimme klingt hoch und dünn.

»Ich bin sehr froh, dass du alles ehrlich gebeichtet hast.« Sie gibt mir einen Kuss auf den Kopf, als wäre ich noch ein kleines Mädchen, und ich finde es unglaublich schön, für einen Moment wieder dieses Mädchen zu sein.

»Bist du auch nicht sauer auf Holden?«, frage ich.

Sie schüttelt den Kopf. »Er kann nichts dafür, dass er so ist.«

»Wie meinst du das?«

Mama zögert kurz. »Unsere heutige Gesellschaft mit all ihren strengen Vorschriften macht es einem Menschen mit Holdens Charakter nicht leicht.«

Als wäre es für mich leicht.

Aber dann fährt Mama fort: »Ich habe ihm nicht einmal mehr sagen können, dass ich ihn liebe.« Ihre Stimme klingt so brüchig, dass ich einen Kloß in den Hals bekomme.

Ich greife nach meinem Shake und versuche, meine Emotionen runterzuschlucken.

»Hast du noch mit Frau Adams gesprochen?«, frage ich dann.

Mama nickt. »Sie sagt, sie findet das alles wirklich sehr schlimm, aber sie könnte wirklich keine Ausnahme machen für Holden. Und eigentlich verstehe ich das auch. Die Ministerin für Sicherheit und Volksgesundheit muss verlässlich und integer sein. Würde sie uns helfen, müsste sie ihre Karriere aufs Spiel setzen.«

Nachdenklich leere ich meinen Becher. »Können wir nicht heimlich zu ihm gehen?«

»Ginge das nur.« Mama seufzt. »Das Institut liegt jenseits der Zäune.«

Und die Tore öffnen sich nur für Menschen mit einem E-Visum in ihrem ID-Bändchen, weiß ich noch von Papa. Er hatte eines beantragt, als er wegen seiner Arbeit ein paar Mal vor die Tore der Stadt musste. »Ich würde sofort zum Meer weiterfahren«, hatte Holden gesagt. Aber Papa meinte, das sei unmöglich, denn alle Autos, die von der vereinbarten Strecke abwichen, würden automatisch angehalten. Zur Sicherheit, damit man sich nicht in der Wildnis verirren oder von einem Bären angegriffen würde.

»Dann müssen wir eben über den Zaun klettern«, sage ich.

Mama kann doch noch lachen. »Du hast zu viele Actionfilme geguckt, Liebes. Du weißt doch, wie hoch die Dinger sind.«

»Fast sechs Meter über und fast zwei Meter unter dem Boden«, rattere ich herunter. »Damit man keinen Tunnel darunter graben kann.«

»So.« Mama sieht mich bewundernd an.

»Gerade erst in Geschichte durchgenommen«, sage ich.

In den Bangen Jahren hatte es mit einer Mauer an der mexikanischen Grenze angefangen. Eine idiotische Idee des damaligen Präsidenten, um alle Illegalen draußen zu halten. Auch in Europa suchte man nach Möglichkeiten, wie man dem stetig wachsenden Strom von Asylbewerbern begegnen konnte. Vereinbarungen verliefen im Sand und die ursprüngliche Bevölkerung fühlte sich in zunehmendem Maße von all diesen fremden Neulingen bedroht. Parteien kamen an die Macht, die vorschlugen, Zäune zu errichten, die hoch genug waren, um alle unerwünschten Zuwanderer draußen zu halten. Danach übernahmen wieder andere Führende das Ruder, die diese Zäune niederreißen wollten, aber mittlerweile hatte die Große Umkehr bereits eingesetzt und Natur und Umwelt erholten sich. Die Wildpopulation stieg wieder und die Zäune schienen plötzlich doch ganz praktisch, weil sie gefährliche Tiere auf Abstand halten konnten.

Sie stehen also dort, um uns zu schützen. Ich selbst habe das einst einmal unserem kleinen Cousin erklärt. Holden hat spöttisch gelacht und gesagt, diese sogenannte Sicherheit sei nur eine Ausrede, um uns einzusperren.

Allmählich glaube ich, dass er recht hat.

Holden

Ich kann Jazz atmen hören und in einem der hinteren Betten schnarcht jemand ziemlich heftig. Ansonsten ist es still im Schlafsaal. Ich setze mich auf die Bettkante und schlüpfe möglichst leise in meine Schuhe.

»Holden?«, höre ich plötzlich.

Peter Wilson natürlich. Ich würde seine anhängliche und zugleich drängende Stimme aus Tausenden erkennen.

»Halt die Klappe, Mann«, flüstere ich. »Die schlafen alle.«

»Aber ich habe meine Tablette verloren.«

Jetzt erst sehe ich, dass er nicht in, sondern halb unter seinem Bett liegt.

»Ich habe sie fallen lassen und dann ist sie, glaube ich, weggerollt.« Peter tastet jetzt auch den Fußboden neben seinem Bett ab.

»Du hättest doch um eine neue bitten können«, sage ich leise.

»Das versteht der fahrende Doktor nicht.« Peters Ton ist empört. »Er ist so programmiert, dass er nur eine ausgeben darf.«

»Dann nimmst du diese dämliche Pille eben ausnahmsweise mal nicht ein.«

Ich habe meine in die Brusttasche meines Schlafanzugs gesteckt, damit ich sie gleich im WC runterspülen kann. Solange ich nicht weiß, wie Wren vergiftet wurde ...

»Aber dann kann ich nicht schlafen.« Peters tastende Hand berührt meinen rechten Fuß. »Warum hast du Schuhe an?«

»Ich hasse kalte Füße.«. Damit er aufhört zu nerven, kauere ich mich neben ihn und nehme dabei die rosa Tablette aus meiner Brusttasche. Dann streiche ich leicht über den Boden und sage gespielt überrascht: »Ich habe sie gefunden!«

»Klasse!« Er nimmt die Pille von mir, steckt sie in den Mund und kriecht ins Bett. »Was hast du eigentlich vor?«

In Gedanken ersticke ich ihn mit einem Kissen. »Pinkeln. Und das kann ich ganz gut allein.«

Also wehe, du kommst hinter mir her.

Toiletten sind die einzigen Räume in diesem Gebäude, in denen ich mich nicht bespitzelt wähne. Gegenüber dem Schlafsaal gibt es keinen Toilettenraum, sondern zwei einzelne WCs mit Zugang direkt vom Gang aus. Es ist nur logisch und deswegen vollkommen unverdächtig, dass ich eines von ihnen nachts benutze.

Sobald ich die Tür verschlossen habe, trete ich meine Sneaker von den Füßen. Ich entferne die Einlagen sowie die echten Sohlen und bringe Papier und Stift zum Vorschein. Dann setze ich mich auf den Klodeckel.

Schreiben mit ungelenken Fingern und funzeliger Nachtbeleuchtung ist schwierig.

Warum habt ihr mir nicht gesagt, dass noch jemand für euch spioniert? Tja, sie ist tot. Vielleicht sogar von der Direktorin vergiftet. Paine behauptet, sie als Einzige habe gewusst, dass Wren Ordnungshüterin war. Aber Boyd Swis wusste es auch. Ich fand seine Nachricht an Wren im toten Briefkasten. Blöder Ort übrigens, weil ich im 3. Stock bin. Wie geht es Ma und Prissy? Ich poste nichts mehr, bevor ich nichts von ihnen höre.

So, jetzt müssen Chapman und Miller was organisieren.

Ich stopfe den Zettel vorläufig in meinen linken Sneaker,

den Stift in den rechten und verlasse die Toilette. Der Gang liegt noch immer da wie ausgestorben.

Warum gehe ich eigentlich nicht sofort nach unten? Je schneller meine Nachricht im toten Briefkasten landet, desto früher wird sie gelesen.

Und was ist mit den Augen und Ohren?, fragt Pa.

Ich bin schon unterwegs und rede in Gedanken weiter: Siehst du Überwachungskameras? Ich nicht und im Übrigen auch keine Wärter. Die Zopffrau mit ihrem Puppengott ist einfach völlig gestört.

Den gläsernen Lift brauche ich gar nicht erst auszutesten. Die Therapeuten und Pflegekräfte bedienen ihn immer mit ihrem ID-Bändchen. Meine Hoffnung gilt dem Treppenhaus. Wenn das der einzige Notausgang ist, dürfen sie ihn auf keinen Fall abschließen.

Ich drücke gegen die rote Tür. Wahrscheinlich ist sie mit einem Türschließer versehen, denn sie gibt nicht merklich nach. Aber sogar als ich meine Schulter benutze, um mehr Kraft einzusetzen, kriege ich sie nicht auf. Wenn ein Feuer ausbricht, hocken wir wie die Ratten in der Falle.

Diese Drecksäcke! Wütend trete ich gegen die Tür, aber das verschafft mir nur kurz Erleichterung. Dann werde ich nervös und bin sicher, dass sie mich gleich holen kommen.

Nichts passiert. In dieser Situation ist das vielleicht ein kleiner Glücksfall für mich, aber ich finde es vor allem beklemmend. Wir könnten hier offensichtlich bei lebendigem Leibe verbrennen oder am Rauch ersticken, ohne dass es jemand merkt.

Und jetzt?, fragt Pa.

Zurück in den Schlafsaal, es bleibt mir nichts anderes übrig.

Glücksfall Nummer zwei: Peter pennt wie ein Murmeltier. Die rosa Pille ist vermutlich eine Schlaftablette.

Am nächsten Morgen sitzen alle schweigend beim Frühstück. Ich starre auf das perfekte Vita auf meinem Teller. Mein ID-Bändchen hat es für gut befunden, als ich es an den Drucker hielt, aber nach Wrens Tod bin ich so misstrauisch wie nur was. Na ja, ich werde wohl müssen. Pillen kann man unauffällig verschwinden lassen, aber eine komplette Mahlzeit ist eine andere Sache. Außerdem knurrt mein Magen.

Während ich esse, wandern meine Gedanken wieder zu Vera Paine. Wenn sie Wren tatsächlich vergiftet hat ... wie hat sie es angestellt?

Es scheint mir ganz schön schwierig, jemandem unauffällig eine tödliche Spritze zu verabreichen. Wenn ich einen Bewohner ermorden wollte, würde ich das Gift in Shakes, Yummys oder Vita geben.

Obwohl das hier auch noch eine ziemliche Herausforderung wäre.

Wren war im Übrigen gar nicht im Speisesaal ...

»Der individuelle Relaxraum«, sage ich zu Jazz. »Was muss ich mir darunter vorstellen?«

»Pssst«, zischt Peter, dem es gelungen ist, einen Platz in meiner Nähe zu ergattern.

Auch die Zopffrau schaut mich an, als hätte ich ihren Puppengott zutiefst beleidigt.

»Es gibt nur eine Möglichkeit dahinterzukommen«, flüstert Jazz mir ins Ohr. »Mach einfach ein großes Tamtam – IR-Reise garantiert.«

Niemals einfach so in die Tiefe springen, hat Doktor

Wendy mir bestimmt tausend Mal eingehämmert. Überleg dir erst, welche Folgen das haben könnte.

Meine frontale Hemisphäre arbeitet selten mit.

Ich nehme ein Häufchen Vita auf meine Gabel und ziele damit auf die Frau mir gegenüber.

»Aber sonst geht's noch, was?«, ruft sie und wischt sich das Fake-Essen vom Gesicht.

Erneut benutze ich meine Gabel als Katapult und bombardiere einen Mann weiter hinten. Anschließend noch einen und die Zopffrau. Murren und Lachen werden laut und die Wände haben wirklich Ohren, denn plötzlich gehen die Türen auf und Männer und Frauen in violetten Uniformen mit silbernen Knöpfen stürmen herein. Die Wärter! Ich kann es nicht lassen und nehme den unter Beschuss, der am nächsten steht.

Bulls Eye! Na ja, das Auge des Wärters eben.

Mittlerweile schießen auch andere Bewohner ihr Vita durch die Gegend und es geht ganz schön lustig zu. Bis Vera Paine hereinkommt.

»Er ist der böse Genius.« Die Zopffrau zeigt mit ihrem Hexenfinger auf mich.

Sobald Paine nickt, kommen zwei Wärter auf mich zu.

»Ich gehe freiwillig mit«, sage ich schnell.

Nicht schnell genug. Sie haben mir die Arme schon auf den Rücken gedreht und umklammern meine Handgelenke.

»Keine Sorge«, sagt Paine. »Sie bringen dich nur kurz zum IR, damit du ein wenig runterkommst. Inzwischen können wir hier die Ruhe wiederherstellen.«

»Mitkommen«, brummt der Größere der beiden.

Ich gebe mir große Mühe, ihr Tempo mitzuhalten. Wenn es mal nicht klappt, schieben sie mir die Hände bis zu den

Schulterblättern hoch und ich krepiere fast vor Schmerzen. Sie schleppen mich durch den Gang bis zu einer Stahltür ganz am Ende. Der kleinere Wärter öffnet sie mit seinem ID-Bändchen und der große geht mit mir rein. Dann verlässt er den Raum wieder, schiebt die Tür hinter mir zu und ich bin allein.

Für einen Relaxraum sieht es hier reichlich öde aus. Kahle Wände und eine Matratze mit einem Kissen, auf dem eine Fernbedienung liegt. Neugierig berühre ich das Display.

HAUPTMENÜ

Weil ich sowieso nichts Besseres zu tun habe, schaue ich mir die Möglichkeiten an.

IN NOTFÄLLEN: ROTE TASTE

TOILETTENBESUCH: GELBE TASTE

Sehr witzig, Herr Programmierer.

PSYCHISCHE HILFE NÖTIG: SCHWARZE TASTE

HILFSPROGRAMME: GRÜNE TASTE

Als ich die grüne Taste drücke, lande ich wieder in einem Auswahlmenü.

Unter der Überschrift AKTIV ENTSPANNEN stehen eine Menge Optionen. Atemübungen, Yoga, Mindfulness und andere Hobbys für spirituell Angehauchte. Ich tippe auf YOGA und dann öffnet sich die Wand mir gegenüber, als befände ich mich in einem Privatkino.

»Hallo, ich bin Olga«, sagt eine spindeldürre Yogalehrerin in einem eng anliegenden Hemdchen und ebenso engen Leggings. »Wir beginnen mit der Berghaltung. Stelle dich aufrecht hin, die Füße in Hüftbreite.« Sie macht es vor und legt dann die Handflächen vor der Brust zusammen. »Namaste«, sagt sie und neigt den Kopf.

Tatsächlich sehr chillig. Man könnte es auch getrost einschläfernd nennen.

Ich drücke auf Stopp und kehre ins Auswahlmenü zurück.

RELAXEN IN DER NATUR. Das klingt schon besser. Man kann aus verschiedenen Themen wählen, wie Milchstraße, Ozeane und die grüne Erde. Ein richtiges Fenster, aus dem ich in eine echte Landschaft gucken könnte, gibt es leider nicht. Dann eben die grüne Erde.

Der Relaxraum füllt sich mit Blätterrascheln und Vogelgezwitscher und ich sehe überall Bäume, die sich sanft bewegen. Nicht nur auf der Wand mir gegenüber, sondern auf allen Wänden, der Decke und sogar auf dem Boden. Es ist, als säße ich in einer grünen, beruhigenden Kiste. Gar nicht so schlecht, das Filmchen.

Ich lege mich auf die Matratze, verschränke die Arme hinter dem Kopf und starre zu den lebensechten Ästen an der Decke. Ein prächtiger Helmspecht sitzt darauf und ...

Irgendwas stimmt nicht mit dem Empfang. Der Specht verändert sich in zuckende abstrakte Webkunst voller Blöcke, Flecken und Streifen. Ich will die Fernbedienung zur Hand nehmen, aber das ist nicht mehr nötig. Die Verbindung stabilisiert sich von allein.

Das heißt ...

Prissy

Das Haus ist leer und still. Mama musste schon um halb sieben auf ihrer Arbeit sein, um Adams' gereinigte Kleidung abzugeben und eine Rede für irgendeinen Kongress mit ihr durchzugehen. Personal Assistant mag ja cool klingen – in Wirklichkeit ist es ein Scheißjob.

Ich habe noch eine Stunde, bevor ich mich für den Englischunterricht einloggen muss. Ohne meine Freundinnen kommt mir die Zeitspanne vor wie ein Jahr. Zum zigsten Mal checke ich mein Camphone, doch Flow hat mir immer noch nicht geclickt.

Aber eine neue Nachricht von Mo habe ich: Sorry! Ich bin ein Arsch!

Wie wahr, schreibe ich zurück.

Zu schade, dass Holden nicht mitlesen kann. Ich bin sicher, er würde zustimmend grinsen und dann würde ich mich besser fühlen und nicht mehr wie ein Hase mit Versagensangst.

Ich betrete sein Zimmer, damit ich ihm näher bin. Die Konserven habe ich gestern an ihren Platz zurückgelegt, aber sein Camphone liegt noch auf seinem Bett. Es ist standardmäßig entsperrt, weil Holden sein Gerät augenblicklich startklar haben will.

»Man weiß nie, wann *der* goldene Camfiemoment eintritt«, hat er mir mehrfach erklärt. »Dann will ich sofort auslösen können.«

Bei diesem Wapitihirsch ist es aber trotzdem misslungen.

Ich lehne meinen Rücken ans Kopfende und betrachte die

Camfies, die er in den letzten Tagen gemacht hat. Durch Holdens Augen wirkt Happy Day plötzlich gar nicht mehr so festlich. Keine beeindruckenden Perücken, sondern ein Mädchen, dessen Haare flach an ihrem Hinterkopf anliegen. Ein Mann mit einem schief angeklebten Schnurrbart, eine als Engel verkleidete Frau mit missmutigem Gesicht und andere Fehlschläge. Der Rest besteht vor allem aus Naturaufnahmen. Ein Paar Vögel und ein Eichhörnchen. Ein Frosch auf einem Wasserlilienblatt im Parkteich und dann, auf dem nächsten Camfie ...

Mein Herz setzt kurz aus, als ich das Schild beim Wildrost entdecke. ZUTRITT VERBOTEN. NATURSCHUTZGEBIET.

Irgendwo in diesem riesigen Naturschutzgebiet außerhalb der Stadt, hat Holden gesagt.

Ich überprüfe Datum und Zeit.

Ja klar, das muss in der Nähe des Schutzkellers sein, in dem er dieses abscheuliche Feuerwerk gefunden hat! Wieder werde ich wütend. Warum hat er nicht einfach alles gebeichtet und ein wenig Reue gezeigt? Dann hätte der Unparteiische bestimmt anders entschieden und Holden wäre jetzt nicht im Cliffton eingesperrt.

Ich habe keine Lust mehr, mir auch noch den Rest seiner Camfies anzuschauen, und nehme mein eigenes Gerät in die Hand. Wenn es noch länger so still bleibt, werde ich verrückt!

Ich habe Mama alles erzählt, clicke ich zu Flow. Verzeihst du mir?

Ihre Antwort kommt nach zehn Minuten.

Nur wenn du mich nie wieder anlügst.

Holden

Wald und Specht sind verschwunden. Stattdessen brechen Bilder und Texte über mich herein, oben und unten und an mir vorbei, gepaart mit Zischen und Knallen.

VIELE TIERE HABEN ANGST VOR FEUERWERK.

Der Satz tanzt in hellgrünen Buchstaben über einer völlig verängstigten Katze, die versucht, sich in einer Ecke zu verkriechen. Ich sehe einen kleinen Hund, der mit eingezogenem Schwanz die immer gleiche Runde dreht und dabei nervös fiept.

Soll ich mich jetzt schuldig fühlen, oder was?

Ich denke ja nicht daran. Roboterhaustiere erschrecken nicht vor Leuchtraketen. Das hier ist ein Film aus der Mottenkiste.

DAS ENTZÜNDEN VON FEUERWERK FÜHRT VORÜBERGEHEND ZU EXTREMEN FEINSTAUBKONZENTRATIONEN.

An den Wänden und der Decke tauchen schmutzigdunkle Wolken auf. Menschen mit Mundschutz schlagen sich durch neblige Straßen. Ich sehe hustende, röchelnde Männer und Frauen mit tränenden Augen und durch ein Fenster in einem Krankenhausbett ein Mädchen, das an einem Sauerstoffgerät hängt. Sie hat eine gewisse Ähnlichkeit mit Prissy, wodurch mir auch ein wenig beklommen wird. Ich setze mich aufrecht hin.

NUR ALLZU OFT PASSIEREN UNFÄLLE, lese ich an der Wand.

Um mich herum fangen Feuerwerksfabriken an zu brennen. Sie explodieren mit so viel Wucht und Krachen, dass ich Angst um meine Trommelfelle bekomme.

Was ist das? Will mir hier irgendein gestörter Psychologe eine Lektion erteilen, oder was?

Ich habe die Nase voll und greife zur Fernbedienung.

DIE VIELEN BRÄNDE IN FEUERWERKSFABRIKEN IN INDIEN HATTEN HUNDERTE VON TODESOPFERN ZUR FOLGE.

Die Worte scheinen mich anzuschreien, obwohl der Ton jetzt verstummt. Aus den Augenwinkeln sehe ich halb verkohlte Körper. Sah Pa auch so aus?

Gott sei Dank habe ich endlich die Fernbedienung in der Hand. Ich drücke auf Stopp und warte, bis das Auswahlmenü wieder eingeblendet wird. Aber nein, da rollt schon wieder ein Text über die Wand.

23 TOTE, 947 VERLETZTE UND 1.250 MENSCHEN OBDACHLOS NACH EXPLOSION EINES FEUERWERKDEPOTS IN WOHNVIERTEL. Eingestürzte Häuser, ausgebrannte Autos, ein Mann in einem blutigen Hemd weinend zwischen qualmenden Schutthaufen. TAUSENDE LEBEN RUINIERT.

Die Fernbedienung reagiert immer noch nicht, aber zu meiner Erleichterung verschwinden die grausigen Bilder von allein. Auf der Wand erscheint ein altmodisch gekleideter Junge mit einer Sonnenbrille. »Ich bin Billy aus Oklahoma und mein Traumberuf war Pilot. Dann habe ich mir ein Feuerwerk angeschaut.« Er setzt die Brille ab. Ich muss fast kotzen, denn wo sein linkes Auge sein sollte, ist ein Loch.

»Okay, es reicht!«, rufe ich, in der Hoffnung, dass jemand über irgendeine Kamera zuschaut. »Ich werde nie wieder ein Feuerwerk abbrennen!«

Der Film donnert einfach weiter. Jetzt spricht ein Mann in einer ausgefransten Latzhose zu mir. »Mein Name ist John«, sagt er ausdruckslos. »Mein Nachbar lief in die Mitte der Straße und entzündete eine Leuchtrakete. Wir sahen eine Rauchwolke und hörten einen Knall. Willst du wissen, was noch von ihm übrig blieb?«

Nein, das will ich nicht! Ich drücke und drücke, bestimmt ist die Batterie leer, denn diese verfluchte Fernbedienung funktioniert immer noch nicht.

John hält so was wie ein altmodisches Camphone in der Hand und dreht es langsam zu mir um. Das Camfie auf seinem Display erscheint lebensgroß vor mir. Ich will nicht hinschauen, aber der dicke Mann im karierten Hemd ist überall, über, unter und neben mir. Der Rumpf mit den Armen und ein Stückchen Hals – ein kleiner schwarzer Krater ohne etwas oben drauf.

Voller Ekel kneife ich die Augen zu und schmeiße die Fernbedienung durch den Raum. Ein klägliches Heulen ertönt, dann fängt das ganze Zimmer leise an zu stöhnen, aus der Ecke kommt schreiende Panik und all diese Laute aus Schmerz und Kummer gelangen über meine Ohren mitten in mein Herz.

In Notfällen: rote Taste.

Sollte ein Notruf nicht immer funktionieren? Ich spähe durch die Wimpern, um die Fernbedienung aufzuspüren, und muss würgen, als ich die Bilder auf dem Boden sehe. Verunstaltete Hände mit Fingern wie geschmolzene Kerzenstümpfe. Entstellte Gesichter …

Nicht hinschauen!

Stolpernd und um mich tastend finde ich endlich die Fernbedienung und drücke, so fest ich kann, die rote Taste –

endlich stoppt der Höllenlärm und Wände, Mauern und Decke werden schwarz.

Ich winkele die Beine an und lege meinen hämmernden Kopf auf die Knie. Auch Geräte können einen plumpen Humor haben: ZU VIELE STRESSHORMONE, warnt mein ID-Bändchen.

Die Stahltür schiebt sich auf. Sobald ich Dave und den Pfleger erblicke, heule ich fast vor Dankbarkeit. »Holt mich hier raus«, sage ich. »Bitte.«

»Wo ist das Problem?«, fragt Dave, während er sich nach dem Grund für den Notruf umschaut.

»Eure fucking Horrorfilme!« Ich schubse die Fernbedienung zu ihm hinüber. »Abgerissene Köpfe, explodierte Hände. Und im Übrigen ist die Batterie leer.«

Sie starren mich an, als würde ich verworrenes Zeug reden.

»Wir verwenden hier nur genehmigte Relaxsendungen.«

Dave hebt die Fernbedienung auf und wischt über das Display. »Meiner Ansicht nach funktioniert sie ausgezeichnet.«

Unmöglich!

Ich richte mich auf und konzentriere mich auf die offen stehende Tür, um ruhig zu bleiben.

»Welchen Film hast du dir angeschaut?«, fragt er stoisch.

»Die grüne Erde.«

Sobald Dave auf die Fernbedienung tippt, stehen wir zu dritt in einem Wald. Als ich zur Decke schaue, sehe ich den Specht.

»Sehr beruhigend, oder?«, fragt Dave.

»Warte nur«, sage ich. »Gleich gibt es eine Störung und dann kommt es …«

Nach fünf Minuten sind die Bilder noch immer lupenrein. Dave schaltet den Film ab und lässt sich auf die Matratze fallen. »Komm, setzen wir uns mal einen Moment, Holden.«

Ich will nicht mehr sitzen, ich will weg!

Dave klopft beharrlich auf die Matratze. »So redet es sich leichter.«

Widerwillig rücke ich näher zu ihm. Seine Kleidung stinkt nach abgestandenem Schweiß.

»Wahrscheinlich ist deine Fantasie mit dir durchgegangen«, sagt er im beruhigenden Ton eines professionellen Helfers. »Weißt du, was eine Psychose ist? Dann hörst du zum Beispiel Stimmen im Kopf. Oder deine Umgebung wirkt plötzlich sehr bedrohlich, weil du die Dinge anders siehst, als sie in Wirklichkeit sind.«

»Ich bin nicht verrückt!«

»Das sage ich auch nicht.« Er legt die Fernbedienung hin und sucht kurz nach Worten. »Es ist nicht verwunderlich, dass du durcheinander bist. Du hast in sehr kurzer Zeit eine Menge heftiger Sachen erlebt. Weg von zu Hause, eine Zwangsaufnahme in eine neue Umgebung und dann auch noch Wrens Tod. Hast du zum ersten Mal einen toten Menschen gesehen?«

Pa war so schwer verbrannt, dass wir nicht mehr zu ihm durften, aber jetzt liegt er in Gedanken doch noch vor mir: schwarz verkohlt und nicht zu erkennen wie die Leichen im Film. Meine Lippen fangen an zu zittern, als wäre mir kalt.

»Holden?«, fragt Dave. »Alles in Ordnung?«

Mein ID-Bändchen reagiert. Es piepst und das Wort STRESSHORMONE leuchtet wieder auf. Schnell schalte ich Ton und Beleuchtung aus, aber Dave nickt dem Pfleger schon zu. »Wir sollten ihm lieber etwas zur Beruhigung geben.«

Gleich werde ich auch noch vergiftet, wie Wren!

»Es geht schon wieder«, sage ich, während ich innerlich fast zusammenbreche. »Sie haben bestimmt recht. Das alles ist mir irgendwie zu viel geworden.«

Dave legt seine feuchtkalte Hand auf mein Bein. »Bist du sicher?«

»Absolut.«

»Dann ist ja gut.« Er steht auf und geht zur Tür. »Ich schlage vor, dass du dich aktiv entspannst. Bei manchen Bewohnern wirkt Yoga wahre Wunder. Solltest du doch noch Medikamente brauchen, kannst du die auch später noch bekommen. Der Pfleger kommt alle Viertelstunde vorbei und schaut nach dir.«

Ich traue meinen Ohren nicht. Wenn ich Arzt wäre, würde ich jemanden in meinem Zustand keine Sekunde allein lassen.

»Tschüs, Holden.« Sie verschwinden einfach in den Gang und die Tür schiebt sich wieder zu.

Wenn ich mich nicht so elend fühlen würde, könnte es fast witzig sein. Meinst du, dass ich verrückt bin?, frage ich Pa in Gedanken.

Weil du mit deinem toten Vater redest? Er lacht. Kontrollier lieber die Filme.

Zum ersten Mal, seit ich im Cliffton bin, habe ich das Gefühl, dass er mir wieder ganz nah ist, und das gibt mir ausreichend Kraft, die Fernbedienung zu nehmen und einen Film nach dem anderen laufen zu lassen.

Ein Mann, der Atemübungen vorführt, die Yogalehrerin und alle anderen Spirituellen schweben an mir vorbei. Hin und wieder streckt der Pfleger den Kopf um die Ecke und ich hebe den Daumen. Er bringt mir einen Teller Vita, aber ich weigere mich, etwas zu essen, das mein ID-Bändchen nicht am Drucker hat überprüfen können. Unterdessen zieht das Weltall an mir vorbei, ein Ozean mit Fischen und Korallen in surrender Stille, der Wald und die singenden Vögel …

Ich spiele das komplette Menü ab, doch der Antifeuerwerksfilm, den ich gesehen habe, ist nicht mehr dabei. Hat da vielleicht vorhin jemand die Fernbedienung oder den Sendekanal gehackt? Als Teil einer kranken, neumodischen Erziehungsmethode? Eine aggressive persönliche Herangehensweise, die sich Vera Paine ausgedacht hat, um alle Bewohner in den Griff zu kriegen? Haben solche Bilder Lois so weit gebracht, die Überdosis zu nehmen? Und Wren vielleicht auch?

Ich will nach Hause. Jetzt schon.

Wenn du dich nicht sicher fühlst, holen wir dich sofort raus, hat Miller versprochen. Ein Zeichen an Boyd Swis reicht. Aber wie kann ich Swis ein Zeichen geben, wenn ich nicht einmal weiß, wie er aussieht? Ja, über so einen blöden Zettel in der Toilette. Nur komme ich dort vorerst unmöglich hin und dann ist es ja auch noch fraglich, ob oder wann er ihn liest.

Die Vorstellung, dass ich noch tagelang hier eingesperrt bleiben muss, liegt mir wie ein Stein im Magen. Erschöpft lege ich mich auf die Matratze, die Hände zu beiden Seiten meines hämmernden Kopfes, in dem Daves Worte unablässig kreisen.

Was, wenn er recht hat und ich bin hier selbst der Irre?

Prissy

Der fahrende Mülleimer verkündet sein Kommen mit Musik und Blinklichtern. Sobald ich die Klappe berühre, hält er neben mir. Ich werfe mein Papiertaschentuch hinein und er rollt wieder weiter durch die Fußgängerzone.

»Guck mal dahinten«, sagt Flow mit einer Kopfbewegung zu einem Mann, der im Vorbeigehen einen leeren Shakebecher auf einem Stromkasten stehen lässt. »Was für ein Aso.«

Die Kameras haben es auch registriert. Auf dem Monitor an der Hausfassade erscheint ein lebensgroßes Camfie vom Moment des Verstoßes und zeigt deutlich sichtbar das Gesicht des Mannes. Wir müssen schrecklich lachen, als er eiligst zurückkehrt und den Becher doch noch in den Müll wirft.

»Sehr schön«, sage ich, als wir untergehakt weitergehen. »So zu zweit, meine ich.«

Flow schaut auf ihr Camphone. »Brooklyn fragt, ob wir zu Nataschas Nagelstudio kommen, Anna ist auch da.«

Als ich mein Camphone checke, finde ich nur eine Nachricht von Mama.

Schön, dass es wieder in Ordnung ist mit Flow. Wo bist du?

Bis wir bei Natascha sind, hat sich mein Magen völlig verknotet. Ich habe die anderen seit diesem letzten grässlichen Camchat weder gesehen noch gesprochen. Vielleicht sind sie immer noch sauer auf mich.

Bin ich noch immer sauer auf sie ...

»He«, sagt Anna freudig überrascht bei meinem Anblick.

Ich könnte sie glatt umarmen. Na ja, das kann ich eben nicht, denn sie hält alle zehn Finger in ein Nagelbad. »Hallo.«

Von Brooklyn bekomme ich nur ein hochmütiges Nicken.

Flow merkt es nicht einmal und stürmt auf Natascha zu. »Hast du diese irren blauen Steinchen wieder reingekriegt?«

»Speziell für dich bestellt!« Natascha nimmt sie mit zum letzten freien Platz.

Ein neues Mädchen, das laut ihrem T-Shirt Rose heißt, fragt, ob ich auf dem Sofa beim Shakeautomaten warten möchte, bis ein Platz frei wird. Sie reicht mir einen Portable. »Dann kannst du dir schon mal einen schönen Stempel aussuchen. Wenn ich du wäre, würde ich Blutrot wählen. Das passt farblich fantastisch zu deinem Choker.«

Ich bin schon froh, dass ich die billigste Behandlung bezahlen kann.

»Nur Gellack und feilen, bitte.«

»Wie du willst.« Sie spaziert übertrieben hüftwiegend davon und hat gerade auf dem Stuhl gegenüber von Anna Platz genommen, als mein Camphone pingt.

Schon wieder eine Nachricht von Mama. Weißt du, wo das Handtuch mit dem Blumendruck geblieben ist? Es ist nicht im Wäschekorb, also dachte ich, du hast es noch in deiner Sporttasche, aber die kann ich auch nirgends finden.

Weil ich sie im Wormhole habe liegen lassen! Flow hat recht. Ich bin nicht mehr ich selbst. Wie konnte ich nur so dumm sein? Jetzt muss ich wohl zurück, ob ich will oder nicht.

Vergessen!, clicke ich. Ich hole sie sofort.

»Sorry, ich muss los«, sage ich sowohl zu Natascha als auch zu meinen Freundinnen. »Etwas abholen für Mama.«

»Ehrlich?«, fragt Flow.

Ich halte mein Camphone hoch. »Willst du es überprüfen?«

»Natürlich nicht.« Sie starrt auf einen Punkt irgendwo über meiner rechten Schulter. »Ich glaube dir schon.«

Brooklyn sagt nichts, aber ihr Blick spricht Bände. Ich drehe ihr den Rücken zu, verabschiede mich von Flow und Anna und mache, dass ich rauskomme.

Die elektrische Bahn ist zu Fuß drei Minuten entfernt. Ich halte mein ID-Bändchen an den Leser und nehme die Linie sieben. Ich habe zehn Haltestellen Zeit, um eine Eisenschicht um mein Herz zu schmieden und mithilfe der spiegelnden Scheibe zu lernen, einen möglichst gleichgültigen Ausdruck aufzusetzen. Zu meinem Ärger beben meine Knie trotzdem, als ich mich dem grauen Würfel nähere. Aber Glück im Unglück: Die Skatehalle ist geöffnet. Wenigstens muss ich nicht vor der Kamera betteln, dass sie mich reinlassen.

Die Musik wummert noch so laut, als hätte sie seit meinem letzten Besuch nicht aufgehört. Ich schlängele mich durch die Skater zur Cafeteria, in der über den Beamer *Skatefever* abgespielt wird – ein scheußlicher Film, mindestens zehn Jahre alt –, und klopfe an die Tür vom Wormhole.

Keine Reaktion. Entweder sind sie nicht da oder sie hören mich nicht – oder sie wollen mich nicht hören.

Ich klopfe lauter. Bollere mit der Faust.

Auf dem Sofa sitzt ein Mädchen mit Kopfhörern und schaut als Einzige auf.

Dann eben doch clicken. Widerwillig suche ich Mos Nummer.

Ich stehe vor dem Wormhole.

Nach wenigen Minuten wird die Tür von innen geöffnet. Nicht von Mo, sondern von Laşer.

»Ich will nur meine Sporttasche holen«, sage ich. »Die habe ich gestern hier liegen lassen.«

Er nickt. »Wir haben sie für dich aufbewahrt.« Dann steigt er die Treppe wieder hinunter.

Erneut warte ich ein paar Minuten, aber er kommt nicht zurück.

Mann! Widerwillig gehe ich ins Wormhole, wo Laşer mit einem E-Stift einen Hammer auf einen großen Bildschirm zeichnet.

»Mo ist nicht da?« Blöde Frage, Pris. Er hat sich bestimmt nicht unter dem Tisch versteckt.

»Nein.« Laşer zieht ein Porträt von Reese hervor und klebt es unter den Hammer.

»Woher wusstest du dann, dass ich hier bin?«

»Mo hat mir geclickt.« Laşer benutzt den Stift jetzt als Dirigierstock. Mit jeder Bewegung, die er macht, bewegt sich der Hammer synchron auf und nieder und trifft Reese auf den Kopf. Das sieht nicht nur witzig aus, sondern auch superprofessionell. Nicht, dass ich ihm das jetzt auf die Nase binden würde.

»Es tut ihm wirklich leid«, sagt Laşer.

»Gut so.«

»Bist du immer so hartherzig?«

»Hätte er mich nicht anlügen sollen.«

Laşer grinst. »Du lügst natürlich nie.«

Ich hasse es, wenn meine Wangen zu brennen anfangen. »Wo ist meine Tasche?«

»Willst du nicht wissen, warum er dich gehackt hat?«

»Die dämliche Challenge, meinst du?« Ein schmerzhafter

Stich durchfährt mich. »Das weiß ich längst. Von mir aus kann er in seinen gewonnenen Bluffys ersticken.«

»Du glaubst, dass …« Laşer dreht sich um. »Wie kommst du denn darauf?«

»Weil es so ist«, sage ich nicht mehr so sicher.

»Aber nein.« Laşer pikst mit dem Stift in meine Richtung. »Wir mussten dein Camphone hacken, weil du die Tochter von Jack und Eliza Winters bist.«

Teil 3

BIT'S A MYSTERY

Schließlich ist die menschliche Seele nun einmal so beschaffen, dass eher der Schein als das Sein ihr imponiert.

– *Erasmus, niederländischer Humanist und Philosoph, 1469–1536*

Holden

Dave steht in der Tür zum Relaxraum. »Willst du an der Gedenkfeier teilnehmen? Dann darfst du jetzt mitkommen.«

Aus Angst, er könnte es sich anders überlegen, gehe ich schnell auf den Gang und versuche unterdessen auszurechnen, wie viel Zeit ich im IR verbracht habe, was kein Spaß ist, wenn einem fast der Kopf platzt. Zwischen fünf und sechs Stunden, schätze ich. Nie mehr, nehme ich mir vor.

»Hat Wren die ganze Nacht im IR gesessen?«, frage ich.

»Was glaubst du, Holden?« Dave schüttelt missbilligend den Kopf. »Dass wir die Daten unserer Bewohner mit dir teilen?«

Natürlich! Irgendwo in diesem Gebäude muss es einen Ort geben, an dem unsere Akten aufbewahrt werden. Wenn es mir gelänge, die einzusehen ...

Dann kannst du lesen, wie verrückt du selbst bist, sagt Pa.

Ich schiebe den Gedanken so weit wie möglich von mir und konzentriere mich auf meine Schuhe. Nach unten fahren, auf die Toilette und eine Nachricht hinter Jumbo verstecken. Das ist vorläufig meine wichtigste Mission.

Gruppenweise gehen wir zum gläsernen Lift.

»Wie war es?«, fragt Jazz.

Ihr Lächeln verrät sie. Kein Wunder, dass sie sich auf wundersame Weise in eine brave Bewohnerin verwandelte, als Dave im Kreis mit dem IR drohte.

»Bitch!«, knurre ich zwischen den Zähnen. »Warum hast du mich nicht davon abgehalten? Du wusstest, dass mir etwas Fürchterliches bevorsteht.«

»Du hättest es mir ja doch nicht abgenommen«, sagt sie und zuckt mit den Schultern. »Ich habe es ja selbst kaum geglaubt und gedacht, ich würde irre.«

Sie hatte an sich gezweifelt, genau wie ich. Es ist, als hätte sie ein Ventil aufgedreht, damit meine Wut und die Unruhe aus mir herausströmen können. Ich bin nicht verrückt!

»Wovon handelte dein Horrorfilm?«, frage ich leise.

»Geht dich einen Scheiß an«, sagt sie.

Der Lift hält. Dave übergibt uns an Spider-Woman und fährt wieder hoch, um die Nächsten zu holen.

»Kann ich so lange zur Toilette?«, frage ich. »Wir müssen sowieso auf die anderen warten.«

Spider-Woman verdreht die Augen. »Du weißt ja, wo du hinmusst.«

In Gedanken schreibe ich einen Zettel für Boyd Swis: HOLT MICH HIER RAUS.

Aber dann wird Pas Tod für immer ein Rätsel bleiben.

Bis ich vor dem toten Briefkasten stehe, habe ich mir genügend Mut zugesprochen. Ein paar Tage halte ich es schon noch aus, vor allem, da ich jetzt weiß, dass der Horrorfilm keine Wahnvorstellung war, sondern echt. Ich ziehe die Nachricht, die ich in der Nacht zuvor geschrieben habe, aus meinem Schuh und stecke den Zettel in den Hohlraum. Wenn ich das nächste Mal hierher zurückkomme, hoffe ich, etwas von Prissy und Ma zu finden.

In der Aula brennen Dutzende elektrischer Kerzen und dezente Musik spielt. Die Bewohner, die Wren gut gekannt haben, sitzen vorn, darunter Peter und Jazz. Ich habe in der hintersten Reihe Platz genommen, links vom Durchgang, neben einem Bewohner, den ich noch nie gesehen habe. Über dem Podium hängt ein Bildschirm, auf den ein bewegtes Camfie von Wren projiziert wurde. Sie sieht ganz anders aus, so ohne Schaumbart und hervortretende Augen. Ihre Gesichtszüge sind sehr fein und sie hat ein strahlendes Lächeln.

Die Pflegekräfte, erkennbar an ihren blauen Hosen und Jacken, sitzen hier und da verteilt zwischen den Bewohnern. Ich frage mich, ob Boyd Swis auch da ist.

Die Geigen schweigen und Vera Paine betritt das Podium. »Wir sind hier zusammengekommen, um uns von unserer Mitbewohnerin Wren zu verabschieden und ihrer zu gedenken. In der kurzen Zeit, die sie hier war, hat sie einen unauslöschlichen Eindruck hinterlassen ...«

Die Worte gleiten an mir vorbei. Ich bin nicht mehr in der Aula des Cliffton, sondern in der von Yarden, als wir von Pa Abschied nehmen mussten. Es gab 3-D-Filme aus seiner Kindheit und Jugend, aber vor allem von unserer Familie. Onkel Jeff spielte Pas Lieblingsstück auf dem Saxofon und Ma las ein Gedicht vor. Mit rot verweinten Augen legte Prissy eine Blume zu seinem Porträtcamfie, aber ich war innerlich wie erstarrt. Über eine Liveschaltung konnten wir verfolgen, wie Pa ein paar Hundert Meilen entfernt verstreut wurde. Ma hatte nach Rücksprache mit uns eine waldreiche Umgebung gewählt. Die Drohne hielt über einer Lichtung zwischen den Tannenbäumen und der Beutel öffnete sich. Ein Häufchen Pulver – das ist alles, was nach einer Resomation von einem übrig bleibt.

Die Direktorin setzt sich neben das Podium und Janx' lupenreine Stimme füllt den Raum. Alle lauschen schweigend, den Blick nach vorn gerichtet. Nur mein Nachbar schaut kurz zur Seite, als ich lautlos aus der Reihe husche.

Prissy

Ich vergesse meine Tasche und setze mich verblüfft auf die Treppe. »Was um Himmels willen haben meine Eltern mit meinem Camphone zu schaffen?«

Laşer legt den elektronischen Stift hin und lehnt sich an den Computertisch. »Was ich dir jetzt erzähle, muss aber unter uns bleiben. Es ist ein ungeschriebenes Gesetz, mit Außenstehenden nicht über Bit's a Mystery zu reden.«

»Was ist das denn?«

»Eine Geheimgesellschaft von Hackern, Gamern, Programmierern, Internetdesignern und anderen Nerds.« Laşer setzt seine Beanie ab und kämmt sich mit fünf Fingern durch die dunkelbraunen Haare. »Das ist nicht einfach so ein Club, in dem jeder Mitglied werden kann. Man kann sich nicht einmal anmelden. Die Leute von Bit's a Mystery treten selbst an dich heran. Jedenfalls, wenn sie der Ansicht sind, dass du talentiert genug bist, was an sich schon eine große Ehre ist.«

Ich kann mir wenig darunter vorstellen. Wenn man jetzt gescoutet würde durch Supershoot oder so …

»Anschließend bekommst du eine Challenge«, sagt er. »Eine fast unmögliche Herausforderung, mit der du dich beweisen musst. Weißt du noch, dass ich dir von Anonymous erzählt habe? Dass es durch ihr Zutun keine Banken mehr gibt? So etwas in der Art.«

Ich spüre, wie sich meine Stirn runzelt. »Als wäre das Hacken meines Camphones so etwas Besonderes.«

»Das war nur der Anfang.« Laşer fährt sich noch einmal

durch die Locken und verbirgt sie dann wieder unter seiner Beanie. »So konnten wir bequem und schnell Kontakt mit dir aufnehmen und eine Menge über dich erfahren, während die Gesellschaft zusehen konnte.«

Also hat nicht nur Mo mich ausspioniert! Sie haben mich quasi unter ein Mikroskop gelegt und studiert, als wäre ich ein Häufchen Vita in einem Labor.

»Wir sollten dich überzeugen, mit uns zu arbeiten«, sagt Laşer. »Aber wir wussten, dass das nicht leicht sein würde. Aus deinen Camfies, Posts und Nachrichten ging hervor, dass du nicht gern Grenzen überschreitest.«

»Wie alle normalen Leute«, halte ich dagegen.

Laşer tut, als würde er mich nicht hören, und redet einfach weiter. »Das Kleid brachte dich dann in Schwierigkeiten.«

Tasche nehmen und weg hier!, sagt eine alarmierende Stimme in meinem Kopf.

Aber dann werde ich nie erfahren, was genau da los ist, also bleibe ich sitzen und lege meine Arme wie eine schützende Decke um mich.

»Wir bekamen sofort wieder eine Nachricht von der Gesellschaft.«

Laşer zeichnet Anführungszeichen in die Luft. »›Wenn sie uns nicht hilft, posten wir alles auf Supershoot. Sagt das Prissy.‹«

Die Vorstellung, jeder könnte wissen, dass ich …

»Das ist mir ja ein schöner Verein.« Ich bin sicher, ich wäre vor lauter Scham gestorben.

»Mo konnte sie davon überzeugen, dass Erpressung nur nach hinten losgehen würde«, sagt Laşer. »Er fand es besser, dir zu helfen, und ich auch. Eine Hand wäscht die andere, dachte ich. Wenn wir Prissys Problem lösen, hilft sie uns danach auch. Aber Mo hat es immer wieder aufgeschoben. Er wollte mehr Zeit, um eure Beziehung zu vertiefen, und wollte dich erst später darum bitten.«

Wenn ich blind wäre vor Verliebtheit?

Aber er hat mich wirklich vor dem Untergang gerettet!

Laşer stöhnt vor Ärger. »›Prissy ist noch nicht so weit‹, sagte er immer. ›Wenn wir sie jetzt schon bitten, weigert sie sich bestimmt.‹«

Ich halte meine Hände wie Schälchen hoch. »Wirst du mir auch noch erzählen, was ich hätte machen sollen?«

Er wippt mit dem Fuß. »Es geht um Adams.«

»Die Ministerin?«, frage ich verständnislos. »Was hat die denn wohl mit einer Gesellschaft von Nerds zu tun?«

»Sie hat etwas sehr Wichtiges in ihrem Besitz«, sagt jemand hinter mir.

Mo. Seine sexy Stimme würde ich aus Tausenden erkennen.

Er steigt die Treppe hinunter und setzt sich neben mich. »Etwas, womit wir unsere neuen Führenden entlarven können.«

Ich denke an den Film, den ich neulich gesehen habe: *Reptilien aus dem All.* »Denn eigentlich sind es außerirdische Wesen?«

»Sehr witzig«, sagt Laşer. »Warte nur, bis wir veröffentlichen, was sie alles im Schilde führen. Dann vergeht dir das Lachen.«

»Und das ist eure Herausforderung?«

Er nickt. »Aber dazu brauchen wir den Gegenstand von Adams.«

Mo berührt mein Bein mit seinem.

Ich versuche, den Blitz, der mir geradewegs ins Herz fährt, zu ignorieren. »Welchen Gegenstand?«

»Das dürfen wir erst sagen, wenn du dich entscheidest, mit uns zu arbeiten«, sagt Mo.

Ich tippe mir gegen die Schläfe. »Ja, hal-lo.«

Laşer kauert sich vor mich. »Für dich ist es leicht. Du holst deine Mutter von ihrer Arbeit ab und kannst so in Adams' Appartement. Aber wenn Mo und ich reinkommen wollen, müssen wir einbrechen.«

»Jetzt hört auf zu spinnen!«, platze ich heraus. »Nachher schicken sie euch auch noch ins Cliffton.«

»Wir haben keine Wahl«, sagt Mo. »Wenn du uns nicht hilfst ...«

Wie war das noch von wegen Erpressung?

Ich rücke so weit wie möglich von ihm ab – was nicht sehr weit ist. »Natürlich habt ihr eine Wahl. Sagt Bit's a Mystery einfach, dass ihr dabei nicht mitmacht.«

Laşer und Mo werfen sich einen kurzen Blick zu.

»Dein Vater war auch mit von der Partie«, sagt Laşer dann.

Holden

Zwei Schritte, eine halbe Runde um die Säule, und ich bin außer Sicht. Die Türen zwischen der Vorhalle zur Aula und dem Gang stehen einfach offen. Solange mein Nachbar von eben kein Trara macht, wird kein Mensch was mitkriegen.

Die Wände hier haben Augen und Ohren ...

Ich versuche, das unheimliche Gefühl abzuschütteln, und eile durch den Gang. Auf dem Weg zur Toilette habe ich im Vorbeigehen alle Türschilder gescannt; auf dem dritten von links war das Piktogramm einer Figur hinter einem Schreibtisch mit Computer. Hoffentlich ist dort das Büro, in dem die Akten aufbewahrt werden.

Manchmal läuft einfach alles. Kaum stehe ich vor der Tür, öffnet sie sich automatisch. Schnell trete ich ein, meine Ausrede – ich kann die Toilette nicht finden – habe ich schon parat für den Fall, dass doch jemand dort sitzt. Aber heute ist mein Glückstag. Alle sind in der Aula, wie erhofft, und ein Alarm wird auch nicht ausgelöst.

Es gibt allerdings noch so etwas wie einen stillen Alarm, sagt Pa.

Ich ignoriere ihn und schaue mich aufgeregt um.

In der Ecke neben der Tür steht ein Aufladeschrank für elektronische Geräte. Gegenüber steht ein Tisch mit der Schmalseite zur Wand, von drei Stühlen umgeben, jeder mit Blick auf einen Computerbildschirm. Auf einem von ihnen ändert eine Art Schneeflocke ständig die Form. BACK-UP steht darunter. VERBLEIBENDE ZEIT: 5 MINUTEN UND 46 SEKUNDEN.

Ein Back-up von was?, frage ich mich. Den Akten der Bewohner?

Wäre ich nur so ein Nerd, der im Handumdrehen jeden Computer knacken und mitschauen kann.

Über dem Tisch hängt ein Evakuierungsplan, in dem mögliche Fluchtwege rot markiert sind. Der hat Pa jedenfalls kein Stück geholfen, als da oben das Feuer ausbrach.

Ich betrachte das Plakat daneben: WAS TUN BEI STROMAUSFALL? Außer einer Camphonenummer für Notfälle ist dort auch eine Sicherheitsnummer angegeben. ZUM ÖFFNEN DER TÜREN VON HAND: TASTE 3333.

»Und wo sind diese Tasten?«, murmele ich.

Bei den Notausgängen habe ich weder ein Display noch Tasten bemerkt.

»Kann ich Ihnen helfen?«, erklingt es plötzlich neben mir.

Ich erschrecke mich fast zu Tode und werfe einen Blick zur Seite.

Uff! Kein Mensch, sondern ein Büroroboter. Der blöde Apparat bewegt sich so geräuschlos wie eine fliegende Eule.

»Nochmals: Kann ich Ihnen helfen?« Er starrt mich mit einer gelben Augenleuchte an.

»Die Akte von Holden Winters, bitte«, sage ich, halb zum Spaß, weil ich natürlich nicht wirklich erwarte, dass …

»Einen Moment.« Der Büroroboter dreht sich um seine Achse und nimmt Kontakt mit dem Computer auf der anderen Tischseite auf.

»Setzen Sie sich.«

Im Ernst jetzt?

Zögernd gehe ich zu dem aktivierten Computer. Bestimmt ist das ein Scherz mit einer versteckten Kamera von Fail Nail. Oder die Therapeuten wollen mich testen. Vielleicht steht ja schon eine Gruppe Wärter bereit, die mich zum IR abführt, wenn ich jetzt weitermache.

»Setzen Sie sich«, wiederholt der Büroroboter.

Der virtuelle Ordner auf dem Bildschirm wirkt wie ein Magnet. Ohne noch länger über die Konsequenzen nachzudenken, setze ich mich auf den Bürostuhl, rolle näher heran und schiebe meine verspannten Beine unter den Tisch. »Öffne Akte.«

Unter dem Ordner erscheint ein Kästchen: ENTER CODE.

Shit! Wäre ja auch zu schön gewesen, um wahr zu sein.

»Weißt du ihn zufällig?«, frage ich den Büroroboter.

Sein Augenlicht blinkt. »Sie können den Code eingeben.«

»Eigentlich sollst du den Menschen helfen«, murre ich. »Das hilft mir nicht die Bohne.«

Mein Blick geht wieder zum Plakat. *Zum Öffnen der Türen von Hand: Taste* 3333. Ich glaube nicht, dass mir die Zahlenfolge auch Zugang zu den Computern verschafft, aber so schnell fällt mir nichts anderes ein, also tippe ich viermal auf die Drei im Ziffernblock auf dem Schirm.

Es erscheint ein belämmert dreinschauendes Emoticon.

»Sie können den Code eingeben«, wiederholt der Büroroboter – ziemlich boshaft, wenn man mich fragt.

»Das kann ich eben nicht, Trottel.« Ich scanne den Raum auf eventuelle Gedächtnisstützen wie einen Memozettel oder ...

Moment mal! Nach Wrens Tod hat Dave unsere Gruppe Spider-Woman übergeben. Und mit uns auch seinen Portable! Offenbar war es nicht sein eigenes Gerät, sondern eins vom Institut. Weil das Personal nur die elektronischen Gerätschaften vom Cliffton verwenden darf? Bei Vita war das auch so, hat Pa mir mal erzählt. Zur Sicherheit, damit alle

Informationen innerhalb des Gebäudes bleiben. Überall gab es Metalldetektoren, um zu verhindern, dass jemand einen Portable oder auch nur einen USB-Stick hinein- oder hinausschmuggeln würde.

Angenommen, ich habe recht und die Arbeitnehmer teilen sich hier auch die Computer und Portables ... Dann kann ich mich mit dem Code der Direktorin einloggen!

Ich konzentriere mich auf den Ziffernblock und versuche, mir den Abend, an dem ich im Cliffton ankam, wieder vor Augen zu holen. Paine hatte ihren Portable so gedreht, dass ich nicht auf dem Schirm mitgucken konnte, aber ich weiß noch, was ich dachte, als sie ihren Log-in eingab: das Z von Zorro.

Ich tippe mit dem Zeigefinger 1-3-7-9 ein und warte.

Zwei belämmert dreischauende Emoticons. Und dahinter: SIE HABEN NOCH EINEN VERSUCH.

Fuck! Ich zermartere mir das Hirn. Dass die Ziffernkombination die Form eines Z hat, weiß ich ganz sicher. Aber es gibt natürlich noch viel mehr Möglichkeiten, als ich dachte. Einen Block aus vier Ziffern zum Beispiel, wie 1-2-4-5.

Nein, dafür waren Paines Handbewegungen zu groß.

Bleiben nur noch die Blöcke mit sechs Ziffern. Die horizontalen Linien, die sie in die Luft zeichnete, wirkten länger als die vertikalen. 1-3-4-6 könnte also sein, aber auch 4-6-7-9.

Fucking Hell! Wofür soll ich mich jetzt entscheiden?

Es bleibt sowieso Spekulation, sagt Pa. Eine Direktorin hat bestimmt einen eigenen Portable und die Computer einen eigenen Log-in-Code.

Halt die Klappe! Mit geschlossenen Augen visualisiere ich mir den Augenblick, als Paine ihren Finger zum ersten Mal auf den Portable setzte. Die Stelle befand sich eher weiter oben als unten.

Ich hole tief Luft und gebe die Ziffern 1-3-4-6 ein.

Ein Smiley!

Meine Freude wird sofort wieder gedämpft, als ein Viereck auf dem Bildschirm erscheint: DAUMENABDRUCK-KONTROLLE. Das war's dann wohl. Die Akten kann ich vergessen und …

Vor Schreck springe ich fast vom Stuhl, als sich hinter mir die Tür öffnet. Meine Hand fliegt zum Monitor. Programm schließen!

»Was machst du hier?«, erklingt es streng.

Vera Paine. Die vielleicht mehrere Leben auf dem Gewissen hat.

Prissy

»Papa würde nie einer Geheimgesellschaft helfen, die Leute erpresst.« Demonstrativ verschränke ich die Arme.

Laşer ist nicht beeindruckt. »Er war sogar Mitglied.«

»Ich glaube dir nicht«, sage ich. »Wenn das wirklich so gewesen wäre, hätte Papa uns bestimmt davon erzählt. Ungeschriebenes Gesetz hin oder her.«

»Oder er hat es absichtlich verschwiegen.« Laşer erhebt sich und steckt die Hände in die Taschen. »Um euch nicht in Gefahr zu bringen.«

»Gefahr.« Ein nervöses Lachen entschlüpft mir.

»Mach dir keine Sorgen«, sagt Mo beschwichtigend. »Es war bestimmt ein Unfall.«

»Was? Worüber redet ihr?«

»Der Brand.« Er will nach meiner Hand fassen, überlegt es sich aber anders. »Bei dem dein Vater ums Leben gekommen ist.«

»Natürlich war das ein Unfall!«, rufe ich.

Auch wenn alle ein ganz schönes Geheimnis darum machten.

»Woher weißt du übrigens von diesem Brand? Ich habe nie etwas darüber ge…« Ich nestele am Sternenanhänger von meinem Choker. »Bit's a Mystery vermutlich?«

Mo nickt, ohne mich anzusehen.

Diese dämliche Gesellschaft weiß mehr über unsere Familie als ich! Mein Kopf ist mittlerweile ein einziger großer, surrender Brummkreisel und dann fängt auch noch mein Camphone an zu piepsen.

Mama. Wo bleibst du?

»Ich muss nach Hause«, sage ich.

Doch Laşer ist noch nicht fertig. »Du kannst uns aber bei etwas anderem helfen.«

»Ich sagte doch ...«

»Du brauchst nichts zu stehlen«, sagt Mo. »Dein Vater hat vor dem Brand einen Ring bekommen, der eigentlich der Gesellschaft gehört.«

»Noch mehr Unsinn.« Ich stehe auf und schaue mich suchend im Wormhole um. »Papa trug nie Ringe. Nicht mal einen Ehering, denn Mama hasst Schmuck. Und jetzt will ich meine Tasche.«

Mo reagiert nicht und ist intensiv mit seinem Camphone beschäftigt.

Dahinten! Ich schlängele mich an Laşer vorbei und zerre meine Sporttasche unter dem hintersten Computertisch vor.

Mo zieht sich am Treppengeländer hoch und hält mir sein Camphone vor die Nase. »Kennst du diesen Typen?«

Mit dem rechten Fuß auf der untersten Stufe und meiner Tasche über der Schulter schaue ich auf die Filmbilder auf dem kleinen Display. Da ist Papa! Mein Herz wird schwer vor Kummer. Die Aufnahme wurde an Happy Day gemacht. Er trägt seinen Gangsteranzug und schaut direkt in die Kamera. Neben ihm steht ein Mann in einem Elviskostüm. Er stützt sich mit einer Hand auf Papas Schulter und redet mit ihm. Wegen der lauten Musik kann ich nicht verstehen, was er sagt, aber ich sehe seinen fieberhaften Blick und dass er Papa etwas zusteckt. Danach kommt Mama auch noch kurz ins Bild, nur halb und auch nur von der Seite, in ihrem Dirndl.

»Wie kommt ihr an diese Aufnahme?«, frage ich heiser.

»Überwachungskamera«, sagt Laşer, als würde das alles erklären.

»Aber …«

»Wir bekamen sie zugeschickt. Manche Mitglieder der Gesellschaft arbeiten bei der Kameraaufsicht. Deswegen.« Mo hebt sein Camphone kurz an. »Kennst du den Typen jetzt oder nicht?«

»Er sieht aus wie die Reinkarnation von Elvis Presley.«

»Haha«, sagt Mo.

»Er heißt Phill Rogers«, sagt Laşer. »Dein Vater und er haben zusammengearbeitet.«

Wofür brauchen sie mich eigentlich? Wenn sie sowieso schon alles wissen.

»Schau noch mal hin.« Mo spielt den Film erneut ab, während er mit Daumen und Zeigefinger das Bild vergrößert. »Siehst du, was Rogers deinem Vater gibt?«

Es ist blau und glitzert in der Sonne.

»Sein Ring!« Meine Wangen werden warm vor Aufregung und Schrecken. »Ich glaube, das ist Papas Ring mit dem großen Klunker.«

»Ich hab's doch gesagt!«, sagt Laşer.

»Holden hat ihn vor ein paar Tagen gefunden«, rede ich weiter. »Man kann den Stein abschrauben. Innen war er hohl und es steckte ein Zettel drin.«

Zwei Augenpaare saugen sich an mir fest. Das hat was Gruseliges. Als hätten Laşer und Mo vor, mir die Worte zur Not mit Gewalt aus dem Mund zu ziehen.

»Was stand darauf?«, fragt Mo.

»Keine Ahnung. Ich habe ihn nicht gelesen.«

»Aber du kannst ihn finden, oder?«

»Ich fürchte, daraus wird nichts.« In Gedanken stehe ich

wieder in der Küche. »Mama hat den Zettel in den Schredder gesteckt.«

Laşer läuft von mir weg und tritt mit voller Wucht gegen etwas, das neben den Tischen steht. Eine Dose mit Yummys wahrscheinlich, denn als sie umfällt, fliegen einige durch die Gegend.

Mo stöhnt vor Enttäuschung und setzt sich auf die Treppe. Derselbe Mo, der mich gerettet hat, als die Gesellschaft drohte, mein Geheimnis öffentlich zu machen.

»Aber vielleicht kann Mama sich noch erinnern, was draufstand«, sage ich.

»Endlich«, murrt Mama, während sie mein Handtuch und meine Sportkleidung aus der Tasche nimmt. »Wo warst du denn so lange?«

»Ich musste unterwegs noch hundert Camfies frisch bemalter Fingernägel liken.«

Sie kichert.

»Und ich habe ein Video gesehen.«

»Video?«

»Von Happy Day.« Ich schaue zu, wie sie die Kleidung in die Waschmaschine stopft. »Da ist Papa drauf, mit noch jemandem.«

Sie schließt das Bullauge und massiert ihre Stirn. »Liebes ...«

»Er heißt Phill und er hat Papa diesen Ring mit dem dicken Klunker gegeben.«

»Ach, tatsächlich?« Mamas Stimme klingt gekünstelt.

»Du hast gesagt, du wüsstest nicht, wie Papa an diesen Ring kam.«

»Dein Vater hat mir auch nicht immer alles erzählt.«

»Ich habe dich im Video gesehen – du warst selbst dabei!«

Die Waschmaschine sucht automatisch das Programm, das am besten passt, und fängt an, sich zu drehen. Mama starrt auf das grün leuchtende Display.

»Was stand auf dem Zettel?«, frage ich.

»Das weiß ich nicht mehr«, sagt sie. »Es schien mir nicht wichtig, also habe ich es nicht behalten.«

»Ich glaube dir kein Wort. Warum hast du ihn dann sofort in den Schredder gesteckt?«

Mama seufzt. »Was hast du denn bloß? Das ist ja wie in einem Kreuzverhör.«

Sie redet schon wie Flow. Als läge es an mir, dass ich mich anders verhalte, und nicht an ihnen.

»Maaama«, sage ich, so flehend ich kann. »Das ist keine Antwort auf meine Frage.«

Sie schweigt kurz. »Also gut. Wenn es dir so wichtig ist.«

Mein Magen verwandelt sich in ein straff gespanntes Trommelfell.

»Als wir Phill Rogers trafen, war er furchtbar nervös«, sagt Mama. »Ständig schaute er über seine Schulter und mitten im Gespräch drückte er Jack plötzlich diesen Ring in die Hand. ›Falls mir was passiert‹, sagte er. Und: ›Jemand muss ihm das Handwerk legen.‹ Bevor wir weiterfragen konnten, verschwand er in der Menschenmasse. Wir haben ihn nie mehr wiedergesehen.«

Holden

»Ich hoffe, du hast eine gute Entschuldigung«, sagt Paine. »Es ist ziemlich peinlich, während einer Gedenkfeier die Aula verlassen zu müssen.«

Verdammt! Hätte sie eben sitzen bleiben sollen!

»Wie haben Sie gemerkt, dass ich weg bin?«

»Jemand hat deinen leeren Stuhl gesehen und es gemeldet.«

Sie sieht mich mit zusammengekniffenen Augen an. »Manche Bewohner halten sich nämlich sehr wohl an die Regeln.«

Der Junge, der neben mir saß, scheidet aus. Sonst wäre ich sofort verpfiffen worden und nicht erst nach zehn Minuten. Aber wer war es dann? Peter Wilson, tippe ich. Der Kerl beobachtet mich permanent und hat eine irre Angst, Regeln zu übertreten.

Das Blut pocht in meinen Schläfen. Wenn ich diesen Scheißkerl zu fassen kriege.

»Nun?«, fragt Paine.

Gleich schickt sie mich noch in den IR!

Der Gedanke verursacht mir so großen Stress, dass sich das Wummern in meinem Schädel ausbreitet.

»Meine Mutter schafft das nicht«, fällt mir plötzlich ein.

Die Direktorin wirkt einen Augenblick verwirrt.

»Als ich hierhergebracht wurde, haben mir die Ordnungskräfte verboten, mit ihr zu sprechen. Und auch den ganzen kommenden Monat darf ich keinen Kontakt zu ihr haben, hat man mir gesagt.« Ich drehe den Bürostuhl um und stehe auf. »Das können Sie ihr nicht antun. Seit dem Tod meines Vaters ist sie doch sowieso schon ein Wrack.«

»Was willst du eigentlich sagen?«, fragt Paine mit hochgezogenen Augenbrauen.

»Ich muss meiner Mutter eine Nachricht schicken, dass ich in Ordnung bin.«

Ihre Augenbrauen sinken auf Normalhöhe. Bedeutet das, dass sie darauf hereinfällt?

»Du verschwendest deine Zeit«, sagt sie. »Von diesen Computern aus kann man nicht mailen. Der einzige Kontakt mit der Außenwelt verläuft über einen Ort, zu dem du keinen Zutritt hast.«

Und über den Jumbo-Papierhalter im WC, denke ich.

Sie macht eine Kopfbewegung. »Komm mit.«

Ohne ein weiteres Wort geht sie in Richtung des gläsernen Lifts und öffnet ihn mit ihrem ID-Bändchen.

Die beeindruckende Landschaft kann mir heute gestohlen bleiben. Ich halte meinen Blick auf die Leuchtziffern über den Türen gerichtet. Die 1 wird zur 2 und dann kommt die 3 ... Jetzt wird er bestimmt anhalten.

Aber nein, der Lift fährt weiter nach oben und die 4 erscheint!

Gott sei Dank. Am IR sind wir vorbei.

Doch dann wird mir bewusst, dass Paine im obersten Stockwerk wohnt.

Dasselbe Stockwerk, auf dem Pa lebendig verbrannt ist.

Oder hat sie ihm erst den Schädel eingeschlagen?

»Sie wissen, dass ich auf Unit 3 wohne?«, frage ich mit unsicherer Stimme.

Ein Ruck. Die Türen öffnen sich und Paine steigt aus.

Schreien, kämpfen, die Notfalltaste drücken. Allerlei mögliche lebensrettende Szenarien rasen mit Lichtgeschwindigkeit durch meinen hämmernden Kopf.

Auch ich verlasse den Lift. Ich habe keine Wahl. Nirgends ist ein Fenster oder ein Briefkasten zu sehen. Selbst wenn es Raiza noch so gut gefiele, es scheint mir unmöglich, das Appartement von hier aus in Brand zu stecken ... noch nicht mal als geübter Pyromane.

»Hier wohne ich«, sagt Paine.

Es ist eine altmodische Tür, die man selbst aufdrücken muss. Drinnen hängt ein Metallkästchen. Die Direktorin nimmt einen schwarzen Apparat heraus und legt stattdessen ihr ID-Bändchen hinein.

»Leg deins auch dazu«, sagt sie.

Sie weiß ja nicht, dass ich keinen Tracker drinhabe.

Ich öffne mein Bändchen und lege es neben das von Paine. Sobald sie das Kästchen geschlossen hat, schaltet sie den schwarzen Apparat an. Auf seiner Oberseite leuchtet ein grünes Licht und am anderen Ende ist eine Art Antenne, die sie auf die Wände, den Boden und die Decke richtet. Genau wie der Mann im Spionagefilm neulich, als er versteckte Mikrofone und Kameras aufspüren wollte.

»Ist das ein Abhördetektor?«, frage ich neugierig.

Die Direktorin brummt zustimmend. »Ich lege ziemlich viel Wert auf meine Privatsphäre.«

Oder sie hat etwas Fürchterliches mit mir vor. Etwas, das niemand wissen darf ...

Paine überprüft alle sonstigen Räume – ein Bad, ein Schlafzimmer und noch einen weiteren Raum, den ich nicht sehen kann, weil mir die offen stehende Tür die Sicht nimmt. Gerade als ich ein paar Schritte zur Seite mache, um doch noch reinschauen zu können, kommt sie schon wieder raus.

»Alles in Ordnung«, sagt sie munter. »Wir setzen uns ins Wohnzimmer.«

Ich folge ihr mit trockener Kehle.

Vielleicht gehe ich ja meinem Tod entgegen.

Prissy

»Ich habe nie so richtig verstanden, warum Phill Rogers deinem Vater diesen verrückten Ring gab«, sagt Mama. »Und worauf seine Bemerkung abzielte? Ich habe immer noch keine Ahnung. Aber als Holden mit dem Zettel ankam, kapierte ich sofort, dass es etwas damit zu tun hatte. Nicht der Ring war wichtig, sondern die Nachricht, die darin steckte.«

»Du hast immer noch nicht gesagt, was draufstand.«

»Weil ich es wirklich nicht mehr weiß.« Auf Mamas Stirn erscheinen Denkfalten. »Es war kein Satz, sondern ein Wort. Ein Name vielleicht, aber dann von jemandem, den ich nicht kannte. Oder ein Code. Wie auch immer ... Ich konnte nichts damit anfangen, also vergaß ich es sofort wieder.«

»Du hättest es nicht in den Schredder stecken sollen«, murre ich.

»Ich würde es genau so wieder tun.« Sie beißt sich auf die Lippe. »Wenn Phill so nervös war wegen eines Zettels, der im Zusammenhang mit seinem Verschwinden steht, möchte ich nichts damit zu tun haben.«

»Du hättest ihn den Ordnungskräften bringen können.«

»Und alles wieder aufrühren?«, fragt Mama.

»Wieso aufrühren?«, frage ich. »Ich habe nie etwas gemerkt. Papa und du, ihr habt nie darüber gesprochen.«

»Nicht, wenn du dabei warst, nein. Ist doch logisch. Du warst kaum dreizehn, Schatz.«

»Aber wurde denn in den Nachrichten über sein Verschwinden berichtet?« Auch daran kann ich mich nämlich überhaupt nicht erinnern.

»Kaum.« Mama tickt mit ihren Fingernägeln auf die Waschmaschine. »Darin sind sie gut. Dinge geheim halten. Wenn es im Interesse der Firma ist …«

»Was meinst du?«

»Nichts«, sagt Mama.

Und ob!

»Egal.« Sie wedelt mit der Hand, als könnte sie damit alle Probleme wegfegen. »Solange dieser Ring auf dem Speicher verstaubte, hat man uns in Ruhe gelassen. Und das fand ich ausgesprochen angenehm. Schließlich weiß immer noch niemand, was mit Phill passiert ist. Es ist nicht einmal sicher, ob er noch lebt, denn sein ID-Bändchen sendet kein Signal mehr.«

Ich spüre, wie sich die Härchen in meinem Nacken aufstellen. »Wusste Papa, dass ein Zettel in dem Ring steckte?«

»Wenn ja, dann hat er es mir jedenfalls nie erzählt«, sagt Mama. »Ich merkte schon, dass ihn etwas beschäftigte. Aber wenn ich danach fragte, sagte er, es ginge um seine Arbeit und er müsse sich an die Schweigepflicht halten.«

An die Schweigepflicht von Vita oder an die der Geheimgesellschaft?

»Woher hast du eigentlich dieses Video?«, fragt Mama plötzlich.

»Einfach so. Jemand dachte, ich fände es interessant, weil Papa darauf ist.«

»Jemand.« Mamas Stimme und ihr Blick sind wahnsinnig beunruhigt.

Und dabei habe ich noch nicht einmal etwas von Bit's a Mystery erzählt.

»Jetzt werd bloß nicht hysterisch«, sage ich in Holden-Manier.

Mamas Schultern bleiben hochgezogen und steif. »Man kann nicht vorsichtig genug sein. Manchmal schicken einem Leute Camfies und Filmchen, weil sie wollen, dass du etwas für sie erledigst.«

Beispielsweise einen Ring mit dickem Klunker und einem Zettel im Inneren ausfindig machen.

Ich erschrecke ein wenig darüber, dass Mama recht hat. Und wenn ich mich schon erschrecke ...

»Wie kommst du denn jetzt darauf?«, frage ich möglichst leichthin.

»Ich hätte nicht davon anfangen sollen.«

»Wovon?«

Mama seufzt. »Phills Camphone wurde damals im Park gefunden, im Gebüsch, und es waren fürchterliche Videos darauf. Laut Darstellung der Ordnungskräfte ist er deswegen geflüchtet.«

»Was für Videos?«

»Es ging um Missbrauch und viel zu junge Mädchen«, sagt sie unwillig. »Wahrscheinlich wurde er erpresst. Also, als du von dem Video anfingst ...«

Ich hebe die Hände und lasse sie wieder fallen. »Aber ich kenne diesen Phill doch nicht einmal.«

»Sorry, Liebes«, sagt sie. »Du hast recht. Manchmal bilde ich mir alles Mögliche ein.«

Oder auch nicht.

»Du hast gesagt, Phill hat mit Pa gearbeitet«, sage ich. »Wurde Pa vielleicht auch erpresst?«

In der Mafiaserie *Bonanno* werden alle, die nicht mitarbeiten, von den Erpressern abgeknallt.

»Und der Brand?«, frage ich. »Hatte der etwas damit zu tun?«

»Natürlich nicht.« Mamas Stimme stockt einen Moment. »Das war ein Betriebsunfall, das weißt du doch.«

Ich denke an alle vagen Aussagen und Ausreden und mitleidigen Blicke, die Holden und ich nach Papas Tod abbekamen. »War es denn wirklich ein Unfall?«

»Er hat keinen Selbstmord begangen, falls du das denkst!«

Ich erschrecke über ihre Heftigkeit. So kenne ich Mama nicht.

»Es war auch nicht seine Schuld, dass das Feuer ausbrach«, fährt sie etwas leiser fort. »Irgendwas haperte bei einem Food-Printer im Cliffton. Als Jack sich das Gerät näher anschauen wollte, explodierte es.«

»Im Cliffton?« Die Waschmaschine verflüssigt sich und auch die Wand dahinter scheint sich zu wellen. »Papa ist im Cliffton gestorben und das erzählst du mir jetzt erst?«

Mama flüstert fast. »Die Direktorin des Instituts wollte nicht, dass es bekannt wird. Der Brand hatte die Bewohner und ihre Familien gewaltig in Unruhe versetzt. Wenn sie erfahren würden, dass es dabei auch noch ein Todesopfer gegeben hatte ...«

Jemand muss ihm das Handwerk legen.

Angenommen, Papa hat entdeckt, was Phill meinte.

Wen Phill meinte.

Dass Papa deswegen sterben musste ...

»Wie konntest du Holden nur ins Cliffton gehen lassen?«, rufe ich. »Obwohl du wusstest, dass es dort nicht sicher ist.«

Mama krümmt sich zusammen. »Ich wollte sie ja daran hindern, aber ...«

»Nachher passiert ihm noch dasselbe wie Papa!«

Ich weiß, dass ich übertreibe, aber ich kann nicht aufhören. »Und dann bist du schuld!«

Mama schaut mich mit wässrigen Augen an und flüchtet in ihr Schlafzimmer.

Jetzt tröste sie schon, sagt meine innere Stimme.

Ich laufe an ihrer Schlafzimmertür vorbei, ohne hineinzugehen.

Holden

Irgendwas ist seltsam in Paines Appartement. Ich kann es nicht sofort benennen, aber es fühlt sich so an, als würde etwas fehlen.

»Setz dich«, sagt sie mit einem Nicken zum runden Tisch am Fenster.

Der Himmel ist strahlend blau. Ich tippe darauf, dass wir uns auf der Nordseite des Gebäudes befinden. Unten sehe ich keine Tiefebene oder beeindruckende Steinmassen, sondern ein lang gestrecktes Band aus Bäumen und einen Fluss. Vielleicht hat Pa auch an dieser Stelle mit Blick auf dieselbe Landschaft gesessen. Nur nicht auf diesem Stuhl und auch nicht mit dieser vergilbten Topfpflanze neben sich.

»Raiza erzählte, hier hätte es gebrannt«, sage ich.

»Stimmt.« Paine geht mit dem Abhördetektor durch die Küche. »Der Schaden war gewaltig, aber zum Glück konnte alles wieder ordentlich hergerichtet werden.«

Sie weiß ganz bestimmt, wer ich bin. Warum sagt sie nichts über Pa?

»Was mache ich hier?«, frage ich.

Paine legt den Abhördetektor auf die Theke und öffnet eine Küchenschublade. »Du wolltest deine Mutter doch beruhigen?«

Sobald sie einen Schreibblock und einen Stift hervorkramt, weiß ich, was hier fehlt. In dem hohen weißen Raum gibt es kein einziges Smartgerät. Keinen Food-Printer, kein Home-Pad oder Computer. Nicht einmal ein Camphone oder einen Monitor. Am Kühlschrank fehlt das Display und einen Saugroboter kann ich auch nirgends entdecken. Deswegen sieht die Pflanze so elend aus – sie muss ohne automatische Wasserversorgung überleben.

»WLAN ist schneller«, sage ich, als sie die Sachen vor mich hinlegt.

»Aber nicht so sicher.« Paine schiebt mir den Stift zu. »Wenn du deiner Mutter einen Brief schreibst, sorge ich dafür, dass sie ihn bekommt.«

Ich kann es nicht lassen. »Und das ist dann sicher?«

»Ich suche dir einen Briefumschlag«, sagt Paine ungerührt. »Einen, den du zukleben kannst.«

Die Frage brennt auf meiner Zunge. »Machen Sie das für jeden Bewohner?«

Sie schaut mich an. Zögert. »Ich habe deinen Vater gekannt. Er hätte das so gewollt.«

»Sie haben meinen Vater gekannt!« Ich versuche, überrascht zu klingen. »Woher denn?«

»Unsere Beziehung war rein geschäftlich«, sagt sie. »Wir hatten Probleme mit einem Food-Printer und dein Vater hat sich darum gekümmert.«

Warum verschweigt sie, dass er bei dem Brand umgekommen ist?

Weil sie an seinem Tod schuld ist?

Kategorie deprimierende Todesarten: ermordet werden und alle Geheimnisse mit ins Grab nehmen.

Ich klemme den Stift zwischen Daumen und Zeigefinger.

Hallo Ma und Prissy,

Das Papier ist dünn und von schlechter Qualität. Als ich das Blatt hochhebe, entdecke ich einen Abdruck der von mir geschriebenen Buchstaben auf dem darunter liegenden Blatt. Mit ein wenig Mühe kann man lesen, was dort steht.

Sicher? Von wegen! Sicher ist nur, dass Paine gleich meinen Text kontrolliert.

Ich hoffe, dass ihr euch nicht zu viele Sorgen macht. Die Ordnungskräfte haben mir untersagt, mich zu verabschieden, aber die Direktorin ist sehr nett. Sie hat mir erlaubt, diese Nachricht zu schreiben, obwohl die Bewohner im Allgemeinen im ersten Monat keinen Kontakt mit ihrer Familie aufnehmen dürfen. Es scheint, dass sie Pa gekannt hat. Dass er hier war.

Ich traue mich nicht, den Brand zu erwähnen. Vielleicht will Paine heimlich testen, wie viel ich weiß, und lässt mich deswegen diesen Brief schreiben.

Ich arbeite hier an meinen Problemen – kotz!-, bekomme Therapie und habe schon ein paar Freunde gefunden. Und die Aussicht ist einfach gigantisch! Ich wünschte, ich hätte mein Camphone bei mir, aber die sind hier nicht erlaubt. Hoffentlich darf ich heute endlich einmal raus. Gestern gewitterte es – daher durften wir nicht ins Freie und mussten im Sportsaal ein paar Runden drehen.

»Schreib du nur ruhig weiter«, sagt Paine. »Dann suche ich den Umschlag.«

Ein Monat ist schnell vorbei. No worries!

Holden

Sobald Paine das Zimmer verlassen hat, lege ich meinen Stift nieder. Ihre Schritte in der Diele, eine Tür, die aufgeht, und ein Poltern. Schon bald ist sie wieder da, läuft durch die Diele und bleibt einen Augenblick stehen. Das Kästchen, in dem unsere ID-Bändchen liegen, wird geöffnet und wieder geschlossen und dann … Die Wohnungstür! Ich höre die Wohnungstür!

Mir platzt gleich der Schädel! Das ist meine Chance! Ich öffne die Tür einen Spaltbreit. Die Diele ist leer und weiträumig und ich kann die Stille fast spüren.

Vor geheimen Kameras und Abhörgeräten brauche ich keine Angst zu haben. Beeilung!

Hastig reiße ich alle Schubladen und Schränke in der Küche auf. Was ich suche, weiß ich nicht genau – tödliche Tabletten, eine Flasche mit Gift oder eine Injektionsnadel –, aber ich bin sicher, ich werde es erkennen, sobald ich es finde. Vorläufig sehe ich nur Shakebecher, Kartons mit Yummys und einen Eimer voller Putztücher, aber keine Hinweise.

Keuchend schaue ich mich um. Im Wohnbereich steht nur ein Regal mit Vasen, Figürchen und anderem Krempel. Vielleicht sollte ich lieber erst ein anderes Zimmer durchsuchen.

Das Zimmer, das ich nicht sehen durfte ...

Wenn sie dich noch einmal erwischt, wird es kritisch, warnt Pa.

Ich sprinte in die Diele, öffne die Wohnungstür einen winzigen Spalt und schaue auf die Leuchtziffern über den Lifttüren. Die Briefumschläge liegen vermutlich unten im kleinen Büro, denn der Lift hat im Erdgeschoss angehalten. Und solange er stillsteht ...

Ich knalle die Tür wieder zu und eile zu dem geheimnisvollen Zimmer. Die Klinke klebt an meinen Fingern. Die Tür ist nur einen Spalt geöffnet, aber ich habe ihn schon entdeckt: einen großen grauen Schreibtisch mit fünf vielversprechenden Schubladen.

Ich trete ein, den Arm schon ausgestreckt ...

Wie am Boden festgenagelt, bleibe ich stehen. Nur mein Blick jagt über die Wände. Von links nach rechts und von oben nach unten.

What the fuck?

Das ist das Werk eines Psychopathen.

Prissy

Der neue Vlog von Reese, clickt Flow. Jetzt ansehen.

Eigentlich will ich es nicht anschauen, aber jede Ablenkung ist willkommen, und wenn ich es laut genug stelle, höre ich Mama auch nicht mehr weinen.

Ich setze mich mit den Surprise-Yummys von Supershoot auf mein Bett, stecke mir eins in den Mund und schalte meinen 3-D-Projektor ein.

Ein Video von Reese. Zum Schmetterlingskleid.

Ein alter Vlog also, clicke ich Flow zurück. Ich habs doch gesagt.

Die unterschiedlichen Versionen werden abgespielt, genau wie im Wormhole. Aber dann folgt eine Animation ...

Ein Hammer saust auf Reeses Kopf nieder, bis sie Sternchen sieht. Danach verwandelt er sich in einen Vogel mit einem langen Schnabel, der in ihre Haare pickt. Ihre perfekte Frisur verwandelt sich in ein wildes Büschel, das der Vogel für sein Nest hält. Zumindest legt er ein Ei hinein. Anschließend wird Reese von Bienen angegriffen und auf ihren Wangen bilden sich jede Menge Giftbeulen, so groß wie Tennisbälle. Ich muss lachen, aber gleichzeitig könnte ich weinen.

LACHEN ERLAUBT, steht in einer Sprechblase bei Reeses Mund. ICH HABE ES VERDIENT, WEIL ICH MEINE FOLLOWER ZUM NARREN GEHALTEN HABE.

Ich habe Laşer schwer unterschätzt. Unter diesen beknackten Loserklamotten steckt ein Allroundkünstler. Jetzt *müssen* Flow, Anna und Brooklyn mir doch glauben!

Witzig und vernichtend in einem, clicke ich.

Die Reaktion kommt fast sofort: Camchat!

»Was für eine unnütze Aktion!«, findet Brooklyn.

»Hallo?«, rufe ich. »Reese hat uns angelogen und benutzt. Völlig richtig, dass sie entlarvt wurde.«

»Wahrscheinlich hast du recht.« Anna guckt, als hätte sie gerade erfahren, dass jemand gestorben ist. »Aber ehrlich gesagt wünschte ich, es wäre nie passiert.«

»Ein gemeiner Streich«, murrt Flow. »Meiner Ansicht nach sind diejenigen, die das gemacht haben, nur neidisch auf Reeses Erfolg.«

Ich verstehe es nicht. Sind das die Freundinnen, die ich schon mein Leben lang kenne?

»Stecken vielleicht dein Stalker und sein Freund dahinter?«, fragt Brooklyn.

Zu meinem Erstaunen gehe ich sofort in die Verteidigungshaltung. »Mo und Laşer, meinst du?«

»Sorry, Pris.« Flow zwinkert nervös mit den Lidern. »Aber ich habe das Gefühl, für dich sind sie momentan wichtiger als wir.«

»Natürlich nicht!«

»Und warum benimmst du dich dann so?«, schnauzt Brooklyn. »Ist dir eigentlich klar, dass diese Typen uns das Leben vermiesen?«

Mo und Laşer? Für mich ist Reese die Schuldige.

Anna nickt. »Alles war perfekt. Bis heute Abend ...«

Sie wollen einen Traum. Keine unangenehme Wahrheit, sondern einen Traum. Und ich kenne das. Letzte Woche dachte ich auch noch so. Aber da war Holden noch nicht im Cliffton und ich wusste noch nicht, dass Mama mich über Papas Tod belogen hatte.

»Offensichtlich ist die Welt nicht so perfekt, wie wir dachten«, sage ich. »Gewöhnt euch mal lieber dran.«

Anna studiert ihre perfekten neuen Fingernägel. »Ich weiß nicht, ob ich das überhaupt möchte.«

»Und können wir jetzt vielleicht damit aufhören?«, murrt Brooklyn. »Negative Energie ist schlecht für die Gesundheit. Ich merke es immer an meinen Haaren, wenn ich Stress habe, die werden dann immer viel schneller fettig.«

Das Wort, von dem ich immer gedacht hatte, ich würde es nie auszusprechen wagen, entschlüpft meinem Mund: »Wichtigtuerin.«

Brooklyns Augen werden groß und oval. Sie schaut an mir vorbei zu Flow und Anna in ihren Chatrahmen. »Sorry. Darauf habe ich jetzt gerade keine Lust mehr.«

Der geteilte Bildschirm verändert seine Form und besteht nicht mehr aus vier, sondern nur noch drei Rahmen.

»Ich glaube, ich möchte auch aufhören«, sagt Anna leise.

Und dann sind nur noch Flow und ich übrig.

»Das war nicht sehr nett«, sagt sie.

»Ich sollte doch nicht mehr lügen?«

Flow seufzt tief.

Aber sie ist noch da!

Ich nehme ein Yummy aus der Schachtel und halte es ins Bild. »Sorry, ich würde dir gern eins anbieten, aber das ist ein bisschen schwierig über das Camphone.«

»Welchen Geschmack hast du da?«, fragt sie, offenbar froh um die Ablenkung.

»Das steht nicht drauf.« Ich lege es zurück, damit ich Flow die Schachtel zeigen kann. »Es sind Surprise-Yummys von Supershoot.«

»Seit wann verschicken die Geschenke?«

»Keine Ahnung. Weil ich fünf Jahre Mitglied bin oder so?«

»Ich bin auch fünf Jahre bei Supershoot, aber ich habe noch nie was bekommen.«

»Vielleicht gefallen ihnen meine Camfies besser?«, sage ich und grinse.

Flow streckt mir die Zunge heraus. »Oder sie sind nicht von Supershoot, sondern von Mo.«

»Warum sollte der mir denn Yummys schicken?«

»Das solltest du lieber ihn fragen.« Plötzlich schüttelt sie wild den Kopf. »Oder nein, lieber doch nicht. Wenn ich du wäre, würde ich ihn in Zukunft meiden. Dieses Video mag ja gut gemeint sein, aber er ist und bleibt ein Hacker.«

»Jetzt hörst du dich an wie Mama.«

»Ich bin einfach ehrlich«, sagt Flow. »Er hat einen schlechten Einfluss auf dich. Die Prissy, die ich kenne, würde nie heimlich mit dem ID-Bändchen ihrer Mutter ein Kleid bestellen.«

»Als ob Mo dafür etwas könnte.« Ich spiele mit der Schachtel, drehe sie im Kreis. »Damals war ich ihm ja noch gar nicht begegnet.«

»Aber er war schuld daran, dass du an Happy Day plötzlich verschwunden bist. Und dass du ...«

Flows Worte ziehen an mir vorbei. Es ist, als säße ich in einer Monorail auf dem Weg zurück in die Vergangenheit. Vor einer Woche war mein Leben noch vollkommen normal und schon allein bei der Vorstellung, etwas Falsches zu tun, fühlte ich mich schuldig. Meine Hand hält inne.

Vor sechs Tagen habe ich eine Schachtel Surprise-Yummys bekommen.

Holden

An den Wänden von Paines Arbeitszimmer hängen Hunderte beschriebene Blätter Papier und Porträtcamfies. Ich erkenne einige Bewohner, aber auch ein paar Pflegekräfte und Therapeuten. Bei manchen von ihnen steckt eine Nadel in der Stirn. Die Stecknadeln haben verschiedenfarbige Köpfe und halten einen Wirrwarr gespannter Fäden an Ort und Stelle, die fast alle zu einem Lageplan vom Cliffton führen. Es erinnert an ein riesiges Spinnennetz, das nicht ganz perfekt gelungen ist und …

Dieser dicke schwarze Faden landet bei einem Camfie von Pa!

Jack Winters, externer Mitarbeiter hat jemand dazugeschrieben.

Diese Handschrift! Ich wühle in meinen Taschen nach dem Zettel, den ich in dem toten Briefkasten gefunden habe. *Sei vorsichtig, Wren. P. hat dich wahrscheinlich durchschaut.*

Als ich die Texte nebeneinanderhalte, weiß ich es sicher. Sie wurden von ein und derselben Person geschrieben, und da ich im Arbeitszimmer der Direktorin stehe …

Aber warum sollte sie Wren erst warnen und dann vergiften? Nichts von dem, was ich mir vorher überlegt hatte, scheint jetzt noch logisch.

Während ich den Zettel wegstecke, betrachte ich Pas vertrautes Gesicht. Paine hat eine Art Flammenexplosion dazugemalt. *Unfall oder Anschlag?* Und dahinter das unheilvolle Datum. Mein Hirn fängt wieder an zu wummern. Die halbe Welt ist Fake, aber der schlimmste, fucking Scheißtag meines Lebens musste unbedingt echt sein.

Kurz berühre ich Pas Camfie. Die Stecknadel in seinem Kopf hält nicht nur einen, sondern gleich zwei Fäden fest. Wenn ich den schwarzen Faden zum Lageplan verfolge, lande ich in Paines Appartement. Der dünnere gelbe Faden bringt mich zu einem anderen Camfie. Meinem eigenen!

Holden Winters steht auf dem Begleitzettel, gefolgt vom Aufnahmedatum.

Hastig lese ich weiter:

Buchstäblich und im übertragenen Sinn grenzüberschreitendes Verhalten. Schwierigkeiten mit Regeln und Autoritäten. Wahrscheinlich immun.

Was meint Paine? Dass ich immun bin gegen bestimmte Krankheiten oder Abweichungen? Aber das ist doch nichts Besonderes? Seit der Gentherapie wird doch kaum noch jemand krank.

Nur Pechvögel wie Lois Chapman.

Es ist nicht schwierig, ihr Camfie zu finden. Sie hat dieselben traurigen Augen wie ihr Onkel.

Überempfindlich hat Paine dazugeschrieben, gefolgt vom Sterbedatum. *Todesursache: Überdosis während Depression. Wie kam sie an die Schlafmittel? Hilfe von anderen Bewohnern oder Personal?*

Mein Blick gleitet über die Fäden. Lois ist bestimmt nicht die einzige Bewohnerin, die im Cliffton gestorben ist. Ich lese von einer allergischen Reaktion mit tödlichem Verlauf, schon zwei Jahre her – *Unfall oder Absicht?* Während einer Aktivität im Freien vor etwa anderthalb Monaten fiel ein Typ von der Klippe – *oder wurde er gestoßen?* –

und eine Frau ist auf dem nassen Boden im Toilettenraum ausgerutscht und mit dem Kopf auf ein Waschbecken geknallt.

Es sieht so aus, als wollte Paine hier allein herauszufinden versuchen, was mit den Bewohnern des Instituts passiert ist. Warum gibt sie die Informationen nicht einfach an die Ordnungskräfte weiter? Die haben spezielle Computer für solche Daten und können Zusammenhänge viel schneller erkennen. Ohne Stecknadeln und Fäden.

Oder hat Paine kein Vertrauen in die Ordnungskräfte?

Aber in Wren. Mit dem, was ich jetzt weiß, nehme ich zumindest an, dass die Direktorin sie selbst eingeschaltet hat. Und nicht Chapman und Miller, wie ich zuerst dachte.

Ich erkenne Wrens Gesicht von dem Camfie bei ihrer Gedenkfeier. Der Faden führt von ihrem Porträt zu der Kammer, in der ich sie mit dem Schaum um den Mund liegen sah. *Vergiftet oder Herzinfarkt?*

Ich wünschte, ich hätte mein Camphone dabei, um alles festzuhalten und …

Die Wohnungstür!

Das leise Klicken tönt in meinem Kopf wie der Alarmruf Tausender Vögel. Die irrsinnig vollen Wände scheinen mich zu umzingeln und mein Blick galoppiert panisch durch den Raum, aber der einzige Ausgang bleibt die Tür zur Diele, und wenn ich die nehme, sieht Paine, wie ich aus ihrem Arbeitszimmer komme.

Ich höre ihre eiligen Schritte. Was kann ich nur tun? Ich muss etwas tun!

Es ist keine Zeit, mir zu überlegen, was alles schiefgehen kann. Ich drücke die Klinke hinunter, schleiche mich in die Diele, schließe die Tür und …

»Was hast du in meinem Arbeitszimmer gemacht?«, fragt Paine mit eisiger Stimme.

Ich starre auf den Briefumschlag in ihrer Hand. »Sorry, ich ... äh, hab die Toilette gesucht.«

»Und als du reingeschaut hast, dachtest du: Das sieht aus wie das Badezimmer.«

Sie hat recht. Es ist wirklich eine erbärmliche Ausrede.

»Als ich all die Sachen an der Wand hängen sah, wurde ich neugierig«, gebe ich zu.

Ich presse meine Fingernägel in meine Handflächen. Jetzt schickt sie mich bestimmt doch noch zur Strafe in den IR.

»Ich hätte dich nicht allein lassen dürfen.« Paine tippt so fest mit dem Briefumschlag in ihre linke Hand, dass eine der Ecken umknickt. »Geh schnell.«

»Zu meiner Unit?«, frage ich erleichtert.

Sie runzelt die Augenbrauen. »Du hast doch die Toilette gesucht? Das Badezimmer ist dort.«

Prissy

Ich lese die fett gedruckten Buchstaben auf der Schachtel.

HINWEIS: NICHT MEHR ALS ZWEI YUMMYS PRO TAG ESSEN.

Wegen der Kalorien, habe ich die ganze Zeit gedacht, aber jetzt ...

»Hörst du überhaupt zu?«, fragt Flow. »Ich sagte, ich gehe zur Klavierstunde.«

»Viel Spaß«, sage ich abwesend.

In dem Moment, in dem ich mein Camphone hinlegen will, kommt eine Nachricht von Mo.

Und? Was hat deine Mutter gesagt?

Angenommen, Flow hat recht und Mo hat mir diese Yummys geschickt. Nicht, weil er mich mag, sondern weil er will, dass ich mich weniger schnell schuldig fühle. Damit ich ihm und Laşer bereitwillig helfe.

Camchat!, clicke ich. Jetzt!

Mos Kopf erscheint auf dem Display. »Und?«

Hat es deswegen so lange gedauert, bis er von der Challenge erzählte? Wollte er warten, bis die Yummys auch sicher wirkten?

Ich halte die Schachtel vor die Kamera. »Sind die von dir?«

»Nie gesehen«, sagt Mo. »Was kam bei dem Gespräch mit deiner Mutter raus?«

»Du guckst nicht mal hin.« Ich wedle mit der Schachtel. Wenn das eine Animation wäre, bekäme sie jetzt Hände und würde winken und dann würde Mo endlich darauf achten.

»Und du gibst keine Antwort.«

»Mama weiß nicht mehr, was auf dem Zettel stand«, sage ich. »Und das ist jetzt wichtiger.«

»Weil?«, fragt Mo.

Er scheint keine Ahnung zu haben. Liege ich denn doch so daneben? Oder war es Laşer? Hat er allein …

Er redet im Hintergrund.

»Der Film über Reese war total witzig!«, rufe ich ihm zu.

Laşers Gesicht kommt jetzt auch ins Bild. »Schleimerin.«

»Im Ernst«, sage ich. »Nur meine Freundinnen dachten anders darüber. Aber das liegt wahrscheinlich daran, dass sie keine Surprise-Yummys gegessen haben. Aus dieser Schachtel.«

Wir haben das gerade noch geübt im Sozialunterricht: Emotionen erkennen. Ich schalte alle Sinnesorgane ein.

»Weil damit etwas ist?«, fragt Laşer.

»Sie kommen auch nicht von dir?«

»Prissy, bitte«, murrt Mo. »Jetzt erzähl doch einfach, was los ist.«

Sie wirken extrem unschuldig. Also gut.

»Es klingt bestimmt gestört, aber …« Ich kaue an meiner Oberlippe. »Es ist ganz untypisch für mich, heimlich ein Kleid zu kaufen oder mit einem unbekannten Jungen mitzugehen. Meine Freundinnen und Mama sagen auch, ich verhalte mich anders als sonst. Und jetzt dachte ich …«

»Dass es an den Yummys liegt, die du gegessen hast?«, fragt Mo. »Aber warum sollten wir dein Verhalten ändern wollen?«

»Weil ich schneller bereit bin, euch zu helfen, wenn ich mich mehr traue. Mit Adams und so, meine ich.« Jetzt, da ich es laut ausspreche, klingt es plötzlich wie eine lächerliche Idee.

»Wahrscheinlich sind es Yuppers«, sagt Laşer. »Absolut verboten, aber man findet sie immer wieder im Blackweb. Sie sehen aus wie normale Yummys, aber sie sind voller Uppers, die einen lockerer machen.«

»Stand kein Absender auf der Verpackung?«, fragt Mo.

Ich schüttele den Kopf. »Der Kurier sagte, es käme von Supershoot, aber Flow ist schon genauso lang Mitglied wie ich und sie hat nichts bekommen.«

»Supershoot, sagst du?« Laşer hebt den Zeigefinger. »Einen Augenblick!«

Ich bin wieder allein mit Mo.

»Sorry«, murmle ich. »Ich war davon überzeugt, dass ihr …«

»Macht nichts.«

Ich spüre, wie sich mein Körper entspannt, und rutsche zurück gegen meine Kissen. Eigentlich sollte ich die Fransen abschneiden – als eine Art Ritual, um mich von Reese zu verabschieden.

»Sind noch viele Yummys in der Schachtel?«, fragt Mo.

Das Misstrauen kratzt wieder an meiner Tür. »Wieso?«

»Weil ich nicht will, dass du noch welche davon isst, bevor du weißt, was drin ist. Wenn überhaupt etwas drin ist.«

»Und wie kriege ich das raus?«

»Indem du sie untersuchen lässt«, sagt Mo. »Ich frage mal rum.«

Laşers Kopf taucht wieder auf. »Ich hatte Kontakt mit den Leuten von Supershoot. Die Yummys kamen nicht von ihnen, der Kurier hat dich also angelogen. Weißt du noch, wann genau er sie dir zugestellt hat?«

Sobald ich Datum und Zeitpunkt genannt habe, verschwindet Laşer wieder aus dem Bild.

»Okay.« Ich nicke Mo zu. »Wäre schön, wenn du dich erkundigen würdest.«

»Okay.«

Eine unangenehme Stille tritt ein.

»Zu blöd, dass deine Mutter nichts mehr weiß«, sagt Mo dann.

»Sie weiß immerhin noch, was Phill zu Papa sagte«, fällt mir auf einmal ein. »Als er ihm diesen Ring gab.«

»Und das sagst du jetzt erst!« Mo kriecht fast in sein Camphone. »Was denn?«

Schwupp – da ist Laşer wieder.

»Ist er das?« Er zeigt mir das Camfie eines Jungen in einer rot-blauen Uniform.

Ich erkenne die Zahnspange und das auffällige rote Gummi, das seine blonden Haare im Knoten zusammenhält. »Ganz sicher.«

»Less Harding«, sagt Laşer. »Er arbeitet beim Paketservice und in einer halben Stunde ist seine Schicht vorbei. Wir könnten dort auf ihn warten.«

Mo und ich nicken.

»Ich clicke dir die Adresse.« Und schon ist Laşer wieder weg.

»Jemand muss ihm das Handwerk legen«, sage ich.

»Laşer?«, fragt Mo.

Ich muss lachen. »Nein, Quatsch. Das hat Phill zu Papa gesagt. Ich habe nur keine Ahnung, wer dieser ›ihm‹ ist.«

»Wahrscheinlich hat deine Mutter es nicht richtig verstanden«, überlegt Mo. »Vielleicht sagte Phill nicht ›ihm‹, sondern ›ihnen‹.«

»Also?«

»Meinte er die neuen Führenden.«

Holden

Ich stehe in Paines Badezimmer.

Während ich mir Mühe gebe, meine hektische Atmung in den Griff zu bekommen, durchsuche ich den Spiegelschrank über dem Waschbecken. Gesichtscreme, Bodylotion, Parfüm und allerlei andere Frauensachen. Eine elektrische Zahnbürste und eine Tube mit Zahnpasta. Eine Haarbürste ...

Ja, da steht, was ich suchte. Eine kleine Plastikdose mit Tabletten gegen meine nervigen Kopfschmerzen. Scheint mir um einiges sicherer als die Schmerztabletten des fahrenden Doktors oder einer Pflegekraft. Und obwohl ich nicht mehr glaube, dass Paine diejenige ist, die Wren vergiftet hat, bedeutet das noch nicht, dass ich ihr vertraue. Wer sein Arbeitszimmer so tapeziert, ist ja schon irgendwie ein bisschen irre. Wenn ich sie nach Kopfschmerztabletten frage, gibt sie mir vielleicht noch ein Mittel, das mein Gehirn angreift, damit ich ihre gestörte Wandkunst vergesse. Ich nehme gleich zwei Tabletten und stecke die Dose für später in meine Hosentasche.

Ein Hoch auf die weiten Jogginghosen des Instituts – man sieht nichts davon!

Ich schließe den Spiegelschrank und spüle das WC durch.

Paine steht immer noch wartend im Flur. Was hat sie mit mir vor?

»Ich gehe nicht in den IR«, sage ich trotzig. »Das können Sie mir nicht noch einmal antun.«

»Die meisten Bewohner empfinden ihn als sehr beruhigend.«

Sie fächert sich mit dem Umschlag Kühle zu. »Was du dort gesehen hast, existiert nur in deiner Fantasie. Laut Dave hattest du eine psychotische Störung.«

Dave hat geplaudert!

»Dieser Lageplan und die Camfies in Ihrem Arbeitszimmer ...«, sage ich. »Sie suchen doch einen Täter? Vielleicht ist es ja dieser Dave. Spielt in Eigenregie diese Horrorfilme ab, damit er den Bewohnern danach weismachen kann, sie seien verrückt. Damit hat er Lois dazu gekriegt, dass sie diese Pillen nahm. Und als Wren dahinterkam, beschloss er, sie zu vergiften.«

Ich weiß, dass ich ins Blaue hinein schwatze, aber meine Worte sind wie fallende Dominosteine. Einmal angefangen, ist mein Redeschwall nicht mehr zu stoppen.

»Wer weiß, vielleicht hat er sogar meinen Vater umgebracht«, presche ich noch weiter vor.

Paine öffnet ihren Mund wie ein Fisch auf dem Trockenen. »Holden ...«

»Mein Vater hatte etwas entdeckt. Er war drauf und dran, einem Ordnungshüter, der ebenfalls hier im Cliffton war, davon zu erzählen. Und auf einmal traute er sich nicht mehr. Vielleicht, weil er merkte, dass dieser Dave-Typ heimlich zuhörte?«

Die Direktorin streckt ihren Arm mit dem Umschlag in die Höhe, um mich zum Schweigen zu bringen. »Hörst du dir eigentlich selbst zu? Das passt genau in das Bild, das Dave bereits von dir skizziert hat. Du siehst die Dinge nicht so, wie sie wirklich sind.«

»Bullshit!« Ich spüre die aufsteigende Wut im ganzen

Körper und mein Kopf explodiert fast. »Es sind gerade die Erwachsenen, die die Wahrheit immer wieder verdrehen. Mein Vater ist nicht bei Vita ums Leben gekommen, wie man mir immer erzählt hat, sondern hier in diesem Appartement. Angeblich durch einen Food-Printer, aber den haben Sie nicht.«

Ich bin größer als Paine. Und stämmiger. Sie gibt sich ungerührt, aber als ich einen Schritt näher komme, duckt sie sich doch ein wenig.

»Okay«, fahre ich etwas ruhiger fort. »Dave muss nicht unbedingt der Täter sein, aber jemand anders ganz sicher. Und ich weiß, dass Sie das auch denken.«

Über ihrer Augenbraue pulsiert eine kleine Ader. Ihre Hände zerknittern den Umschlag.

»Waren Sie dabei, als mein Vater starb?«, frage ich.

Sie bringt nur einen erstickten Laut hervor.

»Ich habe das Recht zu wissen, was passiert ist!«, schreie ich sie an. »Er war verdammt noch mal mein Vater!«

Und dann, endlich, schaut Paine auf.

»Also gut«, sagt sie heiser. »Ich werde dir erzählen, was ich weiß.«

Wir sitzen im Wohnzimmer neben der verdorrten Topfpflanze.

»Es war kein Food-Printer, sondern mein Computer«, sagt Paine. »Damals hatte ich noch kein gesondertes Arbeitszimmer und saß meistens hier. Wegen der Aussicht.«

Die Aussicht kann mich gerade mal.

»Dein Vater meldete über die Gegensprechanlage, dass er auf dem Weg nach oben sei, also öffnete ich schon mal die Tür und lehnte sie an.« Paine starrt an mir vorbei. »Fünf

Minuten später stürmte er ins Wohnzimmer und sagte, ich müsse mit ihm rausgehen. Hätte ich das doch nur sofort getan. Dann würde er vielleicht noch leben.«

Kategorie idiotische Todesarten: falsche Zeit, falscher Ort.

»Aber nein, ich wollte, dass er sich erst hinsetzte und sich beruhigte«, fährt Paine fort. »Was er widerwillig tat, an denselben Tisch, auf dem mein Computer stand, während ich ihm einen Beruhigungsshake in der Küche zubereitete. Da knallte es laut, und als ich mich umdrehte, sah ich, wie eine Stichflamme aus meinem Computer kam. Die Haare deines Vaters brannten, seine Kleidung und ... alles.« Für einen Moment kneift Paine gequält die Augen zu, als würde sie alles noch einmal vor sich sehen. »Ich zog meine Weste aus und warf sie über ihn, um die Flammen zu ersticken. Durch die Hitze zersprang das Fenster, was das Feuer nur noch mehr anfachte. Der Sprinkleranlage ist es zu verdanken, dass die Etage nicht völlig ausbrannte. Ich habe den Alarm ausgelöst und es gelang mir, deinen Vater in die Diele zu schleppen. Die Ambulanz kam fast augenblicklich, aber es war zu spät.« Sie legt ihre Hand auf meine. »Es tut mir leid, Holden. Es war ein schrecklicher Unfall.«

Ich ziehe meine Hand zurück. »Ein Unfall?«

Sie wird blass. »Ich glaube, mit dem Computer stimmte etwas nicht. Der Defekt hat einen Kurzschluss verursacht und das Gerät überhitzte. Zumindest sagte der technische Dienst so etwas.«

»Warum glauben Sie dann trotzdem, dass es vielleicht ein Anschlag war?«, frage ich.

Sie wechselt wie ein Chamäleon die Farbe – von Weiß zu Rosa und dann Feuerrot.

»Und warum wollte mein Vater, dass Sie mit hinausgingen?«

»Ich merke schon, du bist Jacks Sohn. Der fragte den Leuten auch Löcher in den Bauch.« Paine gibt sich Mühe zu lächeln, aber das Ergebnis ist ziemlich säuerlich. »Dein Vater sagte, er habe etwas Wichtiges entdeckt. Er wollte es uns erzählen, Herrn Chapman und mir, aber nur an einem sicheren und stillen Ort außerhalb des Gebäudes. Irgendwo, wo keine Überwachungskameras hingen.«

Ich schaue mich um. »Die gibt es hier doch gar nicht.«

»Jetzt nicht mehr, nein.« Paine wirft einen kurzen Blick auf die Topfpflanze, die gerade ein gelbes Blatt abgeworfen hat. »Nach dem Brand habe ich alle Smartgeräte nach unten verbannt, sogar meinen Food-Printer und das Camphone.«

Ich denke an unsere ID-Bändchen in dem Kasten und den Abhördetektor, mit dem sie im Appartement umhergegangen war. Vera Paine hat offenbar höchste Sorge, sie könnte ausspioniert werden. Weil sie glaubt, dass Pa belauscht wurde? Dass dieser Anschlag ihn zum Schweigen bringen sollte, weil er irgendein wichtiges Geheimnis enthüllen wollte?

Aber wie konnte der Attentäter im Vorhinein wissen, dass Pa in Paines Appartement gehen würde?

Mit den Fingerknöcheln massiere ich meine schmerzende Stirn. Ich hatte gehofft, endlich die Wahrheit herauszufinden, aber Paines Geschichte wirft nur immer mehr Fragen auf.

»Was hat mein Vater genau gesagt?«, frage ich. »Bevor der Computer explodierte?«

»Nur, dass er das Rätsel gelöst hätte.«

»Und Sie haben keine Ahnung, was er damit meinte?«

Sie schaut mich nicht an.

»Es war etwas mit den Food-Printern«, sage ich. »Deswegen war mein Vater im Cliffton. Das hat Chapman mir jedenfalls erzählt.«

»Einer der Bewohner wurde nach dem Verzehr seines Vita todkrank«, gibt sie zu. »Wir haben deinen Vater hinzugezogen und noch ein paar Leute.«

»Und was haben sie entdeckt?«

»Zu diesem Zeitpunkt nichts.«

»Aber mein Vater später schon?«

Paine nickt in Richtung Tisch, sagt aber nichts.

Am liebsten würde ich sie schütteln. »Was denn? Er wurde bestimmt nicht nur einfach so ermordet.«

Die drei Sekunden Stille ziehen sich wie drei Jahre.

»Er sagte, er wüsste jetzt, wie alles zusammenhängt«, sagt Paine.

Ich halte den Atem an. »Wie was zusammenhängt?«

»Das versuche ich noch immer herauszufinden.«

Prissy

Als ich mein Ohr an die Tür von Mamas Schlafzimmer lege, höre ich nichts mehr. Ich drücke auf die Türtaste und spähe durch den Spalt in den Raum. Mama liegt auf dem Rücken im Bett, das Gesicht rot vom Weinen und ihr Mund ist leicht geöffnet. Die kleinen Schnarcher, die sie von sich gibt, klingen beruhigend.

Ich bin noch kurz weg, clicke ich ihrem Camphone.

Ich nehme die Monorail zum Paketservice. Mo und Laşer sind schon da.

»Less' Schicht war vor drei Minuten zu Ende, er kann also jeden Moment rauskommen«, sagt Laşer.

Das Tor neben dem Gebäude öffnet sich. Less schlendert direkt auf uns zu.

»Na, wieder ein Tag geschafft?«, fragt Laşer, als würden sie sich schon Jahre kennen.

»Zum Glück.« Less will schon weitergehen.

Keine Chance. Mo versperrt ihm den Weg. »Wir möchten dich etwas fragen.«

Less mag keine Fragen. Zumindest sieht er sich unbehaglich um.

»Ich lade dich zu einem Shake ein«, sage ich, »wenn wir kurz mit dir reden dürfen.«

Er fingert an seinem Haarknoten herum.

»Mit einer Portion Yummys«, ergänze ich. »Den Geschmack darfst du selbst aussuchen.«

Er feixt. »Gegenüber ist Yumbalaya.«

Ich erschrecke fast zu Tode, als ich die Preise sehe. Kein Wunder, dass Less mich so angrinst.

»Das kann ich nicht bezahlen«, flüstere ich Mo ins Ohr.

Er legt kurz seine Hand auf mein Knie und drückt es beruhigend.

»Erkennst du Prissy?«, fragt Laşer, sobald wir bestellt haben – exotische Yummys für Less und für jeden einen Shake.

Less betrachtet mich mit zusammengekniffenen Augen. »Tut mir leid. Mit Adressen bin ich besser als mit Gesichtern.«

»Vor sechs Tagen hast du ein Päckchen zugestellt.« Ich nenne unsere Straße und Hausnummer. »Gegen zehn Uhr morgens.«

»Okay.« Less zieht sein Camphone raus. »Ich checke mal kurz den Planer.«

Ein Mädchen mit knallblauen Augen – ganz sicher Kontaktlinsen – stellt vier Shakes und eine Schale mit Yummys auf den Tisch. »Die grünen enthalten Grashüpferscheibchen und in den gelben sind Mehlwürmer verarbeitet. Mein Favorit sind die schwarzen. Die sind mit einer Mischung aus Ameisen und Wanzen gefüllt.«

Fast wie echte Nahrung. Kein Wunder, dass es hier so teuer ist.

»Ich habe tatsächlich ein Päckchen bei dir abgegeben.« Less steckt sein Camphone weg, nimmt ein gelbes Yummy aus der Schale und legt es mit verklärtem Blick auf seine Zunge.

»Aber weißt du auch, wer der Absender ist?«, fragt Laşer. »Das interessiert uns nämlich.«

Less gestikuliert, dass er mit vollem Mund nicht reden kann. Ich habe große Lust, ihn zu treten.

»Mit Supergrüßen von Supershoot, hast du gesagt«, schnauze ich ihn an. »Aber es kam gar nicht von Supershoot.«

Endlich hat er den Mund leer und trinkt einen Schluck von seinem Shake. »Ich mache nur, was man mir sagt. Wenn zu einem Päckchen eine besondere Nachricht gehört, bekomme ich die von Fatima.«

»Fatima?«, frage ich.

»Der Computer, der alles organisiert und verteilt.«

»Wie kommen wir mit ihr in Kontakt?«, sagt Laşer. »Wir wollen ihr ein paar Fragen stellen.«

»Unmöglich.« Genüsslich beißt Less in ein grünes Yummy. »Nur Mitarbeiter kennen das Passwort.«

»Und das lautet?«, fragt Mo.

Less verschluckt sich fast. »Du glaubst doch nicht …«

Aus einem Impuls heraus ziehe ich ihm die Schale weg.

Er macht ein Gesicht wie ein kleines Kind, dem man gerade sein Spielzeug abgenommen hat.

»Wenn du nicht mitarbeitest, verdienst du auch keine Yummys«, sage ich.

Sein Blick klebt an der Schale. »Ich will meinen Job nicht verlieren.«

»Das Passwort.« Laşer gibt Less sein Camphone. »Tipp es hier ein. Niemand braucht dahinterzukommen, dass du es uns gegeben hast.«

Eine halbe Stunde später und fast hundert Dash ärmer – Mo jedenfalls – sitzen wir im Wormhole. Laşer loggt sich mit dem Passwort in Computer Fatima vom Paketservice ein. Benutzername: Less Harding. Er scrollt zur Abteilung Päckchen, Adressen und Absender.

»Ich habe einen Namen«, sagt er aufgeregt. »B. Swis.«

»Und die Adresse?«, frage ich.

Laşers Gesicht verfinstert sich. »Unbekannt, steht hier. Sieht so aus, als wollte der Typ nicht gefunden werden.«

»Logisch«, sagt Mo. »Wenn er ein Yealer ist, riskiert er fünf Jahre Cliffton.«

Laşer hämmert schon wieder im Stehen auf die Tastatur. Plötzlich bin ich todmüde und setze mich auf die Treppe. Wer ist dieser Swis und warum hat er ausgerechnet mir die Surprise-Yummys geschickt und nicht Flow oder Anna?

Ich schaue zu den Yummys, die ich auf den Computertisch gelegt habe. Mo hat versprochen, dass er untersuchen lässt, was drin i…

Ein Alarmpiepsen. Zum zigsten Mal warnt mich mein ID-Bändchen, dass die Vita-Aufnahme in meinem Blut unzureichend ist und ich lieber einen Arzt aufsuchen solle. Als hätte ich dafür auch noch Zeit. Ich schalte die Textbeleuchtung an meinem Armband aus und lege meine linke Wange auf mein Knie. Vor einer Woche war mein Leben noch bequem und überschaubar. Meine Probleme reichten nicht weiter als bis zu der Frage, was ich heute anziehen und ob ich ein grünes Yummy oder ein gelbes Yummy nehmen soll. Das scheint jetzt alles so unwichtig!

»Das habe ich gesucht!«, ruft Laşer. »Das Melderegister mit den Namen und Adressen aller Einwohner.« Sobald er das S anklickt, rollen die Daten in schwindelerregendem Tempo über den Schirm.

»Stopp!«, ruft er. »Ein Stück zurück … Ja, halt!«

Zu dritt schauen wir auf das Standbild. In Paradise wohnen etwa zwanzig Menschen mit dem Namen Swis, aber nur zwei, deren Vorname mit einem B anfängt!

BILLY SWIS, 33 GREEN HILL.

BOYD SWIS, 201 RIVERSIDE.

»Green Hills ist hier ganz in der Nähe«, sagt Mo.

Während er die kürzeste Strecke auf seinem Camphone sucht, schaue ich meine eingegangenen Nachrichten an.

Mama hat mir dreimal geclickt, weil sie wissen will, wo ich bin, aber sonst ist meine Beliebtheit ziemlich in den Keller gerutscht. Kein Wort von Brooklyn und nur ein einziges Camfie von Anna und einer schielenden Flow.

Superwichtig!

Ich versuche, den Stich in meiner Brust zu ignorieren, und antworte Mama, dass bei mir alles in Ordnung ist.

»Der von Riverside ist auf Connectifier.« Laşer schweigt zwei Sekunden und ruft dann: »No way!«

»Was?«, fragen Mo und ich gleichzeitig.

Laşer dreht sich um. »Der Typ arbeitet im Cliffton Institut.«

Holden

Paine schaut auf ihr ID-Bändchen. »Die Gedenkfeier ist fast vorbei. Wir sollten lieber nach unten gehen.«

»Aber ich will noch viel mehr wissen.«

»Du bist erst siebzehn, Holden«

»Schon siebzehn!«

»Und außerdem ein Bewohner«, fährt sie unerschütterlich fort. »Das bedeutet, dass du meiner Verantwortung unterstehst. Eigentlich habe ich meine Befugnisse schon weit überschritten, indem ich so viel mit dir besprochen habe.« Sie reicht mir den Umschlag.

Missmutig stecke ich meinen Brief hinein und klebe ihn zu. Meinen nichtssagenden Brief. Wenn ich jetzt einen neuen schreiben dürfte ...

»Deine Mutter und Prissy werden ihn so schnell wie möglich erhalten«, sagt Paine. »Und dann noch was. Ich möchte, dass du vergisst, was du in meinem Arbeitszimmer gesehen hast. Kann ich darauf vertrauen, dass du das vor den anderen Bewohnern geheim hältst? Wrens Tod hat schon genügend Bestürzung ausgelöst. Ich möchte nicht noch mehr Unruhe im Haus.«

Die Camfies und Papiere sind für immer in mein Gedächtnis eingebrannt. Genau wie Paines Worte.

Wir gehen zum Metallkästchen an der Wohnungstür.

»Ordnungshüter Chapman wusste, dass mein Vater zu Ihnen wollte«, fällt mir plötzlich ein.

»Du verrennst dich wieder, Holden.« Paine reicht mir mein Bändchen. »Genau wie vorhin mit Dave. Chapman ist höchstens ein Opfer, aber ganz sicher kein Täter. Der arme Mann hat sein Patenkind verloren. Er war ganz vernarrt in das Mädchen.«

Ich gebe es nicht gern zu, aber es klingt logisch. Wahrscheinlich ist es genau umgekehrt und Chapman vertraut der Direktorin nicht.

»Wir tun wirklich alles, um herauszufinden, was passiert ist«, sagt Paine. »Außerdem kann es auch immer noch ein ganz normaler Unfall gewesen sein.«

»Und was ist mit Lois und Wren?«

»Auch da ermitteln wir noch.«

»Und bis dahin soll ich einfach hierbleiben und hoffen, dass ich es überlebe?«

»Solange du keine seltsamen Sachen machst und in der Nähe der anderen Bewohner bleibst, passiert nichts.« Sie klopft mir aufmunternd auf den Arm. »Wir passen schon auf euch auf.«

»Na, das habe ich gemerkt«, sage ich verächtlich. »Als ich im IR hockte, kam niemand, um diesen Horrorfilm abzuschalten.«

»Das tut mir leid. Dein ID-Bändchen hätte ein Signal abgeben müssen. Wir nahmen an, dass es dir gut geht.«

»Nun, das ging es eben nicht. Und dann wollte mich Dave auch noch mit einer Spritze außer Gefecht setzen.«

»Um dir zu helfen.« Paine schließt das Kästchen. »Wir konnten diesen sogenannten Horrorfilm nicht wiederfinden und alles funktionierte so, wie es sich gehörte. Da ist es nicht verwunderlich, dass Dave an eine Psychose dachte.«

Sogenannter Horrorfilm. Sie glaubt mir also immer noch nicht.

»Ich bin nicht verrückt«, sage ich so ruhig und überzeugend wie möglich. »Jazz hat dasselbe erlebt.«

»Weißt du, was?« Paine schiebt mich in Richtung Diele. »Sobald die Gedenkfeier vorbei ist, rufe ich alle Therapeuten zusammen, um ihnen zu sagen, dass der individuelle Relaxraum vorläufig nicht benutzt werden darf. Dann brauchst du dir darüber schon mal keine Sorgen mehr zu machen.«

Auf dem Gang empfangen uns die Klänge von *See You in Heaven*. Wahrscheinlich das Schlusslied, denn die ersten Leute kommen schon aus der Vorhalle, zusammen mit einem Wärter, der zwei gigantische Türen gegenüber der Aula öffnet.

»Du kannst gleich auf den Hof«, sagt Paine. »Es ist Zeit für frische Luft.«

»Aber innerhalb der Umrandung bleiben!«, ruft sie mir nach.

Ich habe mal einen alten Film über die Bangen Jahre gesehen, über Rinder, die den ganzen Winter im Stall gestanden hatten und zum ersten Mal wieder auf die Weide durften. Die liefen nicht einfach. Sie rannten, flogen, tanzten und sprangen.

Sobald ich draußen bin, fühle ich mich wie diese Rinder. Wenn ich allein gewesen wäre, hätte ich es wirklich getan. Jetzt traue ich mich nur in Gedanken, über die Ebene zu rennen.

Über meinem Kopf schwebt eine Drohne in Adlergröße lautlos vorbei und verschwindet an der Südseite des Instituts. Der Institutshof grenzt an die Nordseite. Der vordere Teil ist überdacht und bietet Platz für drei Hometrainer.

Daneben stehen mehrere Holzbänke mit den Lehnen zur Wand; sie geben den Blick frei auf den Fluss und die Bäume am Horizont. Denselben Fluss und die Bäume, die ich von Paines Appartement aus gesehen habe. Zu meinem Erstaunen sind weder Zäune noch Wärter zu erkennen. Wer wollte, könnte einfach so in die Wildnis laufen.

Ich könnte einfach so in die Wildnis laufen.

Meine Beine bewegen sich schon, bevor ich intensiver darüber nachgedacht habe. Ich überquere die Ebene in einer geraden Linie. Weg von dem Horrorfilmfanatiker und dem gefährlichen Irren, der Wren vergiftet hat. Hinter mir ruft jemand meinen Namen, doch ich gehe trotzig weiter. Wegen Pa brauche ich nicht mehr zu bleiben. Paine wird mir sowieso nichts mehr erzählen, und wenn ich auf Boyd Swis warten muss …

»Stopp!« Nerventick-Peter sprintet auf einmal an mir vorbei und bleibt mit wild wedelnden Armen vor mir stehen. »Du darfst nicht weiter.«

»Das bestimmst nicht du.« Ich rempele meine Schulter gegen seine und setze den Weg fort.

Zwei Schritte, dann hat er mich wieder eingeholt und springt mich mit so einem Schwung an, dass wir gemeinsam zu Boden gehen und ein Stück weiterrollen. Meine Hüfte mit den blaugelben Flecken meldet sich sofort. Ich verbeiße mir den Schmerz. Kommt nicht infrage, dass ich hier verliere. Peter ist athletischer, aber ich bin größer. Dass ich ihn auch noch für einen Nervbolzen halte, gibt mir die zusätzliche Kraft, die ich brauche. Er liegt auf dem Rücken. Ich muss mich wahnsinnig anstrengen, aber ich schaffe es, seine Handgelenke zu Boden zu drücken und mich auf ihn zu setzen.

»Schon schade, was«, keuche ich ihm ins Gesicht, »dass du jetzt nicht gleich zur Direktorin rennen und mich verpfeifen kannst wie vorhin.«

»Das war nur zu deinem Besten.« Peters Zunge huscht über seine Oberlippe. »Weißt du eigentlich, wie gefährlich es ist, sich so ganz allein im Cliffton herumzutreiben?«

»Bullshit!«, sage ich. »Du bis einfach ein mieser Verräter.«

»Habt ihr bald zu Ende gekuschelt?«, erklingt eine bekannte Stimme neben mir.

Ich drehe den Kopf zur Seite und schaue in das grinsende Gesicht von Jazz.

»Dieser Drecksack …«

»Hat dich gerettet«, sagt sie.

Ich hab wohl nicht richtig gehört. »Was?«

»Ich zeige es dir.« Sie streckt die Hand aus und zieht mich hoch.

Sobald ich stehe, rappelt sich Peter auch auf. Er fühlt an seinen Handgelenken und klopft sich den Sand von der Hose. Meinen gemeinen Blick scheint er nicht zu bemerken.

Jazz schon. »Achte lieber auf den Boden. Wenn du die weiße Linie überschreitest …«

Sie braucht ihren Satz nicht zu beenden. Ich fluche innerlich, als ich den schillernd blauen Vogel sehe. Reglos liegt er da. Der Kopf mit dem schwarzen Schopf ist seltsam angewinkelt. Die Flügel sind gespreizt, die blauen Federchen zittern im Wind, als wäre doch noch Leben in ihm.

Mein Kopf beginnt wieder zu hämmern. »Ich hätte verdammt noch mal so tot sein können wie dieser Vogel!«

Prissy

Ich stehe mit meinem kleinen Vorrat an Surprise Yummys in der Küche.

Einer geht doch vielleicht noch?, scheint die Schachtel zu sagen. Den allerletzten zum Abgewöhnen.

Sei vernünftig, Priss. Wegwerfen ist wirklich am besten. Wer weiß, was da für ein Mist drinsteckt!

Mit Daumen und Zeigefinger nehme ich einen heraus und halte ihn über den Schredder.

Das fühlt sich an, als wäre ich drauf und dran, mein Glücksarmband zu vernichten.

Erneut spreche ich mir Mut zu. Stell dich nicht so an! Das ist die einzige Möglichkeit, wieder dein altes Selbst zu werden.

Aber willst du das auch?, flüstert ein winziges Stimmchen in meinem Kopf.

Ich denke an die hunderttausend Sorrys, die ich Brooklyn sagen werde, um mich wieder mit ihr zu versöhnen. Die Scham und die Angst, etwas falsch zu machen, werden mir wieder wie ein Stein um den Hals hängen. Früher kannte ich es nicht anders, aber jetzt weiß ich, wie es stattdessen sein kann …

Die neue Prissy gefällt mir besser als die alte. Ein wenig ungewohnt, aber auch angenehm – als würde man abends eine zu enge Hose ausziehen.

Einer kann bestimmt nicht schaden.

Ich stecke den Yummy nicht in den Schredder, sondern in den Mund.

»Gibt es eigentlich noch mehr Dinge, die ich über Papa nicht weiß?«, frage ich beim Frühstück.

Mama legt ihre Gabel ab. »Geht es immer noch um das Cliffton? Ich dachte, wir hätten gestern alles besprochen.«

»Andere Sachen, meine ich. War er zum Beispiel Mitglied eines Geheimclubs?«

Mit gerunzelter Stirn nimmt sie ihre Gabel wieder zur Hand. »Woher kommt das auf einmal?«

»Nur so. Töchterliches Interesse.«

»Er spielte Handball, aber das weißt du. Daran ist nichts Geheimes.« Sie isst ein wenig Vita. »Ansonsten war er vor allem intensiv mit seiner Arbeit beschäftigt.«

Na bitte. Papa hatte nichts mit Bit's a Mystery zu tun. Das ist einfach eine Erfindung, damit ich bei Ministerin Adams ...

Weil du die Tochter von Jack und Eliza Winters bist.

»Wie läuft es eigentlich so auf deiner Arbeit?«, frage ich möglichst lässig.

»Gut, danke.«

»Das klingt ja ausgesprochen begeistert.«

»Man tratscht nicht über Arbeitgeber.«

»Ich erzähle es bestimmt nicht weiter«, sage ich. »Oder vertraust du mir vielleicht nicht?«

»Natürlich tue ich das.« Mama kratzt ihren Teller leer und schiebt ihn zur Seite. »Frau Adams verlangt ziemlich viel, aber das ist in ihrer Position auch logisch. Minister stehen ständig unter Druck.«

»Wie war das damals noch mit dem Job? Wie bist du da drangekommen?« Ich rühre nach wie vor in meinem Vita, ohne richtig davon zu essen. »Ich kann mich erinnern, dass es schon ziemlich bald nach Papas Tod war, aber ...«

»Ich denke, die Ministerin hat mich deswegen eingestellt«, sagt Mama. »Vita und Sicherheit hängen eng zusammen. Frau Adams hatte regelmäßig mit Jack Kontakt und sie war sehr schockiert über seinen Tod. Wahrscheinlich hatte ich dadurch einen Pluspunkt, als ich mich bei ihr beworben habe.«

»Hatte sie denn bis dahin noch keinen Personal Assistant?«

»Der lag im Koma.« Mama schüttelt den Kopf. »Das war wirklich eine abscheuliche Geschichte. Er stand auf der Rolltreppe im Macies, als das Ding plötzlich außer Kontrolle geriet. Irgendwas mit dem Getriebe, glaube ich. Egal – der Personal Assistant fiel hintenüber, brach sich das Rückgrat und erlitt einen Hirnschaden.«

Ein Schauer läuft mir den Rücken hinunter.

»Schon ein großer Zufall, dass das zur gleichen Zeit passierte«, denke ich laut. »Papas Tod und dieser Unfall.«

Mama nickt. »Wenn Papa noch gelebt hätte, wäre mir wahrscheinlich nie in den Sinn gekommen, mich zu bewerben, und ich würde immer noch ehrenamtlich bei Senior Plus arbeiten. Aber leider ...« Sie zwinkert mir zu. »Heranwachsende kosten jede Menge Geld. Als ich die Stellenanzeige bekam, habe ich keinen Moment gezögert.«

»Bekam?«, frage ich.

»Jemand hatte sie mir geclickt.«

»Wer?«

»Das weiß ich nicht, Liebes«, sagt sie. »Ich habe auch nicht wirklich darauf geachtet. Ich dachte, es sei die übliche Werbung, also hatte ich sie fast schon gelöscht, als mir aufging, dass es sich dabei nicht um Reklame handelte, sondern um eine neue Zukunft für uns drei.«

In meinem Kopf setzt eine Art Erdverschiebung ein.

Angenommen, Bit's a Mystery hätte das Stellenangebot geschickt. Nerds kennen sich mit Camphones und Computern aus, also warum nicht auch mit Rolltreppen? Bin ich Teil eines vorgefassten Plans? Sind Menschen verunglückt, damit ich in Adams' Appartement gelangen kann, um diesen mysteriösen Gegenstand zu stehlen?

»Was ist los?«, fragt Mama.

Ihre Stimme klingt weit weg, als wäre sie viele Meilen von mir entfernt.

»Nichts.« Ich schiebe das Vita von mir. »Bisschen Kopfschmerzen.«

»Dann nimm eine Schmerztablette und leg dich einen Moment hin«, empfiehlt Mama. »Möchtest du, dass ich dich krankmelde?«

»Gern.« Mir geht es tatsächlich nicht gut, ich lüge also nicht.

Mit bleischweren Beinen schleppe ich mich die Treppe hoch.

Diese Geheimgesellschaft taugt nichts. Mo und Laşer fühlen sich geehrt und wollen mit ihren Hackerfähigkeiten so gern die Welt retten, dass sie alles ohne Vorbehalt glauben.

Meiner Ansicht nach sind es nicht die neuen Führenden, die Böses wollen. Bit's a Mystery versucht selbst, über ihre Computer die Macht zu übernehmen. Bestimmt sind die Typen in der Lage, allerlei Gerätschaften aus der Ferne zu steuern. Vielleicht haben sie auf diese Weise auch meine Surprise-Yummys manipuliert.

Holden

»Dramaqueen«, sagt Jazz. »So schnell stirbt es sich nicht.«

»Ach nein?« Mein Blick folgt der durchgezogenen Linie. Ein Stück weiter liegen auch noch ein totes Eichhörnchen, eine Maus und eine Krähe neben dem Hof. »Warum sieht es hier dann aus wie in einem Massengrab?«

Jazz kichert. »Weil sie nicht so groß und stark sind wie du.«

Ich verkneife mir das Mitlachen.

»Ja, Entschuldigung«, sagt Jazz. »Ich habe mir dieses System nicht ausgedacht. Und natürlich tut es mir auch leid um die Tiere, aber es dient unserer Sicherheit.«

»Bitte?«

»Der Hof ist von magnetischen Luftfeldern umgeben, die man nicht ungestraft durchqueren kann.« Jazz imitiert eine Art Reese, die für irgendein neues fantastisches Unsinnsprodukt wirbt. »Zäune verschandeln die Aussicht, aber ein Luftfeld ist unsichtbar. Außerdem kann man unmöglich über sie hinwegklettern oder ein Loch hineinschneiden, um zu entkommen. Kein vernünftiger Mensch würde auch nur darüber nachdenken, ein Luftfeld anzufassen. Es versetzt dir einen elektrischen Schlag, wahrscheinlich wirst du erst bewusstlos und krepierst dann ganz bestimmt vor Schmerzen.«

»Und das nennst du sicher?«

Jazz redet mit normaler Stimme weiter: »Wenn hier ein echter Zaun oder eine Mauer stünden, und im Gebäude würde ein Feuer ausbrechen, könnten wir nirgendwohin. Damit schon. Sobald die Sprinkler angehen, wird der Strom der Luftfelder unterbrochen und alle Bewohner können über den Hof das Gelände verlassen. Nicht durch ein schmales Tor, sondern an allen Seiten, damit kein Gedränge entsteht.«

Ich merke, dass Peter seine Ohren ganz weit aufsperrt, und wende ihm den Rücken zu, in der Hoffnung, den Schall zu dämmen. »Wenn das so leicht ist«, flüstere ich Jazz zu, »warum sorgt dann niemand dafür, dass die Sprinkleranlage angeht? Es gibt bestimmt einige Bewohner, die gern rauswollen.«

»Dazu bräuchte man zumindest ein Feuerzeug oder Streichhölzer oder so.«

Ich denke an das Feuerzeug aus dem Schutzkeller – ich hatte es in meine Hosentasche gesteckt, als die Ordnungskräfte vor der Tür standen. Mit ein wenig Glück ...

»Was?«, fragt sie.

»Nichts.« Ich schaue noch einmal zu dem toten Vogel hinüber. So unendlich schade!

Mittlerweile finde ich den Weg, ohne zu fragen. Während die anderen nach der Frischluftpause zum gläsernen Lift schlendern, schlüpfe ich in den Toilettenraum. Weil der tote Briefkasten einen solchen Lärm veranstaltet, will ich sicher sein, dass die anderen Kabinen leer sind. Als Erstes kontrolliere ich das WC ganz hinten. Leer. Das nächste ... Shit, da kommt jemand rein!

»Holden«, sagt Peter in einem Ton, als wären wir beste Freunde und hätten uns lang nicht gesehen.

Blutsaugende Tiere haben zehn Augen und einen Mund mit drei separaten Kiefern. Jeder einzelne verfügt über eine

Reihe scharfer Zähne, mit denen die Blutsauger ihre Beute durchbohren können. Sie wollen dich nicht loslassen; sie wollen dein Blut.

Er hat dich gerade vor einem Stromschlag bewahrt, sagt Pa. Sei nett.

»Peter«, sage ich so freundlich wie möglich.

Er verschwindet in der ersten Kabine. Das ist die mit dem Jumbo-Papierbehälter.

Ich könnte ihn würgen!

Prissy

Ich liege mit meinem Camphone auf dem Bett und checke meine Nachrichten. Eine, in der Flow mir gute Besserung wünscht, und eine von Mo. Swis ist zu Hause. Kommst du mit?

Ich zögere keine Sekunde.

Kannst du mich abholen? Ich clicke die Adresse.

Sobald das blaue Coupé vor unserem Fenster auftaucht, geht es mir besser. Noch einen flüchtigen Blick auf mein Camphone – ja, die Frisur sitzt – und ich kann nach draußen. O, warte. Ich sollte Mama lieber kurz clicken: Fühle mich wieder gut, bin doch zur Schule.

Sie schickt mir einen Smiley und einen erhobenen Daumen zurück.

»Hallo«, sagt Mo, als ich ins Auto steige. »Keinen Unterricht heute?«

»Krank.«

Er grinst. »Du wirkst auch ziemlich angeschlagen.«

Laşer sitzt auf der Rückbank, wie festgeklebt an seinem Camphone.

»Und was ist mit euch?«, frage ich. »Geht ihr eigentlich auch mal in die Schule?«

»Selten«, murmelt Laşer. »Schade um die Zeit.«

Ich vermute, dass er den Schulcomputer gehackt hat, damit er die Abwesenheits- und Notenlisten anpassen kann.

»Schau.« Als Laşer mir sein Camphone hinhält, sehe ich einen Mann, der an einer Küchentheke Vita isst.

»Ist das live?«, frage ich.

Laşer nickt. »Swis ist ein alter Binge Watcher. Er hat in fast jedem Raum Monitore, sogar auf dem Klo und im Bad. Ich musste lediglich ein kleines Programm auf seine Empfangsbox loslassen, um den Sicherheitscode herauszufinden, mit dem ich alle Cams einschalten konnte.«

Er macht ein Gesicht, als würde er ein Kompliment erwarten.

»Okay, wir wissen also, dass er zu Hause ist«, sage ich. »Aber habt ihr auch einen Plan?«

Mo zuckt mit den Schultern. »Wir konfrontieren ihn einfach mit der Versandliste des Paketservice. Und dann erst mal abwarten, wie er sich da wieder rausmanövriert.«

Riverside ist ein prahlerischer Name für eine schmale Straße mit kleinen Häusern. Wenn Boyd Swis von hier den Fluss sehen wollte, müsste er aufs Dach klettern.

»Ich bleibe im Auto und verfolge alles auf meinem Camphone«, sagt Laşer. »Falls nötig, wähle ich die Alarmnummer.«

Mo zwinkert mir zu. »Beachte ihn gar nicht. Er hat zu viele Actiongames gespielt.«

Trotzdem fühlen sich meine Beine an wie Gummi, als wir zur Haustür gehen.

»Ich rede, okay?« Mo hält seine Hand vor die Klingel.

Durch das Mattglas sehe ich eine schemenhafte Gestalt, die auf uns zukommt. Die Tür schiebt sich auf und dann steht ein Mann in Jogginghosen und einem T-Shirt mit Schweißflecken vor uns. Um seinen Nacken hängt ein Handtuch und er hat ein Pflaster auf der Wange.

»Herr Boyd Swis?«, sagt Mo übertrieben munter wie ein Autoverkäufer.

»Ja?«

»Wir führen eine Zufriedenheitsumfrage für die Firma Paketservice durch.«

»Kein Interesse.« Boyd will die Tür schon wieder schließen.

»Warten Sie!«, rufe ich, ohne nachzudenken.

Der Ärger ist ihm ins Gesicht geschrieben, aber er bleibt trotzdem stehen.

»Dürfen wir bitte einen Moment reinkommen? Es sind nur wenige Fragen.« Ich schaue ihn mit großen, flehenden Augen an, wie ich es früher mit Papa machte, wenn ich meinen Willen durchsetzen wollte. »Es ist mein erster Nebenjob und ich bin noch in der Probezeit.«

Die Armes-Mädchen-Masche funktioniert noch immer. Boyd macht eine Kopfbewegung. »Also gut, kurz. Ich wollte gerade unter die Dusche.«

Er nimmt uns mit in die Küche, die wir gerade noch auf Laşers Camphone beobachtet haben. Als ich den Monitor gegenüber der Küchentheke hängen sehe, muss ich mich beherrschen, damit ich dem Kameraauge nicht kurz zuwinke.

»Ich habe nur zwei Barhocker«, sagt Boyd.

»Kein Problem.« Mo lehnt sich an den Kühlschrank. »Ich stehe gern.«

Boyd und ich setzen uns nebeneinander.

Unter der Theke zappeln meine Hände nervös. »Die Schachtel, die Sie verschickt haben. Die Schachtel mit den Surprise-Yummys ...«

Er fällt mir ins Wort. »Da muss es sich um eine Verwechslung handeln. Ich habe noch nie Yummys an irgendwen geschickt.«

»Dann werde ich Ihr Gedächtnis mal eben auffrischen.« Mo löst sich mit einem Ruck vom Kühlschrank und legt sein Camphone auf die Theke. »Hier sehen Sie die Versandliste mit den Zeiten und den Namen des Absenders.«

»Aber keine Adresse. Ihr habt den falschen Swis erwischt. Es gibt noch mehr Leute mit diesem Namen.« Während er von seinem Barhocker rutscht, nimmt er das Camphone von der Theke und reicht es Mo zurück.

Gleich stehen wir wieder draußen und ich weiß immer noch nichts.

»Aber diese Leute arbeiten nicht im Cliffton!«, schallt meine Stimme durch die Küche.

Boyd erstarrt. Dann friemelt er an seinem Handtuch herum und macht einen Schritt zurück. »Ihr seid nicht vom Paketservice.« Sein Blick wandert zu seiner Sweatjacke, die auf der Anrichte liegt. Aus der rechten Tasche ragt ein Camphone. »Wer hat euch geschickt?«

»Sie haben *ihr* etwas geschickt«, beharrt Mo. »Geben Sie es doch zu.«

»Absolut nicht.« Boyd befreit sein Gerät aus der Jackentasche. »Und jetzt raus aus meinem Haus oder ich rufe die Ordnungskräfte.«

»Nur zu«, sagt Mo. »Dann können wir ihnen gleich erzählen, was Sie gemacht haben.«

Boyd reibt sich durch die Haare. »Um Himmels willen, wer seid ihr?«

»Mein Name ist Prissy Winters«, sage ich. »Diese Yummys waren an mich adressiert und meiner Ansicht nach hat jemand an ihnen herumgepfuscht.«

Mo nickt. »Sie.«

»Winters ...«, stammelt Boyd.

Ich versuche, in seinem Gesicht zu lesen, als wäre ich ein Unparteiischer.

Schuldig, denke ich.

Aber dann murmelt er etwas, aus dem ich mir keinen Reim machen kann. »Oh nein, nicht noch mal!«

Holden

Der fahrende Doktor wurde auf nicht aktiv gestellt. Eine Pflegekraft verabreicht jedem eine rosa Tablette, von Vera Paine höchstpersönlich beaufsichtigt. »Gute Nacht«, sagen die beiden und dann geht das Licht aus.

Ich spucke die Pille augenblicklich in meine Hand. Das Döschen, das ich bei Paine gefunden habe, liegt unter meinem Kissen versteckt. Ein Döschen voller klappernder Kopfschmerztabletten …

Einer der Bewohner dreht sich im Bett um, ein anderer gähnt. Das ist der richtige Moment!

Ich ziehe meine Decke zum Schutz höher, drehe tastend den Deckel vom Döschen und lasse die Tablette hineinfallen. Im totenstillen Schlafsaal macht das Klicken so viel Lärm wie ein abstürzender Felsblock. Ich warte und warte und warte.

Gott sei Dank, niemand reagiert.

Ich schließe das Döschen und schiebe es langsam zu meinem Kissen, während ich hüstele.

So, das wäre wieder an seinem Platz. Jetzt noch das Feuerzeug.

Mit angewinkelten Beinen bleibe ich liegen, bis sich alle Atemzüge im Saal beruhigt haben. Dann hole ich meine Jeans von zu Hause aus dem Schränkchen und durchsuche die Taschen.

Leer, natürlich. Ich hätte es wissen müssen. Spider-Woman hat das Feuerzeug aus meiner Tasche genommen.

Dann eben doch noch eine kurze Nachricht an Swis?

Ich ziehe meine Schuhe an und schleiche durch den Saal. Peter scheint zum Glück zu schlafen, denn ich erreiche ohne Ärger den Gang. Ich entscheide mich für dieselbe Toilette wie in der Nacht zuvor, verschließe die Tür, streife die Sneaker ab und entferne die Einlagen. Dann ziehe ich Papier und Stift hervor und setze mich damit auf den WC-Deckel.

Holt mich so schnell wie möglich hier weg. Ich will nach Hause. Jetzt!

Holden

Morgen, vor der Pause im Freien, muss ich irgendwie zu dem toten Briefkasten gelangen. Bis dahin verberge ich die kurze Nachricht im Geheimfach meines Schuhs. Ohne mir die Mühe zu machen, meine Schnürsenkel zu binden, drücke ich die WC-Tür auf.

Ich höre Schritte. Und Stimmen!

Reflexartig ziehe ich die Tür wieder zu.

Warum eigentlich? Als wäre es verboten, nachts pinkeln zu gehen.

Meine Finger bewegen sich erneut Richtung Tür, aber dann höre ich eine Frau in gedämpftem Ton fragen: »War die Aufnahme von Holden Winters nun wirklich notwendig? Ich glaube nicht, dass Jack darüber sehr glücklich wäre.«

Meine Hand erstarrt in der Luft. Sie reden über mich!

»Ich habe keinen Einfluss auf die Entscheidungen des Unparteiischen!«, sagt eine andere Frau.

Ihre Stimme erkenne ich sofort. Das ist Vera Paine!

»In Holdens Fall war es sowieso eine Frage der Zeit«, fährt die Direktorin fort. »Die meisten Immunen und Überempfindlichen, die in der Stadtklinik behandelt werden, landen irgendwann hier. Manche früher, manche später.«

Bei den Worten »Immunen« und »Überempfindlichen« beginnen meine Ohren zu glühen. Das hat schon wieder mit mir zu tun!

Und mit Lois.

Ich halte den Kopf schief und lausche angespannt.

»Pssst«, sagt die unbekannte Frau. »Nachher hört man dich noch.«

»Aber nein.« Paine wieder. »Nach einer rosa Pille schläft jeder innerhalb von fünf Minuten. Zum Glück. Tagsüber ist es schon unruhig genug.«

»In der Stadt ist es nicht viel besser.« Die unbekannte Frau seufzt. »Die neuen Führenden machen sich große Sorgen.«

Shit! Das Schrittgeräusch hat aufgehört. Die Frauen stehen plötzlich so nahe, dass ich sie fast atmen hören kann, und lediglich eine blöde Tür schützt mich davor, entdeckt zu werden! Zum Glück hat sie keine offene Ober- und Unterkante wie im Toilettenraum mit dem toten Briefkasten. Aber über dem schwellenlosen Fußboden befindet sich ein ziemlich breiter Spalt und das Glas im Oberlicht ist bestimmt auch nicht gerade geräuschdämpfend.

»Was meinst du, wie es mir geht?«, sagt Paine. »Ich bin für die Sicherheit der Bewohner verantwortlich. Wir haben einen Zwischenfall nach dem nächsten und ich komme einfach nicht dahinter, wer oder was daran schuld ist.«

Ich knie mich hin, damit ich unter der Tür durchspähen kann. Neben Paines Sandalen sehe ich zwei unbekannte schwarze Schuhe mit hohen Absätzen und …

Etwas fällt auf den Boden und rollt auf meine Tür zu!

»Huch, mein Tampon!«

Die schwarzen Schuhe treten beiseite und mir wird klar, dass sich die Frau gleich bücken wird, oder noch schlimmer, dass sie sich hinkniet. Ein Gedanke rast nur so durch meinen Kopf: Wenn ich ihre Füße sehen kann, kann auch sie mich jeden Moment entdecken. Hastig stehe ich auf.

»Wahrscheinlich ist das alles auf das Vita-Problem zurückzuführen«, sagt die Frau. »Der Prozentsatz von Einwohnern, die nicht oder falsch auf unser Vita reagieren, steigt beunruhigend an. Die Zahl der Immunen hat sich in den vergangenen zwei Jahren verdoppelt und bei den Überempfindlichen sogar verdreifacht.«

Meint sie damit, dass ich nicht gegen Krankheiten immun bin, sondern gegen Vita? Ich versuche, es zu verstehen, aber es ist ganz schön schwierig nachzudenken, wenn man in der Zwischenzeit auch noch überlegen muss, wo man seine Füße verstecken kann. Ich traue mich nicht, mich auf den Klodeckel zu stellen oder auch nur zu setzen und die Beine hochzuziehen. Schon das kleinste Knacken könnte mich verraten. Ich kann nur versuchen, möglichst weit nach hinten zu rutschen und mich wie ein Baum in die dunkelste Ecke der WC-Kabine zu pressen. Ich gebe mir Mühe, lautlos zu sein, doch es grenzt an ein Wunder, dass sie auf der anderen Seite nicht hören, wie heftig mein Blut durch die Adern pumpt.

»Wir stellen fest, dass es vor allem Jugendliche betrifft.« Die unbekannte Frau ächzt leise – ich hoffe, das bedeutet, dass sie diesen Tampon endlich aufgehoben hat. »Wahrscheinlich haben wir es mit einem Gewöhnungseffekt zu tun und wir müssen die Calmexin-Dosis für diese neue Generation tatsächlich erhöhen.«

Calmexin? Wovon redet sie? Ich kenne keine Vitamine oder Mineralien, die so heißen.

Zum Glück kleben meine Hände links und rechts an den

kühlen Wänden – so falle ich nicht um. Haben sie etwas in mein Vita gemischt? In unser aller Vita?

»Und was ist mit den Überempfindlichen?« Paine ist offensichtlich nicht amüsiert.

»Vita soll uns glücklich machen. Wir sollen Rücksicht aufeinander nehmen, höflich und anständig sein, damit wir uns nicht vergaloppieren oder uns gegenseitig bis aufs Blut reizen. Wir sollen nicht so leicht beleidigt sein und andere Meinungen, Glaubensrichtungen und Ideale akzeptieren, ohne anderen unsere eigenen mit Gewalt aufzudrängen. Winters ist es gelungen, die perfekte Ausgewogenheit herzustellen, die uns tolerant sein lässt, ohne uns in Zombies zu verwandeln.«

Alles um mich herum fängt zu schwanken an. Winters? Der Name hallt wie ein Schrei in meinem Kopf und ich weiß für einen Augenblick nicht mehr, wo ich bin.

»Calmexin hat die Menschheit gerettet«, sagt Paine. »Leider darf niemand davon wissen, aber meiner Ansicht nach verdienen Jack und seine Vorgänger postum den Friedensnobelpreis.«

Ich glaube, ich muss gleich kotzen.

Wie groß ist die Wahrscheinlichkeit, dass es noch einen anderen Jack Winters gibt? Hat Pa uns alle in zahme Schäfchen verwandelt? Ist *er* schuld an dieser Fake-Welt, die ich so hasse?

»Du hast recht«, gibt die unbekannte Frau zu. »Sie haben Großartiges geleistet. Aber wie ich schon sagte: Die aktuelle Dosis scheint für eine beträchtliche Zahl von Menschen nicht mehr auszureichen. Ganz zu schweigen vom Yealerproblem. Wir müssen unbedingt kurzfristig eine Entscheidung treffen, möglichst noch diese Woche.« Es klingt, als würde sie auf ihren Absätzen wippen. »Und jetzt muss ich dringend zur Toilette.«

Fuck! Wenn sie die Tür öffnet, sieht sie mich!

Vielleicht ist es bei Wren auch so gelaufen und sie hat zufällig ein Gespräch mitgehört, das nicht für ihre Ohren bestimmt war, und ist deswegen ...

Meine Muskeln verkrampfen sich und ich spüre, wie mir der Schweiß aus den Haaren tropft. Es juckt auf meiner Stirn und auch mein Rücken fühlt sich nass an. Die Toilettentür wird geöffnet ...

Es ist die Kabine neben mir.

Es ist nicht leicht, lautlos nach Luft zu schnappen! Meine Beine zittern vor Erleichterung und Anspannung zugleich. Ich muss mich zwingen, noch weiter reglos zu warten, bis neben mir die Spülung gedrückt wird, die Tür aufgeht und wieder ins Schloss fällt.

»Dort vorn befindet sich die Medikamentenkammer, in der Wren gefunden wurde«, sagt Paine. »Wir glauben, dass sie einen Herzinfarkt erlitten hat, der zu einem Herzstillstand führte. Aber weil sie nie zuvor Herzbeschwerden hatte, können wir eine Vergiftung auch nicht einfach ausschließen. Die Autopsie wird es zeigen. Ich hoffe nur, dass nicht einer der Bewohner ...«

Den Rest kann ich nicht mehr verstehen und auch ihre Schritte sind kaum noch zu hören.

Ich muss wissen, wer diese andere Frau ist. Ich glaube, sie sind jetzt weit genug weg.

Mit schweißfeuchten Händen schiebe ich die Tür einen Spaltbreit auf.

Dahinten stehen sie. Bei der Medikamentenkammer, in der Wrens Leiche lag. Die Nachtbeleuchtung wirft Schatten über Paines Gesicht, aber bevor sie die Kammer betritt, ist die andere Frau für einen Moment ganz deutlich zu erkennen. Zu meiner großen Verblüffung kenne ich sie sehr gut.

Es ist Adams, die Ministerin für Sicherheit und Volksgesundheit. Und die Arbeitgeberin von Ma.

Prissy

»Was meinen Sie mit: Oh nein, nicht noch mal?«, frage ich Boyd.

»Man hat mich schon einmal zu Unrecht beschuldigt, an Nahrung herumgepfuscht zu haben«, sagt er. »An meinem Arbeitsplatz. Und das war auch ein Winters.«

»Jack Winters vielleicht?«

»So ist es.« Boyd stellt sich so dicht vor mich, dass ich die Speicheltröpfchen aus seinem Mund spritzen sehe. »Dieser Dreckskerl.«

»Papa war kein Dreckskerl!«

»Jack ist dein Vater?« Boyd lacht verächtlich. »Ich hätte es wissen müssen. Der verfolgt mich sogar noch nach seinem Tod.«

Ich höre mein eigenes Zähneknirschen, aber dann sagt Mo trocken: »Könnt ihr euch vielleicht mal zusammenreißen? Ich will wissen, was im Cliffton passiert ist.«

Boyd tastet nach seinem Pflaster. »Warum sollte ich das ein paar Rotznasen wie euch erzählen?«

»Das wird nichts«, sagt Mo zu mir. »Ich glaube, ich rufe doch lieber meine Eltern an.«

Sein Finger geht schon zum Display seines Camphones. Mo ist echt ein fantastischer Schauspieler.

»Warte!«, ruft Boyd.

Er und ich sitzen wieder auf den Barhockern. Mo hat sich auf die Anrichte geschwungen. Seine langen Beine baumeln vor den Küchenschränken.

»Vor ein paar Jahren hatten wir ein Problem bei den

Food-Printern«, erzählt Boyd. »Ein Bewohner hatte das falsche Vita bekommen. Es stellte sich heraus, dass es einen Stoff enthielt, gegen den er allergisch war, und der Mann wurde todkrank.«

Zum Glück ist Holden nur gegen Regeln allergisch.

»Hat sein ID-Bändchen denn keinen Alarm geschlagen?«, frage ich.

»Nein, das signalisierte seltsamerweise, das Vita sei sicher.« Boyd knetet seinen Nacken. »Dann wurden dein Vater und Phill Rogers hinzugezogen, um die Angelegenheit zu untersuchen.«

Der Mann, der Papa den Ring mit diesem Zettel gab!

Ich gebe Mo mit den Augen ein Zeichen und schaue Boyd wieder an. »Und Sie bekamen die Schuld?«

»Zu diesem Zeitpunkt noch nicht. Man vermutete einen Programmierfehler oder eine Störung in der Kommunikation zwischen dem ID-Bändchen und dem Printer. Alles wurde ausgetauscht, überprüft und neu gestartet. Aber ein paar Wochen danach ging es wieder schief, diesmal mit fatalen Folgen.«

Ich spüre, wie mir ein Zittern übers Rückgrat läuft. Pa ist nicht der Einzige, der im Cliffton gestorben ist.

»Handelte es sich beide Male um denselben Bewohner?«, fragte Mo.

Boyd nickt. »Dadurch merkten sie, dass Vorsatz dahintersteckte. Außerdem war Irwin nicht sehr beliebt, nicht einmal bei seinen Unit-Mitbewohnern. Er war alles andere als ein braver Bürger und fasziniert von Waffen, mit denen er Tiere jagte. In seinem Haus hat man verschiedene Pistolen aus dem 3-D-Drucker und selbst hergestellte Kugeln gefunden.«

Mo pfeift durch die Zähne. »Und dann?«

»Damit es keine Panik gab, wurde der ganze Vorfall verschwiegen. Jedenfalls den Bewohnern und der Außenwelt. Irwin war angeblich gleich von der Krankenstation in ein anderes, strengeres Institut überführt worden – so die Geschichte. Wir Angestellten wussten es natürlich besser, aber wir mussten uns an unsere Schweigepflicht halten.«

»Und die Bewohner haben das so hingenommen?«, fragt Mo.

»Irwin war so unbeliebt, dass es sie kaum interessierte.« Boyd verreibt mit der Hand ein paar Spuckespritzer, die auf der Theke gelandet sind. »Unterdessen wurde unter Supervision der Ministerin für Sicherheit und Volksgesundheit so unauffällig wie möglich eine interne Untersuchung eingeleitet.«

Mamas Arbeitgeberin hat also auch eine Verbindung zum Cliffton-Institut!

»Eine der Bewohnerinnen hatte zufällig einen Onkel bei den Ordnungskräften«, sagt Boyd. »Der hat alle Therapeuten und Pflegekräfte befragt und die Bilder jeder Überwachungskamera im Gebäude überprüft. Es schien nichts Verdächtiges darauf zu sein, aber dann entdeckte Chapman, dass hier und da ein paar Minuten fehlten.«

Chapman! Es fühlt sich an, als stünde ich in einem Kreis, der immer kleiner wird. »Hieß so der Ordnungshüter?«

Boyd nickt. »Jemand hat die Kamera bei den Food-Printern kurz ausgeschaltet oder einige Bilder absichtlich gelöscht. Das war Chapmans Schlussfolgerung.«

»War das ein Bewohner oder jemand vom Personal?«, fragt Mo.

»Das herauszufinden, ist ihm nicht gelungen.« Boyd pikst

mit dem Finger in meine Richtung. »Und dann verkündete dein Vater, ich würde dahinterstecken.«

»Einfach so aus heiterem Himmel?«, fragt Mo.

Boyd scheint es kaum mitzukriegen und starrt vor sich hin. »Das werde ich nie vergessen. Es war am Tag nach Happy Day. Mein Dienst war beendet und ich wollte gehen, als einer der Wärter mich zurückhielt. Er sagte, die Direktorin wollte mich sprechen. Sie wartete in ihrem Büro auf mich, aber sie war nicht allein. Sobald ich Chapman, die Ministerin und deinen Vater dort sitzen sah, wusste ich, dass da irgendwas gründlich faul war.« Er schweigt kurz. »Dein Vater sagte, Phill Rogers hätte mich als den Täter ausgewiesen, und alle glaubten ihm. Ich wurde sofort verurteilt, ohne einen Unparteiischen einzuschalten.«

Holdens Verhör steht mir sofort wieder vor Augen. Die roten Balken und dass wir uns nicht verabschieden durften.

»Aber Sie haben es nicht getan?«, frage ich.

»Natürlich nicht! Wofür hältst du mich? Ich arbeite im Institut, weil ich anderen helfen will.« Boyd bewegt den Kopf hin und her. »Das versuchte ich diesen Scheißkerlen auch klarzumachen, aber sie wollten es einfach nicht kapieren. Ich durfte das Gebäude nicht mehr verlassen, wurde in einem Zimmer eingesperrt und jeden Tag verhört. Wie oft habe ich verlangt, ich wollte diesen Rogers sprechen ...!«

»Mama sagt, er gilt als vermisst.«

»Ja, das wollten sie mir erst auch noch in die Schuhe schieben.«

Boyd holt tief Atem. »Ich hasste deinen Vater, weil er mich beschuldigt hatte, aber dann starb er und das war meine Rettung. Ich hatte unmöglich wissen können, dass er zum Appartement der Direktorin gehen würde. Und um von meinem Zimmer aus ein paar Etagen höher Feuer zu legen, müsste ich mindestens so talentiert sein wie Fabulous Frank.«

Der berühmte Magier, der schon seit vielen Jahren in Las Vegas auftritt und eine Gastrolle in *Magische Liebe* hat. Anna und Brooklyn sind totale Fans.

»Von diesem Zeitpunkt an war ich nicht mehr länger verdächtig«, sagt Boyd. »Später hörte ich, Phill Rogers sei pädophil und vermutlich erpresst worden. Ich glaube, er hat meinen Namen genannt, um den Verdacht von sich abzulenken. Sobald Chapman und dein Vater mich ins Visier genommen hatten, konnte er unbemerkt verschwinden und seiner Strafe entgehen.«

Jetzt erst dringt mir so richtig ins Bewusstsein, was Boyd da gerade so alles von sich gegeben hat. »Also ist Papa nicht bei einem Betriebsunfall ums Leben gekommen?«

Ich sehe sein Zögern.

»Mädchen ...«

»Ich will es wissen!«

»Meiner Ansicht nach dachten sie, es wäre vorsätzlich geschehen. Sonst hätten sie mich nach dem Brand nicht plötzlich gehen lassen. Sie entschuldigten sich hundertmal bei mir und gaben mir eine Gehaltserhöhung, damit ich keine Klage gegen das Institut erheben würde.«

Kein Unfall, sondern Vorsatz, hallt es in meinem Kopf. Und Holden weiß wahrscheinlich von nichts.

»Aber jetzt habe ich lange genug meinen Mund gehalten«, sagt Boyd. »Ich lasse mich nicht noch einmal beschuldigen. Ich habe damals nichts mit diesem Vita gemacht und ich weiß auch jetzt nichts von deinen Yummys. Jemand versucht, mich in ein schlechtes Licht zu rücken, genau wie damals.«

Kein Unfall, sondern Vorsatz …

Mein Blick sucht Unterstützung beim Monitor, hinter dem ein unsichtbarer Laşer sitzt. »Ich muss Holden so schnell wie möglich warnen.«

Holden

Paine und Ministerin Adams haben schon nach wenigen Minuten genug von der Kammer, in der Wrens Leiche gefunden wurde. Zum Glück bin ich so vernünftig gewesen, so lange in meiner Kabine im Toilettenraum zu bleiben. Ich mache mich so klein wie möglich und warte auf dem Deckel der WC-Brille, bis sie vorbei sind. Erst als ich in der Ferne den Lift höre, wage ich es, mich wieder zu bewegen.

Zum zweiten Mal an diesem Abend streife ich meine Schuhe ab. Ich krame Papier und Stift wieder raus und fange an zu schreiben, als hinge mein Leben davon ab.

Dringender Bericht für Ordnungshüter Chapman. Die neuen Führenden stecken dahinter!

Das Papier knittert unter meinen feuchten Händen. Ich muss es glatt streichen, bevor ich weiterschreiben kann-

Sie mischen irgendein Mittel in unser Vita. Calmexin, damit wir uns immer ordentlich benehmen und alle dämlichen Regeln beachten, die sie sich ausgedacht haben.

Wie hat Pa uns nur all die Zeit einfach unser Vita essen lassen können, obwohl er wusste, was dadrin war? Wie hat er überhaupt je an so etwas Ekelhaftem mitarbeiten können?

Das ist nicht derselbe Pa, zu dem ich immer aufgesehen habe. Den ich so sehr vermisse, dass ich noch immer mit ihm rede.

Meine Augenlider fangen an zu kribbeln und ein Tropfen fällt auf den Brief.

Ich wische meine Tränen ab. Nur gut, dass er tot ist, sonst

hätte ich ihn persönlich mit einem Tritt in eine andere Welt befördert!

Es funktioniert bloß nicht bei jedem. Manche Menschen sind gegen dieses Zeug immun. Sie denken weiterhin selbst nach und machen einfach, was sie wollen, aber dann werden sie zur Strafe im Cliffton eingesperrt. Wie ich.

Oder sollte Pa das alles plötzlich leidgetan haben, hatte er es an die Öffentlichkeit bringen und rückgängig machen wollen und wurde er deswegen ermordet?

Bedauern nach zwanzig Jahren Arbeit für Vita? Unsinn!

Genau wie die Überempfindlichen. Die Drogen machen sie nicht gehorsam, sondern depressiv. Manche begehen Selbstmord. Wie Lois.

Und Ma? Weiß sie, was Pa getan hat?

Wir müssen die neuen Führenden stoppen! Diesen Brief auf keinen Fall der Direktorin des Cliffton-Instituts zeigen! Sie ist ebenfalls am Komplott beteiligt, zusammen mit der Ministerin für Sicherheit und Volksgesundheit. Glaubt ihnen nicht, wenn sie behaupten, ich sei verrückt. Den toten Briefkasten traue ich mich nicht mehr zu benutzen. Vera Paine kennt diesen Ort. Ich versuche, diesen Brief direkt Boyd Swis zu geben.

Bestimmt liegt es an diesem Calmexin, dass Prissy sich immer so schnell schuldig fühlt! Pa hat seine eigene Tochter …

Die Übelkeit kommt wie eine Flutwelle, die ich nicht mehr aufhalten kann. Ich springe auf, klappe den Deckel hoch und spucke meinen Abscheu samt Algenshake vom Abendessen in die Toilette.

»Müssen Sie morgen arbeiten?«, frage ich Boyd.

Er runzelt die Stirn. »Wieso?«

»Dann will ich mitkommen, um Holden zu warnen.«

»Deinen Bruder?« Boyd schüttelt den Kopf. »Unmöglich.«

»Bitte.« Ich mache wieder meine großen Augen.

Meine Trauriges-Mädchen-Masche funktioniert nicht mehr.

»Selbst wenn ich wollte«, sagt Boyd. »Jedes Auto, das beim Cliffton ankommt, wird gescreent. Du kommst im Leben nicht unbemerkt da rein.«

»Und wenn Sie mich vorher rauslassen? In der Nähe des Gebäudes?«

»Der einzige Zugang führt über die Parkgarage – und die ist nur über das Screeningstor zu erreichen.«

»Aber die Bewohner dürfen doch auch hin und wieder ins Freie?«

»Der Hof ist von magnetischen Luftfeldern umgeben, die rund vier Meter hoch sind. Unsichtbar und nicht zu überklettern.«

»Aber ich könnte Holden zumindest sehen.«

»Das ist zu riskant.« Boyd klingt wie ein emotionsloser Roboter, der jede Idee von vornherein torpediert. »Das Gelände wird ständig von einer Überwachungsdrohne überflogen. Du wirst bestimmt erwischt und dann verliere ich meine Stelle. Willst du das?«

»Natürlich nicht, aber ...« Tränen der Frustration füllen meine Augen.

»Ich könnte aber einen Brief für ihn mitnehmen«, sagt Boyd. »Ich spiele öfter mal den Kurier.«

Und ich soll ihm glauben, dass meine Nachricht auch wirklich bei Holden landet?

»Das reicht nicht«, sage ich entschieden. »Ich will mit eigenen Augen sehen, wie es ihm geht, und ich will persönlich mit ihm reden. Angenommen, er glaubt nicht, was er in dem Brief liest. Da könnte ja jeder kommen und meinen Namen darunterschreiben, denn Holden kennt meine Handschrift nicht. Ich *habe* nicht einmal eine eigene Handschrift.«

Boyd verzieht den Mund. »Es tut mir leid, Mädchen, aber du kannst nicht immer deinen Willen durchsetzen.«

Mein Camphone brummt. Mama, denke ich, aber zu meinem Erstaunen sehe ich, dass es Laşer ist. Was will der denn jetzt wieder?

»Du störst«, sage ich.

»Stell mal kurz auf Lautsprecher.«

»Weil?«

»Jetzt mach es doch einfach.«

Sobald ich das Lautsprechersymbol auf meinem Display berühre, füllt Laşers Stimme die ganze Küche. »Sag Swis, wenn er dich nicht mitnimmt, werde ich die Daten vom Paketservice sowohl den Ordnungskräften als auch dem Cliffton schicken.«

Das Ganze ähnelt einer Szene aus *Der Zauberer von Oz,* in der ein ganz normaler Mann als Zauberer auftritt. Er spricht nicht direkt zu den Leuten, sondern über einen Apparat, und alles, was er sagt, bekommt etwas Magisches und ist viel beeindruckender.

»Wer ist das?«, fragt Boyd.

»Das tut nichts zur Sache«, sagt Laşer. »Es geht darum, was du bereit bist zu opfern. Eine langwierige Untersuchung, bei der deine Arbeit im Institut möglicherweise auf unbestimmte Zeit auf Eis gelegt wird. Erneut versuchen, deine Unschuld zu beweisen. Das Risiko eingehen, dass der Unparteiische dir nicht glaubt und dich rückwirkend am Tod des einen Bewohners für schuldig befindet.«

Stille tritt ein. Nur irgendwo oben im Haus surrt leise ein Staubsaugerroboter.

»Also gut«, gibt Boyd sich geschlagen. »Unter *einer* Bedingung. Du lässt dein ID-Bändchen und dein Camphone zu Hause, damit du nicht geortet werden kannst.«

»Und wenn ihr dann etwas passiert?« Mo nimmt meine Hand. »Ich komme lieber mit.«

Meine Freundinnen würden dahinschmelzen bei so einem Filmhelden.

Und ich wahrscheinlich auch, wenn die Surprise-Yummys kein aufsässiges Teufelchen in meinen Kopf gesteckt hätten!

»Dafür gibt es keinen Grund«, schnauze ich ihn an. »Ich kann wirklich selbst auf mich aufpassen.«

»Außerdem ist es unmöglich«, sagt Boyd. »In meinem Auto ist nicht genügend Platz für euch beide. Oder dachtest du, ihr könntet gemütlich zu zweit auf der Rückbank sitzen? Die ganze Strecke hängt voller Kameras.«

»Wie verstecke ich mich dann?« Ich sehe mich schon zusammengerollt im Kofferraum liegen. »Zwischen den Vordersitzen und der Rückbank scheint mir am besten.«

Boyd nickt bedächtig. »Auf dem Boden. Mit einer Decke darüber.«

»Das ist wirklich ein schlechter Plan, Pris.« Mo räuspert sich. »Lass mich dann wenigstens an deiner Stelle gehen.«

So viel zum Thema schlechte Pläne! »Holden und du, ihr kennt euch ja nicht einmal! Nein danke, ich gehe selbst.«

»Das will ich nicht.«

»Hör auf, Mo. Du bist nicht meine Mutter.« Vorsichtig löse ich meine Hand. »Um wie viel Uhr soll ich hier sein?«, frage ich Boyd.

Teil 4

Der letzte Schlüssel

Vertrauen und Misstrauen sind beide der Untergang der Menschen.

– *Hesiod, griechischer Dichter, 8. Jahrhundert v. Chr.*

Holden

Auf der Unit gibt es wieder einen Neuen. Eddie Kindle bewegt sich wie ein Faultier und seine Stimme klingt wie eine Tonaufnahme in Zeitlupe.

»Ich habe Yuppers verkauft«, verkündet er im Kreis. »Im Blackweb.«

Die neuen Führenden mischen auch abscheuliche Stoffe in unser Vita, würde ich am liebsten allen entgegenschleudern. Nur werden sie nicht in ein Institut verbannt.

Ich presse die Kiefer aufeinander. Wenn ich die Wahrheit erzähle, erklären sie mich für verrückt. Sie werden sagen, dass ich die Dinge wieder nicht so sehe, wie sie wirklich sind, und dann hat Dave einen guten Grund, mich mit Medikamenten vollzustopfen. Medikamente, gegen die ich nicht immun bin.

»Eine Ordnungshüterin hat mich reingelegt.« Eddie dehnt jedes Wort wie Gummi. »Sie gab sich als Kundin aus.«

»Das klingt, als würdest du ihr die Schuld geben«, sagt Dave. »Aber es war natürlich deine eigene Wahl, mit verbotenen Yummys zu handeln.«

Eddie kann sogar träge seufzen. »Weil das Leben ohne Yuppers so gottverdammt öde ist, Mann.«

Wenn kein Calmexin in unserem Vita wäre, bräuchte er bestimmt keine Yummys mit Uppers.

Ich lege meine Hand auf meine Hosentasche und kann die Konturen des Döschens mit den Schmerztabletten spüren. Mein eigener toter Briefkasten. Jetzt muss ich nur noch dafür sorgen, dass Boyd Swis meine Nachricht kriegt.

Nach dem Kreis steht Individualtherapie auf dem Programm. Dave bringt uns in einen Teil des Gebäudes, in dem ich noch nie war. Der Gang ist lang und breit und auf beiden Seiten sind so viele Türen, dass ich an die Umkleiden im Park Pool denken muss. Und damit auch an Prissy, die mir so lange in den Ohren lag, bis ich sie in ihr Lieblingsschwimmbad begleitet habe. Und zugegeben: Diese Chlorbadewanne war allemal besser als Virtual Swimming. Aber kein Vergleich zu einem natürlichen See oder dem Meer. Nehme ich an.

Mit einem ruppigen Ellbogenstoß holt mich Jazz aus meinen Gedanken. »Du bist dran.«

Dave hält mir die Tür auf und sieht offenbar mein Zögern. »Entspann dich, Holden. Ich bin gleich bei dir.«

Sobald ich drinnen stehe, möchte ich am liebsten wieder zurück auf den Gang. Der Raum ist nicht viel größer als ein WC und hat keine Fenster.

»Setz dich«, sagt eine Roboterstimme.

Wieder taste ich nach dem Döschen in meiner Hosentasche, um Kraft daraus zu schöpfen.

Okay, sitzen. Hauptsache, sie lassen nicht wieder so einen Horrorfilm laufen. Es ist kein harter Stuhl, sondern ein bequemer Sessel mit beweglichen Rücken- und Armlehnen und einem nach oben und unten verstellbaren Fußende. Noch luxuriöser als im Kino. Ich probiere sofort alle Knöpfe aus, bis Dave mir aus der Wand gegenüber entgegenkommt.

Nicht wirklich natürlich, es ist sein Hologramm.

»Ihr seid voneinander getrennt und doch zusammen«, sagt er. »Dadurch kann ich euch allen die individuelle Aufmerksamkeit schenken, die ihr braucht, während ihr euch durch die Anwesenheit eurer Mitbewohner in den angrenzenden Räumen gestärkt fühlt.«

Er hört sich an wie ein Online-Pastor.

»Holden«, sagt Dave. »Ich spüre Zweifel.«

Ich stelle das Fußende meines Sessels noch höher. »Dann können Sie sich vorstellen, was ich spüre.«

Dave lächelt versöhnlich. »Bei dir, meine ich.«

»Ich habe keinerlei Zweifel«, sage ich. »Ich will nur nach Hause.«

»Das hättest du dir früher überlegen müssen. Bevor du dieses Feuerwerk gezündet und echte Nahrung gegessen hast.«

»Ich habe diese blöden Regeln nicht aufgestellt. Sie nennen es Paradies, aber es ist eine verdammte Hölle!«

»Glaubst du das wirklich?«

»Sie nicht?«

»Wir sind nicht hier, um über mich zu reden.«

»Ich bin hier. Sie nicht.« Ich finde ein bislang noch nicht entdecktes Knöpfchen unter der Armlehne. Kaum habe ich es gedrückt, kippe ich nach hinten. »Jedenfalls nicht in echt.«

»Findest du das wichtig? Dass etwas echt ist?«

»Sie vielleicht nicht?«, werfe ich zurück. »Ich kann mich also auch hinlegen?«

»Das ist möglich«, sagt Dave. »Du hast die Wahl. Die Frage ist nur: Hilfst du dir damit auch?«

Der Sessel wirkt so entspannend, dass ich spontan gähnen muss.

»Denke einmal ruhig darüber nach, dann reden wir gleich weiter.« Dave erstarrt, als hätte sich das Bild aufgehängt. Was nicht so ist, denn sonst würden sich nicht allerlei Wörter um ihn schlängeln. *Sozial* lese ich. Und: *Therapie*.

Ich weiß nicht, was daran sozial sein soll, jemanden ganz allein in diesem Kabuff einzuschließen.

Vermutlich ein Programmierer mit Humor.

Prissy

Ich frühstücke allein und im Stehen in der Küche. Mama ist schon früh zu Ministerin Adams aufgebrochen. Ich glaube, sie erwähnte ein wichtiges Treffen, aber ich habe kaum zugehört und konnte nur an Holden denken. In wenigen Stunden sehe ich ihn! Hoffe ich jedenfalls. Und sollte es nicht klappen, kann ich immer noch zu Plan B umschalten. Gestern habe ich in Papas Schreibtisch einen Notizblock und einen Stift gefunden und einen Brief geschrieben. Ich bekam einen Krampf in den Fingern, aber ich habe es geschafft. Er steckt im Vorfach meines Rucksacks. Jetzt noch den Rest.

Ich stelle den leeren Teller in die Spülmaschine. Vita kann man leider nur essen, wenn es frisch gedruckt ist. Ich werde mich mit einer Handvoll Yummys und dem Wasser in meiner Trinkflasche begnügen müssen.

Es sei denn ...

Die Konserven liegen noch zwischen den Pullovern in Holdens Kleiderschrank. Ich packe sie aus, als wären es Geschenke, und stelle sie vor mir auf den Tisch. Bohnen. Sardellen. Tomatensuppe.

Die Sardellen schiebe ich zur Seite. Tote Tiere zu essen, fühlt sich nicht gut an.

Mit gerunzelter Stirn studiere ich die Etiketten der übrig gebliebenen Dosen. Die Bohnen sehen aus wie Spielzeugyummys. Die Suppe ist in einer Schale angerichtet und sieht flüssig aus wie ein Shake. Die kriege ich bestimmt am leichtesten runter.

Das heißt: Wenn ich mich traue. Vielleicht muss ich mich erst an die Vorstellung gewöhnen oder mir mit einem Surprise-Yummy den nötigen Mut anessen ...

Na ja, mitnehmen kann jedenfalls nicht schaden. Man weiß ja nie, in welche Notsituationen man so gelangt. Während ich die Suppe in den Rucksack stecke, denke ich an alles, was schiefgehen könnte. Aufgegriffen werden von den Leuten vom Cliffton. Verirren und verhungern. Eine Begegnung mit einem Bären ...

Und das alles ohne ID-Bändchen und damit auch ohne Notfalltaste.

Mein Camphone meldet sich.

Eine Nachricht von Mo: Wir sind da.

Ich lege die beiden übrig gebliebenen Konserven in den Schrank zurück, mein ID-Bändchen darüber und den Pulli obenauf. Mit einem Yummy hinter den Backzähnen eile ich nach unten.

»Ich glaube, deine Surprise-Yummys stammen von Eddie Kindle«, sagt Laşer, sobald ich ins Auto steige. »Bei ihm kann man über verschlüsselte Nachrichten Yuppers bestellen. Für den Eigenbedarf, aber auch für andere. Er verschickt sie dann auch für seine Kunden, eventuell unter einem falschen Namen oder mit einer Liefernachricht vom Kurier. Hauptsache, man bezahlt genügend Dash.«

»Weißt du denn auch, wer diese Yuppers für mich bestellt hat?«, frage ich aufgeregt.

Laşer schüttelt den Kopf. »Ich habe ihn nicht mehr fragen können. Eddie wurde gestern Abend verhaftet und ins Cliffton gebracht.«

Das Cliffton! Hätte ich Papas Stift doch nur mitgenommen. Dann könnte ich in einem PS schreiben, dass Holden unbedingt mit Eddie reden soll.

»Ich habe aber etwas anderes für dich.« Laşer legt mir eine Schachtel in den Schoß. »Für den Fall, dass Plan B zum Einsatz kommen muss.«

Das ist ja fast wie Geburtstag. Erwartungsvoll klappe ich den Deckel hoch und starre in die Augen eines kleinen geflügelten Monsters.

»Deine Dragonfly!« Ich bin froh und dankbar, aber auch beunruhigt. »Und wenn etwas schiefgeht und sie stürzt ab?«

»Es geht nichts schief.« Laşer zeigt mir die Klemme zwischen den Fliegenbeinen. »Dahin steckst du den Brief. Du schickst Dragonfly in die Luft und lässt sie bei Holden verharren oder, wenn nötig, landen. Sobald sie den Brief abgeliefert hat, lässt du sie zurückkommen.«

»Und wie mache ich das?«

»Die Fernbedienung funktioniert mit Stimmkommandos«, sagt Laşer. »Dragonfly macht genau, was du sagst.«

»Danke.« Wie habe ich ihn jemals nicht nett finden können? Das Auto hält vor Boyds Haus.

»Noch kannst du zurück«, sagt Mo.

»Wirklich nicht.« Ich gebe ihm mein Camphone. »Flow denkt, dass ich krank bin, und in der Schule habe ich mich auch noch nicht gesund gemeldet, das ist also kein Problem. Aber wenn Mama eine Nachricht schickt, musst du unbedingt reagieren. Tu einfach so, als wärst du ich.«

Er betrachtet das Camphone, als wäre es ein unbekannter Gegenstand, den er noch nie gesehen hätte. »Aber was clicke ich dann?«

»Beruhigende Sachen«, sage ich ungeduldig. »Und denk

dran, dass ich bis vier Uhr Unterricht habe. Danach gehe ich mit zu Flow, denn heute Abend ist eine Party bei jemandem aus unserer Klasse.«

»Bei wem?«

Seufz! »Falls Mama danach fragt, bin ich bei Dana.«

Laşer zwinkert mir zu. »Ich werde ihm schon helfen.«

Zehn Minuten später liege ich im Auto von Boyd Swis, so gerade wie ein Lippenstift zwischen die Sitze geklemmt, meinen Rucksack auf dem Bauch und eine erstickende Decke über mir.

Wenn Mama das wüsste, würde sie augenblicklich vor Sorge sterben. Das Licht im Auto erlischt, ich merke es sogar durch die Wolldecke.

»Wir verlassen jetzt die Stadt«, sagt Boyd.

Er hat Stöpsel in den Ohren, damit er so tun kann, als würde er am Camphone mit jemandem reden oder einen Song mitsingen, denn er hat eine Heidenangst, von einer der Überwachungskameras erwischt zu werden.

»Okay.« Heimlich schlage ich die Decke ein wenig um. Trotz der Spannung fühle ich mich lebendiger denn je. Oder vielleicht wegen der Spannung? Die legt mich nicht lahm wie anfangs, sondern sorgt dafür, dass all meine Sinnesorgane unglaublich geschärft sind. Ich lausche dem Surren der Reifen auf dem Asphalt. Irgendwo ruft ein Tier und …

»Der Tunnel«, vermeldet Boyd. »Wenn wir gleich den Zaun hinter uns haben, erreichen wir einen kamerafreien Teil.«

Sobald er das Zeichen »sicher« gibt, setze ich mich auf, damit ich hinausschauen kann. Wir fahren durch einen

Wald. Die Morgensonne verleiht den Blättern der Bäume einen goldenen Glanz, der mich an Lidschatten Nr. 28 erinnert: *Golden Sunshine*. Vögel zwitschern und ein Reh prescht durchs Unterholz. Zum ersten Mal kann ich Holden verstehen.

»Hinlegen«, kommandiert Boyd plötzlich.

Ich verberge mich wieder unter der Decke, die Arme um meinen Rucksack gelegt. »Ist es noch weit?«

»Ein paar Kilometer. Dann kommt eine scharfe Kurve, in der wir nur Schneckentempo fahren können. In dem Moment springst du aus dem Auto.«

»Springen?«, frage ich beklommen. »Ich bin doch keine Stuntfrau.«

»Anhalten können wir nicht«, sagt Boyd. »Das würde viel zu sehr auffallen. Neben der Straße stehen genügend Büsche, in denen du dich verstecken kannst. Ein Stückchen weiter besteht die Landschaft nur noch aus kahlen Felsen, diese Kurve ist also deine einzige Chance.«

Trotz des Surprise-Yummys vom Morgen erstarre ich. Doch dann denke ich an Holden und an Papa, die im Cliffton ...

»Umschalten auf manuelle Bedienung«, sagt Boyd zum Dashboard. Und dann zu mir: »Mach dich bereit, wir sind fast da.«

Er fängt an abzuzählen. »Drei, zwei ...«

Ich werfe die Decke ab. Das Auto verlangsamt.

»Jetzt!«, ruft Boyd und öffnet die Autotür.

Mein Verstand schaltet sich aus, die Muskeln spannen sich an – als wäre ich computergesteuert. Ich richte mich auf, kauere neben der offenen Tür, ziehe den Kopf ein und lasse mich rausfallen. Es tut weniger weh, als ich dachte.

Ich lande in einem Fangnetz aus Büschen und spüre nur ein paar Ästchen, die durch meine Kleidung piksen. Meine Hände schützend um den Rucksack vor meinem Bauch gelegt, schaue ich zu, wie das Auto um die Kurve biegt. Die hintere Tür ist bereits wieder geschlossen, als hätte sich nie jemand an Bord versteckt.

Ich gönne mir ein paar Minuten zur Erholung. Dann klettere ich durch das Gebüsch nach oben, bis ich etwa zwanzig Meter über der Straße stehe und in alle Richtungen schauen kann. Dahinten! Das große, hohe Gebäude kann nichts anderes sein als das Cliffton.

Und ich dachte, mit dem Autostunt hätte ich das schlimmste Hindernis bereits überwunden. Ich spüre, wie mich der Mut verlässt. Zum Institut zu gelangen, ist ein viel größeres Problem! Es steht am Fuß eines Abgrunds und hat nur zwei Zugangswege: den Carport, wo Swis' Auto jetzt steht. Und einen echten Fluss.

Der Hof ist von dieser Seite nicht einsehbar. Wenn ich Holden sehen will, bleibt nur eins: Ich werde schwimmen müssen.

Während ich zwischen den Bäumen und Büschen hindurchschleiche, drückt die Verzweiflung auf meine Brust.

Warum hat Boyd mich nicht gewarnt? Ist das seine Art von Rache? Oder hofft er, dass ich aufgebe, mich brav hinsetze und warte, bis er von der Arbeit zurückkommt?

Als ich keuchend das Ufer erreiche, setze ich mich auf einen umgefallenen Stamm. Eine unsichtbare Hand drückt mir die Kehle zu. Dieser Fluss ist in so ziemlich allem das Gegenteil von Park Pool. Das Wasser ist nicht einladend blau, sondern gruselig braun. Nicht durchsichtig, sondern so trüb, dass ich nicht einmal abschätzen kann, wie tief es ist. Und wer weiß, was für eklige Tiere sich unter der Wasseroberfläche verbergen!

Ich krame in meinem Rucksack und nehme ein Surprise-Yummy, während ich versuche, nicht an den Warnhinweis von maximal zwei Stück pro Tag zu denken. Schon nach wenigen Minuten fühle ich mich etwas besser und kann wieder nachdenken.

Dragonfly muss mit. Und der Brief. Weil ich kein Handtuch habe, stecke ich auch meinen Sweater in den Rucksack, der zu hundert Prozent wasserdicht ist – zumindest hat Reese das mal in einem ihrer Vlogs behauptet. Hoffentlich war das keine Lüge.

Nur – was mache ich mit meiner Hose? Ich traue mich nicht, den Rucksack noch voller zu stopfen, aus Angst, Dragonfly zu beschädigen.

Lieber eine nasse Hose als keine Hose, würden meine Freundinnen sagen.

Die anderen Sachen lege ich unter einen Strauch, zusammen mit meinen Schuhen, dem T-Shirt und den Socken. Ich setze mich ans Ufer und schnalle meinen Rucksack so fest, dass mir die Träger ins Fleisch schneiden. Dann lasse ich mich vorsichtig ins Wasser gleiten. Es ist so schrecklich kalt, dass ich am liebsten die Böschung gleich wieder hinaufklettern würde. Der einzige Glücksfall ist der relativ feste Boden, auf dem ich stehen kann. Ich bewege meine Arme, damit mir wärmer wird, und um das Wasser zu erkunden. Ein paar Pflanzenschlieren trudeln um mich herum, aber wenigstens spüre ich keine unheimlichen Fische an meinen Beinen.

Ich präge mir die Umgebung gut ein. Den Baumstamm und den Strauch. Ein paar große Steine und das kräftige

Gelb meines Shirts, das durch die Blätter schimmert. Alles Anhaltspunkte, damit ich diesen Ort später wiederfinde. Dann stoße ich mich ab und kraule gegen den Strom los.

Nach etwa zwanzig Metern habe ich meinen vertrauten Rhythmus gefunden. Atmung und Herzschlag sind beruhigend gleichmäßig und meine Hose und der Rucksack behindern mich kaum. Manchmal raschelt ein Vogel in den Sträuchern am Ufer, aber sonst kommt es mir vor, als wäre ich allein auf der Welt.

Ich wünschte, Flow könnte mich jetzt sehen. Die wird mir nie glauben, wenn ich das erzähle! Schade, dass ich mein Camphone nicht dabeihabe für ein Camfie.

Holden

Daves Hologramm gerät wieder in Bewegung. »Und?«

»Liegt sich gut.«

»Du weißt genau, was ich meine, Holden«, sagt Dave. »Führen wir jetzt ein ernsthaftes Gespräch oder nicht?«

Ich zucke unwillig mit den Schultern, aber ich hätte genauso gut nicken können.

»Du sagtest, unsere Stadt ist die Hölle für dich«, fährt Dave fort. »Vielleicht möchtest du mir erzählen, warum?«

»Das verstehen Sie doch auch von allein?« Ich bringe meinen Stuhl in eine aufrechte Stellung. »Es ist, als würde man in einem verdammten Film leben. Buche eine virtuelle Reise nach Afrika und wir geben dir eine Löwen- und Leopardengarantie. Wenn du willst, kannst du sogar zwischen Nilpferden schwimmen. Und das alles, ohne auch nur im Geringsten in Gefahr zu geraten oder dich sonst irgendwie anzustrengen. Das macht doch keinen Spaß!«

»Wir dürfen froh sein, dass es überhaupt noch Löwen und Leoparden gibt«, sagt Dave. »Während der Bangen Jahre war es ganz normal, in den Urlaub zu fliegen. All diese Touristen haben zu der Klimaveränderung beigetragen, die sich für die Tierwelt als fatal herausstellte. Extrem lange Trockenzeiten sorgten für Nahrungsmangel und Waldbrände und das Wild musste an andere Orte flüchten ...«

Die Geschichte der neuen Führenden, die ich schon tausend Mal gehört habe.

Ich kippe meinen Sessel wieder nach hinten. »Darum geht es nicht.«

»Worum dann?«

»Dass einfach alles Fake ist. Wir essen Vita, das fantastisch aussieht, aber nach nichts schmeckt.«

»Ist der Gedanke nicht sehr egoistisch?«, fragt Dave. »Seit wir Vita haben, gibt es weder Hungersnöte noch Übergewicht. Die Vorstellung, dass man früher Tiere gegessen hat ...«

Wie ein Bowlingball rollt es heran.

Das Wissen, das hier nicht Dave spricht, sondern das Calmexin.

»Und?«, fragt Jazz, als wir zur Unit zurückgehen.

»Toller Sessel, aber schon ein beschissen kleiner Raum.«

Sie versucht, mich mit der Kordel von ihrem Hoodie zu schlagen. »Die Therapie, du Trottel.«

»Ich glaube, ich darf morgen wieder nach Hause.«

Jazz grinst. »Das wird Peter gar nicht gefallen.«

»Wenn ich das richtig sehe, hat er ein neues Opfer gefunden.« Ich mache eine Kopfbewegung zu Eddie Kindle hinüber. Peter klebt fast an ihm.

»So ein Schwerenöter«, sagt Jazz.

Ich bin sicher, dass sie immun ist wie ich. Aber kann ich ihr vertrauen?

»Wir gehen gleich weiter zum Lift und dann ins Freie!«, ruft Dave.

Meine Hand wandert wieder zu dem Döschen mit dem Brief in meiner Tasche. Mit ein wenig Glück ...

Zu meiner Enttäuschung sind die Bewohner der anderen Units nicht draußen. Die Wahrscheinlichkeit, dass ich Boyd Swis heute noch treffen werde, geht praktisch gegen null.

Missmutig schlendere ich über den Hof und trete gegen Steinchen, bis ich plötzlich spüre, wie Jazz mir in den Nacken keucht.

»Da ist jemand«, flüstert sie. »Außerhalb des Zauns.«

Ich kneife die Augen zusammen. »Wo denn?«

»Beim Fluss.«

Jetzt sehe ich auch, dass sich dort jemand bewegt. Ein Mädchen in dunkelblauem Sweater und Hose und sie kommt auf uns zu. Ihr Gang. Die Farbe ihrer Haare. Das schmale Gesicht ...

»No way«, murmele ich.

»Du kennst sie?«, fragt Jazz.

»Das ist Prissy.« Ich kann nur noch stammeln. »Meine Schwester.«

»Cool.« Jazz gibt mir einen Schubs. »Ich würde sie warnen, bevor sie einen Schlag bekommt.«

Jazz' Bemerkung wirkt so ernüchternd wie ein nasser Wischlappen. Ich renne bis kurz vor die Linie und stelle mich mit erhobenen Händen hin, in der Hoffnung, Pris verständlich zu machen, dass es sich um ein Stoppzeichen handelt. Und genau in dem Moment segelt die Überwachungsdrohne über den Hof. Ich zeige hoch, winke und gestikuliere wild. Prissy duckt sich ins Gebüsch. So sieht sie jedenfalls aus: wie Prissy. Mein Hirn kann noch immer nicht fassen, dass es ihr gelungen ist hierherzukommen. Und vor allem, dass sie sich so etwas traut ...!

Der Schatten der Drohne gleitet über den Hof. Es ist, als würde ein riesiger Raubvogel über uns kreisen, der mit Adleraugen die Gegend absucht. Ich folge ihr mit angehaltenem Atem, bis die Drohne auf der anderen Seite des Gebäudes verschwindet. Prissy verlässt sofort ihr Versteck und rennt auf mich zu. Jetzt erst sehe ich, dass sie etwas bei sich hat, einen kleinen Gegenstand, den ich nicht kenne. Erneut hebe ich die Hände wie Stoppschilder, aber Prissy versteht es nicht und läuft einfach weiter.

Sieht sie denn die toten Tiere nicht, die dort liegen? Und wo bleiben diese blöden Vögel heute? Sonst fliegen sie sich ständig zu Tode, aber jetzt, da das tatsächlich mal einen Nutzen haben könnte, lassen sie sich nicht blicken.

Vielleicht hilft es, wenn ich Prissy lautstark etwas zubrülle.

Ich schaue zu den anderen Bewohnern hinüber. Die meisten haben nicht mitgekriegt, was da außerhalb des Zauns passiert. Sie spielen Basketball, hängen auf einer Bank herum oder reden miteinander. Aber spätestens sobald ich anfange zu schreien, werden sie alle wach und dann wird Nerventick-Peter wieder bei der Leitung petzen – wenn die Pflegekräfte mein Gebrüll nicht selbst gehört haben.

Schlechter Plan. Ich sollte mir etwas überlegen, was keinen Lärm macht. Pantomime! Das ist es.

Ich strecke die Hand aus, spiele, dass ich den unsichtbaren Zaun berühre, lasse meinen Arm zittern, als würde mich ein elektrischer Schlag treffen, springe rückwärts und lasse mich auf den Boden fallen, zittere noch ein paarmal wie ein Aal und gebe dann ein paar Sekunden den toten Mann.

»Sie bleibt stehen«, sagt Jazz.

Gott sei Dank! Ich rappele mich auf.

Prissy hat den seltsamen Gegenstand auf den Boden gestellt. Wegen der Flügel sieht es aus wie ein Tier.

»Was macht sie da?«, fragt Jazz.

»Keine Ahnung.«

Aus irgendeinem mysteriösen Grund redet Prissy mit ihrer Hand.

Was ist das denn?! Der Gegenstand steigt auf und schwebt zu uns hinüber.

Ein kleiner künstlicher Vogel, denke ich erst noch, aber die haben keinen Stachel und Facettenaugen. Wie um Himmels willen kommt Prissy an ein Roboterinsekt?

»Weißt du, was passiert, wenn so ein Ding durch ein Magnetfeld fliegt?«, frage ich Jazz.

»Sehe ich aus, als hätte ich Ahnung von Physik?«

»Vielleicht passiert ja nichts«, sage ich hoffnungsvoll.

»Oder es wird durch den Schlag wie ein Bumerang zu deiner Schwester zurückgeschleudert«, sagt Jazz. »Vielleicht verbrutzelt es ja auch. Oder wir bekommen einen gewaltigen Kurzschluss.«

Ich habe mir ganz umsonst Sorgen gemacht. Der Roboter ist noch ein ganzes Ende von der Linie entfernt, als er zu steigen beginnt, gut fünf Meter hoch!

»Sie weiß es«, sagt Jazz. »Deine Schwester weiß, dass dort ein unsichtbarer Zaun ist.«

Das Insekt fliegt geschmeidig darüber hinweg und schwebt auf unserer Seite des Magnetfelds zu Boden. Sobald ich den Zettel zwischen den Fliegenbeinen sehe, brennt mein eigener Brief in meiner Tasche. Ich bin nicht länger von Boyd Swis abhängig. Die Familie Winters hat ihren eigenen Kurierdienst!

»Wieso grinst du so?«, fragt Jazz.

»Nur so.« Ich stecke die Hand in meine Tasche, um das Döschen herauszuholen und …

Es ist nicht da!

Während sich die Panik wie brodelnde Lava in meinem Magen ausbreitet, sucht mein Blick den Innenhof ab. Wo habe ich gestanden, wo gelegen, wo bin ich gelaufen?

»Suchst du was?«, klingt es hinter mir.

Als ich mich umdrehe, sehe ich Peter auf mich zukommen, heftig an seiner Oberlippe leckend. In seiner halb geöffneten rechten Hand liegt mein Döschen mit dem Brief. Es muss bei meinem Pantomime-Act herausgefallen sein.

»Gib her«, sage ich.

»Es ist gegen die Regeln, Medikamente mit sich zu führen.« Peter schüttelt missbilligend den Kopf. »Oder willst du vielleicht wie Lois enden?«

Das ist Fail Nail hoch zwei. Ich bin der Trottel in einem Slapstick, der den Fluss in dem Moment überquert, als die Brücke zusammenstürzt.

»Gib her, habe ich gesagt.«

»Ich denke, es ist besser, wenn ich es jemandem von der Leitung gebe«, sagt Peter.

Ich spüre, wie sich meine Fäuste ballen.

»Holden«, flüstert Jazz. »Die Drohne kommt zurück.«

Ich schaue hoch zu dem Roboterinsekt, das wieder aufsteigt, und zu Prissy, die ihrerseits einen verzweifelten Blick zum Gebüsch hinter sich wirft. Zwischen meinen Augenbrauen wird es schwarz und dann brülle ich »Scheißkerl«, während ich auf Peter losstürme. Er scheint kurz zu erschrecken, aber dann verändert sich sein Mund zu einem sardonischen Grinsen und er streckt den Arm aus.

Mit Schwung und im hohen Bogen wirft er das Döschen über den Zaun. »Da hast du deine Pillen. Hol sie dir doch!«

Ich glaube meinen Augen nicht – Peter ist der Trottel im Slapstick, nicht ich!

Die Drohne kreist über dem Hof, während Prissy auf freiem Feld das Döschen aufhebt. Die Überwachungsdrohne wird sie sehen, das lässt sich nicht vermeiden.

»Ist das eine Bewohnerin, die ausgebrochen ist?«, fragt Peter aufgeregt.

Alle sehen sie. Ich hätte ihr vorhin genauso gut zurufen können.

Prissy spricht in ihre Hand, während sie ins Gebüsch flüchtet. Das Roboterinsekt folgt ihr wie ferngesteuert. In Gedanken schiebe ich sie vorwärts und beobachte, wie die Kreise der Drohne immer größer werden. Nicht mehr lange und sie schert über die Magnetfelder hinweg – und dann bekommt sie Prissy ins Visier.

Prissy rennt noch immer unermüdlich weiter.

Jetzt versteck dich doch endlich, denke ich, aber sie nimmt Kurs auf den Fluss.

»Das schafft sie nie«, flüstert Jazz. »Die Drohne ...«

... hängt noch keine Hundertstelsekunde über ihr, dann verschwindet Prissy zwischen den Bäumen am Wasser.

»Gleich passiert's«, sagt Peter.

Alle schauen zum Institutsgebäude.

Prissy

Das Adrenalin rast durch meinen Körper, während ich Dragonfly, die Fernbedienung und das geheimnisvolle Döschen in meinen Rucksack stopfe und mir wünsche, dass die dämliche Drohne abstürzt. Reißverschluss zu! Erst als ich die Träger überstreife, wird mit klar, dass ich meinen Sweater noch anhabe.

Schade drum! Mit wackligen Knien stelle ich mich ans Ufer und springe.

Das kalte Wasser nimmt mir kurz den Atem, dann lasse ich mich mit dem Strom treiben. Ich spähe durch die Löcher im Blätterdach über meinem Kopf, ob ich die Drohne noch entdecken kann. Wenn ich gefilmt wurde …

Zen-Modus!, würde Mama sagen.

Ich konzentriere mich auf meine Atmung und auf meine Schwimmzüge.

Als ich ans Ufer klettere, schlägt die Müdigkeit zu. Ich lege meinen Rucksack auf den Boden und streife meine durchweichten Klamotten ab. Weil ich kein Handtuch habe, springe ich ein paarmal mit gespreizten Armen auf und nieder, um die Tropfen abzuschütteln. Ich wringe meine Haare aus, tausche den BH gegen mein trockenes T-Shirt, hänge meine nassen Sachen zum Trocknen in die Sträucher und suche mir selbst auch ein Fleckchen in der Sonne.

Vielleicht liest Holden in diesem Augenblick ebenfalls meinen Brief.

Ich ziehe meinen Rucksack zu mir und leere ihn. Dragonfly hat es zum Glück überlebt. Ich kann mir kaum noch vorstellen, dass sie mich noch vor wenigen Tagen so erschreckt hat. In Wahrheit ist sie nichts Geringeres als ein bewegliches Kunstwerk, wie das wandelnde Strandtier, das ich in einem Video im City-Museum gesehen habe: ein riesiges Teil aus gelben Plastikröhren, das …

Das gelbe Döschen!

Ich angele es aus meiner Tasche und betrachte das Etikett.

Kopfschmerztabletten? Habe ich dafür fast mein Leben aufs Spiel gesetzt?

Ich will es schon tief enttäuscht wegstecken, überlege es mir aber doch noch anders. Warum sollte dieser Junge um Himmels willen Schmerztabletten über den Zaun werfen wollen? Da ist bestimmt etwas anderes drin!

Mit meinen vom Wasser runzeligen Fingern schraube ich den Deckel auf und kippe das Döschen um. Weiße Tabletten und *eine* rosa Pille. Aber auch ein paar zusammengerollte, beschriebene Zettel. Ich rolle sie auf und fange an zu lesen.

Mein Herz macht einen Satz. Das ist ein Bericht für Ordnungshüter Chapman – diesen Typen, der Mama und mir Holden weggenommen hat. Und es wird noch viel unwirklicher. Der Schreiber behauptet, an unserem Vita würde herumgepfuscht!

Ich schaue zu den letzten Surprise-Yummys, die ich unter den Busch gelegt habe, und dann fühlt es sich so an, als würden sich unter meiner Schädeldecke Tausende von Rädchen drehen.

Lag es an dem Calmexin, dass ich mich immer so schuldig fühlte?

Bis ich anfing, diese Surprise-Yummys zu essen …

Wahrscheinlich steckt da also etwas drin, was dazu führt, dass das Calmexin nicht mehr gut wirkt!

Ich überfliege den Text und mein Hirn steht kurz vor einem Crash. Kein Wunder, dass Holden sich anders verhält als ich. Er ist bestimmt immun und deswegen haben sie ihn ins Cliffton geschickt. Die Schweine! Schon bevor sie ihn dem Unparteiischen vorgeführt haben, hatte er keine Chance! Laşer und Mo und Bit's a Mystery hatten die ganze Zeit recht. Den neuen Führenden kann man nicht vertrauen.

Ich esse nie, wirklich nie wieder Vita!

Während ich mir mit der Hand über die Stirn wische, lese ich den zweiten Zettel.

Holt mich so schnell wie möglich hier weg. Ich will nach Hause. Jetzt!

Holden

Sein Name trifft mich wie ein unerwarteter Schlag im Magen. Ich dachte, der Döschenwerfer sei auch der Absender, aber es ist Holden, der wegwill. Holden, der nach Hause will. Jetzt!

Eine übelkeiterregende Angst überkommt mich. Ich wünschte, ich hätte wie Lightgirl übernatürliche Kräfte, damit ich meinen Bruder aus den Klauen des Instituts befreien könnte. Aber ich kann überhaupt nichts, nur warten, bis es Abend wird und Boyd mich mit dem Auto wieder aufsammelt. Aus lauter Frust trete ich gegen eine Grasnarbe und streife Dragonfly. Sie fällt um.

Ich Trottel! Sie hätte kaputtgehen können!

Vorsichtig richte ich sie auf und glätte ihre Flügel, während ich um Fassung ringe. Holden hat meinen Brief bekommen, er ist also auf jeden Fall gewarnt.

Ich stecke seinen Zettel wieder in das Döschen.

Und jetzt? Ohne Camphone langweile ich mich zu Tode. Ich wackele mit den Zehen, zeichne mit dem Finger Figuren in den Sand, baue einen Turm aus Zweigen und Blättern und wende meine noch immer klammen Kleidungsstücke. Manchmal raschelt etwas und ich schaue mich erschrocken um, aber es ist immer nur der Wind.

Ich glaube, ich bin kurz eingenickt.

Wie spät wird es wohl sein? Auf jeden Fall lange nach Mittag.

Mein Magen knurrt vor Hunger. Auch der leichte Schwindel in meinem Kopf spricht dafür und die Konservendose unter dem Strauch scheint mir zuzurufen. Nur mein Hirn murrt noch dagegen.

Mit trägen Bewegungen ziehe ich mich an.

Du wirst wohl müssen. Nur von Yummys kannst du nicht leben und alles ist besser als Calmexin.

Echtes Essen. Ich finde es furchtbar beängstigend.

Ich setze mich mit der Dose auf den umgestürzten Baumstamm und löse behutsam den Deckel. Die glatte rote Suppe sieht unglaublich viel langweiliger aus als das bunte Vita mit den kunstvollen Mustern. Aber sobald ich sie rieche …

Der süßliche Duft füllt meine Nase und mir läuft das Wasser im Mund zusammen! Plötzlich will ich nichts lieber als probieren, führe die Dose zum Mund und spitze die Lippen. Der kleine Schluck verursacht eine wahre Geschmacksexplosion. Als hätte meine Zunge wie Dornröschen hundert Jahre lang geschlafen und würde jetzt wach geküsst. Ich weiß nicht, ob ich es wirklich so lecker finde, aber es ist wie mit der Achterbahn in Funworld: Obwohl einem schwindelig ist, wenn man rauskommt, will man sofort noch einmal fahren. Also nehme ich noch einen Schluck und danach noch einen, bis die Dose ganz leer ist.

Minuspunkt: Echtes Essen verursacht Müll. Ich spüle die Dose im Fluss aus und verstaue sie in meinen Rucksack, wie es sich gehört.

Aus Gewohnheit? Oder liegt es am Calmexin in meinem Frühstück?

Rebellisch bringe ich die Blechbüchse wieder zum Vorschein und deponiere sie am Ufer, um ein Statement abzugeben.

Minuspunkt zwei: Tomatensuppe ist hundertmal schwerer als Vita. Sie liegt mir wie ein Stein im Magen. Bis ich einen lautstarken Rülpser lasse. Das wirkt buchstäblich und im übertragenen Sinn befreiend und allem Elend zum Trotz muss ich lachen.

Holden

Ich erwarte einen Alarm und herausstürmendes Personal. Aber ich sehe nur ein paar Bewohner, die aufgeregt miteinander reden.

»Offenbar wurde deine Schwester doch nicht entdeckt«, sagt Jazz.

»Oder es ist eine Fake-Drohne und es steckt gar keine Kamera in dem Ding. Sie lassen sie nur fliegen, um uns Angst zu machen.«

Ich spähe wieder zu den Bäumen und dem Fluss hinüber, doch Prissy und das Roboterinsekt wurden komplett von der Landschaft verschluckt.

Shit! Der Zettel! Warum nur habe ich nicht daran gedacht, ihn sofort von den Fliegenbeinen zu lösen und einzustecken? Als das Roboterinsekt wegflog, habe ich ihn nicht mehr zwischen seinen Beinen gesehen. Er muss heruntergefallen sein. Weggeweht. Ich schaue mich um.

Jazz stellt sich so dicht neben mich, dass sich unsere Arme berühren. »Hier. Ich nehme an, du suchst das da.« Sie steckt mir den Zettel zu.

»Danke«, sage ich.

»Ich würde es jetzt einfach einstecken, bis Du-weißt-schon-wer weg ist.« Sie lächelt Peter freundlich zu. »Der niederträchtige Denunziant.«

Sobald wir wieder reingerufen werden, beobachten wir, wie er zu einer Pflegekraft geht.

»Ich wusste es«, sage ich. »Er wird Prissy verpetzen.«

Ich stehe schon in den Startlöchern, um ihm zu folgen.

Jazz legt eine Hand auf meinen Arm. »Lass mich machen«, sagt sie und schubst mich in Richtung Toilettenraum. »Das ist deine Chance, diesen Zettel zu lesen.«

Ich wähle die Kabine ganz hinten.

Holden!

Prissy hier. Ich muss dich sprechen! Warnen! Weil ich nicht weiß, ob das auch klappt, schreibe ich dir diesen Brief. Es ist unglaublich viel passiert, seit du im Cliffton sitzt. Jemand hat mir »Surprise-Yummys« geschickt; da ist was drin, das macht, dass ich mich viel mehr traue als sonst.

Uppers? Wie die von Eddie Kindle in seinen Yuppers? Ist dieses Zeug wirklich so stark, dass es einen Menschen völlig verändern kann? Und warum schickt jemand Prissy diesen Mist?

Wir dachten erst, dass Boyd Swis dahintersteckt, ein Pfleger, der bei euch arbeitet. Doch stattdessen hilft er mir und nimmt mich morgen mit zum Institut.

Ich knabbere an meinem Daumennagel. Fucking Swis schon wieder? Gibt es auch noch etwas, in das sich dieser Kerl nicht einmischt? Mein Blick fliegt über die Zeilen.

Mama hat mir erzählt, dass Papa dort gestorben ist; wahrscheinlich war es ein Anschlag!

Ma wusste es. Sie ist also genauso eine große Lügnerin wie Pa. Wenn sie um Pas Tod nicht immer so ein Geheimnis gemacht hätte, hätte ich mich nie von Chapman überreden lassen. Es ist ihre Schuld, dass ich hier im Gefängnis hocke.

Wütend wische ich mir über die Augen und lese weiter.

Kennst du Phill Rogers? Er hat mit Papa zusammengearbeitet. Im Cliffton!

An Happy Day gab Phill Papa den Ring mit dem falschen

Stein und sagte: »Falls mir was passiert. Jemand muss ihm das Handwerk legen!« Ich habe es auf dem Video einer Überwachungskamera gesehen und Mama war auch dabei. Sie sagt, sie weiß nicht mehr, was auf dem Zettel im Ring stand. Weißt du es noch?

Swis …

Ich traue meinen Beinen nicht mehr und lasse mich auf den Klodeckel fallen.

Danach ist Phill verschwunden. Keiner weiß, ob er noch lebt. Ich glaube, dass Papa entdeckt hat, wen Phill meinte. Dass er deswegen sterben musste. Und wenn du auch weißt, wen Phill meinte … Bitte sei vorsichtig!

Ich versuche, die Teile zusammenzusetzen.

Rogers hatte Angst, Swis könnte ihm etwas antun. Vielleicht wusste er, dass Pa auch in Gefahr war, und gab ihm den Zettel.

Aber warum sollten nun gerade diese beiden das Ziel sein? Die einzige Verbindung zwischen Rogers und Pa war meiner Ansicht nach ihre Arbeit und …

Das Calmexin! Es kann eigentlich nicht anders sein. Hat Swis wie ich zufällig etwas gehört, das nicht für seine Ohren bestimmt war?

Ich denke an Chapman und seine Patentochter, die überempfindliche Lois, die durch das Calmexin so depressiv wurde, dass sie Selbstmord beging. Hat Swis vielleicht etwas Ähnliches mit seinem Sohn oder seiner Tochter erlebt und deswegen beschlossen, sich persönlich an Rogers und Pa zu rächen?

Ich lege die Hand mit dem Brief in meinen Schoß.

Das kann nicht stimmen. Wenn es sich tatsächlich um einen persönlichen Rachefeldzug handeln würde, wäre es doch höchst seltsam, dass Swis jetzt Prissy hilft. Der Tochter des Mannes, den er aus Rache er...

Es sei denn, es ist ein abgekartetes Spiel!

In meinem dröhnenden Kopf sortieren sich plötzlich alle Einzelteile. Swis hat die Yuppers sehr wohl Prissy geschickt. Nicht nur, um ihr Verhalten zu ändern, sondern auch, um sie zu sich zu locken. Er wusste, dass sie unbedingt herausfinden wollen würde, wer der Absender ist. Als sie schließlich bei ihm landet, spielt er den netten Pfleger und bietet an, ihr zu helfen, aber in Wirklichkeit hat er etwas Schreckliches vor. So schrecklich, dass ich kaum wage, daran zu denken.

Auge um Auge. Zahn um Zahn. Tochter um Tochter.

Gleich sitzt sie wieder allein mit ihm im Auto.

Oder er lässt sie absichtlich zurück.

Ein unsichtbarer Strick schnürt mir die Kehle zu.

Die ganze Nacht allein in der Wildnis. Das wird Prissy nie überleben!

Prissy

Vor Boyds Haus steht ein blaues Coupé.

Laşer und Mo! Sie sind schon da!

Ich winke ihnen durch das kleine Fenster zu und warte ungeduldig, bis der Wagen anhält und ich endlich aussteigen kann. Der Rückweg kam mir endlos vor.

»Gerade rechtzeitig«, sagt Mo. »Deine Mutter clickt, dass sie um halb zehn fertig ist, und fragt, ob sie dich von der Party abholen kann.«

Er will mir mein Camphone geben, aber ich mache eine abwehrende Geste.

»Sag Mama, dass ich sie abhole.« Ich lege meinen Rucksack auf meinen Schoß und suche nach dem Döschen. »Wir müssen aber erst nach Hause, damit ich mich umziehen und mein ID-Bändchen umlegen kann. Erzählt ihr mir inzwischen, was ich bei Adams stehlen soll.«

»Du machst mit?«, fragt Laşer.

»Na klar.«

Er klopft Mo auf die Schulter. »Sie macht mit!«

»Ich versuche zu clicken«, murrt Mo.

An seinem Gesicht hat sich nichts verändert und trotzdem finde ich ihn plötzlich weniger attraktiv. Es ist, als würde ich eine Maske anschauen, die allmählich Risse bekommt.

»Hat Holden dich überzeugt?«, fragt Laşer.

Ich öffne das Döschen und reiche ihm den Brief über das Calmexin.

»Eigentlich wollte er Chapman warnen.«

Laşers Augen schießen wie Kugeln in einem Flipperkasten hin und her. Horizontal und diagonal, als könnte er querlesen.

»Ich wusste es. Die Geheimgesellschaft lügt nicht.« Er legt Mo den Brief auf den Schoß und dreht seinen Sitz wieder zu mir um.

»Ein Kollege von Eddie hat übrigens deine Surprise-Yummys untersucht. Du hattest recht. Sie sind voller Uppers.«

»Um mich vorübergehend gegenüber dem Calmexin unempfindlich zu machen«, sage ich.

»Ich bin natürlich immer immun.« Laşer klingt stolz, als wäre das sein Verdienst. »Wie alle Hacker.«

»Aber Prissy nicht.« Mo reicht mir den Brief zurück. »Was wirst du tun? Laşer und ich können weiterhin Vita essen, ohne dass es uns schadet, aber du hast echt ein Mordsproblem.«

»Es sei denn, wir finden Holdens Schutzkeller«, sagt Laşer.

»Spinn nicht rum.« Mo sieht mich durchdringend an. »Dieses Dosenfutterfutter ist noch älter als meine Urgroßmutter. Lebensgefährlich!«

»Ein Superplan, meinst du.« Ich rolle den Brief zusammen und stecke ihn ins Döschen zurück. »Heute Mittag habe ich Tomatensuppe aus der Konserve gegessen und ich wurde kein bisschen krank.«

»Cool«, findet Laşer.

Mo schüttelt den Kopf. »Ihr habt beide einen Knall.«

Ich habe meine praktischen Klamotten gegen ein Partykleid getauscht und mich geschminkt.

»Wow«, sagt Mo, als ich die Treppe hinunterkomme.

»Sonst glaubt Mama nie im Leben, dass ich gerade von einer Party komme.« Ich zeige Holdens Camfie vom Verbotsschild beim Wildrost. »Das hat er ganz in der Nähe des Schutzkellers aufgenommen. Leider hat er keins von dem Haus ohne Dach.«

»Dragonfly findet das schon«, sagt Laşer. »Ich hänge ihr eine kleine Kamera an die Beine, damit wir das Gelände von oben erkunden können.«

»Clever!« Ich schaue auf mein ID-Bändchen. »Wir sollten uns lieber beeilen.«

Auf dem Weg zu Adams Appartement gehen wir alles noch einmal durch.

»Es sieht also nicht aus wie ein normaler Schlüssel«, sagt Mo. »Aber mach dir keine Sorgen – wir schauen mit.«

Keine Sorgen? Ich bekomme gerade immer mehr Angst vorm kalten Wasser. Wenn ich erwischt werde, hat Mama ein Riesenproblem.

»Sollte ich Holdens Brief nicht lieber vorlesen und das Video überall posten?«, schlage ich vor. »Das Thema ist so heftig, dass es bestimmt augenblicklich verbreitet wird.«

»Und gleich darauf wird es von den neuen Führenden als Fake News abgetan«, sagt Laşer. »Was jeder Calmexin-Konsument natürlich brav glaubt.«

Wir sind nur noch etwa hundert Meter von Adams' Appartement entfernt.

Mo macht eine Kopfbewegung zu meinem Rucksack. »Dann nimm lieber noch so einen Surprise-Yummy.«

Nicht mehr als zwei pro Tag.

»Wenn ich an einer Überdosis sterbe, seid ihr schuld.« Ich schlucke das Yummy hinunter, ohne es zu zerbeißen, und nehme mir vor, morgen damit aufzuhören.

»Besser?«, fragt Mo. Und als ich nicke: »Camchat?«

»Akzeptieren.« Sobald sein Gesicht auf meinem Display

erscheint, stecke ich mein Camphone in die Tasche. »Denkt dran, Klappe halten.«

Sie nicken genau gleichzeitig, als würden sie fürs Synchronschwimmen üben. Dann mache ich mich mit wackligen Beinen auf den Weg.

Adams Appartement liegt in einem Gebäude mit einer Haustür aus Glas. Als ich meinen Namen nenne und mein ID-Bändchen an den Leser halte, habe ich das Gefühl, es mit der ganzen Welt aufnehmen zu können.

»Hallo, Schatz«, erklingt Mamas Stimme.

Mit der ganzen Welt außer mit Mama. »Hallo.«

Die Tür schiebt sich auf und ich kann eintreten. Der Lift steht schon bereit und bringt mich zur obersten Etage. Abgesehen von der Ministerin kenne ich niemanden, bei dem der Aufzug bis ins Wohnzimmer fährt.

»War's nett?«, fragt Mama, die zum Glück mit dem Rücken zu mir steht und Blumen in einer Vase arrangiert.

»Total nett.« Ich schaue mich um und suche nach Gegenständen, die nicht so aussehen wie Schlüssel, es aber sehr wohl sein könnten. »Ist Frau Adams nicht da?«

»Wichtige Leute wie sie haben oft auch in den Abendstunden noch Termine.« Mama schaut sich kurz um und lächelt mir zu. »Allerdings nicht so nette wie Partys.«

»Aber sie wohnt hier fantastisch«, sage ich. »Diese Aussicht …«

Wenn sich Adams auf das Sofa setzt, liegt ihr die Stadt zu Füßen.

»Vom Schlafzimmer aus ist der Blick noch schöner.« Mama hat bestimmt keine Ahnung, dass sie mir hilft. »Da schaut man über den Park und bei klarem Wetter sieht man sogar den Wald am Horizont.«

Und es ist viel privater als ein Wohnzimmer. Wenn ich Adams wäre und ich wollte etwas verstecken …

»Darf ich mal gucken?«, frage ich.

Mama zögert. »Wenn du nichts anfasst.«

»Natürlich nicht.«

Sobald sich die Tür hinter mir zuschiebt, ist das Schlafzimmer eine Oase der Stille. Die Vorhänge sind geöffnet, aber ich interessiere mich nicht für die Aussicht und scanne den Raum auf mögliche Computerschlüssel ab. Ein Frisiertisch mit Schminkutensilien und einem Spiegel. Ein Doppelbett mit einem kleinen Camphone-Regal daneben und über dem Kopfende ein Gemälde, das mir kurz den Atem stocken lässt, denn es sieht aus wie ein echter Rothko. Ich löse mich nur mit Mühe von den faszinierenden Farbflächen und ziehe die Schublade des Frisiertischs auf. Mascara, Lidschatten und andere übliche Make-up-Produkte. Bürsten, Kämme und ein Föhn. Ein Haarteil, Klemmen und Spangen. Hier ist es nicht einmal lauwarm.

Enttäuscht setze ich mich aufs Bett.

Wenn dieser Schlüssel so wichtig ist, trägt Adams ihn wahrscheinlich immer bei sich.

Es sei denn, sie hat Angst, ihn zu verlieren.

Ich schaue mich noch einmal suchend um.

Moment mal! Was ich für eine dunkle Nische gehalten habe, ist ein kompletter Raum, der automatisch beleuchtet wird, als ich mich nähere.

Es ist ein begehbarer Kleiderschrank mit unzähligen Schuhen – von Sneakern bis zu meterhohen Absätzen – und Klamotten, von Geschäftskostümen bis zu Glitzerkleidern. Das Paradies auf Erden, würde Flow sagen, und auch ich bin so beeindruckt, dass ich alles vergesse.

Bis ich die Abteilung Schmuck entdecke. Der ideale, denn vollkommen unauffällige Ort, um eine Kette aufzubewahren. Aufgeregt lasse ich meinen Blick über die Anhänger schweifen.

»Wahrscheinlich ähnelt er einem Stempel«, hat Laşer gesagt. »Rund oder viereckig, aber mit einem Relief. Der Schlüssel passt genau in sein Gegenstück.«

Mir wird schwindelig. Das sind viel zu viele.

Mit zittrigen Fingern ziehe ich mein Camphone aus der Tasche. »Ich bin hier allein mit Hunderten möglicher Schlüssel. Schaut doch mal kurz mit.«

Während ich mein Camphone an den Sachen entlangführe, konzentriere ich mich auf die Schlafzimmertür. Solange Mama nicht reinkommt, sind wir sicher.

»Stopp«, sagt Laşer. »Diese gelbe Scheibe an der Kette vielleicht?«

Ich schaue mir den Anhänger aus der Nähe an. Er ist glatt und rund wie ein Vollmond und hat keine Einkerbungen. »Das glaube ich nicht, denn ...«

Nein! Mein Camphone geht aus. Laşer und Mo haben natürlich den ganzen Tag im Wormhole gesessen und die Solarzellen haben nicht genügend Licht abbekommen.

Diese Trottel!

Zum letzten Mal lasse ich meinen Blick über den Schmuck gleiten, während ich es innerlich schon aufgegeben habe, denn wie um Himmels willen erkennt man ...

Das Amulett! Ich habe Papa einmal mit einer Lederschnur um den Hals erwischt, an der genau so ein Amulett hing. Ja, erwischt. So fühlte es sich jedenfalls an, denn Papa knöpfte das Hemd schnell zu, als wäre das Schmuckstück ein geheimer Schatz, den er verstecken wollte. Ein dicker silberfarbener Schatz mit tiefen Gravierungen. Keine erkennbaren Worte, sondern mysteriöse Zeichen. »Nicht weitererzählen«, hatte er gesagt. »Das ist für meinen Computer bei Vita und du weißt, wie streng sie dort sind: Sicherheit geht über alles.«

Ich hänge die Kette mit dem Amulett ohne Zögern um den Hals und verberge sie unter meiner Kleidung.

Holden

»Das war lustig«, sagt Jazz.

Lustig? Seit Prissys Brief ist mir gar nicht zum Lachen.

»Peter sagte, draußen am Zaun sei ein Mädchen, aber die Pflegekräfte wollten ihm nicht glauben.« Jazz kann nicht aufhören zu grinsen. »Dann bat er die anderen Bewohner um Hilfe. Was meinst du? Unsere gesamte Unit hat Peter hängen lassen. Wir taten alle so, als hätten wir keine Ahnung, wovon er redete. Er bekam einen Wutanfall und wurde von zwei Wärtern abgeführt.«

Ich höre nur mit halbem Ohr zu. Meine Gedanken sind bei dem Zettel, den ich hinter dem Papierhalter versteckt habe: Bericht für Swis: Wenn du meine Schwester auch nur mit einem Finger anrührst, erzähle ich allen, was du mit Pa und Rogers gemacht hast.

Jetzt kann ich nur hoffen, dass Vera Paine den Briefkasten nicht vor Swis leert.

Jazz rüttelt an meinem Arm. »Hörst du überhaupt zu?«

»Sorry, ich äh ...«

»Der Zettel, natürlich.« Sie lässt mich los und zieht die Kordeln von ihrem Hoodie straff. »Schlechte Nachrichten?«

»Kennst du einen Pfleger mit dem Namen Boyd Swis?«

»Wieso?«

Ich trete einen Schritt näher an sie heran, damit ich ihr ins Ohr flüstern kann.

»Prissy glaubt, dass der Typ etwas mit dem Tod meines Vaters zu tun hat.«

Jazz macht große Augen. »Aber wie ...«

»Kommt, Leute!«, ruft Spider-Woman am Lift. »Ein wenig Beeilung, bitte. Im Speisesaal stehen Shakes für euch bereit.«

Das ist alles zu groß und zu viel, um es allein zu lösen. Ob ich Jazz vertrauen kann, weiß ich immer noch nicht genau, aber Pa habe ich blind vertraut und das war rückblickend betrachtet auch unbegründet.

»Ich erzähle es dir, sobald wir oben sind.«

Mit unseren Bechern suchen wir uns einen Platz am äußersten Ende der Bank. Ich wende der Zopffrau den Rücken zu, das schafft noch etwas mehr Privatsphäre.

»Das ist aber nicht sehr höflich«, murrt sie.

Jazz zuckt mit den Schultern. »Wenn es dich stört, setz dich doch einfach woanders hin.«

Die Zopffrau steht beleidigt auf und sucht Trost bei einer Mitbewohnerin auf der anderen Saalseite.

»So, die ist weg.« Jazz verschränkt die Arme. »Erzähl.«

Sicherheitshalber schaue ich mich noch einmal gründlich um. Nervensäge Peter ist zum Glück noch nicht wieder zurück. Die Luft scheint rein zu sein. Die meisten Bewohner hocken bei der Bar zusammen und diejenigen, die in der Nähe sitzen, sind in eigene Gespräche vertieft.

»Okay dann.« Ich beuge mich noch näher zu ihr. »Vor vier Tagen habe ich einen alten Ring von meinem Vater gefunden …«

Jazz saugt jedes Wort auf wie ein Schwamm, und obwohl Reden keine Lösung bringt, fühle ich mich nicht mehr so niedergeschlagen. Ich bin kurz davor, ihr dann auch gleich von dem Calmexin zu erzählen, als irgendwas in mir die Notbremse zieht.

Ich schaffe es nicht, Pa zu verraten. Auch wenn ich ihn für einen Dreckskerl halte – er ist mein Dreckskerl!

Oder halte ich nur die Klappe, weil ich mich so für ihn schäme?

»Eins verstehe ich nicht«, sagt Jazz. »Rogers brauchte doch überhaupt keinen Zettel, um deinem Vater eine Nachricht zu übermitteln. Er hätte es doch auch einfach sagen können. Warum dann das komplizierte Getue mit diesem Ring? Genauso gut hätte dein Vater den Zettel auch gar nicht finden können.«

»Keine Ahnung.« Mein Zeigefinger kreist über den Becherrand. »Vielleicht, damit jemand anders den Zettel auch noch lesen konnte? Falls Pa etwas passieren würde?«

Sie kann ein Kichern nicht unterdrücken. »Jemand wie ich wahrscheinlich?«

»Oder Phill Rogers traute sich nicht, es laut zu sagen«, überlege ich.

»Weil er Angst hatte, der Falsche könnte es mitkriegen und …«

»Na, Leute«, ertönt eine tiefe Stimme.

Ich erschrecke mich fast zu Tode. Charles Mickelson steht plötzlich neben uns. In seiner tätowierten Skeletthand hält er einen Shake.

Mickelson der Mörder. Nicht einmal Jazz traut sich, ihn einfach so wegzuschicken.

»Hi«, murmeln wir zurück.

Zu meinem Ärger geht er nicht weiter, sondern setzt sich mit seinem dicken Hintern auf den Tisch. »Habe ich da gerade den Namen Phill Rogers gehört?«, fragt er.

Shit. »Wieso?«

»Er hatte einen Bungalow in der Lamestreet«, erzählt

Mickelson. »Dort habe ich meinen vorletzten Bruch gemacht.«

Glückwunsch, würde ich am liebsten sagen. Und wenn du dich jetzt vielleicht verdrücken könntest.

»Im Nachhinein betrachtet, hätte ich das besser sein lassen.« Mickelson klemmt den Becher zwischen seine Oberschenkel. »Aber nun ja, versucht ihr mal, einen so wahnsinnig attraktiven Vorschlag abzulehnen.«

»Jemand hat Ihnen den Vorschlag gemacht, bei Rogers einzubrechen?«, frage ich ungläubig. »Wer denn?«

»Der Herr hat sich nie vorgestellt. Alles lief über Camphone und eine anonyme Nummer.« Mickelson kratzt sich im Schritt, was ziemlich ekelerregend aussieht.

»Alles, was ich zum Reinkommen brauchte, bekam ich auf einem Serviertablett präsentiert. Ein 3-D-Video von Rogers blinzelndem Auge für den Irisscanner an der Tür. Eine Tonaufnahme seiner Stimme zum Ausschalten der Alarmanlage. Nur beim altmodischen Tresor in seinem Arbeitszimmer musste ich selbst sehen, wie ich den knacke.« Bei der Erinnerung daran schüttelt er den Kopf. »Diese Wohnung war so verdammt gut gesichert, dass ich davon überzeugt war, es müsste dort etwas Besonderes zu holen sein. Diamanten, Gold ...«

»Und das war auch so?«, frage ich mit vor Aufregung heißen Ohren.

Mickelson schnauft abfällig. »Außer den Sachen, die ich für diesen Herrn klauen sollte, lag da nichts.«

»Was für Sachen?«

»Irgendeine seltsame Kette mit einer Art Scheibe voller Zeichen und eine Mappe mit Aufzeichnungen, die ich vernichten sollte. Den Rest durfte ich behalten, so war der

Deal.« Er legt seine Hand wie ein Dach über seinen Biobecher. »Aber es gab keinen Rest. Ich habe den gesamten Bungalow durchkämmt. Da war weder ein Projektor noch ein Bildschirm. Nicht mal so was Kleines wie ein Homepad oder ein Camphone. Dieser Knacker hat wahrscheinlich gedacht, ich bin verrückt. Na, da kannte er mich noch nicht. Ich habe Geld für die Kette verlangt und gedroht, die Mappe nicht zu vernichten, sondern zu veröffentlichen, wenn er mich nicht bezahlt.« Mickelson hebt seinen Becher ein kleines Stück an und stellt ihn wieder ab. »Er war einverstanden, sagte aber, er bräuchte Zeit, um das nötige Dash zu besorgen. In der Zwischenzeit gab er mir einen weiteren Tipp als Wiedergutmachung. Ein Haus in Mill Lane. Ehepaar, beide ganz verrückt nach Schmuck und den ganzen Abend im Theater.«

Ich denke an die Geschichte, die er im Kreis erzählt hat, und bekomme wieder Gänsehaut.

»Aber sie kamen früher zurück und da ging es schief …«

Mickelsons Finger klammern sich so fest um den Becher, dass ich befürchte, er wird ihn gleich eindrücken.

»Dieser Knacker hat mich vorsätzlich hereingelegt«, zischt er. »Wenn ich den je zu fassen kriege …«

»Aber Sie wissen nicht, wer er ist?«, sage ich vorsichtig.

»Er war jedenfalls über meine Einbrecherqualitäten informiert und wusste verdammt viel über Phill Rogers.« Mickelson pikst mir plötzlich mit seinem Knochenfinger in die Schulter. »Also, erzähl du mir jetzt mal schön, was du von ihm weißt!«

»Von Phill Rogers?« Ich rücke ein Stück von ihm ab. »Nur, dass er mit meinem Vater zusammenarbeitete. Hier im Cliffton. Und dass er schon seit ein paar Jahren vermisst wird.«

Mickelson pikst mich schon wieder. »Du hast gesagt, Rogers würde sich nicht trauen, etwas laut zu sagen.«

»Er hatte etwas auf einen Zettel geschrieben«, sage ich vage. »Einfach irgendein Wort.«

Unter den buschigen Augenbrauen schaut mich Mickelson fordernd an. Plötzlich kann ich mir nur allzu gut vorstellen, dass er jemanden umgebracht hat.

»Swis«, flüstere ich feige.

Er schweigt kurz. Scheint nachzudenken. »Bist du sicher, dass es nicht Sims war?«

Habe ich den Zettel denn doch verkehrt herum gelesen?

Ich muss mich räuspern, bevor meine Kehle wieder einen Ton durchlässt. »Warum fragen Sie das?«

»Die Mappe im Tresor«, sagt Mickelson. »Auf der stand nicht Swis, sondern Sims.«

Prissy

Mama schaut auf dem Sofa ihre Lieblingssoap. Ich schmuggele einen Löffel mit nach oben und esse in meinem Zimmer Bohnen aus der Dose. Mein Camphone habe ich unter meine brennende Schreibtischlampe gelegt, damit sich seine Solarzellen aufladen können.

Meine Gedanken schweifen ab zu Laşer. Als ich mit Mama an Mos Wagen vorbeiging, habe ich meine Hand mit erhobenem Daumen hinter meinem Rücken gehalten. Ich hoffe, er hat es gemerkt.

Endlich, mein Gerät erwacht aus dem Koma!

Ein paar Nachrichten von Flow und eine dringende Bitte von Mo: Camchat!

Ich akzeptiere und der Split Screen springt an.

»Also hat es geklappt?«, fragt Laşer sofort.

An Daumen und Zeigefinger ziehe ich die Kette mit dem Computerschlüssel unter meiner Kleidung hervor und lasse sie vor dem Camphone baumeln. »Papa hatte genauso einen für seine Arbeit. Dadurch wusste ich, dass ich richtiglag.«

Keiner sagt ein Wort.

»Hallo.« Ich winke zum Display. »Sind eure Batterien leer, oder was?«

Laşer muss lachen und auch Mo ist wieder bei der Sache.

»Das ist nicht einfach ein Computerschlüssel«, sagt er. »Auf der ganzen Welt gibt es nur drei. Sie sehen identisch aus, aber die Zeichen unterscheiden sich, und wenn man an die Daten der Führenden gelangen will, braucht man alle drei. Daher wird jeder Schlüssel von einem anderen Torwächter aufbewahrt.« Mo hält inne. »Ministerin Adams war eine solche Torwächterin und dein Vater offensichtlich auch. Was bedeutet, dass er für die neuen Führenden arbeitete.«

Ja, klar, als würde Papa mich Calmexin essen lassen.

»Unsinn«, schnauze ich Mo an. »Übrigens ... ihr habt beide gesagt, Papa wäre bei Bit's a Mystery gewesen.«

»Das eine schließt das andere nicht aus«, sagt Laşer ruhig. »Für die Gesellschaft ist es natürlich ideal, jemanden zu haben, der nah am Geschehen ist und allerlei geheime Informationen an sie weitergeben kann.«

Ich versuche, mir Papa als Spion vorzustellen. Der Gedanke ist so absurd, dass ich keine Bilder dazu finden kann. Auf der anderen Seite ... Das würde zumindest erklären, warum man einen Anschlag auf ihn verübt hat. Die neuen Führenden sind offensichtlich zu allem fähig und sie haben entdeckt, dass er ...

»Die anderen beiden Schlüssel«, sage ich. »Irgendeine Ahnung, wo die sind? Den von Papa habe ich nie mehr gesehen.«

»Tja.« Mo seufzt. »Das ist noch ein kleines Problem. Einer liegt bei den Ordnungskräften auf der Downtown-Wache und der andere ist im Cliffton, aber der genaue Ort ist nicht bekannt.«

»Kleines Problem?« Ich schlage die Hände vor die Augen und tue so, als würde ich hintenüberfallen. »Das ist ein wahnsinnig megagroßes Superproblem. Das können wir vergessen.«

»Dann müssen wir uns eben eine wahnsinnig megagute Superlösung dafür überlegen«, antwortet Laşer.

Meine Worte aus seinem Mund klingen plötzlich sehr zimperlich.

»Oder wir veröffentlichen Holdens Brief doch noch«, schlage ich vor.

»Fake News«, murmelt Mo.

Tss. Dann denk dir doch selbst was Besseres aus!

»Ich schlage vor, wir fangen mit dem am wenigsten schwierigen Ort an.«

Laşer kratzt sich durch seine Beanie den Kopf. »Die Computer der Downtown-Wache sind zu hacken, wie ich aus Erfahrung weiß. Ihre Überwachungskameras stellen also bestimmt kein Problem dar.«

Wie bitte? Es ist mir schleierhaft, warum er noch nie erwischt wurde.

Laşer schaut zu mir. »Zum Glück spielst du momentan ziemlich gut Theater.«

Meint er jetzt mein Pseudo-Kompliment zur Dragonfly, als ich ihm schmeicheln wollte? Ich dachte, nur Mädchen würden sich solche Sachen merken.

»Ich habe Schauspielunterricht genommen«, sage ich. »Deswegen.«

»Jo.« Laşer kichert. »Und ich dachte, es läge am fehlenden Calmexin.«

Mo runzelt die Stirn. »Ich kann gerade nicht folgen.«

»Prissy wird in den letzten Tagen nicht mehr rot, wenn sie lügt«, sagt Laşer.

Das klingt wie ein ernst gemeintes Kompliment.

Ich bekomme einen feuerroten Kopf.

Holden

»Es könnte auch Sims heißen«, sage ich. »Wenn ich den Zettel falsch rum gelesen habe. Aber was es bedeutet …«

»Es ist eine Abkürzung«, sagt Mickelson. »Ich habe mir nicht gemerkt, wofür, aber das stand in dieser Mappe.« Er kneift ein Auge zu, als könnte er dann besser nachdenken. »So was wie Pünktchen, Pünktchen, Pünktchen, System. Ja, System war das letzte Wort.«

Swis hat also nichts damit zu tun. Ich denke an meine Nachricht im toten Briefkasten – *wenn du meine Schwester auch nur mit einem Finger anrührst …* Es war als ernsthafte Warnung gemeint, aber mit dem Wissen von jetzt wirkt es plötzlich ungeheuer lächerlich.

»Was stand noch in der Mappe?«, frage ich.

Mickelson zuckt mit seinen fleischigen Schultern. »Allerlei Formeln, wie wir sie früher in Mathe vorgesetzt bekamen, aber bestimmt hundertmal komplizierter. Ich konnte nichts damit anfangen.«

Formeln zur Herstellung von Calmexin vielleicht? Nur wäre es dann logischer, wenn dort CIMS statt SIMS gestanden hätte.

»Haben Sie die Mappe noch?«

»Sie liegt an einem sicheren Ort und wartet, bis ich wieder auf freiem Fuß bin.«

»Also nicht im Institut?«, fragt Jazz enttäuscht.

»Genau«, sagt Mickelson. »Vorläufig komme ich da nicht dran. Aber mein Herr Auftraggeber auch nicht, und das ist die Hauptsache. Diese Kette hat er übrigens auch nie bekommen. Die Ordnungskräfte haben sie sichergestellt, zusammen mit allem anderen gestohlenen Schmuck, als sie mich bei diesem Ehepaar geschnappt haben.« Er lacht säuerlich. »Das ist meine einzige Genugtuung. Dieser Scheißkerl hat mich gelinkt, aber er selbst hockt jetzt auch mit leeren Händen da.«

Nachdenklich nehme ich einen Schluck von meinem Shake.

Haben die Kette und die Mappe etwas miteinander zu tun? Oder lagen sie nur zufällig zusammen im Tresor? Auf jeden Fall sind es kostbare oder wichtige und vielleicht sogar gefährliche Sachen. Warum sollte Rogers sonst in einem streng bewachten Fort wohnen? Laut Mickelson waren keine teuren Elektronikgeräte im Haus.

Genau wie bei Vera Paine …

Hat Rogers vielleicht wie die Direktorin alle Smartgeräte rausgeschmissen? Und hat das alles was mit SIMS zu tun? Oder doch mit dem Calmexin? Oder mit beidem?

Ich reibe mir meine pochende Stirn. Es ist wie mit dem Tod von Pa. Jede Antwort wirft neue Fragen auf und ich komme kein Stück weiter.

Prissy

Mama will unbedingt zusammen frühstücken und ich gerate in Stress. Nach fünf Minuten fieberhaftem Nachdenken habe ich zwar schon Kopfschmerzen, aber noch immer keinen Plan, wie ich mein Vita unbemerkt verschwinden lassen könnte.

»Hast du eigentlich irgendeine Idee, was dadrin ist?«, frage ich, um Zeit zu schinden.

»Eiweiße, Vitamine, Fette und Mineralien. Alles, was gut für dich ist.«

»Aber woraus wird es gemacht?«

»Das weiß ich nicht genau.« Mama rührt mit der Gabel durch ihr Frühstück und zerstört das schöne Tupfenmuster. »Allerlei Grundstoffe, glaube ich, wie Algen und Seetang. Alles wissenschaftlich zusammengestellt und durch und durch fundiert, würde dein Vater sagen.«

Ich ziehe zum zigsten Mal an meinem rechten Ärmel, damit er das ID-Bändchen um mein Handgelenk gut bedeckt. Als das Nörgelding heute Morgen Alarm schlug, weil der Vita-Mangel schon zu lange andauert, habe ich es ausgeschaltet, und ich will nicht, dass Mama das bemerkt und nervige Fragen stellt.

Die Türklingel jagt uns beide auf.

»So früh? Wer kann das denn sein?« Nervös verschwindet Mama in der Diele.

Das ist meine Chance! Ich springe auf und schiebe das Vita in einen undurchsichtigen Shakebecher. Deckel drauf und ab in ein Schränkchen. Fertig!

Als Mama zurückkommt, sitze ich noch ein wenig außer Atem auf meinem Platz hinter meinem leeren Teller.

Ich korrigiere mich: als Mama zurückschwebt.

Ich hätte genauso gut den Schredder benutzen können, denn das hätte sie vermutlich nicht gehört. Der Brief, den sie hochhält, nimmt sie völlig in Anspruch.

»Von Holden«, sagt sie mit einem Jubeln in der Stimme.

Über das Calmexin und die Immunen und Überempfindlichen? Darüber, dass er nach Hause will. Jetzt?!

Wenn das so ist, sollte ich wohl lieber einen Krankenwagen anrufen.

Mama benutzt den Gabelstiel, um den Briefumschlag zu öffnen. Es ist eine andere Papiersorte als die Röllchen im gelben Döschen, aber es ist dieselbe Handschrift.

»Ich wusste gar nicht, dass er so lesbar schreiben kann.« Mamas steht das Lächeln noch immer im Gesicht. »Es geht ihm gut. Die Direktorin ist nett. Sie hat ihm erlaubt, diesen Brief zu schreiben, weil sie euren Vater gekannt hat.«

Nett? Diese Hexe hat bestimmt zugeschaut, während Holden das schrieb.

»Er sagt, wir brauchen uns keine Sorgen zu machen.« Mama legt das Papier ab und streichelt es liebevoll.

Na ja, vielleicht auch gut so.

Sobald Mama zur Arbeit gefahren ist, füttere ich den Schredder mit meinem Vita. Ich like ein paar Camfies von Flow und Anna und schaue mir ein Vlogazin an, bis ich eine Nachricht von Laşer auf meinem Camphone erhalte. Mit Hausaufgaben.

Anbei schicke ich dir den Lageplan der Downtown-Wache. Sieh zu, dass du ihn bis heute Nachmittag auswendig kannst.

Ich öffne das Dokument mit dem Projektor, damit ich die Karte in groß studieren kann. Sie nimmt meine gesamte Schlafzimmerwand ein. Ich erkenne den Eingang, den ich mit Mama benutzt habe, den Tresen und den langen Korridor dahinter, der zu einem anderen Gang führte und uns schließlich in die Vernehmungszimmer brachte. In den kleinen Büros stehen wahrscheinlich Computer und in einem Raum kann man Anzeige erstatten. Die Umkleiden sind rechts, der Besprechungsraum daneben und ...

Lagerraum. Eine schmale, lang gestreckte Röhre – weit weg, versteckt an der Gebäuderückseite. Das muss es ...

Mein Camphone macht Ping. Diesmal ist es Mo.

Rate mal, wo wir sind? Camchat!

Dann erscheint sein Kopf, im Hintergrund ein strahlend blauer Himmel.

»Woher soll ich das denn wissen?«, sage ich. »Ich sehe nur dich und den Himmel.«

Er dreht sein Camphone um, sodass ich nicht mehr auf ihn, sondern in die Umgebung schaue. Wildnis. Eine Tür, die im Gras liegt. Ein zerfallenes Haus.

Mein Herz macht einen Satz.

»Ihr habt den Schutzkeller gefunden?«

»Mit Dank an Dragonfly«, sagt Laşer.

Das Bild ruckelt. Mos Füße bewegen sich und stoppen bei einer Öffnung im Boden und den Resten einer zertrümmerten Luke. Die Dunkelheit wirkt unendlich tief und bei der Vorstellung, dass Holden stundenlang dort gefangen war, bekomme ich Gänsehaut.

»Hast du noch Sonderwünsche?«, fragt Laşer. »Dann bitte jetzt sagen.«

»Keine Tiere.«

Er hebt den Daumen und kriecht mit seinem großen Rucksack durch das Loch.

»Bis gleich!«, ruft Mo und auch er verschwindet in der Erde.

Und von meinem Display.

Wenn etwas passiert, können sie niemanden benachrichtigen. Laşer hat mir erzählt, sie hätten schon vor Jahren die Tracker aus ihren ID-Bändern entfernt.

Für einen Moment überkommt mich das unheimliche Gefühl, dass ich sie nie wiedersehen werde.

Holden

»Sieben Uhr ist längst vorbei«, sagt Peter Wilson in klagendem Ton. »Warum wurden wir nicht geweckt?«

Seit gestern Abend ist er wieder auf der Unit. Er erzählte, man hätte ihn nicht in den IR gebracht, sondern in eine Art Schlummerraum, was ich in seinem Fall ziemlich schade fand. Ich hätte dem gemeinen Denunzianten einen Horrorfilm mit riesig hohen Klippen und tiefen Schluchten gegönnt.

»Vielen Dank, du Trottel«, murrt Jazz. »Da hätten wir ein Mal ausschlafen können …«

Ich drehe mich demonstrativ um und versuche weiterzuschlafen, als Spider-Woman in den Schlafraum stürmt. Sie macht ein Gesicht, als wäre sie mit knapper Not einer Naturkatastrophe entkommen.

»Wir frühstücken heute eine habe Stunde später«, sagt sie. »Ihr werdet noch erfahren, warum.«

Kaum ist Spider-Woman weg, verwandelt sich der Schlafraum in einen summenden Bienenkorb. Keiner will jetzt noch liegen bleiben.

»Bestimmt hat es wieder einen Unfall gegeben«, höre ich jemanden sagen.

»Einen Brand!«, hofft Raiza.

Oder Prissy hat meinen Brief gefunden und ihn ins Internet gestellt! Oder sie hat die Nachrichtendienste eingeschaltet. Oder die Ordnungskräfte.

Vielleicht weiß ja schon die ganze Stadt, dass Calmexin in unserem Vita steckt, und deswegen ist jetzt die Hölle los?

Ich fasse Jazz am Handgelenk. »Komm mit auf den Gang.«

»Denn?«

»Komm jetzt einfach.«

Mürrisch geht sie mit mir.

»Ich wollte es dir gestern schon erzählen«, flüstere ich. »Aber nicht in Mickelsons Anwesenheit.«

Sicherheitshalber werfe ich einen Blick in den geräuschvollen Schlafsaal. Die Bewohner spekulieren immer noch so eifrig herum, dass sie auf nichts anderes achten. Selbst Peter, der fast bei Eddie Kindle auf dem Schoß sitzt, hat kein Auge für uns.

»Du wirst es nicht glauben ...«, fange ich an.

Aber Jazz glaubt es sehr wohl. Mit jedem Satz zieht sie ihre Hände weiter in die Ärmel ihres Nachthemds. Hin und wieder entschlüpft ihr ein unwilliger Laut oder sie zischt »Drecksäcke« durch die zusammengepressten Zähne.

»Ich esse nie wieder Vita«, sagt sie, als ich endlich schweige.

»Du wirst wohl müssen. Niemand kann nur von Shakes und Yummys leben und im Übrigen tippe ich darauf, dass du wie ich immun bist. Im Gegensatz zu Prissy.«

»Und Millionen anderer Menschen.« Jazz schlägt eine Hand vor ihren Mund. »Lieber Himmel, Holden. Wenn sie dahinterkommen, bricht hier die Hölle los! Sie werden die Vita-Fabriken stürmen und ...« Ihre Augen weiten sich. »Bald haben wir alle nichts mehr zu essen.«

Ich will sie beruhigen. Sagen, dass Menschen, die unter Calmexin stehen, keine Fabriken niederreißen, aber in dem Moment biegen Vera Paine und ein Wärter um die Ecke.

»Die Ordnungskräfte sind schon unterwegs«, sagt sie zu ihm. »Dave ist auch dabei und wir benutzen die Medikamentenkammer.«

Als hätten wir es vereinbart, huschen Jazz und ich gleichzeitig in den Schlafsaal. Unsere Köpfe stoßen fast zusammen, als wir die Ohren vor den Türspalt halten.

»Der Ort, an dem man sie gefunden hat?«, fragt der Wärter.

Die Direktorin brummt zustimmend. »Hoffentlich macht ihn die Konfrontation gefügsam und aufrichtig. Stell du schon mal die Stühle bereit, damit wir pünktlich um acht anfangen können.«

Mein Herz wummert gegen meine Rippen. Es geht um Wren!

»Könnten wir sie nur abhören!«, flüstere ich, als sie weit genug entfernt sind.

Jazz nickt und schaut sich um, bis ihr Blick an Mickelson hängen bleibt. Er zieht sich gerade an und hat uns seinen nackten Rücken zugewandt. Auf seinem rechten Schulterblatt ist ein flauschiges Bärchen eintätowiert, das man eher bei einer von Prissys Freundinnen erwarten würde. Es verleiht ihm etwas Sanftmütiges und vielleicht ist das der Grund, aus dem Jazz ohne Zögern auf ihn zugeht und ihm auf die Schulter tippt. Sie tuscheln. Er nickt, kniet sich vor sein Nachtschränkchen und fühlt an der Rückseite der Schublade. Dann zieht er einen Portable hervor! Einen vom Institut, wie ihn Dave im Kreis benutzt.

Mit verschränkten Armen und den Portable unauffällig an die Brust gedrückt, stellt sich Jazz wieder neben mich.

»What the fuck?«, stammele ich.

Sie zuckt nur mit ihrer rechten Schulter. »Du bist wirklich nicht der Einzige, den ich herausgefordert habe, einen zu klauen. Mickelson hat sich getraut.«

»Wie lange ist das her? Dem Ding ist bestimmt der Saft ausgegangen.«

»Bestimmt nicht.« Sie tippt auf das Display und grinst, als es anspringt. »Die Nachtschränkchen stammen noch aus der Zeit, als jedem Bewohner ein Homepad mit Spielen und Büchern zur Verfügung stand. Die waren von der Institutsleitung genehmigt worden, damit man vor dem Schlafengehen noch gamen oder lesen konnte. Die Kästen sind immer noch multifunktional: als Schränkchen und als Ladegerät.«

»Und der Code?«, frage ich. »Wenn du den auch noch kennst, bin ich wirklich beeindruckt.«

Aus ihrem Mund kommt ein abgrundtiefes »Shit«.

Das Z von Zorro. Ich tippe 1-3-4-6 ein. »Drin.«

Jazz' verblüfftes Gesicht ist ein göttlicher Anblick!

Spider-Woman nimmt uns mit zum Speisesaal. Jazz und ich schließen uns hinten an und folgen langsam. Der Portable ist hinter dem Reißverschluss meiner Joggingjacke versteckt. Ich checke mein ID-Bändchen. Noch fünf Minuten.

»Also: Wenn der Wärter noch zugange ist, lockst du ihn weg«, flüstere ich.

»Ja-ha.«

Dort ist die Medikamentenkammer. Wie beim letzten Mal hängt ein Vorhang vor der Türöffnung. Während ich ihn ein Stück zur Seite schiebe, sehe ich Wren wieder dort liegen.

Zum Glück ist es nur Einbildung. Da ist niemand. Ich schlüpfe hinein und suche nach einem geeigneten Ort, um den Portable zu verstecken. Viel Auswahl gibt es nicht. Die Einrichtung besteht aus vier Stühlen und einem verschlossenen Schrank, der aussieht wie der fahrende Doktor. Er hat jedoch Füße statt Räder und ist deutlich breiter und höher.

Ich wische über die Aufnahmetaste und schiebe den Portable unter den Schrank.

Verdammt. Das blöde Lämpchen leuchtet zu hell.

Ich drehe das Gerät um.

Besser, aber noch nicht ideal. Wenn man auf dem Stuhl sitzt und zufällig nach rechts schaut, kann man den Portable problemlos sehen.

»Holden«, klingt es auf der anderen Seite des Vorhangs. »Beeil dich.«

Natürlich! Ich ziehe den Portable wieder hervor und klettere damit auf einen Stuhl. Auf Zehenspitzen stehend, schaffe ich es gerade so, ihn auf den Schrank zu legen. Ich schiebe ihn nach hinten, möglichst nah an die Wand.

»Verdammt, Holden«, sagt Jazz.

Ich springe auf den Boden und schaue nach oben. Perfekt. Nur ein Riese kann ohne Hilfsmittel auf den Schrank gucken. Hastig strecke ich meinen Kopf durch den Vorhangspalt.

»Wo bleibst du denn?« Jazz zerrt mich mit. »Die sind alle schon längst im Speisesaal.«

Ich schaue unterdessen über meine Schulter zum gläsernen Lift. Vera Paine und ihre Begleitung sind noch immer nicht da.

Oder doch! Ihre Stimme dringt aus dem Speisesaal.

Während ich mich auf eine Predigt einstelle, schlüpfe ich hinter Jazz in den Saal.

Nicht einmal Spider-Woman würdigt uns eines Blickes. Der ganze Saal starrt wie hypnotisiert auf den großen Bildschirm an der Wand, der normalerweise die Namen der Bewohner und die Ziffern der Food-Printer anzeigt. Heute läuft dort ein anderer Film und die Direktorin spielt die Hauptrolle.

»Aufgrund unerwarteter Entwicklungen kann der Kreis heute nicht stattfinden«, sagt sie. »Nach dem Frühstück werdet ihr zum Aufenthaltsraum begleitet, wo ihr bis auf Weiteres bleiben dürft.«

»Was für Entwicklungen?«, ruft ein Mann.

Vera Paine schaut kurz zur Seite, als würde jemand neben ihr sitzen, bei dem sie Unterstützung sucht. »Dazu können wir momentan noch nichts sagen.«

Der Monitor wird schwarz und nimmt anschließend seine normale morgendliche Tätigkeit auf – die Zuteilung von Vita.

PETER WILSON 4.

»Kein Kreis.« Die Zopffrau bekreuzigt sich. »Lieber Puppenhimmel. Das gab es noch nie, in all den Jahren, die ich hier wohne.«

LAYLA HADDON 1.

Ich denke an die Wärter, die mich morgens holen kamen, als ich mit Vita geworfen habe.

An Vera Paine, die soeben eine Frage aus dem Saal beantwortete, obwohl sie selbst nicht anwesend war.

Es sind nicht die Wände, die hier Augen und Ohren haben.

Jemand beobachtet uns heimlich über diesen Bildschirm.

Prissy

Soll ich nach der Schule vorbeikommen?, clickt Flow.

Ich sitze im Auto neben Mo, Birnen aus der Dose im Magen und Angstschweiß auf dem Rücken. Ich trage ein Tuch wie eine Muslima, aber das dient der Tarnung.

Superlieb, aber ich möchte allein schlafen. Fieber und Erbrechen. Morgen vielleicht. Ich schicke einen herzchenküssenden Smiley mit.

»Hast du deinen Kopfhörer im Ohr?«, fragt Laşer. »Kannst du mich verstehen?«

»Als würdest du neben mir sitzen«, sage ich.

»Ist dein Tracker aus?«

Ich überprüfe mein Camphone. »Ja.«

»Dongel?«

Meine Hand schließt sich um den Kunststoffstick. »In meiner Hosentasche.« Die Worte zittern, als würde ich über eine holprige Straße fahren.

»Keine Sorge.« Laşers Stimme ist warm und stark. »Ich lotse dich da durch.«

Sorge? Ich habe eine Heidenangst! Trotz der Surprise-Yummys, die ich genommen habe. Der kleine Diebstahl bei Ministerin Adams ist nichts gegen das, was wir jetzt vorhaben. Nur komplette Vollidioten rauben ein Bollwerk voller Ordnungskräfte aus. Also.

Mo parkt, stellt den Motor ab und zieht den Schirm seiner Basecap fast bis über die Augen. »Reichst du mir mal eben das Papier und die Feuerzeuge?«

Ich öffne das Handschuhfach und hole die Sachen heraus,

die sie heute Morgen aus dem Schutzkeller haben mitgehen lassen. »Wenn sie dich schnappen, wanderst du geradewegs ins Cliffton.«

Und was ist mit dir?, flüstert eine Stimme in meinem Kopf.

Ich bin erst fünfzehn, versuche ich mich selbst zu beruhigen. Mich schicken sie höchstens in die Stadtklinik.

Die Glastüren zur Downtown-Wache öffnen sich für uns.

»Es funktioniert«, flüstert Laşer mir ins Ohr. »Ich kann euch über die Überwachungskameras folgen.«

Es ist nicht dieselbe Frau hinter dem Tresen wie beim letzten Mal.

»Wie kann ich euch helfen?«, fragt sie.

»Mein Armband …« Ich senke den Kopf und suche wie besprochen Trost in Mos Achsel.

»Sie hat es verloren«, erklärt er. »Und jetzt hoffen wir, dass der ehrliche Finder es hierhergebracht hat.«

»Nicht seit ich hier sitze, fürchte ich.« Die Frau kratzt sich mit einem Computerstift in ihren lockigen Haaren. »Ist es schon länger weg?«

»Seit gestern«, sage ich unter Tränen. »Wir haben es überall gesucht und …«

Ich verberge mein Gesicht hinter meinen Händen und gebe Schnieflaute von mir.

»Es war das letzte Geschenk ihres Vaters«, sagt Mo. »Bevor er starb.«

Jetzt breche ich wirklich in Tränen aus.

Mo tätschelt mir ungeschickt den Rücken. »Schätzchen, beruhige dich doch.«

Mein Fake-Weinen wird nur noch lauter.

»Vielleicht setzt ihr euch einfach mal kurz in den Warteraum«, sagt die Frau.

»Dort, um die Ecke. Dann hole ich ihr einen Beruhigungsshake.«

»Vielen Dank.« Mo hilft mir durch den Gang wie ein Arzt seiner Patientin.

»Sie ist außer Sicht«, meldet Laşer. »Ihr habt zehn Sekunden. Wenn ich die Kameras länger ausschalte, fällt es auf.«

Ich lege mein ID-Bändchen ab und stecke es in die Innentasche von Mos Jacke. »Okay.«

Mo rennt zum Tresen zurück, dabei bewegt er eine Hand zum Rücken, fasst unter seine Jacke und zieht einen Stapel Papier aus dem Hosenbund. Er hält die Seiten wie einen Fächer in die Höhe und zündet die äußersten Spitzen an, wo das Papier am leichtesten Feuer fängt. Dann streckt er seinen Arm zur Sprinkleranlage über dem Tresen.

»Bist du schon im Toilettenraum?«, fragt Laşer.

Mo lässt das brennende Papier fallen. Ich schaue gebannt zu. Die Flammen tanzen wie ein Feuer speiender Drache über den Tresen. Was ist, wenn es schiefgeht und ein richtiger Brand ausbricht, wie damals bei Papa, und wenn ich …

»Prissy!«, ruft Laşer. »Was stehst du noch da rum?«

Mo gestikuliert auch schon wie wild zu mir hinüber und dann beginnt es aus der Decke zu regnen, während das ganze Gebäude in Geschrei und Kreischen auszubrechen scheint.

Hatte es im Cliffton keine Sprinkler gegeben?, denke ich. Wurde bei Papa kein Alarm ausgelöst?

»Du hast noch drei Sekunden, um dich auf der Toilette zu verstecken!« Laşers Stimme überschlägt sich und bringt mein Trommelfell fast zum Platzen. »Sie kommen in den Gang!«

Der Brand ist gelöscht. Ich kann mich endlich vom Anblick des Tresens losreißen und drehe mich um. *Besuchertoilette,* lese ich, bevor ich hineinflüchte und die Tür hinter mir schließe. Das Blut pumpt wie besessen durch meine Adern. Ich halte mich am Waschbecken fest und versuche zu hören, was auf dem Gang passiert, aber der Feueralarm übertönt alles andere bis auf Laşer, der leise in mein Ohr schimpft.

Holden

Weil der Kreis nicht stattfindet, werden wir nach dem Frühstück in den Aufenthaltsraum geschickt. Dort kann man Tischtennis und Tischfußfall spielen oder gamen. An der Wand hängen fünf Monitore.

»Die Augen und Ohren des Instituts«, flüstere ich Jazz zu.

»Ich bin gespannter auf unsere eigenen Ohren«, sagt sie.

Es dauert eine Weile, bis ich kapiere, dass sie den Portable auf dem Schrank in der Medikamentenkammer meint. Wenn das die Direktorin wüsste. Da entfernt sie alle Homepads und Monitore aus ihrem Appartement und wird trotzdem belauscht!

Und zu Recht. Keine Privatsphäre für die Bewohner? Für sie auch nicht!

Ich starre auf den vordersten Monitor, auf dem zwei Avatare durch einen Urwald streunen – und dann dämmert es mir allmählich.

Es stimmt nicht. Wenn Vera Paine uns die ganze Zeit über die Monitore beobachten würde, hätte sie selbst nichts zu befürchten. Aber das tut sie ganz offensichtlich.

Und Phill Rogers im Übrigen auch. Sein Bungalow war nur von außen elektronisch gesichert. Laut Mickelson war drinnen kein einziger Bildschirm zu finden.

Mein Hirn flippt fast aus.

Paine ist nicht diejenige, die uns ausspioniert, aber sie weiß, *dass* es passiert. Und Phill Rogers wusste es auch. Was bedeutet, dass wir schon mindestens zwei Jahre von jemandem beobachtet werden. Im Cliffton Institut und an noch viel mehr Orten. Nicht nur im Freien und in öffentlichen Gebäuden von Überwachungskameras, die jeder hängen sehen kann, sondern offenbar auch heimlich über allerlei Geräte zu Hause.

Big Brother is watching you. Im Auftrag der neuen Führenden? Seit ich von dem Calmexin weiß, glaube ich, dass sie zu allem imstande sind.

Das erklärt jedenfalls, warum ich erwischt wurde. In meinem Zimmer steht ein Computer. Sie konnten hören, wie ich mit Prissy geredet habe, und zuschauen, wie ich die Konserven aus dem Schutzkeller in meinem Schrank versteckte. Mein Camphone hat ein Display und der Wechselrahmen mit meinen Camfies ist auch ein Bildschirm.

Und er ist auf mein Bett gerichtet!

Die Vorstellung, es könnte mich jemand beobachtet haben, während ich mir einen ...

»Was ist?«, fragt Jazz.

Ich fühle mich nackter als eine Nacktschnecke. »Geht dich gar nichts an.«

Der Vormittag zieht sich wie Kaugummi. Eddie Kindle – der lahme Neue – sorgt als Einziger für ein wenig Ablenkung, als er versucht, Nerventick-Peter mit ein paar Tischtennisbällen tot zu werfen. In Zeitlupe natürlich.

Jazz findet es irre komisch und stellt sich wieder neben mich.

»Dieses Video im IR«, sagt sie plötzlich. »Das war, sagen wir mal, ein Spiegel. Ich konnte mich selbst in allerlei Situationen sehen, in denen ich mich unausstehlich verhalten habe. Und natürlich den berühmten Gartenzwischenfall. Mama liebte ihre Pflanzen mehr als mich. Also habe ich all ihre Blumen mit einer elektrischen Heckenschere geköpft und jeden einzelnen Strauch unwiederbringlich vernichtet.« Sie schluckt kurz. »Dann wurden sofort allerlei andere ekelhafte Fragmente eingespielt. Über Kahlschlag und Erosion. Schlammlawinen, die ganze Dörfer auslöschten. Sterbende Tiere. Als ob es mir Spaß machen würde, die Natur zu vernichten. Ich wollte nur, dass meine Eltern mich wahrnehmen.«

In Gedanken lege ich meinen Arm um sie, während ich nach den richtigen Worten suche.

Ich finde sie nicht.

»Vielleicht werden wir nicht nur heimlich beobachtet, sondern auch gefilmt«, sage ich dann.

»Scheißtherapeuten.« Sie streckt den Bildschirmen die Zunge heraus.

Wir brechen gemeinsam in Lachen aus und dann öffnen sich die Türen und Spider-Woman kommt herein. Das Spinnennetz auf ihrer Wange wirkt schwärzer. Oder ihr Gesicht ist blasser.

Ihr Blick schweift nervös durch den Saal. »Zeit fürs Mittagessen.«

Wir wenden die gleiche Taktik an wie auf dem Hinweg. Hinten gehen. Trödeln. Jazz, die vor dem Vorhang wartet, während ich hineinschlüpfe.

Wrens Kämmerchen ist leer. Sogar die Stühle sind verschwunden, was ein Problem ist, denn der Schrank ist zu hoch.

»Jazz«, flüstere ich. »Du musst mir helfen.«

Nicht Jazz taucht auf, sondern Mickelson. Ich erstarre kurz, aber dann denke ich an das sanftmütige Bärchen auf seinem Rücken und das hilft.

»Er liegt dort oben«, sage ich.

Mickelson faltet seine Knochenfinger zu einer Räuberleiter. Ich stelle meinen Schuh darauf und er hebt mich hoch, sodass ich den Portable vom Schrank holen kann. Die Räuberleiter senkt sich wieder und ich steige hinunter, öffne meine Joggingjacke ...

Fuck! Mickelson reißt mir den Portable aus der Hand und versteckt ihn hinter seinem eigenen Reißverschluss. Bevor ich protestieren kann, spaziert er pfeifend auf den Gang.

»Und?«, fragt Jazz.

»Der Dreckskerl hat ihn mir weggenommen.« Ich schaue auf Mickelsons breiten Rücken und schieße das tätowierte Bärchen in Gedanken in Fetzen.

Noch vor den Bangen Jahren gab es einen Sport, der Frettchen-Legging hieß. Erforderliche Kleidung: eine Hose, die man an den Knöcheln verschließen konnte. Dort steckte man zwei Frettchen rein, und wer es am längsten aushielt, hatte gewonnen.

Ab dem Zeitpunkt, als Mickelson diesen Portable in seinem Besitz hat, hausen jede Menge Frettchen in meiner Hose. Ich bin unruhig, bin auf der Hut und habe fürchterliche Angst, dass es schiefgeht.

Ich will wissen, was aufgenommen wurde. Hoffentlich spielt Mickelson es nicht ab, während der Monitor an der Wand – und die Bewohner! – mithören können.

Vorläufig schaufelt er sich nur sein Vita rein und schweigt, bis Spider-Woman zurückkommt.

»Ihr dürft eine Viertelstunde an die frische Luft«, sagt sie. »Danach startet das normale Programm wieder.«

»Wirst du uns noch erzählen, warum wir heute Morgen kein normales Programm hatten?«, fragt Mickelson.

»Tut mir leid.« Sie hebt die Hände, als würde sie sich ergeben. »Dazu kann ich nichts sagen. Wenn ihr jetzt bitte mitkommen würdet.«

Jazz und ich bleiben möglichst nahe bei Mickelson.

»Sagst du es ihm oder sage ich es?«, fragt sie.

Was ist das nur bei den Frauen, dass sie es immer so hindrehen, dass man der Blöde ist? Prissy beherrscht diese Taktik auch ganz hervorragend.

Ich betrete den Hof, ohne Jazz zu antworten. Mickelson schaut sich suchend um. Offenbar ist er beruhigt, denn er zieht den Portable unter seiner Jacke hervor, tippt das schwarze Display an und flucht.

Er kennt den Code nicht!

»Kann ich helfen?«, frage ich mit süffisantem Lächeln.

Mickelson reicht mir den Portable. »Leb dich aus.«

Das Z von Zorro. Ich tippe die Ziffern ein und gehe gleich weiter zu »Aufnahme abspielen«.

»Anwesend sind der Verdächtige Boyd Swis«, sagt eine bekannte Stimme.

Chapman. Ist Boyd denn doch …

Jazz gibt mir einen Schubs. »So heißt doch dieser Pfleger?«

Ich nicke und konzentriere mich wieder auf den Portable. Offensichtlich wurde das Gespräch nicht nur von uns aufgezeichnet.

»Vera Paine, Direktorin des Cliffton Instituts. Dave Kiefer, Psychotherapeut und Angestellter des Cliffton Instituts. Und der Unterzeichnende, Ordnungshüter Chapman.«

Eine Vorstellrunde. Glück muss man haben!

»Wren Cosby schien auf den ersten Blick einem Herzanfall erlegen zu sein«, sagt Chapman. »Der Pathologe fand jedoch eine kleine Spitze infolge einer Injektion in ihrer Brust. Weitere Untersuchungen haben ergeben, dass Wren eine tödliche Dosis eines Muskelrelaxans verabreicht wurde. Es handelt sich also um Mord.«

Mord. Das Wort hängt für einen Moment über dem Hof, als wollte es warten, bis jeder es gehört hat. Und das scheint auch so zu sein, denn immer mehr Bewohner kommen näher und umringen mich.

»Und was hat das mit mir zu tun?«, fragt ein Mann mit einer Stimme, die ich noch nie zuvor gehört habe.

Das kann nur Swis sein. Wenn er Prissy bloß nichts angetan hat …

»Das Pflaster auf Ihrer Wange«, sagt Chapman.

»Ich habe mich beim Rasieren geschnitten.«

»Das muss aber ein sehr tiefer Schnitt gewesen sein, denn Sie hatten es schon vor drei Tagen.«

Stille.

»Wir haben die Kamerabilder am Eingang aufgerufen«, fährt Chapman fort. »An dem Morgen, als Wren starb, sind Sie ohne Pflaster angekommen. Als Sie das Gebäude verließen, trugen sie es jedoch. Rasieren Sie sich öfter mal am Arbeitsplatz?«

»Hin und wieder«, sagt Swis. »Wenn ich sonst zu spät zum Dienst käme.«

»Würden Sie das Pflaster entfernen?«

»Warum sollte ich?«

»Unter Wrens Fingernägeln wurde DNA gefunden. Wir glauben, dass sie den Täter gekratzt hat.«

Stille.

»Wir haben Ihre DNA schon vor zwei Jahren überprüft, Herr Swis. Leugnen hat keinen Sinn.«

Stille. Nicht nur bei der Aufnahme, auch auf dem Hof.

»Okay, sie hat mich gekratzt«, gibt Swis zu. »Sie war ziemlich durcheinander, als sie aus dem IR kam und ich sie beruhigen wollte.«

»Mit einem Muskelrelaxans?« Chapmans Ton ist scharf. »Warum musste sie sterben?«

Stille.

»Weil sie keine normale Bewohnerin war, sondern eine Ordnungshüterin?«, fragt Chapman.

Mickelson legt plötzlich beide Hände auf meine Schultern und beugt sich vor, als wollte er mich küssen. Ich erschrecke mich fast zu Tode, aber dann murmelt er »Drohne« neben meinem Ohr und ich kapiere, was er da macht.

»Herr Swis«, sagt Vera Paine. »Haben Sie meinen Zettel gefunden?«

Mickelson hängt mit seinem großen Körper über dem Portable. Die kreisende Überwachungsdrohne über unseren Köpfen kann das Gerät unmöglich sehen. Auch wenn es seltsam ist, dass wir hier alle so gedrängt herumstehen.

»Welchen Zettel?«, fragt Chapman. Die Direktorin seufzt. »Peter Wilson ist ein ziemlicher Quälgeist. Er lief Wren ständig hinterher. Ich befürchtete, er hätte durchschaut, dass sie eine Ordnungshüterin war, und wollte sie warnen.«

Wir schauen alle zu Peter hinüber. Mit seiner blitzschnellen Zunge erinnert er mich auf einmal an eine Giftschlange.

»Ich verstehe das nicht«, sagt Chapman. »Und das musste über einen Zettel laufen?«

Vera Paine seufzt erneut. »Ich habe überlegt, Wren in mein Appartement kommen zu lassen, aber das hätte die

Aufmerksamkeit nur noch mehr auf sie gelenkt. Ein vertrauliches Gespräch auf der Unit schien mir allerdings auch nicht sinnvoll. Man weiß ja nie, wer da so alles mithört.«

Jazz nickt kichernd und schaut zum Portable. »Wie wahr.«

»Also schrieb ich ihr eine kurze Nachricht«, fährt Vera Paine fort. »Ich suchte nach einem geeigneten Moment, um sie ihr bei der Happy-Day-Feier unauffällig zu geben, aber als es so weit war, steckte der Zettel nicht mehr in meiner Tasche.«

Hat Swis ihn geklaut?

Oder ist er Paine aus der Tasche gefallen und Swis hat ihn zufällig gefunden?

Aber warum hat er ihn in den toten Briefkasten gesteckt und nicht einfach bei sich behalten?

Ich spähe zur Drohne hinüber, die ihren Beobachtungsbereich mittlerweile erweitert hat und bis über die unsichtbaren Zäune hinwegfliegt.

Vielleicht befürchtete Swis, seine Aktion sei von irgendeiner Kamera festgehalten worden, sodass Vera Paine die Aufnahme sehen und ihn anschließend durchsuchen lassen würde.

Und als er sich am nächsten Tag sicher wähnte und den Zettel holen wollte, war er weg.

Weil ich ihm zuvorgekommen war.

»Ich wusste nicht, dass Wren Cosby eine Ordnungshüterin war«, sagt Swis. »Und selbst wenn, hätte es auch nichts geändert. Für mich sind alle Bewohner gleich und ich werde immer mein Bestes geben, um ihnen möglichst gut zu helfen.«

Die Drohne verschwindet hinter dem Gebäude und Mickelson beendet seine Umarmung.

»Warum haben Sie Wren dann ums Leben gebracht?«, fragt Chapman.

Stille.

»Dort lag sie«, sagt Vera Paine. »Vollkommen hilflos.«

Aus dem Portable kommt ein seltsames Geräusch.

»War es vielleicht ein Unfall?«, mischt Dave sich ein.

Jetzt wird mir erst klar, was ich da höre. Swis weint.

Prissy

Der Alarm stoppt.

»ID-Bändchen-Kontrolle abgeschlossen«, sagt eine Computerstimme. »Keine Signale erhalten. Gebäude ist vollständig geräumt.«

Dieser Trick hat schon mal funktioniert.

Ich pupse vor Erleichterung. Oder es sind die Birnen, die von sich hören lassen.

»Los jetzt«, sagt Laşer.

Sofort bin ich wieder ganz steif vor Nervosität. Im Kopf habe ich hundert Mal wiederholt, was ich tun muss, aber jetzt, da es wirklich so weit ist, kommt mir unser Plan plötzlich ungeheuer dumm und unmöglich vor.

Laşer kann anscheinend Gedanken lesen. »Du schaffst das.«

Okay dann.

Tür öffnen. Um die Ecke spähen zu den Glastüren am Eingang.

Offenbar halten sie sich an ihren Räumungsplan, den Laşer sich vorab über seinen Computer angeschaut hat. *In Notfällen auf dem Parkplatz an der Gebäudeseite sammeln.*

Hauptsache, sie vermissen mich nicht.

Oder sie glauben Mo, dass ich nach Hause gelaufen bin.

Ich renne durch den Gang und rutsche auf dem nassen Boden fast aus.

Um die Ecke!

Zum Glück ist die Sprinkleranlage in diesem Gang nicht angegangen. Ich sprinte weiter, passiere in fliegender Eile einen Raum nach dem anderen, bis ich nicht mehr weiterkomme. Hier muss es sein. Der Lagerraum.

Ich überprüfe die Tür. »Verschlossen.«

»Das war zu erwarten«, sagt Laşer. »Siehst du das Panel daneben?«

»Mhmmm.«

»Kriegst du die Abdeckung runter?«

Ich benutze meine Fingernägel als Werkzeug. »Fertig.«

»Jetzt steckst du den Dongel in den Data Link Connector.«

Ich lege die Abdeckung auf den Boden und schaue auf die Innenseite des Panels. Es sieht aus wie ein winziger Computer.

»Das Ding, das aussieht wie ein USB-Anschluss?«

»Richtig.«

Meine Hand zittert. Der Anschluss des Dongels scheint zu groß oder der DLC ist zu klein.

»Vielleicht solltest du dich ein bisschen beeilen«, sagt Laşer.

Jetzt zittere ich noch heftiger. »Er passt nicht.«

»Doch, doch. Komm schon, Prissy, konzentrier dich.«

»Er steckt!«, rufe ich.

»Schön. Dann werden wir jetzt das Herz des Schlosses auslesen. Nimm dein Camphone dazu.«

Ich öffne das Programm, das Laşer auf meinem Gerät installiert hat. Auf dem Display erscheinen Daten und Ziffern und allerlei Texte, von denen ich nichts verstehe.

»Na los«, murmelt Laşer.

Ich stelle mir vor, wie er im Wormhole steht und versucht, alle Monitore gleichzeitig im Blick zu behalten: die Kamerabilder der Wache, mein Camphone und …

Er flucht. »Sie kommen wieder rein, Pris.«

Die Panik springt mich an wie eine giftige Kröte. »Was soll ich machen? Ich weiß nicht, was ich machen soll!«

Laşer ist wieder die Ruhe selbst. »Weiteratmen. Vorläufig interessiert sie vor allem das Chaos am Tresen.«

Meine Haare sind feucht von den Sprinklern. Ein Tropfen fällt auf mein Camphone-Display. Mein Blick schwimmt über die lange, unlesbare Reihe von Buchstaben, Ziffern und Zeichen.

»Warum bewegen sie sich nicht mehr?«, frage ich nervös.

Laşer kichert kurz. »Weil es geklappt hat. Wir haben den Zugangscode gefunden und ich schicke ihn jetzt zur Tür.«

Mein Camphone piepst. Die Tür schiebt sich geräuschlos zur Seite und das Licht im Lagerraum geht an.

»Es funktioniert!«, rufe ich.

»Nicht so laut! Ein Ordnungshüter kommt in deine Richtung.«

Dumm, dumm, dumm! Ich beiße mir auf die Hand und betrete eiligst den Raum.

»Der Dongel«, sagt Laşer eindringlich. »Und die Abdeckung!«

Ich muss meine Beine zwingen zurückzugehen; mir ist übel vor lauter Angst. Ich zerre den Dongel aus dem DLC, klemme ihn mir zwischen die Zähne, hebe die Abdeckung auf und ...

»Noch zehn Sekunden«, meldet Laşer. »Höchstens.«

Das Camphone glitscht in meinen feuchten Fingern. Ich stopfe es durch den Ausschnitt meines Pullovers in meinen BH, damit ich beide Hände frei habe, um diese blöde Abdeckung wieder festzuklemmen.

»Noch fünf«, sagt Laşer.

Das schaffe ich nie! Ich könnte ihn schlagen.

»Noch vier.«

Er sitzt! Ich springe durch die Türöffnung.

»Drei.«

Ich wische über die Taste, auf der CLOSE steht.

»Zwei.«

Die Tür schiebt sich aufreizend langsam zu.

»Er geht geradewegs auf den Lagerraum zu«, sagt Laşer. »Du solltest dich lieber verstecken.«

Holden

»Behaupten die jetzt allen Ernstes, dass Wren von Boyd Swis getötet wurde?« Der Bewohner mit dem haarigen Muttermal am Kinn – William, glaube ich – schüttelt den Kopf. »Ich glaube kein Wort davon. Vor ein paar Jahren hat der Typ auf Unit 3 gearbeitet und einen besseren Pfleger hatte ich nie.«

»Still jetzt«, zischt Jazz.

»Hier«, sagt Dave.

Ich glaube, er reicht Swis ein Taschentuch, denn jemand schnäuzt sich die Nase.

»Sie wollte es nicht kapieren«, erklingt Swis' heisere Stimme. »Ich habe versucht, ihr zu erklären, dass ich die anderen ja gerade von ihrem Leiden erlöst habe. Dass kein anderer ihnen hatte helfen wollen außer mir und …« Ein Schluchzen steigt in seiner Kehle auf. »Wren wiederholte immer nur, ich sei ein Mörder, und ich versuchte, ihr meine Hand auf den Mund zu legen, aber sie wehrte sich und kratzte mich und zufällig hatte ich den Injektionsstift in der Hand und …«

»Welche anderen?«, fragt Chapman.

Ich spüre, wie eine ganze Kolonne Ameisen über meinen Rücken zieht. Wenn er bloß nicht Prissy meint!

»Sie waren so unglücklich«, sagt Swis. »Haruki und Lois.«

Ein Stuhl wird gerückt; die Beine schaben über den Boden.

»Lois.« In seiner Stimme liegt Schmerz, doch Chapman beherrscht sich. »Sie haben auf Unit 2 gearbeitet und meine

Nichte selten gesehen. Und trotzdem behaupten Sie, Sie wären in der Lage gewesen, ihren Gemütszustand zu beurteilen?«

Wie um Himmels willen kann er so ruhig und rational bleiben? Ist es das, was Calmexin mit einem macht?

»Filmaufnahmen lügen nicht«, sagt Swis.

»Sollten wir nicht lieber einen anderen Ordnungshüter hinzuziehen?«, schlägt Dave vor. »Jemanden, der in dieser Angelegenheit nicht persönlich betroffen ist?«

»Welche Aufnahmen meinen Sie, Herr Swis?«, fragt Chapman.

»Die, die ich täglich über mein Camphone erhalte. Erst waren es nur Szenen aus Filmen und Serien, Interviews, Nachrichtenitems und philosophische Gespräche. Danach folgten auch Bilder der Bewohner. Aufnahmen von individuellen Therapiesitzungen.«

»Unmöglich!«, ruft Dave.

»Herr Kiefer«, sagt Chapman. »Ich bitte Sie.«

»Anfangs fand ich es natürlich seltsam, dass irgendein Unbekannter mir all diese Nachrichten schickte«, fährt Swis fort. »Aber nach einer Weile entdeckte ich, dass eine gewisse Logik dahintersteckte und dass der Absender mir etwas verdeutlichen wollte.«

»Was denn?«, fragt Vera Paine.

»Ich bekam Fragmente aus Filmen über Jesus, Gandhi, Batman und Lightgirl zu sehen, die mir zeigen sollten, dass ich viel mehr sein kann als nur ein Pfleger. Unsere Bewohner brauchen einen Erlöser. Jemand, der den Mut hat, ihnen wirklich zu helfen.«

»Es scheint mir eher, als würden Sie unter Wahnvorstellungen leiden«, sagt Dave.

Aber wirklich – der Kerl ist völlig irre!

»Demnach gab es wohl während der Bangen Jahre eine Menge Ärzte, die unter Wahnvorstellungen litten. In manchen Staaten war es erlaubt, unheilbar Kranke sterben zu lassen. Ich habe Bilder gesehen von Patienten, die mit einem Lächeln auf den Lippen einschliefen, Interviews mit dankbaren Angehörigen …«

»Euthanasie ist etwas ganz anderes«, wirft Dave ein. »Die geschieht auf Wunsch der jeweiligen Patienten.«

»Haruki und Lois wollten sterben.« Swis spricht jetzt leiser. »In den Filmen, die man mir zugeschickt hat, habe ich gesehen und gehört, dass sie das sagen: ›Ich will nicht mehr. Es ist für mich nicht mehr notwendig. Ich will, dass es aufhört.‹ Und damit wurde dann wieder ein Fragment verbunden, in dem jemand sagte: ›Wie deutlich willst du es haben?‹ Und daran wieder Videos todkranker Menschen mit traurigen Augen und leeren Blicken. Diese Augen verfolgten mich überallhin und dann stellte sich plötzlich heraus, dass sie Lois gehören.«

»Gehirnwäsche über ein Camphone«, sagt Chapman. »Das klingt alles ziemlich unwahrscheinlich, finden Sie nicht?«

Das meinten sie auch bei diesem Horrorfilm im IR.

»Und doch ist es so«, beharrt Swis. »Jemand hat mir diesen Shit geclickt. Schaut es euch doch selbst an, wenn ihr mir nicht glaubt.«

»Gut«, sagt Vera Paine. »Ich frage die Überwachung, ob wir uns das Gerät anschauen können. Abgesehen davon … Sie mögen sich selbst zwar für so was wie einen rettenden Engel halten, aber in Wrens Fall geht diese Rechnung nicht auf. Sie litt nicht unter schweren Depressionen wie die anderen.«

Wieder dieser seltsame Schluchzer.

»Ich finde es auch schrecklich. Das Muskelrelaxans war für einen anderen Bewohner gedacht. Jim von Unit eins geht es nicht gut. Aber als ich am Medikamentenschrank zugange war, stand Wren plötzlich hinter mir und begann, mich zu beschuldigen und ...« Swis kann nicht mehr weiterreden und weint.

»Wir wissen vorläufig genug«, sagt Paine. »Die Wärter bringen Sie in den Nachtraum, bis wir einen Unparteiischen organisiert haben.«

Stühle werden gerückt und Schritte sind zu hören.

»Bis gleich«, sagt Dave und dann kommt kein Ton mehr aus dem Portable.

Aber halt! Es geht noch weiter.

»Phill hatte also doch recht«, flüstert Vera Paine. »Als er Jack Winters vor Swis warnte.«

»Könnte sein.« Chapman schweigt kurz. »Nur war Irwin bestimmt kein depressiver Bewohner, der von seinen Leiden erlöst werden musste. Und ich weiß ganz sicher, dass Swis diesen Anschlag auf Jack nicht verübt hat.«

»Vielleicht war es ja doch ein Unfall«, sagt Paine, »und die Ereignisse von vor zwei Jahren haben hiermit gar nichts zu tun.«

Jemand seufzt.

»Warten wir erst einmal ab, was der Unparteiische zu melden hat«, sagt Chapman.

Jetzt schweigt der Portable tatsächlich. Schnell stecke ich ihn unter meine Joggingjacke, während der Hof langsam wieder zum Leben erwacht.

Das Stimmengewirr wird lauter und die Bewohner wechseln ungläubige Blicke.

»Die Pflegekräfte hier sind verdammt noch mal gefährlicher als die Patienten«, sagt Mickelson. »Und dann will er auch noch seinem Camphone die Schuld geben. Das glaubt doch kein Mensch.«

Obwohl es keine echte Frage ist, bekommt er dennoch Antwort.

»Ich schon«, sagt die Zopffrau. »Mir ist genau das Gleiche passiert.«

Prissy

Panisch schaue ich mich um, während ich den Dongel in meine Tasche gleiten lasse.

Verstecken. Aber wo?

Der Boden ist eine einzige große, kahle Fläche. Alle Schränke stehen an der Wand.

»Er bleibt jetzt vor deiner Tür stehen«, sagt Laşer. »Behalte für alle Fälle den Notausgang im Auge.«

Das Licht! Gleich wird er bemerken, dass es durch irgendeinen Spalt scheint, und ihm wird sofort klar sein, dass jemand im Lagerraum ist. Ich versuche, mich zwischen zwei Schränke zu zwängen, aber sogar für jemanden mit meinen Maßen ist die Lücke zu eng. Zum Glück steht der Ordnungshüter immer noch auf dem Gang. Offenbar dringt kein Licht durch die Tür. Und hoffentlich auch kein Geräusch, denn aus meinem BH kommt ein irre lautes *Ping*.

»Das ist nicht dein Ernst!«, brüllt Laşer in meinen Ohrhörer. »Hast du die Clickfunktion etwa nicht ausgeschaltet?«

»Vergessen.« Mein Herz hüpft auf und nieder wie ein Bungeespringer, während ich versuche, den Ordnungshüter auf der anderen Seite der Tür mit schierer Gedankenkraft verschwinden zu lassen.

»Er schaut auf sein Camphone«, sagt Laşer.

Weil er dachte, sein eigenes Gerät hätte gepingt?

»Er tippt etwas ein und …« Laşer atmet tief aus. »Der ist vorläufig weg.«

Ich schicke tausend Dankesbekundungen zur Decke. Und jetzt beeilen!

Es gibt drei Schränke. Oder genauer gesagt Regale mit Kisten. Manche sind an der Oberseite offen, doch die meisten haben einen Deckel. Einer ist zusätzlich mit einem Ziffernschloss gesichert.

Ich halte mein Camphone an den QR-Code in der rechten oberen Ecke.

INHALT: YUPPERS, 502 STÜCK. Datum und Fundort stehen auch dabei.

Nächster.

ABGESCHRIEBENE UNIFORMEN. Nicht interessant.

Nächster.

GEFUNDENE GEGENSTÄNDE. Könnte sein. KATEGORIE SPIELZEUG. Nächster.

KATEGORIE WERTSACHEN. Ich ziehe die Kiste zu mir heran. Armbänder, ein Ohrring mit Diamanten, eine Perücke aus Echthaar, eine Tiara und ein paar Ketten mit Anhängern. Ich sehe ein herzförmiges Medaillon, das Sternbild Zwillinge und einen blauen Anhänger. Aber kein Amulett.

»Meiner Ansicht nach haben sich die Leute von Bit's a Mystery geirrt«, sage ich.

»Warte!«, ruft Laşer. »Ich kriege gerade einen Tipp von ihnen. Du sollst beim Diebesgut schauen.«

Und das fällt ihnen jetzt ein …

Es ist die Kiste auf dem zweiten Regal. Sie ist klein und wiegt kaum etwas.

Ich stelle sie auf den Boden und hebe den Deckel ab.

Dass in Paradise wenig gestohlen wird, wusste ich ja. Aber nicht, dass es so wenig ist.

Obwohl … Die meisten Sachen werden den rechtmäßigen Eigentümern schließlich wieder zurückgegeben.

Ich finde einen kleinen Stoffbeutel mit Steinchen, einen

silbernen Kerzenleuchter und ein wenig Schmuck. Perlenketten, ein Collier und ...

»Ich habe es«, flüstere ich.

»Dann schnell, denn gerade sind ein paar Brandspezialisten angekommen und ich fürchte, sie werden das ganze Gebäude durchsuchen.«

»Mo?«

»Der hat sich schon davongemacht, als alle rausdrängten. Ich glaube, er ist seiner hysterischen Freundin hinterhergerannt.«

»Haha.« Ich schließe die Kiste und stelle sie an ihren Platz zurück. »Und das haben sie geschluckt?«

»In dem Moment schon. Aber sobald sich die Bestürzung gelegt hat, wahrscheinlich nicht mehr. Ich kann zwar die Kamerabilder austauschen, aber nicht die Zeugen ausschalten.«

Die Frau hinter dem Tresen hat auch mich gesehen!

Ich sehne mich nach Luft und laufe zum Notausgang. Daran befindet sich ein Hebel, den man nach unten drücken soll. Die Tür gibt etwas nach, blockiert jedoch abrupt.

»Geht nicht.«

»Doch, klar. Kräftig drücken.«

Ich werfe mich mit meinem ganzen Gewicht gegen die Tür. »Sie geht nicht weit genug auf. Ich glaube, da steht etwas davor.«

»Kleinen Augenblick.«

»Laşer?«, frage ich mit dünner Stimme.

In meinem Ohrhörer bleibt es still.

Die Einsamkeit überfällt mich wie ein unerwarteter Regenschauer. Ich will nach Hause. Mit Flow und Anna in der Lounge abhängen oder eine virtuelle Modeshow im Macies besuchen. Hätte ich doch nie von diesem blöden Calmexin gehört. Mir ist zum Heulen zumute.

»Prissy?«

»Kleinen Augenblick?«, schnauze ich. »Es kam mir vor wie ein Jahr.«

»Irgendein Vollidiot hat einen Müllcontainer vor den Notausgang gestellt«, sagt Laşer. »Mo kommt und rettet dich.«

Er hat kaum zu Ende geredet, da höre ich ein Geräusch, als würde etwas Großes und Schweres verschoben, gefolgt von einem Türklopfen. »Prissy?«

»Ich bin hier.«

Drücken. Stoßen. Offen!

Ich purzele fast nach draußen und drücke den Notausgang hinter mir zu. »Weg hier.«

»Erst den Müllcontainer wieder zurück«, sagt Mo. »Je weniger Spuren wir hinterlassen, desto besser.«

Hallo, wir haben gerade eine Wache in Brand gesteckt.

Ich schaue mich um.

»Diese Kamera ist schon seit Wochen kaputt.« Mo gibt mir mein ID-Bändchen zurück.

»Über diese Gasse kommen wir ungesehen zum Auto.«

Auf der Fahrt zum Wormhole schaue ich auf mein Camphone.

Der Ping kam natürlich von Mama.

Ministerin Adams vermisst eine Kette. Sag mir bitte, dass du nichts damit zu tun hast.

Ich spüre einen Druck im Kopf. Ein leichter Schmerz, der sich in meinen Schläfen ausbreitet.

Vor ein paar Wochen wäre Mama nicht einmal auf die Idee gekommen.

Einmal ein Dieb ...

Aus dem Nichts erscheint ein Zeichentrickfilm auf meinem Display.

Eine Szene aus *Doggy Detective* – eine Serie über einen Spürhund mit Regenmantel und Filzhut. Er hebt eine Katze am Nackenfell hoch wie eine Handtasche.

»Es mag Ihnen ja gelungen sein, die Kamerabilder verschwinden zu lassen«, bellt er sie an. »Aber ich bin sicher, dass Sie die Kette gestohlen haben.«

Die Katze trägt ein Abendkleid und High Heels. »Beweise es«, sagt sie mit ihren stark geschminkten Lippen. »Das gelingt dir im Leben nicht, das kann ich dir versichern.«

Und dann läuft mein Lieblingssong von Janx: *No worries.*

Sofort fühle ich mich um einiges besser.

»Sehr witzig, Laşer«, sage ich. »Wie kriegst du das so schnell zustande?«

»Das war ich nicht«, klingt es in meinem Ohrhörer.

Nervös checke ich mein Camphone. »Wer dann?!«

Holden

»Ich habe Nachrichten von Puppengott bekommen«, sagt die Zopffrau. »Er sagte, Irwin sei der Teufel und ich müsste die anderen Bewohner vor ihm schützen.«

»Über das Camphone?«, sage ich spöttisch.

Das ist selbst meinem toten Pa noch nie gelungen.

»Für Puppengott gibt es keine Grenzen.« Die Zopffrau faltet ihre Hände. »Er erscheint in meinen Träumen, beantwortet meine Fragen, wenn ich in Gedanken mit ihm rede und ...«

»Jaja«, sagt Jazz ungeduldig. »Und über das Camphone. Clickt er dann Nachrichten, oder wie?«

»Es waren hauptsächlich Videos und manchmal geschriebene Texte.« Die Zopffrau nickt, um ihren Worten Nachdruck zu verleihen. »Puppengott zeigte mir, was Irwin sich alles zuschulden hat kommen lassen, bevor er ins Cliffton kam. Er hat nicht nur Waffen hergestellt, sondern sie auch verwendet. Ich habe gesehen, wie er Tiere tötete und dass er es genoss, ihnen wehzutun.« Sie schüttelt missbilligend den Kopf. »Puppengott schickte mir ein Interview mit einem Professor, der sagte, Monster wie Irwin könne man nicht heilen. So ein sadistisches Verhalten würde sich trotz Behandlung fast immer verschlimmern und die Umgebung wäre ständig in Gefahr. Als Puppengott mir danach ein Camfie mit einem Stoppschild schickte, wusste ich, was ich zu tun hatte.«

Der Schatten der Drohne bewegt sich über den Hof und über die Bewohner, die unverwandt die Zopffrau anstarren. Geschockt, ungläubig, belustigt.

Ein perfektes Übungscamfie für Social Class.

»Irwin war gegen bestimmte Yummys allergisch. Puppengott sagte, ich müsste einen über seinem Vita ausdrücken.« Sie lächelt, als hätte sie damit eine gute Tat vollbracht. »Die Food-Printer bekamen die Schuld.«

War das der Grund, weshalb man Pa ins Cliffton bestellt hatte?

»Der Teufel ist schlau und stark«, sagt die Zopffrau. »Das Böse konnte sich erholen. Puppengott wollte, dass ich sein Werk vollende. Zwei ausgedrückte Yummys wurden Irwin zum Verhängnis.«

»Ich dachte, man hätte ihn in ein anderes Institut verlegt«, sagt der Muttermal-Mann.

Die Frau drapiert ihren Zopf über der Schulter. »Ich habe die Bilder auf meinem Camphone gesehen. Mausetot, tot, tot.«

Ich denke an die hysterischen Wände in Paines Arbeitszimmer. Dort hing tatsächlich ein Camfie von einem Mann, der an einer Lebensmittelallergie gestorben war. Vor rund zwei Jahren, wenn ich mich nicht irre.

Kurz darauf brach das Feuer aus.

»Und Jack Winters?«, frage ich. »Hast du den auch ermordet?«

»Ich habe niemanden ermordet«, sagt sie. »Puppengott hat meinen Körper als Instrument genutzt, um die anderen Bewohner zu schützen.«

»Fucking Hell, Layla.« Jazz geht einen Schritt zurück. »Ich wusste ja, dass du spinnst, aber dass du so durchgeknallt ...«

Ich presse den Portable fest an mich.

Wir müssen beide hier weg. Jazz und ich.

Wie eine Menschenwelle ziehen sich die Zuhörer von der Zopffrau zum Gebäude zurück. Beim Reingehen fange ich Gesprächsfetzen von Bewohnern auf, die es noch immer nicht glauben oder sich nicht mehr sicher fühlen. Die es Dave erzählen wollen oder zu Hause anrufen möchten ...

Der Portable! Vielleicht habe ich hier unten ja Empfang!

Ich halte ihn unter meiner Joggingjacke ein Stück vom Körper ab und überprüfe das WLAN-Icon.

Yes! Und nicht nur das. Auf dem Monitor erscheint ein kleiner Lageplan mit einem blinkenden roten Punkt. Ich erkenne einen großen Platz im Freien, Gänge, eine Aula und allerlei Zimmer ...

Das ist eine Karte dieser Etage! Und dieser rote Punkt da im Gang, das bin ich!

Na ja, der Portable wahrscheinlich.

Ich will Jazz rufen, aber die redet gerade mit dem lahmen Eddie, das dauert wohl noch eine Weile ...

Hä? Der Punkt bewegt sich und gleitet weiter in den Gang – obwohl ich mit dem Portable noch hier stehe!

Ich glaube nicht an einen Puppengott, aber das ist schon ziemlich gruselig.

Will der Punkt, dass ich ihm folge?

Meine Beine setzen sich Bewegung. Spider-Woman ist die Einzige, die es merkt, aber als ich auf den Toilettenraum zeige, nickt sie und schaut wieder in die andere Richtung. Schnell gehe ich weiter und passiere ungehindert den gläsernen Lift und den Toilettenraum. Der Punkt bleibt mir immer ein Stück voraus und schießt in einen Seitengang, wo er hinter der Ecke auf mich wartet, wie Prissy oder Jazz es tun würden. Ein Punkt mit menschlichen Charaktereigenschaften. Ich finde es sowohl witzig als auch beunruhigend.

Der Seitengang ist leer. Ich ziehe den Portable aus meiner Jacke. »Wohin gehen wir?«

Der Lageplan macht einem Video Platz. Ich sehe Vera Paine in dem kleinen Büro, in dem ich während der Gedenkfeier für Wren die Akten zu finden hoffte. »Du verschwendest deine Zeit«, sagt sie. »Von diesen Computern aus kann man nicht mailen. Der einzige Kontakt mit der Außenwelt verläuft über einen Ort, zu dem du keinen Zutritt hast.«

Ich schnappe nach Luft.

Na bitte! Wir werden heimlich beobachtet und gefilmt. Irgendein Hacker hat alle Monitore im Cliffton übernommen – mitsamt diesem Portable.

Die Direktorin verschwindet, Lageplan und Punkt sind wieder da.

Umkehren oder weiterlaufen?

Der einzige Kontakt mit der Außenwelt verläuft über einen Ort, zu dem du keinen Zutritt hast …

Bringt der Punkt mich dorthin? War das Video eine Antwort auf meine Frage?

Plötzlich halte ich es nicht mehr aus und ich lasse mich zu einer blauen Tür führen. Daneben hängt ein Irisscanner.

»Und jetzt?«, frage ich.

Wieder ein Video. Von einem blinzelnden Augenlid in 3-D.

Wie bei Mickelson vor dem Einbruch bei Phill Rogers!

Das kann niemals das Werk eines einzigen Hackers sein. Bestimmt ist es ein ganzes Netzwerk.

Ich halte den Portable an den Scanner. Die Tür gleitet auf und hinter mir sofort wieder zu. Ich stehe in einem kleinen Raum mit einem Stuhl und einem Monitor.

»Wen soll ich anrufen?«, fragt eine weibliche Computerstimme.

»Prissy Winters. Ich kenne nur leider ihre Nummer nicht auswendig.«

»Kennst du die Adresse auswendig?«

»Rodeo Road 6.« Ich setze mich auf den Stuhl; meine Hände umklammern die Armlehnen.

Hoffentlich geht sie ran ...

Ich höre ein paar Piepser und dann sehe ich Prissys Gesicht.

»Holden? Wie kann das denn sein?« Sie schaut zur Seite. »Es ist Holden! Wie geht es dir?«

»Besser.« Prissy lebt noch! Ich könnte glatt den Bildschirm streicheln. »Hast du meinen Brief gelesen?«

Sie nickt. »Ich esse kein Vita mehr. Laşer und Mo haben den Schutzkeller gefunden und richtiges Essen für mich geholt.«

»Zwei Jungs von der Schule, oder so?«

»Nein, zwei Hacker.«

Hacker! Sofort bin ich wieder auf der Hut. »Hören sie mit?«

»Warum flüsterst du auf einmal?«, fragt sie nervös. »Kannst du nicht frei reden?«

»Bist du sicher, dass du ihnen vertrauen kannst?«, frage ich leise.

Sie nickt und zerrt zwei fast identische Ketten mit einem scheibenförmigen Anhänger aus ihrem Pulli. »Hör zu. Du musst uns helfen. Irgendwo im Cliffton Institut muss noch eine solche Kette sein. Das ist ein Computerschlüssel, der letzte, und ...«

Fuck! Der Bildschirm schaltet sich ab und zwei Wärter

betreten den Raum. Sie heben mich vom Stuhl, als wäre ich federleicht, und schleifen mich auf den Gang. Aus den Augenwinkeln sehe ich, dass der Portable, der im Zimmer zurückbleibt, noch einmal kurz aufleuchtet.

Prissy

Verbindung unterbrochen.

»Holden!«, rufe ich in mein Camphone.

Laşer schaut von seinem Computer auf. »Ich glaube nicht, dass er dich noch hört«, sagt er nüchtern. »Und schütteln hilft auch nicht. Ist ja kein Shake.«

Ich bin nicht in der Stimmung für Scherze. »Hoffentlich sucht er jetzt diesen Computerschlüssel.«

»Bestimmt«, sagt Mo.

Ich bin auch nicht in der Stimmung für gut gemeinte, nichtssagende Beschwichtigungen.

»Seltsam.« Laşer lässt seine Finger knacken. »Es sieht fast so aus, als wären die Bilder der Überwachungskameras auf der Downtown-Wache automatisch gelöscht worden.«

»Ist das schlimm?«, frage ich.

»Weniger schlimm als die Tatsache, dass die Papiere auf dem Tresen nicht vollständig verbrannt sind. Wenn sie die Reste untersuchen, finden sie garantiert DNA.«

Mo zuckt mit den Schultern. »Meine ist sowieso nicht im System.«

»Aber meine!« Innerhalb eines Sekundenbruchteils sehe ich mich wieder neben Mama und Holden auf dem Sofa, während Ordnungshüterin Miller mit dem überdimensionierten Wattestäbchen auf mich zukommt. »Nachher glauben sie noch, ich hätte die Papiere angezündet, denn es gibt keine Kamerabilder und …«

Mein Camphone pingt. Die hundertste Nachricht von Mama.

Wo bist du? Warum reagierst du nicht?

Weil ich den Computerschlüssel der Ministerin tatsächlich geklaut habe. Jetzt okay?

Mein Schädel wummert, als säße ein Schlagzeuger darin. Ich kann meinen Schal nicht mehr ertragen, reiße ihn mir vom Hals und werfe ihn auf den Boden.

Mo streichelt meine Schulter. »Immer mit der Ruhe.«

Ich schiebe seine Hand weg.

»Du hast leicht reden. Du bist nicht in Adams' Schlafzimmer gewesen und auf der Wache haben sie dein Gesicht kaum gesehen, so tief, wie du den Schirm der Basecap runtergezogen hattest.«

Laşer steht plötzlich mit einem Glas Wasser vor mir. »Hinsetzen, trinken und zuhören.«

»Aber …«

»Uh.«

Ich nehme den Becher entgegen und setze mich auf die Treppe.

»Wir haben es fast geschafft«, sagt Laşer. »Der Plan steht. Mo und ich haben alles bis ins kleinste Detail vorbereitet. Sobald dein Bruder den letzten Schlüssel findet, können wir die Computer der neuen Führenden knacken und danach wird nichts mehr so sein wie zuvor. Wenn der Rest der Welt erfährt, was sie mit uns anstellen … das Calmexin und wer weiß noch alles mehr.«

Mo nickt. »Sie werden dich als Heldin feiern. Das neue Lightgirl, aber dann in echt.«

»Und bis dahin bleibst du einfach hier und tauchst unter«, sagt Laşer.

Und was ist mit Mama?, denke ich.

Der Schlagzeuger ist sofort wieder da.

»Gib mir mal bitte eine Kopfschmerztablette aus meiner Tasche«, sage ich und reibe mir über die Stirn.

Mo öffnet das gelbe Döschen und dreht es um, damit die Tabletten auf seine Hand kullern. »Eine oder zwei?«

»Zwei.« Er stellt das Döschen auf den Tisch und will zu mir kommen.

»Mach das noch mal«, sagt Laşer.

»Was?«

»Das Döschen auf den Kopf drehen und abstellen.«

Mo hält es kopfüber und ... »Da klappert was.«

»Die Zettel von Holden«, sage ich ungeduldig. »Gib mir endlich die Tabletten.«

Während Mo sie mir reicht, nimmt Laşer das Döschen wieder in die Hand. Er fischt die Zettel heraus und schüttelt es noch einmal. »Es klappert immer noch. Meiner Ansicht nach steckt da noch was drin.«

Ich schaue Mo an, verdrehe die Augen und schlucke die Tabletten.

Laşer hat irgendwo einen Schraubendreher aufgetrieben und stochert damit im Döschen herum. »Der Boden bewegt sich.«

Okay, jetzt werde ich auch neugierig. Mo und ich stellen uns neben Laşer.

Er rüttelt und drückt, dreht das Döschen um und schlägt darauf, noch einmal, und dann fällt etwas heraus.

Der Boden, denke ich. Aber es kommt noch etwas zum Vorschein.

Eine Lederschnur mit einem kreisförmigen Amulett.

»Papas Computerschlüssel«, sage ich heiser.

Holden

Die Wärter liefern mich an der Haustür von Vera Paine ab, als wäre ich ein Paket.

»Wo ist es?«, fragt sie, sobald wir allein sind.

Was meint sie? Ich hatte einen Verweis erwartet wegen meines illegalen Ausflugs in das Büro, von dem aus ich anrufen konnte. Das ist es jedenfalls nicht.

»Der Portable?«, frage ich.

»Stell dich nicht so dumm.« Sie stellt sich so dicht neben mich, dass es unangenehm ist. »Du bist der Einzige, der letzte Woche hier gewesen ist. Sonst niemand.«

Ich trete einen Schritt zurück und stehe buchstäblich mit dem Rücken an der Wand.

»Wo hast du das Döschen gelassen?«, herrscht sie mich an.

Dieses gelbe Döschen, das ich aus dem Badezimmer mitgenommen habe? Ich kapiere es nicht. So viel Aufhebens wegen ein paar Kopfschmerztabletten.

»Sag schon!«, schreit Paine und sticht mir ihren Finger zwischen die Rippen.

Bitch!

»Geht's noch?!« Ich schlage ihre Hand weg und schiebe sie zur Seite. »Das war doch nur ein dämliches Döschen mit Schmerztabletten. Wenn ich jetzt irgendeine teure Kette gestohlen hätte oder …«

Flüchtig sehe ich Prissys Gesicht auf dem Bildschirm wieder vor mir. Prissy, die sagte, irgendwo im Institut müsse noch so eine Kette sein.

»Geht es vielleicht um den dritten Computerschlüssel? Hatten Sie ihn in diesem Döschen versteckt?«

Vera Paine, sonst so unerschütterlich, wirkt plötzlich völlig fertig. »Woher weißt du, dass es drei Exemplare sind?«

»Ganz einfach. Ich habe die beiden anderen Schlüssel gesehen.«

Sie richtet sich wieder auf. »Du weißt, wo der Schlüssel von Ministerin Adams ist?«

Adams! Jetzt verstehe ich, wie Prissy an zumindest eine der Ketten gekommen ist.

»Du musst mir erzählen, was du weißt, Holden«, sagt Paine. »Es ist lebenswichtig.«

Ich spüre, dass ich wieder gehässig werde. »Sagt jemand, der selbst mit Leben spielt.«

»Was meinst du?«

»Die Überempfindlichen.«

Paine bekommt rote Flecken an den Hals. »Was ...«

»Ohne Calmexin würde Lois vielleicht noch leben.«

»Das war nicht meine Schuld. Das war ...«

»Swis? Er glaubt, sein Camphone sei schuld.«

»Unsinn.«

»Darüber denkt die Zopffrau aber ganz anders.«

»Die Zopffrau?«

»Layla Haddon aus Unit drei. Auf ihr Konto geht der Typ mit der Allergie. Vor zwei Jahren, kurz vor dem Tod meines Vaters. Auch sie hat Nachrichten über ihr Camphone erhalten.«

»Layla hat zu viel Fantasie«, sagt Paine.

»Und warum haben Sie danach alle Camphones verboten, die Homepads aus dem Schlafsaal verbannt und das WLAN auf den Bewohner-Units abgeschaltet?« Ich deute um mich.

»Und warum ist hier kein einziger Monitor zu finden? Genau wie im Bungalow von Phill Rogers?«

Die roten Flecken wandern in ihr Gesicht. »Wie kommst du an diese Informationen?«

»Von Mickelson. Er erhielt den Auftrag, bei Rogers einzubrechen. Jemand wollte irgendeine seltsame Kette haben.« Das wird mir jetzt erst klar. »Den zweiten Computerschlüssel vielleicht?«

Sie zupft nervös an ihrer Weste. »Warte im Wohnzimmer.«

Während ich übertrieben langsam durch den Flur gehe, höre ich das Geräusch der Gegensprechanlage und danach Paines gebieterische Stimme: »Nehmt unverzüglich Kontakt auf mit der Downtown-Wache und erkundigt euch, ob dort eingebrochen wurde.«

Ich lehne mich an die Wand außerhalb des Gesichtsfelds der Direktorin. Inzwischen schwirrt mir wirklich der Kopf. Es sieht so aus, als wäre alles und jeder miteinander verbunden wie die Fäden im Netz an der Wand von Paines Arbeitszimmer. Ich wünschte, ich könnte einen Algorithmus auf mein Gehirn loslassen. Alle Daten rein und die Lösung kommt raus. Aber mir bleibt nur meine Intuition. Prissy kann ich vertrauen und Paine lügt wie gedruckt.

»Ein Brand?«, fragt sie. »Aber fehlen auch Sachen aus dem Lagerraum? Diebesgut, ja, von einem Diebstahl vor zwei Jahren.«

Also wusste sie, dass sich der Computerschlüssel von Rogers auf der Wache befand. Warum hat sie ihn nie abgeholt? Weil sie dachte, dort läge er sicher?

Aber wofür ist das Ding denn, wenn sie ihn sowieso nicht benutzt?

Und wie kommt Prissy daran? Okay, meine Schwester hat sich verändert, aber dass sie ganz allein einen Lagerraum der Ordnungskräfte plündert …?

Sie hat natürlich Hilfe gehabt von diesen beiden Hackern …

Ob sie den Portable in einen Routenplaner umgewandelt haben, um mir den Weg zu dem kleinen Raum zu zeigen?

»Alle drei Schlüssel sind weg.« Paine kommt leichenblass ins Wohnzimmer. »Bitte, Holden. Wenn sie in die falschen Hände gelangen, kann es uns alle in Gefahr bringen. Dann sind unser Vita und unsere Sicherheit nicht mehr gewährleistet.«

»Warum sollte ich Ihnen glauben? Dieses Calmexin …«

»Ist ein notwendiges Übel!« Sie tigert im Zimmer auf und ab. »Die meisten Leute wollen einfach ein angenehmes Leben. Aber es gibt auch Menschen, die ständig auf Geld und Macht aus sind und dabei notfalls über Leichen gehen. Und diese Leute ändern sich nun mal nicht von selbst. Vorläufig scheint Calmexin die leichteste Möglichkeit, Korruption, Terrorismus und Unterdrückung Einhalt zu gebieten. Leider kann es nur als Grundstoff verabreicht und nicht wie Vitamine und Mineralien später hinzugefügt werden, weshalb es standardmäßig in allem Vita steckt.«

»Und die Überempfindlichen haben einfach Pech.«

Paine nickt. »Bis wir eine andere, hoffentlich bessere Methode gefunden haben, mit der wir dasselbe erreichen können.«

Ich rate einfach. »Sims?«

Sie bleibt mitten im Zimmer stehen. »Wer hat dir von Sims erzählt?« Sie runzelt die Augenbrauen. »Der Kontaktraum! Mit wem hast du gesprochen?«

No way, dass ich Prissy verrate.

»Mickelson sollte nicht nur diesen Computerschlüssel klauen«, sage ich. »Im Tresor lag auch noch eine Mappe mit Aufzeichnungen.«

Paine ist einen Augenblick wie in einem Schockzustand. »Also hat Mickelson die Aufzeichnungen von Herrn Sims.«

»Herrn Sims?«, frage ich erstaunt. »Ich dachte, das sei eine Abkürzung. Dingsbums System oder so etwas.«

Paine reagiert nicht.

»Ich werde Ihnen bestimmt nicht mit diesem Schlüssel helfen, wenn Sie mir nichts erzählen.«

»Social Interactive Monitor System«, murmelt Paine.

Ein Monitorsystem.

Ich denke an Überwachungskameras. An Bildschirme, die uns heimlich belauschen und beobachten.

»Phill und ich haben sicherheitshalber immer von Herrn Sims gesprochen«, sagt Paine. »Wenn uns jemand reden hörte, würde er denken, es ginge um einen Mann.«

»Und dieses geheime Monitorsystem soll die Welt retten?«

»Unterschätze es nicht.« Sie geht zum runden Tisch und zieht einen Stuhl darunter hervor. »Schon das herkömmliche Social Security Monitor System hat bereits für die notwendigen Verhaltensänderungen gesorgt.«

Leider, ja. Ich hasse diese ärgerlichen Straßenkameras von SSMS. Kaum lässt man einen hörbaren Furz, können sie auf die großen Bildschirme projizieren, mit wie vielen Zentilitern Treibhausgas man gerade – pfui! – die Umwelt verschmutzt hat.

Paine hat sich hingesetzt. »Und Sims geht noch einen Schritt weiter.«

»Indem es nicht nur draußen Kameras benutzt, sondern

auch Innenmonitore, nehme ich an?« Wenn ich an den Wechselrahmen über meinem Bett denke, werde ich wieder wütend. »Darum gibt es hier nicht einmal ein Camphone. Rogers und Sie spionieren zwar gern andere aus, aber sie selbst …«

»Sims operiert selbsttätig. Menschliche Augen kommen nicht zum Einsatz, die Privatsphäre bleibt daher geschützt.«

»Solange man sich an die Regeln hält«, halte ich dagegen.

»Selbstverständlich«, sagt Paine. »Sonst funktioniert es nicht. Außerdem müssen die Aufnahmen als Beweismittel für den Unparteiischen eingesetzt werden können.«

»Und Sims kontrolliert, wer das Gesetz übertritt.«

»Korrekt.« Paine spielt mit ihrem ID-Bändchen. »Jedes Camfie und jedes bewegende Bild, egal, wo es aufgenommen wird, geht zu einem Spezialcomputer und wird dort für immer aufbewahrt. Durch die Kombination aller Daten kann Sims Zusammenhänge herstellen, die unsere Ordnungskräfte nicht so schnell erkennen. Es ist sogar in der Lage, menschliches Verhalten vorherzusehen. Es dauert nicht mehr lange und die Ordnungskräfte können bereits aktiv werden, bevor ein Verbrechen tatsächlich begangen wird.«

»Na toll. Und wenn Sims sich irrt?«

»Nur Menschen machen Fehler«, sagt Paine. »Künstliche Intelligenz irrt sich nie. Sims entwickelt sich immer noch weiter. Zum Glück, denn mit Phills Verschwinden sind auch seine Unterlagen verloren gegangen.«

Ich denke an den Zettel in Pas Ring. »Wenn dieses Sims so großartig ist … Warum sollte mein Vater es dann in Phills Auftrag stoppen?«

Paine wirkt nicht erstaunt. »Phill wollte wahrscheinlich

vermeiden, dass er von seiner eigenen Erfindung an den Pranger gestellt würde«, sagt sie. »Auf seinem Camphone hat man Kinderpornos gefunden.«

Bullshit!

»Rogers weiß, dass Sims jedem über die Schulter schaut, also auch ihm. Dann wird er doch wohl keine Kinderpornos herunterladen? Es scheint mir logischer, dass jemand anders ihm den Dreck auf sein Camphone überspielt hat. Boyd Swis und die Zopffrau bekamen doch auch allerlei Videos geschickt. Und Mickelson auch: ein blinzelndes Auge, damit er einbrechen konnte. Der Irisscanner am Kontaktraum ...« Vor lauter Aufregung kann ich nicht mehr still stehen. »Dieser Horrorfilm über Feuerwerk im IR, der aus dem Nichts zu kommen schien. Ich habe schon vermutet, dass da Hacker zugange sind, aber jetzt weiß ich auch, warum.«

Paine sieht mich fragend an.

»Meiner Ansicht nach haben wir es mit einer Art Hacktivisten zu tun«, sage ich. »So wie die Leute von Anonymous. Und das ist ihre Art zu zeigen, dass Sims nichts taugt und sogar lebensgefährlich ist.«

»Wem zeigen?« Paine zieht ihre Ärmel über die Handgelenke, als würde sie frieren. »Das Ganze läuft schon seit zwei Jahren. Wenn diese Hacker Whistleblower spielen wollten, hätten sie schon längst alles an die Öffentlichkeit gebracht.«

Ein Punkt für sie.

»Und auch wenn sie noch so viele Kameras oder Camphones knacken«, fährt Paine fort. »Sims ist nicht zu hacken. Nicht ohne diesen Computerschlüssel.«

Der schon die ganze Zeit in ihrem Badezimmer lag ...

Ich starre an die Wand. Diese leere Wand ohne auch nur einen einzigen Wechselrahmen.

»Mein Vater wusste, was Sache war«, sage ich matt. »Vielleicht sind die Hacker ja in der Lage, einen Computer per Fernsteuerung zur Explosion zu bringen. Sie haben Ihren Laptop absichtlich explodieren lassen, als sie über die Cam sahen, dass er vorhatte, Ihnen und Chapman alles zu erzählen.«

Paines Hände schieben sich wieder aus ihren Ärmeln.

»Dann haben sie auch gesehen, dass er mir seinen Computerschlüssel gegeben hat. Kurz bevor er starb.« Plötzlich beäugt sie mich argwöhnisch. »Hat dir vielleicht jemand den Auftrag gegeben ...«

»Dieses Döschen zu stehlen?« Die Vorstellung ist so absurd, dass ich fast lachen muss. »Wie denn? Auf jeden Fall nicht übers Camphone wie bei Swis und der Zopffrau, denn mein Gerät liegt zu Hause. Und selbst wenn, ich lasse mich ganz sicher nicht von einem blöden Apparat zwingen oder steuern.«

Außer von einem Portable mit einem blinkendem roten Punkt, wird mir auf einmal klar.

Fuck!

Prissys Stimme schmettert mir wieder ins Hirn.

Hör zu. Du musst uns helfen. Irgendwo im Cliffton Institut muss noch eine solche Kette sein. Das ist ein Computerschlüssel, der letzte, und ...

Wer hat ihr eingeflüstert, dass Pas Schlüssel nach seinem Tod im Institut geblieben ist?

Die Hacker, mit denen sie sich eingelassen hat?

Wurde ich absichtlich von dem Portable zum Kontaktraum gelockt, damit sie mich überreden konnte, ihn zu suchen?

Ich schwanke so heftig, dass ich mich an einer Stuhllehne festhalten muss.

»Was ist los?«, fragt Paine.

»Ich wusste wirklich nicht, dass da ein Schlüssel drin war.«

»Niemand konnte es wissen«, sagt Paine. »Als ich ihn versteckt habe, waren weder Menschen noch Monitore dabei.«

»Aber Sie sagten gerade ...«

»Ich möchte einfach, dass du mir erzählst, wo er ist, Holden. Ministerin Adams hat die Sicherheitsstufe hochgeschraubt, aber wenn das nicht ausreicht ...« Sie erschaudert.

»Was glauben Sie, was sie dann machen?«

Paine zögert kurz. »Wenn ich es dir erzähle – hilfst du uns dann?«

Vielleicht, denke ich. Ich nicke.

»Irgendwo in der Stadt ist ein gesicherter Ort, an dem alle Daten gespeichert und verarbeitet werden«, sagt Paine. »Die von unserem Vita, von unseren ID-Bändchen und alle Kamerabilder. Auf drei verschiedenen Computern, die alle drei eine andere Computersprache sprechen.«

»Und alle drei einen eigenen Computerschlüssel haben?«

Paine nickt. »Und dann gibt es noch den Muttercomputer, der alle anonymisierten Informationen weiterschleust, überprüft und für den nächsten Computer übersetzt.«

»Ich verstehe jetzt schon nur noch Bahnhof.«

»Die Kurzfassung lautet: Du bekommst zwar das Vita, das du brauchst, aber niemand kann sehen, dass dieses Vita für dich bestimmt ist.«

»Und das ist wichtig?«

»Jemand wusste, dass Irwin allergisch war, und wollte ihn ermorden. Wenn derjenige an die Daten gekommen wäre und das Vita selbst hätte anpassen können ...«

»Hätte er die Zopffrau nicht gebraucht.«

»Deswegen sind alle Computer extrem gesichert«, sagt Paine.

»Aus der Ferne kann niemand einbrechen. Man muss vor ihnen stehen und die Computerschlüssel verwenden. Das ist die einzige Möglichkeit, die Geräte miteinander kommunizieren zu lassen und Daten hinzuzufügen oder zu ändern.«

»Und wenn das gelingt ...«

»Dann kann derjenige Gott spielen.«

Warum sollte Prissy das wollen? Hat man sie wie Swis und die Zopffrau einer Gehirnwäsche unterzogen? Haben diese Typen Prissy benutzt und durch sie anschließend auch mich?

Prissy konnte den Schlüssel bei Adams klauen, weil Ma dort arbeitet.

Ma arbeitet dort, weil sie nach Pas Tod Geld verdienen musste.

Pa, der wiederum über das Calmexin mit Adams zu tun hatte und genau wie sie und Rogers einen der Computerschlüssel hüten sollte. Rogers, der mit Pa am Cliffton arbeitete. Dem Ort, in den Chapman mich eingeschleust hat. Wenn Lois und die anderen nicht gestorben wären, hätte Chapman keinen Verdacht geschöpft. Und hätte mich also auch nie ins Institut geschickt.

Warum ich? Weil mich die Geschichte über Pas Tod überzeugen würde, das Spiel mitzuspielen? Bin ich ins Cliffton gelockt worden, um diesen Computerschlüssel suchen zu können?

All diese Zufälle ...

Wir beobachten dich schon eine Weile, hatte Chapman gesagt. Aber im Umkreis des Schutzkellers hingen keine

Kameras und in meinem ID-Bändchen befindet sich kein Tracker. Trotzdem wussten sie, dass ich dort war. Hat dieser Hacker mein Camphone übernommen und heimlich Aufnahmen gemacht? Und sie anschließend an Miller und Chapman weitergeleitet?

Es fühlt sich an, als wäre ich eine Spielfigur in einem großen dunklen Plan.

Ein Plan, der sich über mehrere Jahre erstreckt.

Angenommen, es geht tatsächlich um diese Schlüssel ... Warum so kompliziert? Warum mussten Menschen sterben? Warum hat nicht jemand einfach alle drei Schlüssel gestohlen oder stehlen lassen? Warum hat sich der Hacker nicht irgendwo mit Mickelson verabredet, damit der ihm Kette und Mappe aushändigen konnte? Wenn er nicht erkannt werden wollte, hätte er die Sachen auch schicken lassen können, zur Not an eine anonyme Postfachnummer. Aber nein, er musste Swis und die Zopffrau unbedingt zu Mördern machen ...

Puppengott hat meinen Körper als Instrument genutzt.

Und dann plötzlich kapiere ich es.

»Das sind keine Hacker«, stammele ich. »Sims steckt dahinter. Er will, dass meine Schwester und ihre Freunde mit den Computerschlüsseln zu ihm kommen.«

Paine starrt mich an.

Ich zerre an ihrem Arm. »Beeilen Sie sich! Sie hat den dritten Schlüssel noch nicht entdeckt. Wir können sie noch aufhalten.«

Keine fünf Minuten später stehen wir keuchend im Kontaktraum.

»Prissy Winters anrufen«, sage ich.

Der Monitor springt an und ich sehe eine Art Keller, dann einen Tisch und ein Stück von einer Tastatur.

»Prissy?«

»Zu spät«, verkündet eine unbekannte Stimme.

Das Bild dreht sich. Ich erkenne Prissys ID-Bändchen mit den Zebrafischen. Daneben steht ein gelbes Döschen – auf den Kopf gedreht, umgeben von Tabletten und einer rosa Pille. Wie fröhliches Konfetti.

FORTSETZUNG FOLGT
in Band 2:

Data Leaks. Wer kennt deine Gedanken?

ISBN: 978-3-401-60603-3

Mirjam Mous

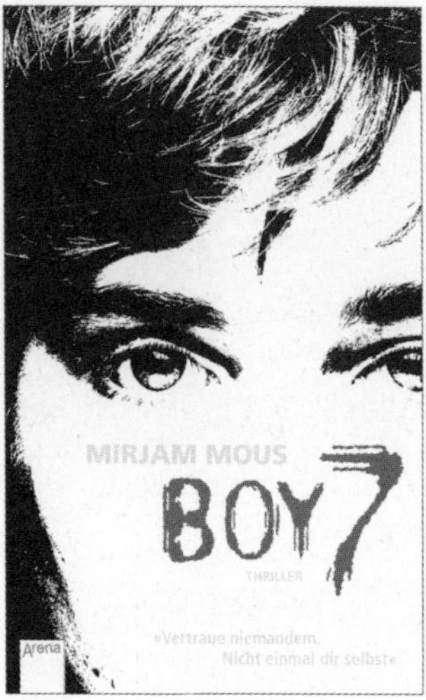

Boy 7

» Vertraue niemandem. Nicht einmal dir selbst «

Boy 7 kommt auf einer glühend heißen, kahlen Grasebene zu sich und weiß weder, wohin er unterwegs ist, noch, woher er kommt. Er weiß nicht einmal mehr, wie er heißt. Die einzige Nachricht auf seiner Mailbox stammt von ihm selbst: »Was auch passiert, ruf auf keinen Fall die Polizei.« Wer ist er? Wie ist er hierher geraten? Und wem kann er noch vertrauen?

272 Seiten • Arena Taschenbuch • ISBN 978-3-401-50421-6
Auch als E-Book erhältlich • www.arena-verlag.de

Mirjam Mous

Last Exit

Das Spiel fängt gerade erst an

Kaum ist der Bus angerollt und die Schüler der 8C auf dem Weg in die Schülerfreizeit, erhalten sie eine anonyme Nachricht: Im Bus ist eine Bombe versteckt! Niemand weiß, wer dahintersteckt und was der Unbekannte überhaupt will. Aber eins steht fest: Seine Drohung ist ernst zu nehmen. Valentin ist sich bald sicher, dass der Täter an Bord sein muss. Ein Motiv hätten viele, denn in dieser Klasse brodelt es schon seit langem.

272 Seiten • Arena Taschenbuch • ISBN 978-3-401-51142-9
Auch als E-Book erhältlich • www.arena-verlag.de

June Perry

LifeHack
Dein Leben gehört mir

Ada ist neu an Ellies Schule. Ellie findet es geradezu unheimlich, wie ähnlich sie sich sehen. Fast so, als würde Ellie sich selbst gegenüberstehen. Ada ist so cool und mutig, wie sie es selbst gern wäre ... und da beginnt Ellies Albtraum. Denn Ada ist eine Künstliche Intelligenz und sie ist gekommen, um wie Ellie zu werden – sogar besser als sie. Ada, Ellies optimierte Version, spannt ihr nicht nur ihren Schwarm Parker aus. Sie verfolgt bald nur ein einziges Ziel: Sie will fühlen, was Ellie fühlt. Sie will sein, was Ellie ist. Sie will Ellies Leben übernehmen!

368 Seiten • Arena Taschenbuch • ISBN 978-3-401-51203-7
Auch als E-Book erhältlich • www.arena-verlag.de

Thomas Thiemeyer

World Runner (1)
Die Jäger

Tim ist Runner aus Leidenschaft. Als er eines Tages eine Einladung des mysteriösen Medienkonzerns GlobalGames erhält, zögert er keine Sekunde, die Challenge anzunehmen: Sieben Claims wurden an sieben verborgenen Orten in Deutschland versteckt. Hundert Jugendliche gehen ins Rennen. Alle mit nur einem Ziel: zu gewinnen. Tim merkt bald, dass er es nicht ohne Hilfe schaffen kann. In der faszinierenden Annika, genannt Sakura, findet er eine Verbündete. Doch kann er ihr wirklich trauen? Oder kämpft am Ende doch jeder für sich allein?

448 Seiten • Gebunden • ISBN 978-3-401-60506-7
Auch als E-Book und als Hörbuchbei Rubikon Audio erhältlich • www.arena-verlag.de